무당거미의 이치

무당거미의 이치

中

교고쿠 나쓰히코 지음 — 김소연 옮김
京極 夏彦

손안의책

次例

絡新婦の理

5

담뱃진과 먼지가 기름막 표면에 부착되어 있을 뿐인 지저분한 유리문은 빛의 가감 때문에 아름다운 호박(琥珀)으로 둔갑한다. 기바는 엎드려서 멍하니 그것을 바라보고 있다.

가게 안은 어둑어둑하지만 묘하게 따뜻해서 미지근한 물에 잠겨 있는 듯한 안도감과 불쾌감을 균등하게 준다.

샴고양이의 얼굴을 닮은 여주인은 쏘아보는 듯한, 그러면서도 붙임성 있는 눈빛으로 기바를 바라보며 희미하게 웃고는, 묵묵히 싸구려 찬술을 따랐다.

기바는 카운터 위를 쓸다시피 하며 얼굴을 들고 손에 잔을 들고는, 당신, 몇 살이야, 하고 물었다. 여주인은 이번엔 어딘가 슬픔이 담긴 시선을 기바에게 향하며 입가에만 웃음을 짓고는,

"여자한테 나이를 묻는 거 아니야."

하고 말했다.

기바는 캑, 젠체하지 마, 네가 여자였다니 지금 알았다, 멍청이, 하고 필요 이상의 독설을 퍼붓고는 난폭하게 잔을 비우고 나서 다시 엎드렸다.

이케부쿠로 변두리의 술집이다. 손님은 기바밖에 없다.

가게 이름은 '네코메도[描目洞]'라고 한다. 이름에 동굴(洞)이라는 글자가 있는 것처럼 지하실의, 햇볕이 들지 않는 좁은 술집이다. 전쟁이 끝난 지 얼마 되지 않았을 무렵부터 이미 있었으니 벌써 칠팔 년은 해 오고 있는 셈이다. 주인은 아직 젊은 여자인데, 젊다고 해도 개점 당시부터 있었으니 서른은 넘었을 것이다. 그러나 워낙 동안이라 보기에 따라서는 10대로 보이지 않는 것도 아니다. 키가 작은 탓도 있지만 귀여운 얼굴 생김새와 이리저리 잘 바뀌는 표정이 무엇보다도 나이를 흐려지게 한다. 네코메[1]인 가게 이름도 이 여주인의 표정이 고양이의 눈처럼 잘 바뀌는 데에서 유래한 것이다.

여주인은 준이나 준코라는 이름으로 불리고 있다. 본명은 아무도 모르고 출신도 나이도 아무것도 모른다.

기바는 이 가게의, 별로 잘 다니지 않는——단골손님이다.

실제로는 좀처럼 오지 않지만, 오면 어제도 온 것처럼 행동한다. 주인도, 설령 일 년 만에 온 것이라도 기바에게는 마치 오늘 아침에 만난 듯 말을 건다.

기바는 지금 무엇을 해야 할지 고민하고 있다.

행동 방침이 정해지지 않은 상태는 고통이다.

기바는 덩치에 비해 손재주가 좋고 위압적인 얼굴에 비해 계산도 빠르지만, 그래도 역시 서툴고 바보라서 상담이라는 것을 할 줄 모른다. 알아차려 주는 친구는 있지만, 상대방이 알아차려 주고 있다는 것을 알아차리지 못하기 때문에 기바는 당혹스러울 뿐이다. 그럴 때 기바는 생각난 듯이 이 가게를 찾아온다.

——멍청이.

---

1) 고양이 눈.

무엇을 욕하고 있는 것인지도 모르겠다.

가와시마 신조가 지명수배되었다. 사몬초 눈알 살인사건의 중요 참고인이다. 옛날부터 알고 지내던 사이라는 이유로 기바는 수사에서 제외되었다. 어쩔 수 없는 일일 것이다.

——여자한테, 거미한테 물어봐.

무엇을 물어보라는 것일까.

마에지마 야치요가 옮겨 적은 '거미의 심부름꾼'의 연락처는 기병대 영화사의 것이었다. 감시하고 있던 요쓰야 서 형사의 눈앞에서 가와시마는 여자의 목을 졸랐고, 미처 죽이지 못하고 도주했다. 가와시마 신조가 어떠한 형태로든 마에지마 야치요 살해사건에 관여되어 있는 것은 99퍼센트 틀림없었다.

——하지만.

기바는 무언가가 마음에 들지 않는다.

의심의 대상은, 예를 들면 친구이기 때문이거나 동기가 없을 거라는, 이미 그런 종류의 의심이 아니다. 설령, 아무리 온후한 인품이라고 해도 살인을 저지르지 않는다고는 단언할 수 없고, 동기도 파 보면 나오지 않을 거라는 보장이 없다. 다만.

가와시마는 자신의 연락처까지 가르쳐주며 마에지마 야치요와 대체 무슨 교섭을 하고 있었던 것일까? 죽이는 것이 목적이었다면 그렇게 쉽게 신원이 알려질 만한 짓을 했을까. 엉터리다. 만일 가와시마가 범인이라면 돌발적으로 죽였다고밖에는 생각할 수 없다.

가와시마와 야치요 사이에 무언가 비밀 교섭이 있었다는 예측은 사다스케의 증언으로도 추측할 수 있다. 전화 대화가 그의 증언대로라면, 그 교섭은 난항을 겪고 있었던 모양이다.

사다스케는 그것을 매매춘 금액에 대한 교섭이라고 했다. 그러나 그렇게 말하고 있는 자는 사다스케뿐이고, 보통 같으면 공갈 행위라고 생각할 것이다. 그렇다면 밀회도 매매춘 행위를 위한 것이 아니라 ——설령 정교의 흔적이 있었다고 해도——그것은 본래 돈 이야기를 하기 위한 밀회였다고는 생각할 수 없을까. 손님이 창부를 죽이는 일은 납득이 가지 않지만, 갈취나 등치기라면 이야기는 달라진다. 교섭이 결렬되거나 해서 싸움이 일어났고 그 결과 살인, 이라는 줄거리라면 기바도 납득할 수 있다.

——그러나.

아무래도 그렇지는 않은 모양이다.

게다가 충동적 살인이든 계획적 살인이든, 머잖아 자신의 신원이 탄로 날 것이라는 사실을 누구보다도 가와시마는 잘 알고 있었을 것이다. 그런데도 가와시마는 아무런 손도 쓰지 않고 대책도 강구하지 않았으며, 그뿐만 아니라 기병대 영화사로 어슬렁어슬렁 돌아왔다.

아무리 뭐라고 해도 이상하다.

가와시마는 사다스케가 연락처를 옮겨 적은 것을 몰랐다——그것은 그럴 것이다. 그러나 야치요가 그 연락처를 아무한테도 가르쳐주지 않았으리라는 확증도 가와시마에게는 없었을 것이다. 무엇보다 현장에 남겨져 있던 야치요의 향주머니 안에는 분명히 메모한 종이가 들어 있었다. 이래서는 엉터리를 뛰어넘어 바보다.

요쓰야 서의 소라 닮은 형사——이름은 시치조라고 한다——가 기병대 영화사에 도착한 건 기바가 도착하기 조금 전이었고, 그때는 수상한 분위기는 없었다고 한다.

쳐들어가기 직전에 여자——그 창부 같은 여자——가 소리를 질렀고, 시치조 형사는 쳐들어가는 것을 일단 중지하고 분위기를 살폈다고 한다. 한동안 말다툼하는 소리가 들렸고, 분위기가 너무 이상하자 문을 열어 보니 가와시마가 여자의 목을 조르고 있던 참이었다고 한다.

시치조의 보고에 의하면 가와시마는 쳐들어온 형사들을 보고 한순간 비둘기가 새총에 맞은 듯한 얼굴이 되어, 여자의 목에 손을 댄 자세 그대로 마치 생각에 잠기기라도 한 듯 경직해 버렸다——고 한다.

가와시마가 움직이지 않자, 형사들은 그대로 한동안 눈싸움하듯이 서로 노려보며 거리를 서서히 좁혔다.

——가와시마 신조, 맞겠지.

——이 자식, 살인미수 현행범이야.

——여자한테서 손을 떼! 서로 같이 가 줘야겠어.

——마에지마 야치요, 살해 혐의다.

그 말을 듣자마자 가와시마는 무언가 납득한 듯한 얼굴을 하고 갑자기 여자를 밀치더니, 의자며 책상을 걷어차고 도주——기바와 조우——했다고 한다. 기바는 아마 가와시마가 경직해서 형사들과 눈싸움하고 있는 사이에 그 빌딩에 들어갔을 것이다. 기바가 들은 여자의 비명은 가와시마가 도주 경로를 열기 위해 날뛰었을 때 난 소리였다.

가와시마가 한순간 보였다는 표정이 기바는 마음에 걸린다.

무엇을 생각하고, 무엇을 납득하고——도망쳤을까?

이상하다, 고 생각한다.

——게다가.

현장에 다시 찾아왔다. 불필요한 밀실. 그리고——.

——검은 안경이다.

그 후로 기바는 검은 안경을 가지고 다닌다.

——증거.

현장에서는 여러 개의 지문이 검출되었다. 물론 그때까지 히라노의 것으로 생각되던 지문도 다량으로 나왔다.

그러나——현장에 히라노는 없었다.

아니, 그것도 결코 히라노에게 알리바이가 있었다는 뜻은 아니다. 현장에서 나오지 않았으니 없었던 것일 거라고, 그렇게 판단되었다는 것뿐이다.

그래서——.

아오키의 의견이 주목을 받았다.

애초에 히라노는 눈알 살인사건의 범인이 아닌 것이 아닐까. 네 곳의 현장에 남아 있던 지문은 모두 가와시마의 지문이 아니었을까. 현장에서 나온 유일한 남자는 가와시마였으니, 그것은 곧 가와시마가 바로 진짜 눈알 살인마였다는 증거가 아닐까.

더욱 휘몰아치듯이, 마에지마 야치요 살해에 사용된 흉기는 다른 세 건의 눈알 살인에 사용된 흉기와 동일한 것으로 판단되었다. 동일한 형상의 흉기가 아니라 동일한 흉기로 판단된 것이다.

그 근거를 기바는 모른다.

물어볼 마음이 들지 않았다.

이렇게 해서 가와시마의 입장은 눈 깜짝할 사이에 나빠졌다. 나빠진 정도가 아니다.

사몬초 사건과 다른 세 건의 범인은 동일인이다 —— 사몬초 사건의 범인은 가와시마다 —— 가와시마는 눈알 살인마다 —— 라는, 생각하기에 따라서는 난폭한 삼단논법이 거의 결론으로 고정되고 만 것이다.

다만 경찰은 일찌감치 히라노 범인설을 세간에 드러내 버렸다. 이만큼 인구에 회자되고 만 사건을 이제 와서 선뜻 뒤집는다면 아무리 뭐라고 해도 절조가 없다. 사실 히라노가 죄가 없다면 인권 문제이니, 여론이 경찰을 비난할 것은 불을 보는 것보다 더 뻔했다. 어차피 비난을 받을 거라면 체포하고 나서 받아도 된다고 판단했는지, 아니면 만에 하나 가와시마가 범인이 아니었을 때를 고려했는지, 신문 발표는 히라노 이외의 사람이 범행에 관여했을 의혹이 짙다 —— 고 말하는 데에 그쳤고, 가와시마의 이름 같은 것은 덮어졌다. 앞질러 나갔다가 히라노 때와 같은 전철을 밟지 않으려는 신중한 배려의 결과다.

주의만 깊을 뿐.

기바에게는 하나도 마음에 들지 않는다.

모르면 모른다고 발표하면 되는 것이다.

반대로 가와시마라고 단정할 만한 근거가 있다면 그렇게 말하면 된다. 경찰이 헤매고 있으면 시민은 무엇을 믿어야 한단 말인가. 그런 엉거주춤한 자세로 범죄 단속을 할 수 있겠느냐 —— 고 기바는 생각한다. 심판은 어디까지나 재판소에서 하는 것이고, 경관은 고작해야 병졸이니 엉거주춤하게 있으면 사회질서는 유지할 수 없다 —— 고 약간 과격한 생각마저 기바는 하고 만다. 물론 정체를 알 수 없는 욕구불만 때문이다.

—— 뭔가 틀려.

지문 하나만 봐도 말이 안 된다고 기바는 생각한다.

기병대 영화사에 남아 있던 수많은 지문 중에, 그때까지 히라노의 것이라고 생각되고 있던 지문——즉 현재는 가와시마의 것이라고 생각되는 지문은 하나도 없었던 것이다. 지문 자체가 전혀 없었던 것이 아니라, 많이 남아 있던 지문 중에 그 지문만이 없었다는 것이다. 이것은 누가 보아도 부자연스러운 일이 아닌가.

그 대신——대신이라고 하는 것도 묘한 말이지만——기병대 영화사에서는 요쓰야 현장에서 채취된 여러 개의 지문 중 히라노의 지문——가와시마의 지문——이 아니라고 생각되는 지문과 일치하는 지문 하나가 다량으로 검출되었다.

그렇다면 그 지문이 바로 가와시마의 지문이고, 히라노의 지문이라고 생각되던 지문은 역시 히라노의 지문이었다고 생각하는 것이 보통 아니냐고 기바는 생각한다.

아무래도 그렇게는 생각하지 않는 모양이다.

생각하지 않는 이유는 이렇다.

기병대 영화사에 가와시마의 지문이 없었던 이유는 닦아냈기 때문이 틀림없다. 현장에 있던 또 하나의 지문은 이전에 남은 것, 즉 기병대 영화사에 출입하던 누군가가 손님으로서 그 매춘 숙소를 사용했을 때 남은 지문일 것이다. 아니면 공범이 있었다는 가능성을 시사하는 것이다——.

——견강부회(牽强附會)[2]가 아닌가.

실제로 기병대 영화사 내의 지문은 여기저기 곳곳을 닦아내기도 했던 모양이지만, 그래도 상당한 수의 지문은 채취할 수 있었다.

---

2) 이치에 맞지 않는 말을 억지로 끌어 붙여 자신에게 유리하게 함.

그렇다면 그것은 지문을 닦았다기보다 단순히 걸레질 청소를 한 결과일 거라고 기바는 생각한다. 실제로 청소는 했다고 빌딩 관리인은 증언했다. 관리인은 가와시마의 부탁을 받고 일주일에 두 번 정도 실내를 청소했다고 하고, 그날 오후에도 했다고 한다. 그때 가와시마는 사무실을 비웠고, 방에는 아무도 없었던 모양이다

오후에 걸레질 청소를 했고, 가와시마는 그 후에 돌아왔으니 그렇게 많은 지문이 남아 있을 리도 없다. 오히려 가장 많이 남아 있던 지문이 가와시마의 지문이라고 생각하는 것이 순당한 것 아닐까.

애초 범행 현장에 처덕처덕 지문을 남기고 가는 멍청한 범죄자가 아지트의 지문을 지워서 뭘 하겠다는 것일까. 아니, 생활하는 곳에서 자신의 지문만 골라서 깨끗이 닦아낸다는 요령 좋은 일이 과연 가능한 것일까.

——결론이 먼저 있는 거야.

기바는, 예측은 유효하다고 생각한다. 사건에도 얼굴이 있고, 그 얼굴이 보이면 어울리지 않는 화장은 금세 간파할 수 있다. 하지만 기바의 경우, 예측을 이끌어내는 것은 돌아다니며 피부로 느낀 감(勘)이고 코로 맡은 사건의 냄새이지 논리가 아니다. 책상 위에서 짓이겨 만든 이론에서 도출되는 것은 예측이라기보다 가짜 결론이다.

그런 것을 전제로 해서 피가 통하는 일을 할 수는 없다.

이러해야 한다는 커다란 바깥 틀——이론적 가설이 선행하고, 거기에 편리한 사실을 끼워 맞추고, 들어맞지 않는 부분은 되잖은 핑계를 붙여서 해소해 가설의 정합성을 입증한다——그런 수법은 확실히 효율적일 것이다. 하지만 큰 오류를 바로잡기 위해 작은 모순을 무시하고 간다는 방식은 기바가 좋아하는 방식이 아니다.

이론에 근거한 가설도, 감에 기초한 예측도, 큰 차이가 없다면 큰 차이는 없고, 오히려 후자 쪽이 논리가 통하지 않는 만큼 입장은 약하다고 할 수 있다. 그러나 기바는 그 입장이 약하다는 부분에 고집하고 있다.

기바에게 예측이란, 말하자면 허세 같은 것이다.

기바는 경관의 신념 따위는 허세 정도로 충분하다고 생각한다. 공복은 성실한 것이 제일이지만, 이상주의자가 될 필요는 조금도 없다고 생각하는 것이다. 그렇지 않아도 사회정의라는 있는지 없는지 모를 괴물을 내세워, 국가권력에 의지해서 무례하기 짝이 없게 일하고 있다. 여기에 논리 무장까지 한다면 너무 지나친 것이다——라고 생각하기 때문이다.

하물며 그 이론 뒤쪽에 사상적인 배경 같은 것은 절대로 있어서는 안 된다고 기바는 생각한다.

생각건대, 모종의 사상에 기초하여 이론에 뒷받침되는 예측은 예측 축에도 끼지 못한다. 그것은 설령 사실과는 다르더라도 하나의 이상적인 결론임은 틀림없다. 고작해야 경찰관이라면, 뒷받침 없는 허세를 부리는 정도가 분수에 맞는다고 기바는 생각한다.

게다가 배경의 논리가 치밀하면 치밀할수록, 이론에 모순이 일어난 순간 수사는 암초에 부딪히게 된다. 논리 쪽을 수정하려고 해도 한 번 구축해 버린 원리원칙은 좀처럼 변경하기 어려운 모양이고, 부정하든 긍정하든 처음의 논리는 끝까지 꼬리를 끈다. 고작해야 예측이라면 그런 것은 없고, 수사 도중에 얼마든지 물릴 수 있다. 형사가 하는 일에 견고한 이치는 필요 없다. 수사는 수사, 돌아다니는 것 외에 길은 없다.

따라서 사소한 사실을 쌓아올려 가는 작업이라는 것은 특히 중요하다. 그것을 잊어버리면 무엇을 하고 있는 것인지 알 수 없게 된다. 여기저기 끼워 넣어져 있는, 실로 시시한 많은 사실들이 사건의 얼굴을 새기고, 기바에게 유효한 예측을 준다.

그래서 기바는 사소한 것이 마음에 걸리는 것이다.

——자기변호로군.

무슨 말을 해도 소용이 없다.

기바는 결국 어떻게 하지도 못하고, 이렇게 젖은 나무 냄새가 나는 지저분한 카운터에 뺨을 대고 술에 취해 횡설수설하고 있을 뿐이다.

"시들하네, 슈 씨——."

달래는 듯한 목소리로 준이 말했다.

"——여자?"

"시끄러워."

여자는 여자지만 죽은 여자다.

"또——그 여자라도 생각하고 있는 거야?"

"그 여자라는 건 누구야."

기바는 네모난 얼굴을 든다. 준은 눈을 반짝 빛내며, 그 여배우 말이야, 하고 말했다. 기바가 남몰래 짝사랑하고 있던 영화배우를 말하는 모양이다.

"——그건 여배우가 아니야. 여죄수지."

"재치 있는 말도 다하네. 마찬가지지 뭐. 어차피 이루어지지 않을 마음이잖아. 당신이랑 그 여자는 어울리지 않는다니까."

"시끄러워, 정말. 손님 장사라면 좀 더 나은 말을 할 수는 없는 거냐, 이 호박 같으니."

내가 호박이면 당신은 메줏덩어리라고 말하며 준은 깔깔 웃었다.

기바는 부루퉁해져서 준을 노려보았다.

"난 말이지, 사건에 대해서 생각하고 있다고."

"어머나, 슈 씨도 생각을 하는구나."

"생각하지."

"눈알 살인마?"

"조용히 해. 조용한 것밖에 장점이 없는 가게인데. 이참에 그 전축도 좀 꺼."

재즈인지 클래식인지, 기바는 모른다.

"거칠기는. 하지만 이건 내가 좋아서 듣고 있는 거니까 안 끌 거야."

"나는 서양 음악을 모르겠어."

"싫으면 집에 가."

준은 담배를 물고 고개를 홱 돌렸다. 등이 크게 벌어진 검은 드레스가 주위와 동떨어져 보인다.

여주인은 자신의 잔에 술을 채우면서, 당신은 생각하는 게 아니라 망설이는 거잖아, 하고 말했다.

"마찬가지잖아."

"달라. 경관이 망설이면 곤란하지."

"왜 당신이 곤란해?"

"곤란하지. 기준을 알 수 없으니까."

——엉거주춤한 자세로 범죄 단속을 할 수 있을까.

그것은 조금 전 기바가 스스로 생각한 것이다.

기바가 입을 다물자 준은, 왜 입을 다물고 그래, 놀리는 보람이 없네, 하고 유감스러운 듯이 말했다.

"형사를 놀리지 마. 투옥한다."

"하지만 그렇게 커다란 덩치로 축 처져 있으면 눈에 거슬리는걸. 슈 씨는 남자답고 아무것도 생각하지 않는 모습만이 장점이잖아."

"남자는 생각을 안 하나?"

"바보니까."

"―― 여자는?"

"똑똑하지. 멍청한 척하는 걸 보면. 남자는 똑똑한 척하는 만큼 바보잖아."

"그런가."

"뭐, 남자라든가 여자라든가 하는 문제가 아니지. 사람에 따라 다른 거야. 당신은 바보가 아니야."

"바보, 바보 하지 마. 정말 바보 같은 기분이 든다고, 이 여자야."

"당신은 바보가 아닌걸――."

"나도 바보가 아니야. 형사지."

자, 마셔, 형사님, 비장의 술이라고―― 그렇게 말하며 여주인은 정체를 알 수 없는 액체를 컵에 따랐다.

손목의 각도.

손끝의 섬세한 움직임.

둥그스름한 목덜미의 능선과 파마를 한 머리카락 끝만이 요염한 광선을 반사하며 필라멘트처럼 빛을 내뿜고 있다. 고양이 같은 눈동자도 움막에 충만한 난잡한 불빛을 흔들흔들 비추어, 몹시 농염하다.

지저분한 유리를 호박으로 바꾸는 미지근한 방의 광선은 낯익은 여주인을 낯선 여자로 보이게 한다.

―― 이 녀석도 여자다.

기바는 당연한 사실을 다시 곱씹으며 여자에게서 얼굴을 돌렸다. 얼굴을 돌려도 여전히 뺨이나 턱 언저리에 여자의 시선이 느껴져서, 기바는 약간 거북해진다.

기바는——여자가 불편하다.

여자를 싫어하는 것은 아니다. 오히려 진저리가 날 정도로 좋아한다고 느낄 때도 있다.

기바는 암컷이 불편한 것이 아니다. 생물학적인 성별의 차이 쪽은 아무런 지장도 없이 받아들일 수 있다. 성적(性的)으로도 바보 같을 만큼 정상이다. 따라서 남들만큼 여자와 놀아나기도 하고 장사하는 여자와는 스스럼없이도 접할 수 있다. 다만 그 경우에도 기바가 아무렇지 않게 접하는 것은 아무래도 여자가 아니다. 창부다. 기바는 창부라는 역할의 인간과 접하고 있을 뿐, 여자와 접하고 있는 것이 아닌 것이다. 그것은 일상생활에서도 완전히 똑같다. 예를 들어 채소가게 주인이든 우체국 직원 아가씨든, 역할이나 직함이 붙어 있을 때는 전혀 아무렇지도 않다. 그러나 역할을 벗어나 본질로 돌아가면 더 이상 안 된다. 눈앞의 고양이 같은 여주인도 술집 주인으로 접할 때는 아무렇지도 않지만, 성별을 의식한 순간 횡설수설하게 될 것이 뻔하다. 그 후에는 남자니 여자니 하는 차이조차도 억지로 떼어내고, 그냥 인간으로서 접할 수밖에 없다.

기바는 여자를 이해할 수가 없다.

——여자. 여자니까 죽인다.

눈알 살인마의 살인 동기.

"어이, 너도 여자지?"

"집요하시네. 증거라도 보고 싶어?"

"넌 바보냐. 돈을 준대도 보고 싶지 않아——."

기바는 옆을 향한다.

"——그런 게 아니라. 그렇지, 예를 들면 너는 남편이 있는데도 다른 남자와 자는 여자의 마음은 이해할 수 있나?"

마에지마 야치요는——무엇을 하고 있었을까.

여자라면 뭔가 알지도 모른다.

"남편이 없어서 모르겠어."

"쌀쌀맞군."

"여자라고 해서 다 한데 묶어서 생각하면 곤란하다고."

"그렇——군. 질문 방법이 나빴어."

주부와 교사와 창부와 소녀——.

여자라는 이유만으로 한데 묶을 수는 없을까.

예를 들면——.

"주부의 매춘이라는 건 나쁜 짓인가?"

"나쁘겠지? 체포되잖아."

"그게 아니라. 공창가의 여자는 체포되지 않잖아. 뭐랄까, 도덕적으로 말이야."

"도덕 같은 건 모르지만——."

준은 어리광을 부리는 고양이처럼 눈을 치뜬다.

기바는 슬쩍 손에 든 컵을 바라본다.

"——창부 중에도 착한 여자는 많이 있어."

"그것도 알고 있지만. 같은 여자로서, 예를 들어 그만두게 해야겠다거나, 그렇게 생각하나?"

"주제넘게 그런 말은 할 수 없지. 나도 이런 장사를 하고 있고."

"나쁜 장사는 아니잖아."

"견실하지는 않지. 물장사인걸. 스스로 나쁘다고 생각하지 않아도, 세상 사람들은 그런 눈으로 보지 않잖아. 아무리 자신의 힘으로 살고 있어도 자립했다고는 생각해 주지 않아. 남자나 사회에 기대어 살아가고 있다고 생각하지. 처지가 처음부터 동등하지 않은 거야."

"직업에 귀천의 구별은 없어."

"귀천의 구별은 없을 터, 라고 말해."

"있다는 뜻인가?"

"있다고는 하지 않겠지만. 딱히 어떤 일을 하든, 누구와 자든, 인간으로서는 그런 건 큰 문제가 아니잖아. 밀통할 때마다 피노키오처럼 코가 길어진다거나, 음행(淫行)을 저지를 때마다 수명이 줄어든다거나 하는 그런 일은 없는 거고. 육체적인 변화도 없고, 인간적으로 크게 바뀌는 것도 아니야."

"아니지."

"그러니까 그런 건 개인의 문제가 아니잖아. 사회라든가, 문화라든가——쓰고 싶지 않은 말이지. 나는 그런 말을 쓰고 싶지 않아서 이 장사를 시작한 건데——세상에, 그쪽이."

"너 옛날에는 무슨 일을 했었지?"

"그런 건 됐어."

여주인은 살짝 미소를 지으면서 기바를 노려보았다.

기바는 눈을 마주치지 않도록 시선을 멀리 보낸다.

"그러니까 풍습이라거나 문화라거나, 그런 기준이 있어서 정해지는 거잖아 그런 건. 그렇지, 예를 들면 여자가 사람들 앞에서 알몸이 되면, 수치도 모른다느니 파렴치하다는 말을 듣겠지?"

"당연하잖아."

"그림의 모델이라면?"

"그건 다르지."

"그게 여탕이라면?"

"더욱 다르지."

"하지만 하는 일은 모두 똑같잖아."

"멍청이. 장소가 다르다고."

"그러니까 환경의 문제잖아. 해외에서는 목욕탕이라고 하면 굉장히 수치스러운 곳이야. 여자가 얼굴을 내놓은 것만으로도 수치도 모르는 여자가 되는 나라도 있어."

"그건 특별하겠지. 특별하지 않나? 뭐, 다른 나라는 다른 나라야. 어떤 환경이든, 중요한 건 뜻의 문제 아닌가? 목욕을 하는 건 몸을 씻기 위해서고, 그림은 그, 예술을 위해서잖아. 그냥 벗는 거랑은 다르잖아."

"그럼 알몸이 됨으로써 자기주장을 하거나, 사상을 표현하는 경우는 어때? 뜻은 높잖아."

"어려운 얘기를 하는군. 사람들 앞에서 맨살을 드러내는 게 무슨 주장이 된다는 거야?"

"되잖아. 된다고 생각해 봐."

"그래도 세상 사람들은 이해하지 못할 거야. 파렴치하지."

"그렇지? 뜻 같은 건 상관없어. 그런 말을 하는 놈이야말로 뜻이 낮은 거잖아."

"미안하게 됐군——."

그것에 대해서 기바는 잘 알고 있을 것이다.

마음과 행위는 반드시 동조한다고는 볼 수 없고, 말이나 행동으로 반드시 무언가를 전달할 수 있다고 생각한다면 큰 착각이다. 기바는 몸으로 그것을 통감했다.

확실히 고매한 사상을 가진 나체 춤이나 술에 취해 흐트러진 알몸 춤이나 옆에서 보면 그저 천박한 춤에 지나지 않는 셈이고, 그렇다면 뜻 따위는 엿이나 먹어라다.

"——뭐, 네 말이 맞는군. 어떤 뜻이 있든 하는 일이 똑같다면 똑같은 건가."

"똑같아——."

준은 카운터에 팔꿈치를 짚고 가볍게 깍지 낀 양손의 손가락 위에 턱을 올려놓더니, 마치 무언가를 꾸미는 듯한 눈으로 기바를 주시했다.

"——특히 당신은 똑같다고 생각하지 않으면 안 돼."

"그래? 그럼 남편이 있든 닳아빠진 거리 창부든 매춘은 매춘——마찬가지라는 거로군."

"그야 마찬가지지."

"그럼 주부의 매춘도 나쁘지 않다는 건가?"

"나쁘지. 바보네."

"확실히 해."

"그러니까 아까부터 말했잖아. 당신들 형사가 헤매면 어쩔 거야. 뭐가 좋고 뭐가 나쁜지, 누군가가 룰을 정해 주지 않으면 이쪽이 곤란하단 말이야. 그런 기준은 시대나 환경에 따라서 이리저리 변하니까, 그때그때 정해 두지 않으면 어쩔 수 없잖아. 그걸 단속하는 게 당신들이잖아. 정신 똑바로 차려."

준은 기바를 노려보았다.

"좋다거나 나쁘다거나 하는 건 지금 상관없지. 중요한 건 그때 살아가는 세상 사람들과 어떻게 관계를 맺느냐 하는 거니까. 바보인 주제에 쓸데없는 걸로 망설이지 말아 줄래?"

"아아——."

——그 말이 옳다.

기바는 단숨에 술을 들이켰다.

도덕에 비추어보지 마라. 세상 사람들의 상식에 비추어보지 마라. 자신의 정에 비추어보지 마라. 경관은 법에만 비추어보라는 뜻이리라. 그것들은 전부 옮겨 다니는 것이고 그렇기 때문에 절대적이지 않지만, 경관이 사건을 맡으면서 법률을 의심한다면 세상이 성립하지 않게 된다.

물론 그 법도 절대적이지는 않지만, 그것을 의심할 땐 다른 장소, 다른 얼굴로 하라고, 술집 여주인은 형사를 타이르고 있는 것이다.

"알았어——."

기바는 손끝의 힘을 뺀다.

"——딱히 주부가 매춘을 했다고 해서 나쁘다는 건 아닌 건가. 정숙한 아내든 어린 계집아이든 희대의 음녀(淫女)든 그런 것과는 상관없이 누구든, 요컨대 단속 대상이 되는 행위를 했느냐 안 했느냐만 생각하면 되는 거로군. 현재 사창(私娼)은 단속해야 하는 것으로 정해져 있으니까——."

"당연하잖아."

정말이지 어린애구나, 하며 여주인은 어머니 같은 얼굴을 했다.

이리저리 잘 바뀌는 얼굴 중에서 그 얼굴이 기바는 제일 불편했다.

아내도 어린 계집아이도 음녀도, 결국은 직함에 지나지 않는다.

그 직함을 박탈해 버리면 그 밑의 얼굴은 단순한 개인일까. 그냥 여자일까. 여자이기 전에 사람인지, 인간이기 전에 여자인지, 기바는 알 수가 없다.

"매춘은 ―― 상관없나?"

"그렇지. 다만 ――."

어머니의 얼굴을 멈추고, 여주인은 말했다.

"―― 예를 들면 정숙한 아내든 음탕한 여자든, 똑같이 여자의 적이라고 ―― 그런 사고방식은 있지 않을까?"

"그건 ―― 모르겠군."

역할이 다르다.

"창부라는 건 여자의 성(性)을 상품으로 하는 거니까 그건 역시 여성의 권리 확대에는 지장을 주는 직업이야. 우대받고 있느냐 하면 아까도 말했듯이 부당하게 천한 취급을 받고 있고, 그녀들도 거기에 안주하고 있는 거겠지. 사는 건 남자고, 남자 쪽은 여자랑 놀아났다고 해서 그런 시선을 받지는 않는 셈이고 ――."

"그건 알겠지만, 그 ――."

"정숙한 아내도 마찬가지야. 그녀들은 봉건사회의 인습을 질질 끄는 것 같은 가부장제의 희생양이고 ―― 희생양이라고 하면 피해자지만, 대부분은 그런 인식조차 갖고 있지 않다는 게 현재 상황이란 말이지. 그렇다면 그런 남자 사회를 적극적으로 떠받치고 있는 건 사자몸속의 벌레[3] ―― 의식이 낮은 여자들 자신도 되는 셈이잖아. 그렇게 생각하면."

---

3) 사자 몸속에 기생하여 끝내는 사자를 죽게 하는 벌레라는 뜻으로, 아군이면서 배반하는 사람이나 은혜를 원수로 갚는 사람을 일컫는다.

"여자의 적은 여자인가."

——그런 논리도 있는 것일까.

"그런 논리도 있다는 것뿐이야."

"——넌 그렇게 생각하나?"

"나? 난 그렇게는 생각하지 않아. 하지만 그렇게 생각하는 사람들은 있잖아. 틀린 말은 아니야."

"어디에 있지? 누군데?"

"그러니까 여권신장론자 말이야."

"그 녀석들은——예를 들어 남자들이 많이 드나드는 무절제한 술집의 여주인에 대해서는 어떻게 생각할까."

"말해 두겠는데 나는 남자 기근이야. 하지만 뭐 그렇게 좋게는 생각하지 않겠지."

"그래? 근엄하고 성실한 여교사는?"

"그건 사람에 따라 다르지 않을까? 체제 지지를 표방하는 사람도 있는 모양이고."

"세상 물정 모르는 참견쟁이 소녀는?"

"그게 뭐야. 알 수 없는 사람이네. 그것만 가지고는 아무것도 알 수 없지. 무슨 수수께끼야?"

"아니——."

떨어져 있는 점과 점은 이을 수 없는 것도 아닌 것일까.

"숙청하는 건——있을 수 있는 일일까."

"누구를?"

"여자 사이에 있는 여자의 적을."

"죽인다는 뜻이야?"

"음."

준은 얼굴을 찌푸리며 바보 취급하듯이 기바를 노려보더니, 경멸이 듬뿍 담긴 말투로,

"정말로 바보네, 슈 씨."

하고 말했다.

"뭐가 바보야."

"그런 짓을 하는 게 무슨 의미가 있어? 여자의 적은 우선 남자잖아. 적이니까 죽인다는 거라면 우선 남자를 전부 다 죽여야지. 그렇게라도 하지 않으면 세상은 바뀌지 않을 텐데. 당신, 그런 말을 하면 그야말로 살해될 거야. 이해심 없는 차별주의자에 멍청한 남자라고."

"그것도――그렇군."

하지만. 점과 점을 이으면 선이 된다.

선과 선을 이으면 형태가 된다.

형태가 되면,

――사건의 모습이 보인다.

"너――정말 평범한 술집 여자 맞아?"

"아아 시끄러워. 슈 씨, 여자의 과거를 꼬치꼬치 들추는 비열한 놈은 아니었잖아. 형사치고는 시원시원한 놈이라고 생각하고 있었는데."

준은 카운터에서 슬쩍 나오더니 나른한 듯이 고개를 돌려 입구로 향했다.

"뭐야, 폐점인가."

"손님은 썩은 형사뿐이니까. 왠지 장사할 마음도 없어졌어. 얼마든지 있어도 돼. 실컷 마셔. 바보 형사님."

아마 낮잠 중이라고 씌어 있는 팻말을 걸었을 것이다. 한밤중에 낮잠을 자지도 않을 테지만, 이 가게에는 밤도 낮도 없다.

기바의 생각은 여전히 정리되지 않는다. 그러나 기바는 곧 자신의 단련된 근육 구석구석에 활력이 생겨날 것 같은 예감을 느끼고 있다. 기바는 몸으로밖에 사물을 파악하지 못하는 인종이라, 그런 예감도 육체적인 징후로 나타나는 것이다.

——눈알 살인마는 묻지마 살인이 아니야.

목적이 있다면——.

——거미한테 물어보라고?

거미. 기바를 보고 있던 무당거미. 검은 안경.

"안경이야."

"뭐?"

"맞아. 안경에는 가와시마의 지문이 묻어 있어."

"가와시마가 누구야?"

——밤중에 검은 안경은 위험해서 안 되겠다고 하더군. 벗은 게지.

마키의 이야기에 의하면 가와시마는 검은 안경을 직접 벗었다. 당연히 검은 안경에는 가와시마의 지문이 남아 있어야 한다. 안경의 지문이 히라노의 것으로 생각되던 지문뿐이라면 가와시마는 역시 눈알 살인마일 것이다. 하지만 기병대 영화사에 남아 있던 지문과 일치하는 것이 하나라도 검출되었다면——히라노의 지문은 역시 히라노의 것이었다는 뜻이 된다.

그럼——.

기바는 안주머니 위에 손을 댄다.

——거기에 히라노가 있었다는 뜻이 돼.

"그거야."

"뭔데?"

그것이야말로 기바가 추구하는 예측이다. 기바는 뒷받침 없는 예측의 계시를 얻은 것이다. 이제는 사소한 사실을 쌓아올려 나가면 된다. 논리는 나중에 따라온다.

우선——검은 안경의 지문을 조회해야 한다. 기바는 스스로 자신의 목을 조르고 있었던 것이다. 기바는 구원의 열쇠를 자신의 품속 깊이 봉인하고 있었다.

"나는 바보야."

"인정하는 거야?"

"음. 바보야. 그런 건 신경 쓸 게 아니었어. 흉기가 동일하다고? 당연하지. 범인은 히라노다."

다만 흉기가 동일하다고 판단된 이유는 확인해 둘 필요가 있을 것이다. 그렇다면.

"사토무라——로군."

"사토무라 씨라면 전에 당신이 데려온, 그 이상한 의사 선생님? 나는 해부를 좋아해, 라고 말하던 머리숱이 좀 없는 사람?"

"맞아. 그 변태다."

검시관 사토무라 고이치를 잘 이용한다는 방법은 있다.

지문 조회도 그 변태 외과의 쪽에서 감식반에 의뢰해 달라고 하는 편이 기바가 부탁하는 것보다 빠를지도 모른다.

계산적이지만 사람이 좋고, 특이한 걸 좋아하니 이용하기 쉽다.

그건 됐군.

그리고——.

"남은 건 밀실이로군."

"전혀 모르겠네. 이 얼어붙은 두부는 무슨 말을 하는 건지."

"그건 뭐야."

"초라하고 네모나잖아. 밀실이라면 그 탐정소설에 나오는 거지? 재미있겠네?"

"재미있지 않아. 알겠나? 세상에 밀실 살인이라는 건 없어. 절대로 있을 수 없다고."

"트릭이라든가."

"그건 트릭을 사용해서 드나들거나 문을 잠근 방에서 일어난 살인이고, 그런 건 밀실이 아니잖나. 게다가 그런 미치광이 같은 짓을 해서 이득을 보는 놈은 없어. 그런 건——."

그 방에 출입하려면 그 장지문을 이용할 수밖에 없다. 그리고 그 집에 드나들려면 그 옆길로 나갈 수밖에 없다. 장지문은 안쪽에서 잠겨 있었다. 옆길에는 사다스케의 눈이 빛나고 있었다.

이중의 밀실.

——그런 건 없어.

예를 들어. 가와시마와 야치요는 왜 곧장 그 매춘용 숙박업소로 향했을까. 그런 초라하고 볼품없는, 게다가 눈에 띄지 않는 장소의 간판조차 나와 있지 않은 약속 장소에서 만나려면, 처음부터 알고 있기라도 하지 않는 한은 불가능하다. 밀회 장소를 정한 사람은 가와시마다.

그렇다면 가와시마가 그곳을 알고 있었다——아니, 그게 틀린 것이다. 그곳은 미리 누군가에 의해 지정된 장소였다——.

누가——.

——거미다.

"그렇군. 야치요를 불러낸 건 거미의 심부름꾼이야. 배후에 거미가 있어!"

준은 기바 옆에 걸터앉아 형사의 혼잣말에 눈을 휘둥그렇게 뜨고, 발을 흔들거리며 재미있다는 듯이 듣고 있다.

"역시 재미있을 것 같잖아. 갑자기 좋아졌어, 슈 씨. 거미라는 게 누구야?"

"닥쳐, 할망구——."

만일 그 다다 마키의 숙박업소가 처음부터 지정되어 있었던 장소였다면, 미리 잠입해 있는 것은 쉬운 일이 아닐까. 마키는 밤소경이다. 몰래 숨어들어가 옆방에라도 숨어 있었다면——.

거기에 두 사람이 온다. 무엇을 하고 있었는지는 모르겠지만, 아마 문은 잠갔을 것이다. 장지는 뗄 수 있으니 방에 난입하는 것은 가능하지만, 확실하다고는 할 수 없다. 다만 잠들어 버리면 또 다르다. 기바라면 틀림없이 잠든 직후를 노릴 것이다. 벽은 얇고 잠금장치는 허술하니, 방 안의 기척은 다 들릴 것이다. 가와시마가 세 시에 방을 나간다. 나갈 때는 문을 열었을 것이고, 밖에서는 문을 잠글 수 없으니 만일 여자가 잠들어 있었다면——.

"——쉽게——들어갈 수 있잖아."

"하지만 못 나올 거야. 분명히."

"그래서——범행 시간은 세 시인 거야."

가와시마가 야치요를 살해하고 세 시에 물러간 것이 아니다. 범인은 가와시마가 세 시에 돌아갔기 때문에 죽인 것이다. 그리고 가와시마가 다시 현장으로 되돌아간 이유는——.

——이건가.

기바만이 아는 유류품. 주머니 속의 검은 안경.

가와시마는 검은 안경을 두고 온 것을 깨닫고 가지러 돌아간 것이 아닐까. 그러나 돌아가 보니 방문은 잠겨 있었다. 때마침 그때 범행이 벌어지고 있었거나——아니, 이미 죽인 후였거나——어쨌든 안에는,

——히라노가 있었던 거야.

가와시마는 방에 들어가지 못하고, 포기하고 곧 돌아갔다. 그게 틀림없다.

"잠깐——."

그럼——안경을 창으로 버린 자는 히라노라는 뜻이 된다. 그렇다면 품속의 안경에는 히라노의 지문도 묻어 있을——가능성이 있다. 만일 여러 개의 지문이 검출된다면 당국은 결정적 증거라고는 간주하지 않을 것이다.

——아니. 그렇지는 않아.

가와시마가 진범이라면, 검은 안경에서 여러 개의 지문이 나오는 것 자체가 이상하다. 게다가——애초에 히라노가 안경을 주울 이유가 없다.

"남은 건——어떻게 나왔느냐인가."

"그것 봐, 역시 못 나오지."

"나올 수 있었어. 안에 있었다면 말이지."

집에서 나온 사람은 가와시마뿐이었다.

따라서 안에 히라노는 없었다——논리는 그럴 것이다.

그러나 히라노가 있었다는 것을 전제로 한다면 그 논리는 무효다.

사다스케의 증언을 의심하기는 쉽다. 그러나 그러면 정합성이 없는 부분을 잘라내 가는 방식과 똑같아지고 만다. 그래서는 안 된다. 오히려 어떻게 감시인의 눈을 피해 나왔는지를 문제로 삼아야 한다. 히라노는 사다스케의 빈틈을 노려 탈출한 것이 틀림없다.

——잠깐.

히라노는 사다스케가 보고 있었던 것을 몰랐을 것이다. 그렇다면 빈틈을 노리고 말고 할 것도 없다.

——우연이다. 이건.

히라노의 도주에 장해가 되는 것은 무엇보다도 우선 다다 마키가 아닌가. 마키의 방은 현관 옆에 있다. 야음을 틈타 침입할 수는 있었다고 해도, 해가 뜨고 나서 탈출하기는 망설여지는 부분이다. 그렇다면.

——여섯 시 반쯤에, 노인이 새파란 얼굴로 나와서,

——어디론가 갔어요.

마키는 그때 집을 나갔다.

동시에.

——저는 현관까지 가 보기는 했습니다.

——일단 뒤쪽으로 돌아가 보기로 했지만,

사다스케의 감시도 끊겼다.

——그때 현관 쪽에서 소리가 나서,

그건가——.

사다스케가 들은 소리는 히라노가 현관을 열었을 때의 소리가 아닐까. 사다스케는 그때 옆집과의 틈새에 낀 채 꼼짝도 못 하고 있었다. 그것은 다시 말해서 소리——드나드는 기척이 금세 멈추지는 않았다는 뜻이 아닌가.

방해가 되는 마키가 외출했기 때문에 히라노는 탈출한다. 히라노가 나간 직후에 마키가 돌아온다. 물론 사다스케는 보고 있지 않다.

사다스케의 증언을 살린 채 히라노는 나갈 수 있다.

다만——.

"왜 문을 잠갔지. 어떻게 잠근 걸까. 제일 손쉬운 생각은, 그 할망구가 거짓말을——."

그것은 아니다. 아무도 거짓말을 하지 않았고, 아무런 잔재주도 없는 해결이 반드시 있을 것이다. 기바의 생각에 히라노는 속임수 없이 들어갔다. 그렇다면 속임수 없이 나왔을 것이 틀림없다.

준이 머리카락을 쓸어올린다. 고인 공기가 스윽 흐르고 가볍게 향수의 향기가 난다.

——여자의 향기.

창부 같은 여자. 싸구려 분의——.

——싸구려 홍백분은 냄새가 나니까,

——보이지 않아도 그 정도는 알지.

——그런 걸 어찌 아나. 나는 밤소경일세.

——그렇게 비싸 보이는 유젠을 입은 여자는,

"어이, 준."

"왜, 갑자기."

"너, 기모노 좀 아나?"

"뜬금없는 걸 묻네, 슈 씨. 기모노는 왜? 이래봬도 나는 옷치장에 돈을 들이는 사람이야."

"비싼 기모노에서는 냄새가 나나?"

"냄새? 그야 빨지 않으면 어떤 옷이든."

"멍청이. 그게 아니야. 예를 들어 유젠인지 명주인지 잘 모르겠지만, 그, 냄새를 맡아보면 판별이 가나?"

"갈 리가 없잖아. 만져보면 뭐——."

"만지면 안 돼."

"그럼 알 수 없어. 말린 자반고등어나 마늘도 아니고. 향이라도 배게 했다거나, 향주머니라도 갖고 다닌다면 뭐 냄새는 나겠지만."

"향주머니는 갖고 있었어. 백단이 들어 있는."

"그럼 백단 냄새가 나겠네."

"백단이라는 건 유젠을 입을 때 풍기는 향인가?"

"그런 규칙은 없다니까."

"그래? 코로 기모노를 구별할 수는 없다는 거로군. 그럼——그 빌어먹을 할망구——."

——본 것이다.

다다 마키는 야치요의 기모노 종류는 알고 있었다.

그러나 가와시마가 무엇을 입고 있었는지는 몰랐다고 증언했다.

가와시마의 옷을 확인할 수 없었던 이유는 물론 마키가 밤소경이기 때문이고, 또 두 사람이 찾아간 시각이 밤중이었기 때문이다. 현장의 복도는 어둡다. 가로등 불빛이 닿는 현관 앞에서도 잘 보이지 않았다면, 건물 안은 한층 더 어두우니 이것은 보일 리도 없다.

그렇다면 방에 들어가서 전등을 켰을 때 보았을까.

그것도 아니다. 그렇다면 마키는 가와시마의 복장도 보았을 것이다. 매우 흔한, 하지만 요즘은 보기 드문 군복이다. 가와시마 정도의 거한이 입고 있는 모습을 보고 잊을 리도 없고, 또 마키는 알면서도 모르는 척을 할 이유도 없다.

다시 말해서 마키는 방까지 안내만 했을 뿐, 안에 들어가지도 않았고 전등도 켜지 않은 것이다.

즉――.

마키는 해가 뜨고 나서 마에지마 야치요의 기모노를 본 것이다.

당연히 시체를 발견했을 때 보았다는 뜻이 된다.

시체를 발견했을 때에 기모노는――.

――그 현장.

"어이. 기모노는 벗은 후에는 어떻게 하지?"

"당연히 걸어두겠지. 보통."

"건다――고."

걸려 있었나?

기바에게는 걸려 있는 기모노를 본 기억이 없다. 야치요는 속옷 차림으로 죽어 있었으니 벗은 기모노는 반드시 현장 어딘가에 있었을 것이다. 기바가 들어간 시점에서는 현장의 보존 상태는 완벽했을 테고, 그 비좁은 방에서 기모노가 걸려 있었다면 반드시 눈에 띄었을 것이다.

"뭉쳐 둔다거나, 갠다거나――그런."

"그런 짓은 하지 않아. 농사지을 때 입는 작업복이 아니니까. 어지간한 사정이 있다면 다르겠지만――유젠이라면서? 걸어둘 걸. 기모노를 다루는 데 익숙하지 않은 여자라면 모르겠지만. 요즘은 양장을 입는 아가씨들밖에 없으니까 개중에는 그런 아가씨도 있을지도 모르지만――."

마에지마 야치요는 포목전 상인의 아내다.

"기모노라는 건 보통은 어디에 걸지?"

"보통은 횃대겠지."
"그런 건 없어."
기바는 현장의 상황을 뇌리에 재생한다.
지저분한 벽. 탈색된 커튼. 여닫이가 나쁜 창틀.
거친 다다미. 싸구려 경대. 베갯맡에 흩어져 있는 휴지.
목제 쓰레기통. 재떨이. 화로. 이 빠진 찻잔.
주전자. 피로 물든 이불. 그리고——.
옷걸이 병풍에 칠칠치 못하게 걸려 있는 오비지메.
"옷걸이 병풍——인가."
"훌륭한 게 있네. 옷걸이 병풍이 있다면 당연히 거기에 걸겠지. 걸 거라니까."
"아무것도 걸려 있지 않았단 말이야. 오비지메뿐이었어."
"오비지메뿐? 이상하네, 진짜?"
"틀림없어. 지저분한 벽이 보였으니까."
"벽?"
"기모노가 걸려 있었다면 그 뒤는 보이지 않았겠지."
"안 보이지. 주름이 가지 않도록 걸어두는 거니까. 이렇게, 펼쳐서 걸 텐데. 본 적 정도는 있겠지?"
"걸려 있었던 건가. 원래."
풀렸다.
아마 맞을 것이다. 이제는 확인만 하면 된다.
"지금 몇 시지?"
"여기는 시간이 없어."
"가르쳐줘."

"하지만 시계가 없는걸."

준은 깨나른한 표정을 지으며, 일각을 다투는 볼일이 있는 무례한 손님이라면 시간을 신경 쓰기 전에 냉큼 돌아가지 그러셔 —— 하고 내뱉듯이 말했다. 기바는 잠자코 담배에 불을 붙인다.

애초에 나가토와 헤어진 게 20시가 넘어서였으니, 이미 날짜도 바뀌려고 할 무렵인 것은 틀림없다. 이 시간부터 할 수 있는 작업은 아무것도 없다. 조바심만 낸다 해도 부질없는 일이라는 것을 알고는 있다.

다만 기바는 아무래도 침착할 수가 없다.

딱딱한 둥근 의자도 몹시 불편해지기 시작했다. 도수가 얼마나 되는지는 모르지만 아무리 마셔도 이 상태로는 취할 수가 없다.

해야 할 일이 명확해졌는데도 행동할 수 없는 답답한 시간이라는 것은, 할 일을 알 수가 없어서 초조해하는 상황보다 훨씬 더 싫다. 특히 기바 같은 남자에게는 괴롭다. 엉덩이 근육이 일어서라, 걸으라고 뇌수에 신호를 보내고 있는 듯한 느낌이 든다. 팔다리 쪽에서 머리를 움직이다니 본말전도다.

"진정이 안 되나 보네. 뭘 생각해냈는지 모르겠지만 조금 전까지 썩은 두부처럼 축 처져 있었던 주제에 갑자기 안절부절못하고. 애인 얼굴이라도 생각났나 봐. 얄미워."

"그랬으면 좋겠지만."

기바가 건성으로 대답하자 준은 웃음을 터뜨렸다.

"진심으로 받아들이는 거야? 당연히 농담이지, 이 벽창호. 당신한테 여자 친구가 어디 있어. 데려오는 건 전부 얼빠진 사내놈들뿐이잖아. 그 탐정 도련님은 잘 지내?"

탐정이란 물론 에노키즈를 말한다.

"뭐가 도련님이야. 그 녀석은 나랑 같은 나이라고."

어머나, 그래? 슈 씨, 당신 노안이구나, 하고 말하며 준은 큰 소리로 웃었다. 그것은 단순히 에노키즈가 연령 미상일 뿐이고, 자신이 표준이라고 기바는 생각한다.

"그렇다고 해도 당신 친구들은 이상한 사람들뿐이야. 그, 딱 한 번 데려왔던, 기모노를 입고 좀 언짢아 보이던——술집에서 술을 안 마시는 사람이나, 그리고 그 왜, 딱 한 잔 마시고 새빨개지던 원숭이 같은 애도 그렇고. 이상하지."

추젠지 아키히코. 세키구치 다츠미. 하코네 사건에 휘말린 친구들이다. 벌써 두 달 넘게 만나지 않았다.

"그러고 보니, 슈 씨. 요전에 왔던 게——언제였더라? 그때 데려온 사람——."

"기억 안 나. 시끄럽군. 작년인가?"

"아니라니까. 1월이야. 1월 말쯤. 데려왔잖아. 그, 머리가 덥수룩하고 턱 끝에 아무렇게나 수염을 기르고, 겨울에 팔을 걷어붙인, 눈이 흐리멍덩하고 신경질적인 사람——."

"후루하타——인가?"

가몬 형사가 찾고 있던 남자——후루하타 히로무. 듣고 보니 기바는 분명히 지지난달, 후루하타와 이 가게 저 가게로 이차 삼차 술을 마시러 다니다가 마지막에는 이 가게로 왔었다. 준은 맞아, 맞아, 그 어쩌고 하타인가 하는 사람——하고 말했다.

"후루하타가 왜?"

그렇다.

후루하타다. 그 남자는 히라노 —— 범인을 진찰했던 신경정신과 의사가 아닌가. 가몬 형사가 소식을 물었을 때, 기바는 히라노 범인설에 거의 흥미를 느낄 수 없어 그렇게 신경 쓰지는 않았지만 ——. 지금은 아니다. 이제 히라노 범인설은 기바의 허세를 지탱하는 큰 예측의 중심이 되었다. 버려둘 수는 없다. 기바가 묻기 전에 준이 물었다.

"그 사람, 무슨 일 하는 사람이야?"

"원래는 의사야. 지금은 —— 모르겠군."

흐음, 하고 코를 울리면서 기지개를 쭉 켜더니 준은, 의사라, 인텔리구나, 하고 말을 이었다.

"그 후에 또 왔었어, 여기에. 게다가 여자를 데리고. 왠지 신 나게 이야기를 나누는 것 같지는 않던데. 날카로운 분위기였지. 뭘 하러 온 거냐는 느낌이었어."

"여자라고? 그 자식. 이제 어른이라 이건가?"

"둘 다 어른이던데. 왜냐하면, 데려온 사람이 전에 다마노이에 있던 애더라고. 어디에서 낚아왔는지."

"창부인가 ——."

"사토미라는 이름의, 이 근처에서는 좀 날리던 여자야. 착한 아가씨지. 어디에서 잘못된 건가 했는데, 아마 그 아가씨, 옛날에는 종군 간호사였다나 그랬다고 들었으니까, 그래서 전직 의사랑 달라붙은 건가?"

"달라붙어?"

"그러니까 당신 친구, 사토미 남편이 됐더라니까."

"남편? 입적(入籍)한 건가."

"안 했어. 무슨 소리야. 내연의 남편. 기둥서방."

"기둥서방이라고?"

기바가 아는 후루하타는 남들보다 배로 사려가 깊다. 나쁘게 말하면 음습하다. 구구하게 고민하고, 다른 사람을 꿰뚫어보고, 의심도 많다. 그러나 그것은 기바의 생각에 후루하타가 남들보다 배로 섬세하고, 정의감이 강하면서 신중하다는 복잡한 성질에서 오는 굴절이었다.

악인은 아니다. 다만 세상을 그렇게 경계하다가는 결국 비뚤어진 눈으로 보게 된다고, 기바는 술자리에서 크게 꾸짖은 기억이 있다.

그때도 후루하타가 되잖은 논리를 늘어놓는 바람에 기바는 진저리가 났었다.

그건 그렇고 눈만 뒤룩거리고, 기바가 보기에 겉모습은 어른이지만 유아원생 기질이 가시지 않은 연약한 도련님이라는 인상이었는데, 창부의 기둥서방이라니 의외의 변신이다. 사람 다시 봤다고 할까, 헛물을 켰다고 할까——추월당했다고 할까.

"언제부터?"

"글쎄. 지난달——맞아, 눈알 살인마가 요쓰야로 돌아오기 조금 전이니까——보름이나 그 정도?"

"어디야."

"뭐가?"

"그 여자의 집은 어디야."

기바는 일어선다.

"알 수 없는 남자네, 당신도. 형사한테 길거리 창부가 있는 곳을 어떻게 가르쳐줘? 그건 이치에 안 맞아."

"너도 참 머리가 나쁜 여자로군. 어차피 밤일을 나가는 직업이야. 여자는 지금 집에 없겠지. 나는 형사니까 길거리 창부는 단속해야 하겠지만, 없는 놈은 체포할 수 없어. 빨리 가르쳐줘. 계산도 같이, 빨리해."

질량이 있는 기바가 크게 움직이자 고여 있던 실내의 공기가 술렁거리며 흘렀다. 미지근한 환경에 균열이 생긴다. 기바는 세상의 건조하고 차가운 바람을 떠올리고는 느릿느릿 자신의 몸을 형사의 갑옷으로 감싼다.

준도 갑자기 여주인의 얼굴로 돌아와, 당신, 꼭 지금 갈 것 같은 말투잖아, 설마, 하고 말하며 어이없어한다.

"갈 거야, 가면 안 되나."

하고 기바는 말한다.

"그런데 사건이랑 상관있는 거야?"

"있을지 없을지는 몰라. 나는 논리로 움직이는 게 아니니까. 팔다리가 멋대로 움직이는 거지."

"곤란한 남자네, 슈 씨도. 이게 무슨 조루리[淨瑠璃][4]나 분라쿠[文楽][5]도 아니고. 뒤에서 당신을 움직이고 있는 건 대체 뭐야?"

"몰라. 나는 형사니까 법률은 지킬 거야. 충고대로 기준은 거기에 두겠어. 다만, 나를 움직이는 건 법률도 사회정의도 아닌 것 같단 말이야. 하지만 적어도, 도덕도 세상의 상식도 의리나 인정도 아니라는 것은 확실해. 그러니까 안심해."

---

4) 샤미센 반주에 맞춰 특수한 억양과 가락을 붙여 엮어나가는 이야기의 일종. 무로마치 말기에 무반주로 펼쳐졌던 이야기극이 시초이며, 에도 시대 직전에 샤미센 반주가 정착하고 인형극이나 가부키와도 결합해 서민오락으로 크게 유행했다.

5) 조루리에 맞추어 하는 일본의 대표적인 설화 인형극.

"안심하라고 해도 말이지——."

준은 눈썹을 찌푸리고 안타까운 듯한 표정을 지으며 다시 여자의 얼굴이 된다. 기바는 어깨에 힘을 준다.

"나를 움직이는 건 말이지, 그렇지 근육이야."

"아는 척 그런 소리 마. 그건 나도 마찬가지야. 더 이상 튕겨내면 어쩌자는 거야. 격려해 준 내가 바보 같네."

"너——격려해 준 거냐?"

둔한 기바는 전혀 몰랐다.

준은 여자의 얼굴을 한 채, 뭐야 격려해 준 보람도 없네, 하고 토라진 듯이 말했지만 기바가 다시 강요하자, 정말로 사토미를 잡아가면 안 돼——하고 말하면서 마지못해 종이에 주소를 적어 건넸다.

그리고, 달아둘게, 빨리 가——하고 말했다.

기바는 여자에게서 등을 돌린다.

"이러니저러니 해도 당신도 확실하게 논리를 짜고 있잖아——바보."

기바의 등을 향해 여자는 작은 목소리로 그렇게 말했다.

네코메도에서 나와 15분 정도 걸었다.

가로등도 사라져서 캄캄해졌다.

흐릿한 달빛이 흐릿한 거리를 수상쩍게 떠올라 보이게 한다.

눈이 익숙해지면 아무렇지도 않다. 잡목림. 공동주택의 긴 골목.

햇빛 아래에서도 충분히 수상쩍을 이 어수선한 경관은 밤의 장막 한가운데에 있으니 오히려 생생하게 맥동하고 있는 것처럼 느껴졌다. 미지근한 혼돈은 역시 나름대로 불안하지만, 기바에게는 안도이기도 하다.

——매음굴.

그런 이름이 어울린다. 실제로는 그저 오래된 목조 아파트다. 밤공기를 흠뻑 들이마셔 수상쩍은 모양새로 둔갑했을 뿐이다.

삐걱삐걱 소리를 내며 문을 열고, 삐걱삐걱 소리를 내며 계단을 오른다.

노후화가 심하다. 오르내린 많은 놈들의 상념이나 망념이나 사념이 계단 판자 틈새로 삐걱거리며 솟아나오는 것 같다. 어둠이다.

문패를 대신하는 종잇조각이 압정으로 고정되어 있다.

——도쿠타 사토미.

희미한 달빛에 의지해 눈에 힘을 주며 간신히 읽어낸다.

문을 연다. 문은 잠겨 있지 않았다.

"밤중에 미안한데. 잠깐 실례하겠소."

만일 누가 나무란다면 형사의 얼굴을 하면 그뿐이다. 기바 자신은 의식하지 않아도 그런 부분에서는 자연스럽게 배우고 익힌 교활한 계산이 작용하고 있다.

대답은 없었다.

안은 흐릿하게 밝다. 전등은 켜져 있지 않지만, 창문이 활짝 열려 있고 달빛이 비치고 있는 것이다.

방 두 개밖에 없는 초라한 집의 가운데 장지를 열어젖혀 보니, 창가에는 남자가 앉아 달을 올려다보고 있었다. 방에는 곳곳에 여자 옷이며 식기며 쓰레기가 흩어져 있고, 요도 아무래도 줄곧 깔려 있었던 모양이다.

남자는 여성용 주반을 걸치고 등을 웅크린 채, 고개만 빼서 밤하늘을 바라보고 있다.

"과연 형사야. 얕잡아볼 수 없군요——."

치렁치렁한 직모가 달빛에 흔들렸다.

"후루하타인가."

"슈 씨."

남자는 천천히 돌아본다.

건강하지 못한 얼굴로 남자——후루하타 히로무는 씩 웃었다.

눈만 부리부리하고, 아무리 봐도 영양의 균형이 맞지 않는 듯한 얼굴이다. 허리띠인지 속옷인지가 흩어져 있는데 그 위에 무뢰한처럼 책상다리를 하고 앉은 전직 정신과 의사는 길게 빼고 있던 목을 거북처럼 움츠렸다.

"놀라지 않는군."

"놀라지 않아요. 아니, 놀랐나? 슈 씨, 저쪽 길로 걸어왔잖아요. 나무 그림자에서 커다란 몸이 보여서, 그렇지 않을까 하는 생각은 하고 있었지요. 전혀 예상하지 못했던 귀한 손님의 방문이기는 하네요."

"이렇게 어두운데도 용케 알았군."

"뭐, 달이 있으니까. 들어오십시오. 누추한 곳이지만——이라고 해도 내 집은 아니지만요."

"팔자 좋군. 창부의 기둥서방인가."

"형사만큼 팔자가 좋지는 않습니다——."

기바는 커다란 몸을 움츠리며 꾸물꾸물 안으로 들어간다.

발 디딜 곳도 없는 꼴이다. 발끝으로 여자 옷을 헤쳐 다다미를 드러내고, 기바는 외투를 입은 채 그 약간의 틈새에 앉는다. 다다미는 싸늘하고 축축하다.

"후루하타. 대체 무슨 심경의 변화인가? 자네, 분명히 교회인지 어딘지에서 신세를 지면서 목사인지 신부인지의 흉내를 내고 있지 않았던가? 또 꽤나 땀 냄새나는 곳으로 옮겼군그래. 응?"

"교회에 있었을 때에 비하면 건강한 생활을 하고 있습니다. 이래봬도 나는 신경질적인 성미라서요. 마치 씌었던 것이 떨어져 나간 듯 상쾌합니다."

"다른 것이 씐 건 아니고?"

씌었지요, 나쁜 것이, 아니, 내 쪽이 씐 건가, 후루하타는 그렇게 말하며 소리 내지 않고 웃었다.

"자네한테 붙어 있는 산의 신은――지금 장사 중인가?"

"부지런히 땀을 흘리며 벌고 계십니다. 내 쪽은 이렇게 달을 감상하면서 옛 친구와의 재회를 즐기고 있고요. 그런 의미로는 확실히 팔자가 좋네요."

후루하타는 책상다리를 한 채 빙글 방향을 바꾸어 달빛을 등졌다. 그리고 술이며 안주를 내서 대접하고 싶지만 공교롭게도 아무것도 없다, 봐 달라고 말했다. 기바는 기둥서방한테 대접을 받아도 곤란해, 라고 대꾸했다.

"관헌이 창부가 번 돈을 가로챈다는 건 아무래도 말이지."

"그건 그렇고, 슈 씨. 여기를 어떻게 알아냈나요."

"뭐, 우연일세. 고양이 눈, 준을 족쳤지."

"아아, 그 준 씨는 총명한 사람이에요. 학력이 높은 걸 자랑하지도 않고, 술집 여주인을 즐기는 모양이지요. 멋있어요."

"그런 걸 멋있다고 하나? 이상하다고 하겠지."

역시 평범한 여자는 아니었던 모양이다.

기바는 천장 쪽을 올려다본다. 벽장의 문은 반쯤 열려 있고 이것저것이 산사태를 일으키며 다다미로 이어져 있다. 벽에는 주반이며 기모노가 걸려 있다.

——과연.

다다미 위는 그야말로 끔찍한 참상이지만 흩어져 있는 옷 중에서도 기모노만은 없다. 뭉쳐져 있는 것은 모두 속옷이나 화려한 양복뿐이다.

"어이, 후루하타——."

기바는 야치요와 사다스케의 관계를 생각하고 있다.

"——자네, 자기 여자가 그, 손님을 받고, 뭐랄까, 싫지 않나?"

"그녀는 딱히 내 것이 아니에요."

"흐음. 그럼 뭐지?"

"그녀는 좋은 이해자입니다. 나의."

"그런 억지소리는 이해가 안 가."

"어떤 논리라면 이해가 갑니까?"

"나는 논리 자체를 아주 싫어하네."

기바가 그렇게 말하자 후루하타는 유쾌한 듯이 웃었다.

"당신은 실제로는 재미있는 사람이에요, 슈 씨. 미칠 듯이 원리원칙을 원하면서, 그것들을 모조리 부정하고 보지요——아니, 부정하고 싶어 한다고 믿고 있어요. 그래서 비상식에서 상식을, 상식에서 비상식을 끌어내려고 고심해 보기도 하고요. 흔해 빠진 명제에 대해서 엉뚱한 해답을 기대하지요. 비상식적인 착상을 쥐어짜 내고, 그러면서도 결론은 어디까지나 현실적인 것이 아니면 납득하지 못해요——."

분석. 전직 정신과 의사의 성벽이라고 한다.

"――뭐. 그건 어차피 모종의 콤플렉스에 뿌리를 둔 것이겠지만. 다만 그 내부의 상반되는 감정 형태는 꽤 흥미로운 데가 있어요."

"무슨 소린지 모르겠군. 논리보다 우선 말이 통하지 않아. 자꾸 되풀이하는 것 같지만 나는 논리를 싫어한다니까."

"당신은 논리를 싫어하는 게 아니라 타인이 구축한 논리를 인정하고 싶지 않을 뿐이에요. 당신은 이론화를 거부하는 척하면서, 실은 당신 나름의 이론을 구축하고 있거든. 그러니까 탈논리적이라고는 할 수 없고, 역시 논리적인 거예요."

"평범한 말로 해."

"심술쟁이."

"캑. 있잖아."

기바는 다다미 위의 천들을 끌어당겨 만지작거리다가 놓았다. 후루하타는 울상과도 비슷한 표정으로 웃었다.

"후루하타. 나를 분석해 봐야 소용없어. 지금 자네는 의사가 아니야. 나도 진찰이나 치료를 하러 온 게 아닐세. 묻고 싶은 건 히라노 유키치에 관한 것일세. 작년에 진찰했다고 했는데――."

어때 기억나나――기바가 그렇게 묻자 후루하타는 대담하게 웃었다.

"아아, 똑똑히 기억합니다. 어쨌거나 그는 내 신경정신과 의사로서의 생명선을 끊은 남자니까요."

"마지막 환자――인가?"

"그렇다기보다 그와 만났기 때문에――아니, 그 사람 덕분에 나는 정신과 의사를 그만둘 결심을 한 겁니다."

"야단스럽군."

"그렇지도 않아요."

"어떤 증상이었나? 아니, 나는 자세히는 모르지만 뭐든지 좋아. 들려주게."

"내가 아직 의사였다면 환자의 프라이버시는 어떻게 해서라도 지켜야 하겠지만, 지금은 보시다시피 사회의 쓰레기예요. 국가공무원의 일에 도움이 된다면 말씀드릴까요?"

"거드름 피우지 말고, 빨리 말해."

"히라노는 말이지요, 그렇지 —— 시선공포증이었어요."

"시선이 —— 무서운 건가?"

기바도 여자의 시선에는 몸이 움츠러든다.

입이 험한 친구는 여성공포증이라고 험담을 하는 모양이다.

"뭐, 강박신경증의 일례예요. 예를 들면 선단공포증이라는 게 있잖습니까?"

"뾰족한 건 무섭다는 놈 말이로군."

"그래요. 예리한 물건의 끝은 보통 사람들도 무서워하잖아요. 찌르면 찔린다, 찔리면 아프다는 연상이 작용하기 때문인데, 다만 어지간해서는 찔리지 않으니까 평상시에는 조심함으로써 해소하지요. 하지만 강박신경증의 경우에는 조심하는 정도가 달라요."

"필요 이상으로 조심하는 건가?"

"필요 이상 정도가 아니에요. 연필도, 젓가락도, 손톱까지, 보통은 무섭지 않은 것도 무서워하거든요. 손에 드는 것은 고사하고 가까이에 두는 것도 싫어하지요. 놓여 있다, 든다, 찔린다, 라고 연상하기 때문입니다."

"안 들면 되잖아."

"그렇게 생각할 수 있다면 병이 아닌 겁니다. 그렇게 생각할 수 없으니까 병이지요."

"뭐, 그렇지. 그럼 뭐가 무서운지가 문제가 아니라 도가 지나치게 조심해 버리는 게 바로 병인 이유다, 그런 뜻인가?"

"그래요. 어차피 그런 강박신경증이라는 건 정도의 문제거든요. 누구에게나 있는 공포감이나 혐오감이 병적으로 증폭하는 겁니다. 원래 이상하다는 게 아니에요. 다만 뭔가 손을 쓰지 않으면 한없이 증폭해 가지요."

"나을 수 있나?"

"낫습니다. 우선 간단한 방법은 공포의 대상을 멀리하면서 사는 거예요. 고소공포증인 사람은 비교적 흔히 있지만, 일반적인 생활을 보낼 때는 높은 곳에 올라갈 기회가 적으니까 거의 지장이 없는 거잖아요."

"보통은 땅바닥에 붙어서 살아가니까. 솔개라도 되지 않는 한 괜찮겠지."

고소공포증인 사람은 애초에 솔개를 직업으로 선택하지 않습니다, 라고 말하며 후루하타는 웃었다.

"하지만 아까 그 선단공포증 같은 경우라면 뾰족한 것은 어디에나 있지요. 일상생활에서 뾰족한 물건을 배제하는 건 꽤 어렵습니다. 그 경우는 치료도 어려워요. 그런 경우는 뭐, 무서워하는 심적 요인을 찾아서 제거하거나, 아니면 환자가 그것을 이해하고 용인하거나 둘 중 하나지요. 그러면 대개 상식적인 범위로 돌려놓을 수 있어요."

"그런 것에도 원인이 있나?"

기바는 의학에 어둡다. 정신이니 신경이니 하는 분야에는 더욱 어둡다. 감기의 원인이 무엇인지도 실은 잘 모른다. 후루하타는 당연하다는 얼굴로, 그야 있겠지요, 하고 말했다.

기바는 솔직하게 묻는다.

"원인이라는 건 예를 들면 어떤 거지?"

"글쎄요, 슈 씨는 모르겠지만 나도 소년 시절에 결벽증에 걸린 적이 있어요. 결벽증이라는 건 요컨대 도가 지나치게 깨끗한 걸 좋아하는——아니, 불결한 걸 싫어하는 건가——뭐 그런 신경증입니다. 더럽다, 세균은 곳곳에 묻어 있다. 온 세상이 지저분하다, 모든 것을 소독해야 한다며 어떤 물건도 직접 만지지는 못해요."

"그럼 아무것도 할 수 없겠군."

"그래요. 아무것도 할 수 없습니다. 나는 어머니가 옆에 붙어 있어서 간신히 평범하게 살고 있었지만요. 한때는 고통이었어요. 그런데 그게, 아버지가 돌아가신 순간 나았어요."

"아버지와 무슨 관계가 있나?"

기바는 아무래도 이해할 수가 없다.

"우리 아버지는 엄격한 사람이었어요. 식사 전에는 손을 씻으라고 엄하게 가르쳤지요. 아버지는 치과의사였으니까 손을 소독하는 건 당연한 일이었겠지만, 그렇다고 해도 신경질적인 아버지였어요. 손을 씻지 않으면 더러운 아이라고 욕을 했지요. 얻어맞은 적도 있어요. 그게 내 트라우마가 되었던 거지요. 나는 아버지에 대한 반발심을 잠재적으로 계속 품은 채 살아가고 있었어요. 즉 불결하고 칠칠치 못하게 살고 싶다는 바람이, 나를 전혀 반대의 결벽증으로 몰아가고 있었던 겁니다."

"잘 모르겠군. 나는 씻은 적이 없거든."

후루하타는 웃으며, 그건 슈 씨가 게을러서 그렇겠지요, 하고 말했다.

기바는 석연치가 않다.

"이거 왜 이러나. 나는 말이지 후루하타, 1과에서 깨끗한 걸 제일 좋아한다고. 우리 아버지도 성실한 사람이라서 종일 청소만 하곤 했으니까. 나도 어렸을 때는 밥 먹기 전에 손을 씻지 않으면 바보니 멍청이니 잔소리를 들었어. 다만 나는 무슨 일이 있어도 손을 씻으라는 그 논리가 마음에 들지 않았지. 대체 그건 왜 씻는 거지?"

"깨끗한 걸 좋아하는 사람이 들으면 기가 막히겠네요. 물론 불결하기 때문이겠지요. 식중독이나 감염증 방지."

"그렇지? 그게 마음에 안 들어. 나는 어릴 때 이렇게 생각했다네. 세균이라는 건 튼튼한 놈이라고. 듣자 하니 끓는 물을 뿌려도 죽지 않는 세균도 있다더군. 그런 강력한 놈은 분명히 엄청난 병의 원인이겠지. 우물물로 쫄쫄 씻어 봐야 언 발에 오줌 누기 아닌가? 약한 세균을 죽여도 강한 놈이 죽지 않는다면 마찬가지지. 씻으나 안 씻으나 똑같다면 누가 씻겠나? 그래서 나는 밥 먹기 전에 손은 씻지 않아."

"정말 당신답네요. 엉망진창이에요."

"하지만 손을 씻는 우물물에도 세균이 들어 있을지도 모르잖아."

후루하타는 크게 웃었다. 그리고 말했다.

"그건 그래요. 당신 나름대로 이치는 통하는군요. 그러니까 세상의 논리와는 다르지만, 당신은 당신 나름의 논리를 만들고 있잖아요. 당신은——."

"그러니까 내 얘기는 됐다니까. 문제는 히라노 아닌가."

방심하면 금세 이야기가 딴 데로 샌다.

"히라노의 경우는 말이지요——우선."

후루하타는 거기에서 길게 뜸을 들였다.

"——그는 관음증 기호가 있는 성적도착자였어요."

"그러니까 내가 이해할 수 있는 말로 하라니까."

"아아. 엿보는 취미를——뭐, 현재화(顯在化)하지는 않았지만 말입니다——갖고 있었어요, 그는."

"여탕을 훔쳐보는 변태?"

"노골적인 말이군요. 실제로는 아무것도 엿보지 않았으니까 변태라는 말은 너무해요."

"엿보지 않았나? 하지만 엿보지 않았다면 어떻게 엿보는 취미가 있다는 걸 알았지? 실은 엿보고 싶다고 고백이라도 하던가?"

"그렇지 않습니다. 그는 자신의 그런 성질을 깨닫지 못하고 있었어요. 표면상으로는 애써 담백하게 행동하고 있었지요. 엿보고 싶다는 성적 충동은 의식되지 않은 채 계속 억압되어 있었어요. 그런 잠재 욕망은 일그러진 형태로 나타나는 법입니다. 잠재된 사고의 강한 바람은 의식 위로 나타날 때 왜곡되어 강한 공포 감정이 되지요."

"음——그래서, 그러면 어떻게 되나?"

"그——히라노는 항상 누군가가 자신을 보고 있다, 누군가에게 감시당하고 있다고 믿게 되었어요."

"어째서지?"

"그러니까 말이지요. 내 결벽증과 똑같이."

"오오——."

기바는 나름대로 납득한다.

"——더럽게 지내고 싶다는 바람이 자네를 병적으로 깨끗한 걸 좋아하게 만들어 버린 것처럼, 엿보고 싶다는 바람이 누군가 자신을 엿보고 있다는 망상이 되었다, 이런 뜻인가?"

뭐, 그렇습니다, 하고 후루하타는 말했다. 왜 그렇게 되는 거냐는 논리 쪽은, 기바는 이해하지 못한다.

"정말로 누군가 엿보고 있었던 건 아닐까?"

"뭐, 24시간 내내 누군가에게 감시당하고 있었다면——이건 싫은 일이고 실제로 무서워하겠지요. 하지만 현실적으로 그런 일은 있을 수 없어요."

"그렇긴 하지. 형무소의 간수도 죄수를 하루 종일 보고 있지는 않으니까——우선 없으려나."

"없겠지요. 하지만 그는 장소에 상관없이, 시간에 상관없이, 곳곳에서 자신을 응시하는 시선을 느낀다고 말했어요. 이 누군가 보는 게 싫다는 기분은 보고 싶다는 욕망을 뒤집어놓은 것이지요."

"그렇군. 그게 시선공포증인가."

상당히 싫은 병이다——라고 기바는 생각한다.

"그렇습니다. 이건——뭐, 유사한 병례도 없는 것은 아니지만, 그 사람만큼 현저한 예도 드물겠지요. 분열증 환자 등에서는 예를 들어 누군가가 자신의 소문을 퍼뜨리고 다닌다, 그것이 전파를 타고 있다, 라디오에서 들을 수 있다, 아니, 직접 뇌로 수신한다, 전 세계가 자신을 중상하고 있다——고 말하는 증상을 보이는 경우도 있어요. 그런 데까지 가면 조금 중증이고, 그 외에도 사회생활에 지장을 가져오는 증상이 여러 가지로 나타나는데요. 하지만 히라노의 경우는 달라서 그냥 시선만 느끼고, 그것만이 무섭다고 하더군요."

"그래서?"
엿보는 변태에서 눈알 살인마로.
관련은 있을까.
"그래서 ── 그러니까 히라노가 왜 관음증 기호를 갖게 되었는가 하는 원인을 ──."
"잠깐 후루하타. 시선공포증의 원인이 그 엿보는 ── 관음증 기호인가 하는 것이 아니었나?"
"그렇습니다."
"그 관음증에, 또 원인이 있다고?"
"그렇습니다. 그렇게 의식의 심층에 점점 접근해 가서, 표층에 나타난 현상의 정체를 찾는 겁니다. 그게 내가 하는 일 ── 이었어요."
"싫은 일이로군."
"그래서 그만뒀어요."
대꾸할 말이 없다.
후루하타는 그때 기바에게 담배를 달라고 재촉한다.
찌그러진 담배를 한 대 건네자, 후루하타는 어디에선가 성냥을 꺼내 긋더니 아주 맛있게 피우며 창밖의 달을 향해 푸우 하고 연기를 내뿜었다.
"히라노의 경우 ──."
다시 한 모금 빤다.
"── 히라노의 경우, 그 엿보고 싶다는 바람은 ── 그와 그의 죽은 아내의 굴절된 관계가 가져온 것이라고 나는 분석했어요."
후루하타는 담배 연기를 내뿜는다.
창문으로 재를 턴다.

"굴절된 관계라니?"

"그래요. 그의 아내는 그가 전사했다고 착각하고 다른 남자를 만났어요."

"부정인가."

"뭐, 그렇지요. 하지만 전쟁에서 돌아온 히라노는 그것을 묵인했어요."

"어째서지?"

"군대 시절 히라노는 비인도적인 체험을 한 탓에, 심인성 성적 불능자가 되었거든요. 그래서."

"비슷한 이야기를――들은 기억이 있네."

"뭐, 좀처럼 없다고 생각하는 일일수록 자주 있는 법입니다. 하지만 히라노의 경우는 그 굴절된 부부의 관계가 바로 그가 잠재적으로 갖고 있던 어떤 체질을 일깨우는 방아쇠가 되고 만 거예요."

"엿보고 싶어 하는 건 체질인가?"

기바가 아무렇게나 묻자 후루하타는 과민하게 반응하며 짧게 신음하더니 허둥지둥 부정했다.

"체질이라고 하면 어폐가 있네요. 결코, 개인의 특질이 아니니까요. 그것들은 누구나 잠재적으로 갖추고 있는 겁니다."

"나한테는 없어."

"있을 거예요. 경관도 엿보는 정도는 하지요."

"안 해, 전혀. 특히 경관이 되고 나서는."

"그건 슈 씨 안의 윤리적인 규제가 저속한 정욕보다 강하기 때문이겠지요."

"내게 윤리 같은 건 없어."

"없을 리가 없어요. 아시겠습니까, 엿보는 데에 일종의 매력을 느끼지 않는 인간은 없습니다. 다만 윤리관, 도덕관념, 사회적 타율적 규범, 양심——뭐라고 불러도 좋지만 그런 내적인 금지 작용——초자아가 그 파렴치한 욕망을 억누르고 있을 뿐입니다. 슈 씨, 당신도 마찬가지예요."

후루하타는——아마 일부러——단정했다.

도덕. 상식. 인정. 분명히 그런 건 기바 안에도 얼마쯤 있기는 있다. 기바는 얼마 전까지 그것이 있기 때문에 당혹스러워하고 있었다.

"뭐 그렇지. 그럼 히라노는 그 양심이나 도덕, 그런 것이——없어지고 만 건가?"

"흔들리고 만——거지요. 한 번."

"마누라와 정부의 관계를 용인한 시점에서?"

"그렇지 않아요. 그는 아내와 정부의 정사를 옹이구멍으로 엿보고 만 겁니다."

"어이어이, 본 건가?"

"봐 버렸어요. 그것도 그냥 구경한 게 아니에요. 엿보고 말았지요. 그리고 그는 그때, 이상하게 성적인 흥분을 느끼고 말았습니다."

"그건——변태로군."

"그렇지는 않아요. 다시 말하겠는데, 그런 배덕적인 기쁨이라는 건 누구에게나 숨어 있는 충동이거든요. 특별히 이상한 건 아니에요. 다만 보통은 그렇게 자주 의식되지 않지요. 히라노의 경우는 어쩌다 보니 균형이 무너지고 말았을 뿐이에요."

"그래서 버릇이 된 건가?"

"그렇지 않습니다. 아직——이야기가 더 있어요."

"아직 —— 더 있다고?"

점점 기바에게 기분 좋은 내용이 아니게 되어 간다.

"있습니다. 히라노는 몹시 번민했다 —— 고 내게 고백했습니다. 히라노는 그것이 바람직하지 않은, 오히려 음란한 배덕 행위라는 것을 알고 있었어요. 그런데도 불구하고 그것은 그에게 참을 수 없이 감미로운 매력으로 가득 찬 행위이기도 했어요. 엿본 단계에서 그는, 그러니까 초자아를 잃지는 않았지요. 다만 그것은 확고한 것이 아니게 되었어요. 흔들린 겁니다. 그리고 히라노는 분열된 자신을 통합하기 위해 아내의 정사를 엿보고 있다는 사실을 아내에게 끝까지 숨기기로 결심했어요. 그는 그렇게 해서 다시 내적인 균형을 되찾으려고 했지요."

"그런다고 —— 균형이 잡히나?"

"다른 금지 사항을 자신에게 부과함으로써 모순을 긍정한 겁니다. 하지만 히라노의 아내는 히라노가 엿보고 있다는 사실을 아마 알고 말았을 거예요. 그리고 ——."

후루하타는 손에 들고 있던 피우다 만 담배를 집어 옆에 놓여 있던 찻잔 속에 툭 떨어뜨렸다.

"—— 그의 아내는 자살하고 말았어요."

"죽었나?"

"그래요, 죽었어요. 그 —— 아내의 죽음이 모든 일의 원인이었습니다. 그렇지 않아도 히라노는 엿보는 행위에 대해서 혐오감을 갖고 있었어요. 안 그래도 부도덕한 행위라는 배덕감이 있었지요. 거기에 자신의 음란한 욕정이 아내를 죽이고 말았다는, 죄책감이 부여되고 말았어요. 히라노는 아무리 해도 그것만은 인정하고 싶지 않았겠지요."

"그야 —— 그렇겠지. 자신의 변태적인 행위 때문에 마누라를 죽였다면."

견딜 수 없을 것이다.

"그래요. 그래서 그는 자신이 엿보았기 때문에 아내가 죽었다는 생각을 부정했어요. 그리고 결국 —— 그의 초자아에 의한 금지 작용, 억압은 더욱 견고한, 몹시 튼튼한 것이 되고 말았습니다."

"금지하는 마음이 강해졌다는 건가?"

"그래요 —— 필요 이상으로 강해지고 만 겁니다. 이드(id)[6]에서 넘쳐나는 리비도(libido), 즉 성적 충동은 확실하게, 꼼꼼하게, 몇 겹으로 봉인되었어요. 그래서 그는 관음 기호가 있는데도 불구하고 오랫동안 그것을 의식하지도 않았던 겁니다. 하지만 —— 그런 것은 누르면 누를수록 반발하는 법이겠지요."

"그렇겠지. 그건 알겠네."

찍어 누르면 튀어 오른다. 누르는 힘이 강할수록 반발하는 힘도 강해진다. 그것은 기바 같은 남자에게는 논리 이전에 당연한 일이다.

"욕정은 그런 초자아의 강한 금지 작용을 깨부수고 한층 더 기분 나쁜 모습으로 그를 덮쳤어요. 그것이 히라노의 시선공포증의 진짜 정체였지요 ——."

"그렇군. 잘 만들어진 이야기야."

다만.

지나치게 잘 만들어져 있다. 지어낸 이야기 같다. 기바는 그렇게 생각한다.

---

6) 프로이트의 정신분석학 용어로, 인간 정신의 밑바닥에 있는 원시적·동물적·본능적 요소.

확실히 이치에는 맞지만, 어차피 사람의 마음은 그렇게 간단하게는 되지 않는, 아니, 되지 않기를 바라는 데가 있다. 기바는 잘 모르지만, 정신분석이라는 것은 아물아물한 부정형인 사람의 마음을 이론에 따른 형태로, 해석에 편리한 형태로, 정해진 일정한 틀에 끼워 맞춰 갈 뿐인 것——인 듯한 기분이 든다. 기바가 생각하기에 이것도 요컨대 이상적 결론이 먼저 있는 것이다.

설령 진실이라고 해도 도저히 기바의 마음에는 들지 않는다.

겉으로 나와 있는 사실은 적다.

히라노가 전쟁이 끝난 후 성적 불능이 된 것.

히라노가 아내의 부정을 용인하고 있었던 것.

히라노가 아내의 침실을 엿보고 있었던 것.

히라노의 아내가 자살하고 만 것.

히라노가 시선공포증을 앓기 시작한 것.

겨우——이것뿐이다.

그 모든 것들이 연쇄되는, 또는 인과관계를 가진 사상(事象)이라고 단언하기에 이를 만한, 소위 말하는 증거라고 할 수 있을 만한 것은 아무것도 없다.

그 점과 점을 연결하는 것은 후루하타가 배운 이론이고, 후루하타가 만들어내는 논리뿐이다.

즉 지금 후루하타가 한 이야기는 히라노 유키치의 내면을 이야기하고 있는 것 같지만 실제로는 후루하타 자신의, 또는 후루하타가 배운 논리를 생각해낸 그놈 자신의 이야기가 아닌가——.

그렇게 생각하고 기바는 급격하게 흥이 식었다.

"——꼭 자네 자신의 이야기 같잖아."

기바가 비아냥을 섞어 그렇게 말하자 후루하타는 그렇군요, 하고 자조라도 하듯이 웃고, 정신과 의사에게는 환자 정신의 심부(深部)를 더듬는 행위나 자신의 내면을 더듬는 행위나 같은 뜻입니다, 하고 말했다.

기바가 깨달은 것은 이미 알려져 있는 사실인 것 같았다.

흐음, 하고 맥 빠진 대답을 하고 기바는 뒤로 손을 내밀어 다다미를 짚는다. 손끝에 닿은 천에 문득 시선을 주니, 그것은 아무래도 여성용 신발 같아서, 기바는 당황하며 손을 뺀다. 그리고 부끄러움을 감추기 위해 위협한다.

"그래서 —— 어떤가, 후루하타."

"어떠냐니요?"

"자네의 이야기로는, 확실히 원인을 알면 낫는다고 하지 않았나? 그만큼 조리 정연하게 원인을 알았으면 당연히 고친 거겠지?"

후루하타는 쓴웃음을 지으며 정수리가 넓적한 머리를 흔들며, 그게 말이지요, 슈 씨, 낫지 않았어요, 하고 말했다.

"낫지 않았나?"

"아니, 낫지 않은 것만이 아니에요. 히라노의 마음속 구멍은, 진찰한 나까지도 끌어들이고 말았지요."

"미라 도굴꾼이 미라가 된다더니 ——."

멍청한 이야기다. 기바가 들은 바로는 의사를 그만둔 후의 후루하타는 상당히 심하게 우울해했던 모양이다.

후루하타는 더욱 자학적인 웃음을 띠며 말했다.

"그래요. 나도 —— 그때는 몰랐지만 —— 어릴 때 엿본 것에 강한 트라우마를 갖고 살아온 인간이었던 —— 모양이라서요."

"——돌팔이였군, 자네."

"그래서 그만뒀어요. 이러쿵저러쿵 잔소리를 들을 이유는 없지요."

"다시 말해서 히라노는 아직도 시선공포증인 셈이로군——."

결국 형사로서의 기바가 신경 써야 하는 점은 그 한 가지뿐일 것 같았다.

범인이 시선공포증인 사실이 사건의 전개와 어떠한 관계를 갖고 있지는 않을까——.

그러나 전직 정신과 의사는 그것을 깨끗이 부정했다.

"그건 어떨까요. 히라노는 시선공포증을 자력으로 극복했을 겁니다. 다만 완치되지는 않았겠지만."

"극복? 스스로 고쳤다는 건가?"

"내가 이제 와서 이런 말을 하는 건 뭣하지만——제대로 치료만 했다면요. 이런 결과는."

"확실하게 말하게, 후루하타. 무슨 소리야?"

"형사가 시치미를 떼면 안 되지요. 눈알 살인사건 말입니다. 눈알 살인마 히라노에 대해 알고 싶어서 당신은 여기 온 거잖습니까? 히라노는 눈알 살인마니까——."

"그건——."

기바는 그렇게 확신하고 있다. 다만 현재 그것은 기바가 확신하고 있다는 것뿐이다. 실제로 경찰은 연쇄 눈알 살인사건의 진범을 가와시마라고 다시 상정하고 있다. 기바는 경찰의 판단에는 납득할 수 없어서, 그 결과 히라노 범인설을 끌어낸 것에 지나지 않는 셈이다. 즉 기바에게도 적극적으로 추구한 결론이라고는 말하기 어렵다.

그러나.

"——자네는 히라노가 범인이라고 생각하나?"

"생각하는데요. 아니라는 겁니까?"

"아닐——가능성이 있네."

"그건 없을걸요. 그 후에 히라노 유키치의 몸에 무슨 일이 일어났는지, 나는 모릅니다. 터무니없이 심한, 심각한 상황이 그를 덮쳤을지도 몰라요. 그건 알 수 없습니다. 하지만 그건 히라노의 짓입니다."

"단언하지 말게. 이유는? 뭔가 논리가 있나?"

후루하타에게는 무언가 근거가 있는 것일까.

"이건 이전에 경찰에게도 이야기한 건데요. 히라노가 첫 번째 범행에 이른 시기는 내가 진찰한 직후예요. 그는 원인에는 도달했지만 아무런 케어도 받지 않고 돌아가 버렸어요. 그 결과 그의 시선공포증은 일시적으로 극한에 달했지요. 그는 그걸 극복하기 위해——죽였어요."

"죽이면 공포증이 극복되나?"

"되었습니다. 그의 안에서는."

"산제물인 아가씨는——어째서 선택된 거지?"

"가까이에 있었으니까——그를 보고 있었기 때문이겠지요."

"보고 있었기 때문에 죽였다?"

"달리 이유는 없을 겁니다."

"그럼 후루하타, 자네는 그, 집주인의 딸도, 술집 여자도, 여교사도, 그리고 포목점 안주인도, 피해자 네 명 모두 그저 히라노를 보았기 때문에 살해되었다, 이런 말인가?"

"그렇습니다."

"그럼 자네 —— 그렇다면 남자든 개든 상관없지 않나. 눈만 있으면. 어째서 여자만."

"그건 아니에요."

"뭐가 아니야?"

"그가 사용하는 흉기는 뾰족한 끌 같은 거지요?"

"그렇네만 ——."

"그건요, 슈 씨, 남근의 상징이에요."

"뭐?"

"대개 그런 것은 —— 그렇습니다."

"그래서?"

"그에게 있어서 눈은 여자의 음부예요. 히라노 유키치에게 살인은 성교의 또 다른 행위입니다. 그래서 히라노는 ——."

"여자를 안는 대신 —— 죽인다는 건가 ——."

—— 그런 일이 있을까?

"—— 그건 —— 놈이 불능이기 때문인가?"

"그것도 관계가 없는 건 아니에요. 하지만 실제로 성행위를 할 수 있느냐 할 수 없느냐 하는 것은 사소한 일입니다. 요컨대 세상과 자신의 관계를, 히라노 유키치는 잃고 만 겁니다. 히라노는 엿보는 자입니다. 히라노는 항상 보기만 할 뿐, 직접 세상과 관계를 맺을 수 없는, 액자를 통해서밖에 세상을 볼 수 없는 커뮤니케이션 부전(不全)이에요. 그에게 피해자의 눈은 성기이기도 하고 세상 자체이기도 합니다. 눈알 살인마가 됨으로써 히라노는 겨우 세상과의 관계를 찾아낼 수 있었겠지요."

"히라노는 남자이므로 여자를 범한다 —— 죽인다, 그런 뜻인가?"

"남자이므로, 라기보다 살아 있다는 증명일까요. 이건 부친 살해이기도 합니다."

"부친은 남자잖아. 살해된 사람은 전부 여자일세."

"부친이라는 건 모자 일체의 공생관계를 파괴하고, 아이를 책임 있는 개인으로 독립시키는 역할, 어떤 가치 체계를 배경으로 한 권위를 가지고 사회의 질서를 유지하는 역할을 가진 자, 또는 그 기능 자체——아니, 권위나 가치 체계 자체이기도 합니다. 다시 말해서 히라노의 눈알 살인 행위라는 건 행복한 세상과의 일체감을 빼앗고, 자신을 계속 억압하는 존재의 제거——부친의 살해이기도 하고, 그것에 의한 세상과의 일체화——어머니를 범하는 것이나 마찬가지이기도 한 거지요."

"알 것 같기도 하고 모를 것 같기도 한 이야기인데——."

"그를 그런 곳에 몰아넣고 만 것은, 항상 그를 감시하는 존재——그의 안에 있는 윤리, 도덕, 신성(神性)——그의 욕망을 억압하는 초자아——입니다. 초자아에 의해 히라노는 거세되고 말았어요. 그래서 그는 그 초자아——부성(父性)을 자신의 강철 남근으로 찔러 부순 겁니다. 그는 그것을 찔러 부숨으로써, 잃어버린 세상과의 일체감을 되찾은 겁니다."

후루하타는 약간 호흡이 거칠어졌다.

이렇게 길게 말을 늘어놓는 일은 후루하타의 지금 신분으로는 그리 없는 일일지도 모른다.

"그래서——히라노는——여자밖에 죽이지 않는 건가?"

"아마."

"여자라면 누구든 좋은 건가?"

"그렇지는 —— 않을 것 같은데요. 뭐 —— 진찰을 해 본 건 아니니까요. 다만 여성이라면 누구든, 히라노의 표적은 될 수 있겠지요."

"그래?"

죽이는 이유는 있다.

그러나 고른 이유는 없다.

"그게 —— 신경정신과 의사로서의 견해인가?"

"히라노를 아는 사람으로서의 개인적인 견해입니다."

"어이, 후루하타. 다시 한 번 묻겠는데 자네, 눈알 살인마가 히라노 이외의 인간일 가능성은 없다는 거지?"

"없습니다. 눈알 살인마는 히라노입니다."

"그래 ——?"

기바는 복잡한 기분에 쫓기고 있다.

기바의 발상은 의도하지는 않았지만 후루하타에 의해 보강된 모양새가 된다. 전직 정신과 의사인 친구는 강력하게 히라노 범인설을 주장하고 있고, 다시 말해서 기바에게는 복잡한 마음을 품어야 할 이유는 없다. 다만.

—— 아니야.

아마. 똑같은 연설을 요쓰야 서의 가몬 형사도 들었을 것이다. 기바 같은 심술쟁이가 아닌 한, 막힘없이 나오는 전문가의 그럴듯한 고견은 상당한 설득력을 갖고 들려왔을 것이 틀림없다.

그렇기 때문에 경찰은 이른 시기에 히라노를 범인으로 단정한 것이 아닌가. 그리고 기바는 우선 그 지나치게 빠른 결론에 대해서 반발을 느끼지 않았던가. 히라노의 이상성(異常性)만을 근거로 한, 동기 없는 묻지마 연쇄 엽기살인이라는 결론에 ——.

후루하타는 지금 그 엉성한 결론에 대해서 상세한 해설을 덧붙인 것에 지나지 않는다. 히라노에게는 범행에 이르기까지의 어엿한 이유가 있다. 동기도 없는 것은 아니다. 피해자도 무차별적인 것은 아니다. 다만 그 모든 것이 보통 사람에게는 이해하기 어려울 뿐이다——라고.

물론 후루하타는 처음에 사정 청취를 당했을 때도 똑같이 설명했을 것이다. 그러나 이해할 수 없는 이유로, 이해할 수 없는 기준으로, 이해할 수 없는 동기로 이루어진 살인은 아무리 이유나 기준이나 동기가 있어도 경찰에게는 이유 없는, 기준 없는, 동기 없는 살인이 되어버리니 이것은 어쩔 수 없다.

남이 보는 것이 무서워서 보고 있는 사람을 죽인다.

범할 수 없어서 범하는 대신에 눈을 뭉갠다.

자신을 감시하고 있는 초자아인지 뭔지를 분쇄한다.

아버지를 죽이고 어머니를 범한다. 세상을 되찾는다.

——그게 아니야. 그러면,

그러면 피해자들은 역시 무차별적으로 선택된 것이나 마찬가지가 되고 만다. 기바는 애초에 그 부분이 마음에 들지 않았던 것이다.

젊은 여자, 창부, 교사, 사모님.

이 무관계한 네 개의 점을 잇는 실이 히라노의 억압된 무의식인지 무엇인지, 기바는 전혀 납득할 수 없다.

——뭔가 다른 논리를 끼워 맞춰서 다시 살펴보면,

다른 그림이 떠오른다. 그렇게 말한 아오키는 가와시마 범인설이라는 다른 그림을 그렸다. 하지만 후루하타의 학설에서 기바는 전혀 다른 그림을 떠올릴 수가 없다.

"히라노의 행동원리 배후에는 그 무의식인지 성적 욕망인지가 있는——거지? 어이."

"그래요. 배후라기보다 심층에 있지요."

"표현은 아무래도 좋아. 뭐, 그건 그렇겠지. 하지만 후루하타, 이런 생각은 할 수 없을까——그, 뭐라고 할까——."

기바는 좋은 말이 떠오르지 않았다.

"——히라노는 뭔가 다른 논리로 움직이고 있다."

후루하타는 즉시 부정했다.

"있을 수 없어요. 그건 히라노의 살인에, 소위 일반적인 동기가 있느냐 하는 뜻이겠지요. 예를 들면 어떤?"

"그건 모르겠네."

"원한? 복수? 이득? 보신? 그의 경우 그런 동기는 도저히 생각할 수 없습니다. 히라노는 그런 저속한 이유로 움직이지는 않아요."

"그럼 묻겠는데, 히라노는 왜 아직 도망치고 있는 건가? 그런, 보신도 생각하지 않는 남자라면 왜 몰래 도망쳐 다니고 있는 거냐고."

"그는 범행을 저지를 때는 어떨지 몰라도 평상시에는 심신상실 상태에 있는 게 아닙니다. 상식적인 판단력을 갖고 있어요. 자신이 저지른 죄를 정확하게 인식할 수 있지요. 히라노가 첫 번째 살인으로 어떤 성취감이나 만족감을 얻은 건 틀림없어요. 하지만 그는 동시에 자신이 돌이킬 수 없는 짓을 저지르고 만 것을 알고 두려웠을 겁니다. 그래서——도망친 거겠지요."

"편리한 이야기로군. 히라노에게는 형사책임능력이 있다는 거지. 그럼 왜 놈은 되풀이하지? 그 아버지를 죽인다는 건 한 번으로는 안 되는 건가?"

"마약 같은 겁니다. 상습성이 있는 거예요. 특히 도망 생활 중의 정신 상태는 현저하게 불안정해요. 어디에서 어떻게 임계점을 맞을지——."

"그만 좀 하게! 지나치게 편리하잖아. 정상이었다 이상했다, 확실히 해!"

기바는 초조해하고 있다. 후루하타의 페이스는 변함이 없다.

"정상과 이상이란 상반되는 것이 아닙니다. 이것은 어디까지나 정도의 문제예요. 평균치를 벗어난 경우는 이상이라고 불리고, 틀 내에 멈춰 있는 동안은 정상이라고 불리지요. 그러니까 그는——."

"알겠네. 이제 됐어——."

들으면 들을수록 초조함이 더해간다.

"——그렇지——예를 들면 히라노가——누군가에게 이용당하고 있다는 경우는 없을까?"

히라노의 그런 특수한 성질이 제삼자에 의해 편리하게 이용당하고 있다는 것은 있을 수 없는 일일까. 히라노의 배후에 그림을 그린 놈이 있지는 않을까.

후루하타는 표정을 흐렸다.

"이용? 무리예요. 사회성이 전혀 없는 놈을 어떻게 이용합니까? 누가? 무엇 때문에?"

"그걸 알면 네놈 따위에게 묻지도 않아. 다만, 뭔가, 뭐든지 좋으니——."

여자들을 잇는 실이 있다면.

"바보 같군요. 히라노는 정신의 병을 앓고 있는 도망자입니다. 그에게도 타인의 지시에 따라야 할 이유는 없어요."

"돈을 받고 일을 맡은 건 아닐까? 사회성이 없다고 해도 산속에서 알몸으로 살 수는 없어. 살아가려면 돈이 필요하지. 돈은 쓰면 없어지네. 없어지면 곤란해. 정신의 병을 앓고 있었다고 해도 판단력은 있었다면서? 그렇다면 욕심도 생기지 않을까?"

"그가 살인의 대가로 보수를 받기라도 한다는 말인가요?"

"욕심이 없어도 도피행에는 돈이 든단 말일세. 도주 자금을 원조해 주는 대신 누군가에게 살해를 의뢰받았다거나."

"히라노가 거래를? 절대로 있을 수 없어요."

"어째서 절대 없다고——단언할 수 있나?"

"나는 압니다."

"그러니까 어떻게 아느냐고."

"압니다. 나도 히라노와 같은 종류의 인간이니까요. 잘 알아요. 돈을 위해서 살인? 아니에요. 그는 구원을 찾고 있었어요. 그런, 보수를 받고 범죄를 저지르는, 임시변통으로 사회에 기대는 짓은 절대로 하지 않아요. 그는 환자입니다. 환자라고요. 그렇다면 내게도, 치료를 하지 못했다는 의미에서 책임은 있어요."

"멍청이! 착각하지 말게——."

기바는 다다미를 내리친다.

"——역시 자네의 논리는 아무리 앞뒤가 맞는다고 해도 수상쩍어. 자네는 그럴지도 모르지만, 히라노도 그렇다는 보장은 없잖나. 만일 정말로 그렇다고 해도 조금 더 다른 동기를 생각해 보게. 금지니 억압이니 복잡해 죽겠군. 뭐든지 다 욕정인지 뭔지의 탓으로 돌리지 말라고. 이야기만 듣고 있어도 싫어지네."

"그건——."

"어떤가, 나는 내 나름의 논리를 구축하고 있나? 그건 그럴지도 모르지만, 나는 금세 이렇게 ——."

기바는 신발인지 양말인지 알 수 없는 것을 집어 후루하타에게 던졌다.

그리고 탁한 목소리로 소리쳤다.

"—— 스스로 만든 논리도 부숴 버린다네. 그러니 논리가 통하지 않는 게지. 이렇다 저렇다 잘 다듬어서 만들어내도, 논리라는 건 순식간에 무너지고 말지 않나. 그러니까 논리는 믿을 수가 없어. 그야 히라노는 여러 가지로 고민하고 있고, 정신도 맛이 갔겠지. 그걸 병이라고 부른다면 뭐 병일 거야. 하지만 그렇다고 해서, 어떻게 자네가 사실 이상의 것을 알 수 있나? 정신과 의사라는 건 뭔데, 무당이나 영매인가? 환자의 마음속 깊은 곳을, 그런 되잖은 이치로 알 수 있나? 그거야말로 착각 아닌가? 어차피 알지도 못하는 일을 다 아는 것 같은 기분으로 ——."

"그 말이 맞아요, 슈 씨 ——."

후루하타는 작은 목소리로 기바의 커다란 욕설을 제지했다.

"—— 나도 똑같이 생각했으니까. 하지만 그래도 연구자의 대부분은 선의를 가지고 연찬(硏鑽)을 계속하고 있고, 완전하지는 않다고 해도 좋은 결과도 내고 있는 이상, 이 분야의 성과를 무시할 수는 없어요. 당신처럼 단호하게 잘라낼 수는 없다고요."

그렇다면 기바가 말할 수 있는 것은 거기까지다.

큰 소리를 내서 미안했다고 말하고, 기바는 담배를 한 대 권했다. 후루하타는 조금 비굴하게, 상관없어요, 라고 말하며 그것을 받아들었다.

후루하타는 맛있게 담배를 피웠다.

기바는 친구의 얼굴을 응시한다.

"이보게, 후루하타. 자네에게는 자네의 진실이 있겠지. 그건 좋아. 다만 히라노가 실제로 자네의 진단대로였다면 적어도 마지막 사건만은 놈의 짓이 아니라는——뜻이 되네."

"그건?"

"사몬초의 사건도, 흉기도 수법도 다른 눈알 살인사건과 완전히 똑같아. 그렇다면 이것도 자네가 말하는, 나는 잘 알 수 없는 히라노의 자기실현 행위겠지. 하지만 이건 다른 사람의 범행으로 여겨지고 있네. 아니, 눈알 살인마는 애초에 히라노가 아니라고 단정되고 있기도 해."

"그건——."

"음. 납득이 가지 않겠지. 나도 그렇게 생각했네. 그래서 히라노가 범인이라고 단정해 보았지. 그렇다면 놈은 우선 피해자가 현장에 온다는 것을 알고 있었어야 해. 아니, 꾀어낸 후 잠복하고 있었다고밖에 생각할 수 없네. 피해자가 혼자 남을 때까지 기다렸다가 죽이고, 남의 눈을 피해서 도망쳤어. 노린 걸세. 피해자를——."

"그런——가요."

"그래. 실제로 히라노가 자네가 말하는 그 행동원리로 움직이는 인간이라면, 이건 좀 이상하지. 하지만 잘 듣게, 중요한 건 여기야. 히라노가 범인이라고 생각했을 때만, 지금의 줄거리는 살아나거든. 또 한 명의 용의자를 범인이라고 하면 계획성은 없는 것이나 마찬가지야."

"무슨 뜻인가요——슈 씨."

"진짜 히라노가 자네가 말하는 그런 인간이라면, 이번 사건의 범인은 될 수 없다는 뜻일세. 하지만 흉기는 동일하고 수법도 똑같아. 이번 사건의 범인이 히라노가 아니라면 다른 사건도 다른 사람의 범행이라고 생각할 수밖에 없다는 뜻이 되지."

"눈알 살인마는——히라노예요."

"그러니까 후루하타. 자네의 분석 결과는 히라노의 이해할 수 없는 범행을 뒷받침함과 동시에 히라노가 범인이 아니라는 사실도 뒷받침하고 마는 걸세. 모든 눈알 살인이 히라노의 짓이고, 그리고 자네가 분석한 히라노의 모습이 진실이라면, 그 모순을 해소할 전혀 다른 논리가 필요하다는 뜻이 돼. 그러니까."

"그래서 제삼자의 개입인가요——."

후루하타는 생각에 잠기면서 담배를 끝까지 다 피우고 또 찻잔에 툭 떨어뜨렸다.

"슈 씨. 아까는 내가 그렇게 말했지만, 인간을 마음대로 컨트롤하는 건 불가능하지 않아요."

"그래? 그건?"

"중국 공산당 등에서 이루어졌다는, 최근에는 세뇌라고 하는 모양인데 그, 일종의 교육이나 훈련에 의해 시키는 대로 하는 인간을 만드는 건 가능해요. 그 경우, 보수는 금전 같은 것이 아니어도 상관없지요. 무상의 봉사라는 경우도 있어요. 만일 누군가가——."

"그런 놈은——아닐 거라고 생각하는데."

아닐 것이다.

그런 종류의 잔꾀는 말하자면 밀실 트릭과 똑같아서 사건의 얼굴에 어울리지 않는다.

트릭이 있다면 좀 더 대규모일 것이다.

후루하타는 걸치고 있던 주반을 여몄다. 봄이라고는 해도 아직 3월, 심야에 창을 활짝 열어놓고 칠칠치 못한 옷차림으로 창가에 있으면 물론 춥다.

"그건 그렇고 후루하타. 자네에게 히라노를 소개한 사람은 히라노의 친구라고 하던데——."

가와시마 기이치.

어느새 수사 선상에서는 사라졌지만, 기바는 조금 마음에 걸린다.

"——그놈과는 어떤."

"으음, 아, 그 인쇄공장의 직원 말이군요. 아니, 나는 그를 직접 알고 있는 건 아닙니다. 아마 가와시마인가 하는 청년이었던 것 같은데. 내 은사님의."

"아는 사이인가?"

"아니에요. 은사님께서 옛날에 신세를 졌던 어떤 분의 소개라고 하더군요."

"어떤, 이라니 그건 누구야?"

"으음, 뭐라고 했더라. 아, 그렇지, 오리사쿠 어쩌고입니다. 재벌인. 나는 정치나 경제에 전혀 흥미가 없어서, 부끄럽지만 잘은 몰라요."

"오리사쿠? 요전에 죽은 오리사쿠 방직기의 오리사쿠 유노스케 말인가? 대(大)시바타의 오른팔이자 시바타 재벌의 중추, 재계의 흑막, 면도칼 유노스케잖아."

기바도 정치나 경제에 대해서는 그렇게 밝지 않지만, 그런 기바도 들은 적이 있으니 거물이다.

"그래요, 그 사람입니다. 그 면도칼 어쩌고의 딸이라나 그랬지요. 차녀인지 셋째 딸인지 교수님도 잘 몰랐던 모양이지만, 그렇게 말했었어요."

"오리사쿠 유노스케의 딸이라고?"

왜 그런 거물의 아가씨와 일개 인쇄공 사이에 면식이 있었던 것일까? 그것도 하필이면 정신과 의사에게 소개한다는 것도 이상한 이야기다.

"석연치 않은 이야기로군."

기바는 줄곧 손에 들고 있던 담배에 불을 붙였다.

"아니, 나도 그때는 이상하다고 생각은 했었지만, 어쨌든 그 오리사쿠 가와 연고가 있는 인물이었겠지요. 그 가와시마라는 청년은."

"처음에는 어떤 이야기였지?"

"그러니까 처음에는 교수님 쪽으로 이야기가 들어왔어요. 오리사쿠 씨의 소개로 온 가와시마라는 사람입니다, 지인 중에 이러이러한 증상인 사람이 있는데 꼭 좀 봐 주실 수 없겠느냐고. 하지만 교수님은 다망하셨고, 나는 그 무렵 이미 의사로서의 자신감을 상실해 가고 있었기에 그다지 환자를 받지 않고 있었어요. 그래서——."

"그래? 가와시마라. 가와시마."

그 무렵부터 이미 무언가 큰 트릭이 설치되어 있었던 것은 아닐까.

——그렇지는 않으려나.

후루하타는 침묵하며 깊은 생각에 잠겨 있다.

기바는 담뱃재를 어디에 털어야 할지 망설이고 있다.

망설이는 동안에 재는 다다미 위에 떨어졌다.

"그렇지."

"뭔가?"

"위험에 처한 —— 여자가 있어요."

"위험에 처한? 여자라고?"

"가와시마 하니까 생각났어요. 누군가가 목숨을 노리고 있다나 하는 창부가 있어요. 으음, 아마 이름은 —— 시마코."

"가와시마 기이치와 창부가 무슨 관계가 있지?"

"잘은 몰라요. 사토미 씨가 —— 아아, 이 집의 주인인데, 그녀가 그러더군요. 그 아가씨, 분명히 거미가 노리고 있다나."

"거미라고!"

"그래요. 뭘까요, 거미와 가와시마가 어떻게 관련이 있는지 기억이 확실하지 않지만 —— 그게 언제였더라."

"그 —— 여자인가."

잔향.

신조가 목을 졸랐다는 여자.

기병대 영화사에서 고함을 쳤다는 여자.

—— 나는 상관없어. 관헌은 질색이야.

카디건 한 장을 남기고 사라진 여자.

아직도 신원은 밝혀지지 않았다.

"이 근처에 있는 여자인가?"

"그렇겠지요. 어쨌든 길가에 서서 손님을 끄는 창부라는 건 틀림없겠지만, 사토미 씨라면 알고 있을 듯한데. 아마 그녀가 직접 조사해서 자신을 노리고 있는 거미의 정체를 알아냈는데, 그게 가와시마인가 하는 남자였다나 —— 분명히 그렇게 들었던 것 같은데요 —— 상관이 없을 거라고 생각하지만요."

"상관있네——그 녀석은. 어이, 후루하타."

"왜 그러십니까?"

"나는 입장상 네놈의 마누라는 만나기가 어려워. 자네 쪽에서 물어봐 주게. 그리고 가르쳐줘. 사는 곳과 정확한 이름——."

"시마코 씨 말입니까?"

"물론일세. 알겠지?"

"설마 슈 씨, 검거라도 할 겁니까?"

"멍청이. 그 여자——내가 지켜주겠네."

——적은 거미다.

기바는 그렇게 정했다. 히라노 유키치는 거미줄에 조종되는 꼭두각시 인형이다. 그리고 가와시마 신조도, 아마 가와시마 기이치에게도 거미줄은 얽혀 있을 것이다.

그렇다면.

살해된 네 명의 여자는 단순히 거미줄에 걸린 사냥감이다.

거미줄 한가운데에는 거미가 있다.

그놈이——범인이다.

기바는 천천히 몸을 일으킨다.

"슬슬 여자가 돌아올 시간 아닌가?"

"가게요?"

"돌아가야지. 이런 시간에 찾아와서 미안했네."

후루하타는 말없이 주반 앞자락을 다시 여민다.

"——많이 도움이 됐어. 마누라한테 안부 전해 주게."

——형사가 창부한테 안부를 전할 것도 없나.

기바는 속으로 웃었다.

하숙집으로 돌아가는 것을 포기하고 역 근처까지 돌아가, 기바는 뒷골목의 수상쩍은 포장마차 꼬치구이집에서 배를 채우며 새벽을 기다렸다. 꼬치구이집이라고 해도 닭고기는 단 한 조각도 없고, 굽고 있는 것은 전부 돼지 내장이고 포도색으로 물든 정체를 알 수 없는 색소 술 같은 것이 함께 놓여 있을 뿐이다. 당연히 주인의 붙임성이 좋을 리도 없고 손님도 상이군인이 한 명 있을 뿐이다. 기바는 자신이 형사라는 사실이 이런 분위기에 어울리지 않는 것 같아서 외투 깃을 세우고 벽 가장자리의 부서져 가는 의자에 앉았다.

아침은 곧 왔다.

밤이 스윽 몸을 물리자 동시에 수상쩍은 포장마차도 모습을 감추었다.

기바는 어깨로 바람을 가르며 아침 안개 속을 걷는다.

행선지는 구단시타다. 검시관인 사토무라 고이치는 구단시타에서 외과 병원을 개업하고 있다.

역의 시계를 보니 아직 다섯 시 반이었다.

사토무라는 실력이 좋은 외과의로, 대인 관계도 좋고 환자의 평판도 좋아서 사토무라 의원은 매우 번성하고 있다.

딱히 검시관 같은 일을 하지 않아도 충분히 먹고살 수 있었다.

하지만 사토무라에게는 검시관을 그만둘 수 없는——멈추려야 멈출 수 없는——이유가 있다. 사토무라는 해부를 좋아하는 것이다.

이것은 그야말로 병 같은 짓이라고 기바는 인식하고 있다. 평소에 접하는 사토무라에게서는 눈을 빛내며 시체를 가르는 엽기적인 모습은 전혀 상상할 수 없다. 기바가 아니더라도 상상할 수 있는 사람은 없을 거라고 생각한다.

사토무라는 인격자다. 부처님 같은 얼굴로 열심히 치료를 한다. 그러면서도 염좌나 절상을 입은 살아 있는 환자들이 아무리 많이 옆에서 호소하고 소리쳐도, 동쪽에 변사체가 있으면 달려가고 서쪽에 익사체가 떠오르면 찾아가는 집념을 보인다고 들었다.

——후루하타한테 진찰을 받아야겠군.

기바는 사토무라의 감각을 이해할 수가 없다.

언덕길 도중, 진료소보다 조금 낫다고 할 정도의 작은 건물이 사토무라 의원이다. 아직 여섯 시 전인데도 추운 날씨 속에 사토무라가 현관 앞을 비로 쓸고 있었다. 숱이 적어진 뒤통수가 몹시 추워 보인다. 기바는 잠자코 다가갔지만, 의사는 곧 기척을 느끼고 돌아보았다.

"아. 아아, 기바 군. 기바 군은 형사인데도 아침에 일찍 일어나는군. 우와아, 얼굴이 말이 아니야. 밤새 술을 마셨나? 안 되는데. 간을 끄집어내서 씻어 주기라도 할까?"

"닥쳐. 이른 아침이니까 좀 더 상쾌한 화제를 고르라고. 좋은 아침입니다, 라는 말 정도는 할 수 없겠나?"

"상쾌하잖아, 간 씻기. 자네의 경우 이미 늦었나. 개복한 순간에 낙담할 정도로 몸이 망가졌을 것 같으니까. 나는 한번 보고 싶네."

사토무라는 메스를 쥐는 시늉을 한다.

"그건 그렇고, 의사는 아침에 일찍 일어나는군. 게다가 뭐야 그 꼴은. 청소 같은 건 간호사한테 시키면 되잖나."

"무서운 말 하지 말아 주게. 간호사님은 소중히 해야 해. 부족하니까. 대우를 잘해 주지 않으면 그만둬 버린다고. 게다가 최근에는 노인 환자가 늘어서 말이야. 할아버지 할머니들은 아침 일찍 일어나거든. 다치는 시간도 이르지."

“노인은——아침에 일찍 일어나나?”

사토무라는, 일찍 일어나지, 일찍 일어나, 하고 과장되게 말했다.

“세 시나, 네 시에 넘어지고 그런다네. 내과 같은 곳은 아침에는 노인 소굴이고. 그래서 앞으로는 기바 군, 성인병. 성인병 전문의원으로 바꿔 탈까 생각하고 있다네. 돈이 벌릴 것 같거든.”

“의사는 인술이잖아. 산술인가?”

“의사도 사람일세. 그런데 무슨 일인가?”

안경 안쪽의 커다란 눈이 초승달 모양이 되어 기바를 바라본다. 꽤 후퇴한 이마와 그 어린애 같은 눈빛이 어울리지 않는다.

“그, 사몬초의.”

“아아, 눈알 살인마 말이로군. 점막을 푹 찌른. 뾰족한 끌이 수정체를 이렇게 뚫고 나아가서 시상(視床)까지 질펵질펵질펵.”

“그만하라고, 이 변태야. 그런 이야기를 하면 즐겁나? 그게 아니라. 네놈, 흉기가 동일하다고 판단했다고 하던데. 틀림없나?”

“없어. 없습니다. 과학수사를 믿는군요, 기바 군도.”

“근거는.”

“흉기는 말이지, 끝이 가느다란 금속제인데, 손질도 잘 되어 있네. 매일 갈고 있다거나. 아니, 부지런히 갈고 있었을 거야. 끝이 얇아. 식칼도 잘 갈려 있는 건 잘 들지만 이가 빠지잖나? 그건.”

“이가 빠진 게——.”

“금속조각이 검출되었어. 내가 꺼냈지. 사람의 몸은 부드러운 곳과 딱딱한 곳이 있어서 익숙한 사람이라면 간단하지만, 초보가 무턱대고 찌르면 안 된다네. 뼈에 닿거나 단단한 근육에 닿으면 날이 상하거든. 지방도 많고. 의외로 자르기 어렵다네. 눈알 살인마는 안구를 찌르니까 그렇게 장해는 없지만, 찔리면 이렇게, 수축하잖나. 각도 같은 게 나쁘면——."

"알았어. 알았으니까 그만해."

"안 그만할 건데. 그건, 나는 그 기분을 알 것 같아."

"안다고?"

"사람의 몸 중에서 어디를 찔리면 싫으냐 하면, 그건 눈이잖나. 생리적으로 싫단 말이지. 게다가 치명상이 되지 않을 가능성이 크니까. 더 싫지."

"싫지 않은 건가?"

"싫으니까 찌르는 거겠지? 심장이나 숨골처럼 한 발에 살상할 수 있는 급소는 많이 있네. 배도 목도, 요컨대 동맥을 자르면 피는 빠져나가니까. 하지만 그는 집요하게 눈을 찌르지. 살해하겠다는 의식이 희박한 걸까. 학대한다고 할까, 궁극의 사디즘이라고 할까."

"죽일 의식이——희박하다라."

"죽이는 게 목적이라면 눈은 찌르지 않을 거라고 생각하네. 우연히 피해자는 모두 죽었지만, 하지만 네 명의 사인(死因)은 첫 번째 아가씨는 쇼크사고 다음 두 명은 출혈 과다지. 마지막의 그 부인은 뇌까지 깊이 찔렸는데, 이건 아주 꼼꼼하게 찔렀어."

"원한이 깊다거나?"

"아닙니다. 이건 완전히 살해의 상황, 피해자의 자세에 의한 결과일 것 같네. 처음 아가씨는 서 있는 걸 이렇게 푹 하고——."

사토무라는 비를 내던지고 기바에게 덤벼들었다.

"——찌른 걸세. 틀림없이. 뒤의 두 명은 앉아 있을 때 이렇게 푹 하고——."

사토무라는 다시 기바를 덮쳤다. 기바는 피한다. 그러나 의사는, 이번에는 눈에 보이지 않는 무언가에 올라타는 듯한 자세를 하고 보이지 않는 흉기를 휘둘렀다.

"——마지막 부인은 누워 있을 때 이렇게 올라타고, 깜짝 놀라서 눈을 부릅떴을 때 이렇게, 푹, 푹푹."

"그러니까 그만두지 못하겠나, 그 의성어. 그런데 자네, 그런 것까지 아나?"

"알지. 실험했는걸. 점토 같은 걸 사용해서 말이야. 각도 같은 게 미묘하게 달라. 누워 있는 걸 덮치는 게 제일 찌르기 쉽고, 안쪽까지 찔리지. 살해 상황과도 일치했어."

"꼼꼼한 변태로군."

"열심히 일하는 검시관입니다. 다만 이 경우 지나치게 찔리게 되지. 그래서 뽑을 때 힘들었을 거야. 한쪽 눈을 찌른 단계에서는 살아 있으니 꽤 날뛰었을 테고. 그래서 끝이 파손되어 잔류한 거지. 이 파편과 첫 번째 피해자에게서 검출된 파편이, 동일한 물건에서 벗겨진 쇳조각으로 단정된 걸세."

"첫 번째 피해자의 것과 일치한다는 건가?"

"나머지는 파편이 검출되지 않았으니까. 다만 형상은 전부 똑같더군. 똑같은 폭 2리(厘)짜리 끌인 것은 확실해."

"알았어. 고맙네."

사토무라의 견해는 신뢰할 만하다. 네 건의 흉기는 같은 것이다. 이것은 다른 사람이 같은 흉기를 사용했다는 특수한 케이스를 제외하고, 네 건은 연쇄살인이라는 큰 방증이 된다.

기바는 안주머니에 손을 댄다.

—— 내놓을까.

그러지 않기로 한다. 사토무라를 이용해 비공식적으로 지문을 채취하는 일은 간단하지만 그 전에 확인하고 싶은 것이 몇 가지 있었다.

—— 우선 바깥둘레를 메워볼까.

기바는 그럼 이만, 할아버지 염좌라도 봐 줘, 변태, 하고 한껏 악담을 내뱉고 발길을 돌렸다. 사토무라는 뭐, 머잖아 해부하러 갈 거예요, 변사체 말이죠, 하고 밝고도 기분 나쁜 응수로 기바를 전송했다.

기바는 이어서 스이도바시까지 걸어서 이동했다.

스이도바시에는 아오키 분조의 하숙집이 있다.

기바가 불러내자 젊은 형사는 눈을 비비면서 나타나, 뭐가 어떻게 됐습니까, 사건입니까, 선배님, 하고 예습을 잊은 학생 같은 목소리로 말했다.

"잠깐 좀 같이 가지. 꼭 자네가 아니어도 되지만. 옛정도 있고 하니 그냥 포기하고 순순히 따라와. 출근 시간 전까지는 끝날 테니까."

"어디 가는 겁니까?"

"사몬초일세. 현장."

늘 그렇듯이 기바는 전혀 설명하지 않는다. 그런 부분은 아오키도 역시 잘 알고 있어서 전혀 질문하지 않는다.

스이도바시에서 요쓰야까지는 세 역이다. 요쓰야 서 앞을 지나 현장에 도착한 시각은 일곱 시 전이었다.

너저분한 거리. 쓸쓸한 골목길.

건축법규가 정해지기 이전에 지어졌다고 과시하듯이 밀집해서 서 있는, 오래되고 더러운 여염집들.

다다 마키의 집. 허가가 나올 리 없는 매춘용 숙박업소.

기바는 문을 드르륵 연다. 마루 끝에는 다다 마키가 오도카니 앉아 있었다. 마키는 주름투성이 얼굴의 눈을 눈부신 듯이 가늘게 뜨고, 버릇없는 형사를 노려보았다.

"뭐야. 무례한 관헌이구먼."

"여어, 할매. 보름만이군요."

"그래? 자네 같은 못생긴 남자하고는 백 년이 지나도 만나고 싶지 않아. 돌아가게."

"돌아갈 수는 없어요. 좀 묻겠는데. 할머니, 아직 나한테 할 말이 남아 있지 않나?"

"남아 있지 않아. 거기 있는 고케시한테도 자네한테도 질릴 만큼 이야기했네. 전부 다 이야기했어. 게다가 나는 할머니가 아니라 다다 마키일세."

"마키 씨, 당신 몇 시에 자지요?"

"여덟 시에는 잠자리에 드네. 금방 잠들지는 않지만, 밤에는 일어나 있어도 잘 보이지도 않거든. 손님은 대개 밤중에 오지. 자지 않고 기다리고 있다가는 몸이 못 버텨. 손님이 왔을 때 일어난다네. 자, 돌아가."

"현관은 잠그지 않는다고 했지요?"

"안 잠근다니까, 집요하군. 나는 가난뱅이일세. 오는 사람은 막지 않고, 훔쳐갈 거라고는 없어. 손님이 왔을 때 문이 잠겨 있으면 돌아가 버릴 게 아닌가."

"손님이 와도 자고 있으면 알 수 없잖아요."

"여기에 와서 말을 걸지 않는 손님은 없네. 현관에서 목소리가 나면 금방 일어나."

"안 부르면 어때요? 잠자코 들어가서 할 일만 하고 그대로 돌아가 버리는 놈도 있을 텐데."

"그런 멍청이는 없네. 잠자코 들어와도 할 일을 하면 알 수 있어. 그냥 돌려보내지는 않네."

"어떻게 하는데요?"

"내가 입구에 있으면 돌아갈 수 없잖나. 이 남자는 바보로군."

"입구에 있는 거요? 지금처럼, 그렇게."

"있지. 깨어 있으면. 달리 할 일도 없거든. 이게 내 일일세. 자, 돌아가."

마키의 기세는 당당하지만, 어차피 말뿐이다.

"그래요? 뭐, 좋아요. 할머니, 귀찮겠지만 잠깐 현관 좀 빌리지요. 어이, 아오키. 자네 잠깐 콩나물 역할 좀 하게."

"콩나물?"

"마에지마 말이야. 그 썩어빠진 남편."

"아아. 마에지마 사다스케 말입니까? 그럼 저기 있는——잠깐 기다려 주십시오, 선배님. 뭔가 새로운 사실이라도?"

"알려져 있는 건 변함없어. 어쨌든 시키는 대로 하게. 자, 저기 있는 전봇대 근처지."

아오키는 약간 고개를 갸웃거리면서 골목길 맞은편의 전봇대 근처로 가서 쪼그려 몸을 숨겼다.

"어이, 콩나물이 숨은 곳은 그쪽인가?"

"사다스케는 그렇게 말했습니다. 여기는, 보세요, 큰길에서 잘 안 보이잖아요."

기바는 일단 길로 나가 큰길 방향을 바라보았다.

이미 다니는 사람들은 있다. 그러나 오가는 사람들의 위치에서는 아오키의 모습은 거의 보이지 않을 것이다. 다만 반대쪽에서는 알 수 있다. 기바는, 가능한 한 잘 안 보이게 숨어, 하고 큰 소리로 지시하고 현관으로 들어가 문을 닫았다가 다시 열었다.

——가와시마는 이렇게 나갔어.

약간 발돋움을 한다. 가와시마는 기바보다 키가 크다.

——가로등 바로 아래인가.

다 보인다. 어떻게 숨어도 보인다. 기바는 탁한 목소리로, 쓰레기통 옆은 어떤가, 하고 고함쳤다. 아오키는 이동한다.

"어이, 아오키. 거기면 됐나? 좀 더 몸을 낮춰. 제대로 숨게. 뒤쪽으로는 돌아갈 수 없나?"

아오키는, 무리입니다, 하고 말했다. 쓰레기통은 담에 붙어서 설치되어 있다. 한계인 모양이다. 어쨌거나 현관 정면이다. 오른쪽이든 왼쪽이든 다 보인다.

사다스케는 이렇게 증언했다.

——가로등에 비친 얼굴을 똑똑히 보았으니까요.

——면상이 똑똑히 보였다.

그것은 가와시마도 마찬가지였을 것이다. 조건은 똑같으니 피차일반이다. 오히려 가로등 바로 밑에 진을 치고 있던 사다스케의 모습 쪽이 더 똑똑히 보였을 것이다. 또 가로등의 위치로 생각해 보건대 한밤중이 되어 찾아온 방문객은 완전한 역광이 된다. 실루엣의 윤곽 정도는 알았다고 해도 역시 밤소경인 마키에게는 보이지 않을 것이다.

어느 쪽이든——.

가와시마는 사다스케가 감시하고 있는 모습을 보았다.

한 번 되돌아왔으니 두 번이나 보았을 것이다.

그래도 가와시마는 사다스케에게 손을 쓴 기색이 전혀 없다. 그것은 다시 말해서, 가와시마에게 꺼림칙한 데가 없었기 때문이다. 그것 외에는 생각할 수 없다. 현장을 다른 사람이 보았는데 도망치지도 않고, 알려졌을 가능성이 있는 자기 집으로 유유히 돌아가는 살인자는 없을 거라고 생각한다.

"수고했네. 아오키, 이제 됐어. 다음은 그쪽 옆의 틈새로 들어가 보게."

아오키는 묵묵히 명령에 따른다. 기바는 옆쪽으로 나가, 아오키가 좁은 공간에 옆으로 기어들어가는 것을 확인한다.

"더 이상 갈 수 없는 데까지 가게. 막혀 있는 데까지. 갔나?"

아오키가 갔습니다아, 하고 말하자 기바는 좋아, 귀를 기울이게, 하고 고함치고 나서 현관으로 돌아가 바닥으로 올라서서 문을 닫았다. 등 뒤에서 마키가 수상하다는 듯이 바라보고 있다.

열을 센다.

다시 문을 열고 밖으로 나가 손을 뒤로 돌려 문을 닫는다.

틈새를 들여다본다.

"어떤가, 아오키. 이제 됐네. 나오게."

아오키는 뭐가 뭔지 모르겠다는 듯이, 왼팔에 거미줄이 걸린 채로 꾸물꾸물 나왔다.

"어떤가. 뭔가 소리는 들리던가?"

"현관이지요? 들렸습니다. 알 수 있어요."

"몇 번 들렸나?"

"몇 번? 아니, 덜컹거리는 기척은 났는데요. 몸의 방향을 바꾸기가 어렵잖아요. 청각은 건물의 벽과 평행하게 좌우로 트여 있잖습니까. 물론 소리는 들리고, 방향상으로도 소리가 나는 장소는 현관 부근이라는 건 알 수 있습니다. 하지만 아무래도 여의치 않네요."

"그래? 한 번 안에서 나왔다가 다시 들어가도, 명확하게 그렇다는 걸 알 수는 없는 거지?"

"그건 알 수 없지요. 현관문이 열렸다는 정도의 인식입니다. 그게 왜요?"

"됐네. 다음은 할망구로군——."

기바는 크게 숨을 들이쉰다. 돌아보니 마키가 우뚝 서서 불쾌한 듯이 주름투성이 얼굴로 노려보고 있었다.

"뭔가. 남의 집 앞에서 부스럭부스럭, 부끄러워 죽겠구먼. 냉큼 돌아가 주게."

"음. 한 가지만 가르쳐주면 돌아가겠소."

"뭘 말인가."

"이 근처에——헌 옷 가게——아니, 전당포는 없나요? 가능한 가까운 게 좋은데."

"뭐야. 돈이 없나? 이 세금 도둑들이 팔자가 늘어졌군."

"세금을 내기는 하시나?"

"그런 걸 낼 것 같나? 전당포 정도는 있네. 큰길로 나가서 경찰서랑 반대 방향으로 가 봐. 10분만 걸어가면 있으니까. 나카조라고 하는데, 1868년에 창업했다는 오래된 전당포일세."

"그래요? 그럼 지금 내가 그리로 가서 당신이 맡긴 유젠을 받아다 줄 테니, 전당표를 내놔요."

마키는 입을 다물었다.

아오키가 기바 앞으로 얼굴을 내민다.

"선배님. 무슨 말씀이십니까?"

"이걸로 말이지 아오키. 밀실은 없어졌네."

"네? 밀실? 아아, 그 방에 문이 잠겨 있었던 것 말이군요. 거짓말이었습니까?"

"거짓말은 아니야. 그렇지요? 할머니."

"거——거짓말 같은 건 하지 않네."

마키는 입을 굳게 다물고 기바에게서 시선을 피했다. 약간 눈물이 고여 있지만, 그 점이 또 다부지다.

"할머니. 당신 하마터면 그 욕심 많은 옴팡눈이 뭉개질 뻔했어요."

"무——무슨 뜻인가?"

"당신이 장지문을 걷어차서 떼어냈을 때, 눈알 살인마는 아직 그 방에 있었단 말이에요."

"뭐——뭐라고요?"

큰 소리를 지른 사람은 오히려 아오키였다.

"선배님, 그건 무슨 뜻입니까——."

"눈알 살인마는 히라노라는 뜻일세."

"서, 설명을 해 주십시오. 그 방에는 피해자 외에는 가와시마밖에 없었습니다. 드나든 사람은 없으니까요——."

"드나들었어, 아무렇지도 않게."

"드나들었다고요? 만일, 만일 그렇다고 해도 발견 시간과 살해 시간은 네 시간이나 차이가 납니다. 도망치지도 않고, 시체 옆에서 대체——."

아오키는 마키와 기바를 번갈아 바라보더니 거기에서 입을 다물었다.

"잘 듣게, 아오키. 확실히 사다스케가 감시하기 시작하고 나서 이 집에 들어온 사람은 없어. 그건 없네. 범인이 들어온 시각은 그보다 더 전이야. 피해자보다 먼저 이 집에 숨어들어와 잠복하고 있었던 걸세."

"그렇게 쉽게 침입할 수 있습니까?"

"이 할머니는 외부에서 들어오는 침입자에게는 주의를 기울이지 않네. 자고 있었겠지. 훔쳐갈 것이 없다는 말은 사실일 테니 진짜 도둑 같은 건 들어오지 않을 테고. 그렇다고 해도 현관을 잠그지도 않는단 말일세. 이런 집은 쉽게 숨어들 수 있지. 침입할 이유가 없으니 아무도 침입하지 않는다는 것뿐이고, 목적이 있다면 숨어드는 일은 간단하네. 집 안으로 들어와 버리면, 그 후에는 숨을 죽이고 숨어 있으면 우선 알 수 없어."

마키는 부루퉁한 얼굴로 듣고 있다.

"알겠나, 아오키. 히라노는 먼저 숨어들어와, 이 집 안 어딘가에 있었네. 그렇게 생각하게."

——그것밖에 없다.

"거기에 여자와 가와시마가 왔네. 거기에서 문제가 되는 건, 히라노는 아무래도 남자는 죽이지 않는다는 거겠지. 놈은 가와시마가 잠들거나 돌아가기를 기다렸네. 이 부분은 억측인지 아닌지 알 수 없지만. 아마 여자가 먼저 잠들거나 해서, 가와시마는 한 발 먼저 방을 나왔을 거야. 세 시일세."

"그때——히라노가?"

"그래. 놈의 입장에서 보자면 가와시마가 돌아간 건 다행이었던 거야. 그 현장은 밖에서는 문을 잠글 수 없네. 가와시마가 나가고 여자가 자고 있었다면, 그 방의 문도 잠겨 있지 않았다는 뜻이 되지. 무리 없이 들어갈 수 있을 걸세. 히라노는 몰래 여자가 자고 있는 방으로 숨어들어가, 도망칠 수 없도록 우선 문을 잠갔을 거야. 그리고 자고 있는 여자의 몸에 올라타고, 잠에서 깨었을 때 죽인 걸세. 하지만 이 살인은 사토무라의 이야기로 추측해 보건대 조금 애를 먹었던 모양일세. 단숨에 죽일 수는 없었던 모양이더군. 그때, 가와시마가 다시 돌아왔네."

"왜——."

"아마——이거겠지."

기바는 주머니에서 손수건으로 싼 유류품을 꺼내 보여주었다.

아오키는 아아, 그건가, 하고 말했다.

"놈은 이것을 어딘가에 두고 갔네. 왜 창밖에 있었는지는 알 수 없지만. 그래서 가지러 돌아왔겠지. 알겠나, 아오키. 가와시마는 집을 나갈 때 99퍼센트, 감시하고 있던 사다스케를 보았을 걸세. 만일 그때 이미 죽였다면, 우선 돌아가지 않았을 거야."

"그렇——군요."

"게다가 안에는 히라노가 있었네. 방에는 들어갈 수 없지. 별수 없이 가와시마는 다시 돌아갔네. 그래서 두 번이나 드나든 거야. 당연히——."

기바는 마키를 본다.

"——할머니. 당신은 일어났어요."

마키는 입가를 시옷자로 일그러뜨렸다.

아오키가 불만스러운 듯이 이의를 제기했다.

"열한 시 전의 침입자를 알아차리지 못하고 자고 있던 사람이, 어째서 이번에는 일어났습니까? 세 시라면 한밤중일 텐데요. 보통은 숙면하고 있을 시간입니다."

"노인은 아침에 일찍 일어난――다네. 아오키."

"하지만."

"범인은 의식적으로, 들키지 않게 침입한 거야. 가와시마는 그냥 서슴지 않고 돌아간 걸세. 돌아가는 길에 인사 정도는 했을지도 모르지――."

――녀석이라면 정말 했을지도 몰라.

기바가 아는 가와시마는 그런 남자다.

"――할머니. 아까 할머니는 오는 사람은 막지 않지만, 그냥 돌려보내지는 않는다――고 했지요?"

"그랬는데 그게 왜."

"그럴 거라고 생각했거든요. 그건 침입자한테는 느슨해도, 탈출하는 사람한테는 엄하다는 뜻이지요. 말없이 들어온다고 해도, 손님은 그냥은 돌아갈 수 없을 테지. 당신은 아침에 일찍 일어나니까 입구를 감시하면서, 후불로 지불하는 손님에게 숙박비를 미처 받지 못하는 일이 없도록 조심하고 있었던 거요."

당연하지, 장사인데, 하고 마키는 작은 목소리로 말했다.

"하기야――범행 당일의 손님은 한 팀, 요금은 인심 좋게 선불. 긴장도 풀려 있었겠지만, 평소의 습성이 있으니까. 일어났지요, 할머니."

"――일어났네."

"하지만 돌아간 줄 알았던 손님은 아무래도 아직 안쪽 방에 있는 것 같았지. 그래서 할머니, 당신은 그때 좋지 못한 생각을 가진 거요. 돈 씀씀이가 아주 후한 손님이다, 돌아갈 때에도 할증 요금을 뜯어내야겠다 —— 틀렸나요? 그래서 당신은 거기에 그렇게 앉았어요. 그 덕분에 히라노는 ——."

"나가려야 —— 나갈 수 없게 되었다? 그래서?"

아오키는 그제야 생각하기 시작했다.

"추웠겠지요, 할머니."

"돈을 받을 수 있다면 —— 그 정도는 참지. 나는 —— 가난하거든."

"그래서? 선배님 그 ——."

"아아. 이 할머니는 여섯 시 반까지 참았어. 그러다가 참을 수 없게 되자 실력 행사를 하기에 이른 걸세. 2월의 새벽은 추우니까. 어이, 시간 됐어, 할증료 내놔, 하고 문을 두드리고, 대답이 없어서 장지를 걷어차 떼어냈네. 안에는 ——."

"—— 야치요가 죽어 있었다."

"그렇지. 그러니 일단 증언한 대로일세. 단, 그때 그곳에 히라노는 아직 있었던 걸세."

"하지만 선배님, 그 방에는 숨을 수 있는 곳이라곤 없잖아요. 선배님도 보시지 않았습니까. 없었습니다. 절대로 없어요."

"그때는 있었네. 야치요가 입고 있던 기모노가, 그 옷걸이 병풍에 걸려 있었거든. 그렇지요, 할머니 ——."

그렇지 않다면 기모노의 종류는 확인할 수 없다.

안에 누군가가 없었다면 문도 안에서 잠글 수 없다.

"뻬밖에 없는 병풍도 가죽을 씌우면 가리개가 되지. 그 가리개 뒤에는, 피 묻은 끌을 든 눈알 살인마가 전전긍긍하며 숨어 있었던 걸세. 이봐요, 할머니. 당신이 만일 금세 욕심을 냈다면 —— 기모노를 들추고 범인의 얼굴이라도 보았다면 —— 마에지마 야치요와 사이좋게 나란히 덧문짝에 실려 반출되었을 거요."

"잠깐만요, 선배님. 그럼 히라노는."

"뭐, 아무리 배짱이 두둑하고 대담한 할머니라도 그런 시체를 목격했으니 당황했겠지. 이 할머니는 새파랗게 질려서 신고하러 갔네. 히라노는 그때, 이때라는 듯이 탈출했어."

"하지만 사다스케는 히라노를 보지 못했습니다."

"사다스케는 이 할머니가 돌아온 것도 보지 못했네. 그 콩나물은 그때, 아까 자네가 들어갔던 곳에 끼어 있었거든. 자네도 나오는 모습이나 들어가는 모습을 구별할 수 없었지? 히라노가 나간 직후에, 이 할머니가 되돌아온 걸세."

아오키는 시선을 아래를 향한 채 생각에 잠겨 있었지만, 곧 이해한 것 같았다.

기바는 젊은 부하의 총명함만은 높이 사고 있다.

"그렇군요. 가능한가. 그런데 —— 이 할머니는 신고도 하지 않으면서까지 —— 왜 돌아온 겁니까?"

"마음이 바뀐 거겠지. 진정이 되니 욕심이 생긴 걸까. 경찰을 불러 버린 후에는 할 수 없는 일이 생각난 거야. 그렇지요? 할머니."

마키는 고개를 홱 돌렸다.

"이 할머니는 시체의 기모노에 눈이 어두워졌네."

"아 —— 그렇군, 기모노를 훔쳐서 —— 응? 그래서."

"그래. 이 할머니는 신고를 일단 멈추고 되돌아와서, 기모노를 벗겨 개어서 보자기에 싸고는 전당포에 가져가 돈으로 바꾸고, 그 길로 느긋하게 경찰서에 간 걸세. 뻔뻔스러운 할망구야 정말."

"사실입니까——그——."

"다다 마키라니까——사실일세."

아오키는 믿을 수 없다는 표정을 지었다.

그러고 나서 정의감이 그대로 드러나는 말투로 마키를 다그쳤다.

"어, 어째서 말하지 않았습니까? 그건 할머니, 아무리 뭐라 해도 비상식적이잖아요. 이건 살인사건입니다!"

"시끄럽구먼. 그러면 안 되나? 체포할 건가? 체포하게, 자."

마키는 양손을 아오키에게 내밀었다.

아오키는 왠지 당황하며 기바를 보았다.

기바는 마키의 내민 팔을 움켜쥔다.

"그만해요, 할머니. 이제 알았어요. 아오키, 자네는 그래서 안 되는 거야. 이 할머니한테는 악의라곤 없었네. 당연한 일을 했을 뿐이라고 생각하고 있지. 살인사건 따윈 상관없어. 그렇지요, 할머니?"

"당연하잖나——."

마키는 기바의 손을 뿌리친다.

그리고 노파는 한껏 허세를 부린다.

"——누가 어디에서 맞아 죽든 내 알 바 아닐세. 다만, 이건 내 집안의 일이니 말이야. 내가 정한 규칙에는 따라 줘야 하네. 당연하지 않은가. 그건 할증요금일세."

"할증요그음?"

아오키가 멍청한 목소리를 냈다.

"——시체의 방값이란 말입니까?"

마키는 그 말을 듣고 백발 머리를 두세 번 흔들었다.

"아니꼬운 놈이군, 이 애송이는. 살아 있든 죽었든, 그 여자가 그 방을 사용했던 건 마찬가지 아닌가? 당신들이 그 여자를 데리고 방을 나간 건 오후였네. 연장료에 피해료. 지갑의 현금을 다 꺼내도 부족할 판이야. 시체든 유령이든, 받을 건 받아야겠네——."

아오키는 입을 딱 벌리고, 돈도 훔친 겁니까, 하고 말했다.

마키는 집의 벽을 걷어차며, 착한 척하지 마, 이 애송이야, 하고 악다구니를 퍼부었다.

"——뭐야, 살아 있는 사람의 물건을 훔친 것도 아니잖나. 죽어 버린 사람한테 의리를 지켜봐야 소용없지. 게다가 내 집에서 죽었단 말일세. 그런 유젠으로는 수지도 안 맞을 정도라고. 공습 후에는 쓰러져 있는 시체에서 옷을 벗겨 입기도 했어. 흙탕물을 마시면서 수십 년이나 여자 혼자의 몸으로 살아왔네. 한 푼도 허투루 쓰지 않고, 넘어져도 맨손으로는 일어나지 않는 게——."

마키는 마구 퍼부으며 한껏 허세를 부렸다.

"——그게 가난뱅이의 이치 아닌가."

"그렇군. 할머니한테는 할머니의 이치가 있다네. 그보다 문제는 경찰 쪽 아닌가. 피해자가 소지하고 있는 돈이 없는 것이나 기모노가 현장에서 발견되지 않은 것에 대해서는——아무도 알아차리지 못했나?"

"아니, 그건 아마——회의에서도 나온 이야기일 겁니다."

어차피 사소한 일이라고 무시당한 것이다. 기바에게는 기억이 없다.

사소하기는커녕 중대한 일이다.

아오키는 이유 없는 죄책감과 의미 없는 패배감을 곱씹고 있는지, 약하게 말을 이었다.

"그때는 아마 가와시마가 가져갔다거나 하는 결론이 나오지 않았습니까?"

"그런 성의 없는 결론이 어디 있나."

지나친 형편주의의 결론이었기 때문에, 아마 기바는 기가 막혀서 마음에도 담아두지 않았을 것이다.

—— 지금은 여기까지인가.

기바는 큰 소리로 돌아간다, 하고 말했다.

"돌아가는 겐가. 체포하지 않고?"

그렇게 말한 마키는 왠지 조금 풀이 죽어서, 기바에게는 작아진 것처럼 보였다.

—— 이 할망구.

기바는 생각한다. 이 노파의 인생도 분명히 별로 칭찬받을 수 있는 인생은 아닐 것이다. 네코메도의 여주인이 말한 것처럼 세상의 풍파는 강했을 것이다. 그것을 튕겨내다시피 하며 마키는 살아왔다. 그 여걸도 다가오는 세월의 파도에는 이길 수 없을 거라는 느낌이 든다.

기바는 마키에게 어딘지 모르게 공감하는 자신을 느끼고, 허둥지둥 지웠다. 자신은 경관 —— 준법자다.

"나는 체포하지 않을 거라니까. 하지만 다른 형사가 또 물어보러 올 거예요. 한 푼도 안 나오니까 이야기해봤자 손해겠지만, 이건 눈감아주는 값이라고 생각해요. 마키 씨."

마키는 잠자코 흥, 하고 코웃음을 치더니 등을 웅크리고 집으로 들어가 난폭하게 현관문을 닫았다.

기바는 잠시 현관을 바라보고 나서, 이해할 수 없는 표정으로 생각에 잠겨 있는 부하의 이름을 불렀다.

"어이, 아오키."

"네 ——?"

"나는 오늘 쉬겠네."

"네? 어째서요?"

"쉬고 싶으니까 쉬는 거지. 감기에 걸렸다는 둥 뭐라는 둥, 자네가 알아서 과장한테 말해 두게."

"하지만 —— 선배님은 감기에 안 걸리시잖아요."

"걸려. 열이 나서 죽을 것 같네. 땀과 콧물이 폭포처럼 쏟아지고 있잖아. 보면 모르겠나?"

기바는 위압한다.

아오키는, 알겠습니다, 알겠는데 —— 하고 중얼거리며 두세 발짝 물러나더니,

"방금 그 —— 건은 어떻게 하실 겁니까? 이건 매우 중요한 일이라고 —— 생각하는데요."

하고 말했다.

"자네가 직접 자네 입으로 과장한테 전하게. 당장은 관할서가 납득하지 않을 테니, 수사 방침은 바뀌지 않겠지만. 어차피 가와시마가 관련되어 있지 않을 리도 없고, 그 녀석을 붙잡으면 더 분명해질 테고 ——."

기바는 그렇게 말하고 걸음을 옮긴다.

아오키는 고개를 숙인 채 잠시 그 뒤를 따르다가 큰길로 나올 때쯤 기바 앞으로 나오더니, 몸의 방향을 틀면서 말했다.

"하지만 —— 선배님. 방금 들은 이야기를 바탕으로 생각하면, 가와시마는 범인일 수 없다는 결론이 나오지 않습니까. 그렇다면 히라노예요. 히라노는 지금 방치되어 있어요."

"하지만 히라노를 범인으로 본다고 해도 해결해야 할 일은 산더미 같이 많네. 그렇게 간단한 게 아니야."

"그렇습니까?"

"잘 듣게, 방금 그 이야기로 사소한 모순은 사라지고 사실관계는 확실하게 자리를 잡지. 다만 그 사소한 사실을 연결하는 논리, 방금 그 이야기를 지탱하는 이론은 —— 전혀 없어."

"이론 —— 이라고요?"

"그래. 알겠나? 나는 그 의사 —— 후루하타를 아까 만났는데, 놈의 견해로는 히라노는 상당히 맛이 가 있어서 흉한 일을 되풀이할 위험성도 많이 있다고 했네. 하지만 놈의 범죄는 발작 같은 것인 모양이야. 계획적으로 살인을 저지르는 건 아닌 것 같더군."

"그건, 보고서에도 비슷한 내용이 기재되어 있었습니다. 다만 아무도 이해하지 못했지요."

"나도 이해하지는 못하겠네. 하지만 있는 그대로 믿는다면, 단독 사냥감을 노리고 꼬여내서 덫에 빠뜨리는 계획 살인은, 히라노의 행동원리에는 맞지 않는다는 뜻이 되지."

"그렇군요."

"하지만 이번 사건에 관해서 말하자면, 놈은 그 행동원리에 어울리지 않는 움직임을 보였다고 생각할 수밖에 없네. 범행 전후에 일어난 일들은 방금 한 이야기가 우선 맞지 않나. 그렇게 생각하지 않으면, 사소한 모순은 해소되지 않으니까. 다만 ——."

아오키는, 다만 뭡니까, 하고 묻는다.

"—— 히라노 뒤에서 실을 잡아당기는 놈이 ——."

기바는 거기에서 말을 흐린다.

—— 문제는 뒤에 있는 거미다.

기바는 주머니에 손을 댄다.

—— 넘겨줄까. 아오키에게.

지문 채취와 조회.

—— 이제 별로 의미가 없나.

설령 히라노의 것으로 생각되는 지문밖에 검출되지 않았다고 해도, 사실관계에는 변함이 없다.

기바는 생각을 멈춘다. 그보다 우선 ——.

—— 생각하기보다 걸어라, 로군.

기바의 탄탄한 근육이 기바의 흐물흐물한 뇌수에 그렇게 들려주고 있다.

아오키는 뭔가 중얼거리면서 복잡한 얼굴로 그런 기바 옆을 걷고 있다.

"어이, 아오키. 자네는 방향이 반대잖나."

기바는 역과 반대 방향으로 나아가고 있다. 마키가 말했던 전당포로 갈 생각이다.

유도신문 때의 분위기로 보아, 야치요의 유젠은 그 전당포 —— 나카조 전당포에 맡겼으리라는 것은 우선 틀림없다.

기바가, 빨리 가, 지각한다, 하고 고함치자 아오키는 웃으며, 가시는 곳은 전당포지요, 선배님, 거기까지는 동행하게 해 주십시오, 하고 말했다.

기바의 행동을 완전히 읽어내고 있다.

마키가 말한 대로, 10분도 걷지 않아 목적지인 전당포는 확인할 수 있었다. 낡은 간판에는 '나카조 전당포 창업 1868년'이라고 적혀 있다. 오래된 가게다. 그러나 건물은 1868년의 건축이라고는 도저히 생각되지 않는다. 공습으로 불탔거나 해서 전쟁 후에 새로 지은 건물이리라.

유리문은 열려 있다. 기바는 포렴을 걷고 들어간다.

계산대에는 눈이 가느다란 기모노 차림의 남자가 거들먹거리듯이 앉아, 일심불란하게 장부를 조사하고 있었다.

"일찍 오셨군, 손님. 아직 가게는 열지 않았소."

거만한 말투다. 게다가 얼굴을 들지도 않는다. 기바는 친구 추젠지를 떠올린다.

"문은 열려 있잖나."

"문이 열려 있어도 가게는 열지 않았소. 나중에 다시 오시오."

"그럴 수는 없지――."

기바는 수첩을 남자의 코앞에 불쑥 내민다.

"――어이, 주인장. 이거면 얼마나 빌려줄 건가."

남자은 턱을 당기며 눈치를 살피듯이 기바를 보았다.

"나, 나리도 사람이 나쁘시군요. 무, 무슨 볼일로?"

"흥. 겁쟁이라면 처음부터 허세를 부리지 말 것이지――."

이 사람이 추젠지였다면 경찰수첩의 값을 매겼을 것이다.

"――당신, 여기 주인인가?"

"예, 예에. 나카조 고라고 하는데, 이 가게의 4대째 주인입니다. 뭔가 볼일이 있으신지요?"

"계산대에는 늘 당신이 있나?"

"예에. 대개 제가. 뭔가 볼일이 있으신지요?"

"볼일, 볼일 하는데 나는 체포하는 쪽이 아니야. 뭐 비슷한 거지만. 자네, 저 앞 매춘 숙박업소의 다다 할머니를 알고 있나?"

"예? 아아 눈알 살인마가 나온 집의 마키 씨."

"그래. 그 할망구 일인데."

"저는 성실한 전당포 주인으로, 그 수상한 짓은 아무것도——물론 여자와 놀아나지는 않습니다. 실은 저는 이 가게의 전직 대행수인데, 그, 데릴사위라 마누라님이 무서워서——."

"그런 건 묻지 않았어. 이 얼간이야."

기바는 거만하게 말하며 계산대 옆의 마루 끝에 걸터앉는다.

"할머니가 자주 오나?"

"가끔요. 맡길 게 없는 거겠지요."

"어이, 그 눈알 살인마가 나온 날, 할망구가 기모노를 맡기러 왔지? 기억나나?"

"언제입니까? 눈알 살인——아아, 그건 그날이었습니까? 하지만 그런 뒤숭숭한 날에 전당포에 옵니까?"

"내가 물을 말이야. 보름 전이니 장부를 보게."

"아아——맞다, 경찰이 왔었습니다. 탐문을 하러 왔지요. 그날이군요. 틀림없어요. 맞아."

"장부를 보게. 적혀 있겠지. 몇 시쯤인가?"

"몇 시라니요, 지금 시간쯤일까요. 더 일렀나. 일렀습니다. 아니."

"확실히 해."

"지, 지금 정도——여덟 시 전이고 일곱 시 반은 지났습니다."

기바가 사실이냐고 묻자,

"문을 여는 시간이 일곱 시 반, 가게를 여는 시간은 여덟 시입니다."

하고 나카조는 대답했다. 개점 시간이 이른 것은 대대로 내려온 규칙이라고 한다.

"물품은 무엇이었나?"

"여자 기모노였지요. 보기 드문 물새 무늬의——그건 원앙일까요. 똑똑히 기억납니다. 가가 유젠이었지요. 좋은 물건이었어요. 그리고 미치유키[7]와 솔과 띠."

아오키가 기바에게 눈짓을 했다.

틀림없다.

"물건은 어쨌나?"

"없는데요."

나카조는 치켜 올라간 듯한 눈썹을 올리며 눈을 가늘게 뜬다.

"찾아간 건 아닐 테지. 유질(流質)되었다는 겐가?"

"팔렸습니다. 아니, 찾아간 건가?"

"확실히 해. 어떻게 된 건가. 장부를 보게."

"그러니까 그날 중에 다른 분이——."

"어이, 잠깐. 여기는 물건을 맡긴 날 곧장 팔아 버린단 말인가?"

"아닙니다. 그 기모노는 처음부터——마키 씨가 처음부터 찾아갈 생각은 없다고 말했습니다. 전당표도 주지 않았고요. 그도 그럴 것이, 그런 기모노를 입으려고 해도 입을 수 없지 않습니까. 그 할머니가. 기분 나쁘지요. 정말 돼지 목에 진주 목걸이에요."

"그래서——어떻게 했나?"

---

7) 기모노 위에 걸쳐 입는 외투의 일종.

"어떻게 했느냐니요, 나리 —— 아, 그건 장물입니까? 아야야야, 이거 곤란하군요. 할머니도 나쁜 사람이네요. 너무해요. 이 경우 저도 죄가 있습니까?"

"닥치고 장부를 보라고. 누가 찾아갔나?"

"예? 아니 숨기고 있었던 건 아닙니다. 전혀 숨기지 않아요, 저는. 그때 오신 경찰분도, 입만 열면 수상한 남자는 보지 못했느냐, 이러이러한 남자다, 그자는 눈알 살인마라고, 그 히라노입니까? 그 사람 이야기만 묻더군요. 저는 아무것도 모릅니다. 그런 야만스러운 남자에 대해서는. 그러니까 모르겠는데요, 라고. 물어보신 질문에는 대답했고요 —— 아아, 있다, 이쯤이에요."

나카조는 장부를 넘기며 자세히 살폈다. 근시인가 보다.

기바도 들여다본다.

나카조는 장부를 슬쩍 덮는다.

"어째서 숨기는 거지?"

"아니. 네. 으음, 생각났어요. 생각났습니다, 전부. 금방 왔어요, 그 사람. 마키 씨와 교대하듯이."

"교대라고?"

그것은 지나치게 빠르다.

"으음, 그 사람은 가게에 들어오자마자, 엉뚱한 말씀을 좀 여쭙겠는데요, 하고 저를 향해서 말했습니다, 예. 뭐야, 손님이 아닌 건가 하고 생각했지요, 저는. 예, 생각났습니다. 길이라도 물을 생각인 걸까 하고, 그렇게 생각했어요. 그런데 그 사람은, 분명히 이렇게 말했습니다 ——."

—— 방금 그 할머니는 혹시 기모노를 맡기지 않았습니까?

"저한테는 숨길 이유도 없잖습니까. 예, 그렇습니다, 하고 말씀드렸지요. 그랬더니 ——."

—— 그건 이렇게 물새 무늬가 있는 아름다운?

"하고 묻더군요. 이것도 숨길 이유도 없지 않습니까. 그렇습니다, 하고 말씀드렸습니다. 그랬더니 ——."

—— 그렇습니까, 그건 분명히 제 일행의 기모노인 것 같습니다. 저기 숙소에 깜박 잊고 두고 왔거든요. 가능하다면 잠깐 보여주실 수 있겠습니까.

"라고 하더군요. 기모노를 잊어버리고 알몸으로 돌아간 건가 하고, 조금은 수상하게 생각하기는 했지만, 이 또한 제게는 보여주지 않을 이유도 없지 않습니까. 아직 집어넣지도 않았고요. 보여주었지요. 그랬더니 ——."

—— 아아, 이건 역시 제 일행 겁니다. 아니, 다행이에요. 할머니한테는 제 쪽에서 이야기해 둘 테니 이걸 찾아가도 될는지요.

"라고 하는 겁니다. 아아, 그 남자가 도둑인가? 그렇지는 않나요? 이상한 이야기지요. 확실히 이건 이상해요. 이상했어."

일행의 기모노라고 말했다면 ——.

그자는 가와시마 신조일까.

아니면 그자는 히라노일 수도 있다. 시간적인 조건을 포함해서 고려하면 후자일 확률이 높다.

전당포 주인은 턱을 가늘게 떨며 또 몰래 장부를 폈다.

"그래서 저는, 찾아가겠다고 하셔도 맡긴 본인이 아니니 일단 유질품(流質品)으로 해야 한다고."

"뭐야. 돈벌이를 생각한 건가?"

"하지만 나리, 그러면 장부의 계산이 맞지 않습니다. 이치로 따지자면 마키 씨가 맡기고, 유질되어 팔았다는 형태로 해야지요."

"전당표도 주지 않았다고 하지 않았나."

"아니 그, 그건 그러니까."

"그래서 그 남자는 누구라고 적혀 있나? 그런 건 쓰잖아? 주소와 이름. 아니면 안 쓰나? 그냥 산 경우에는. 어때, 장부를 좀 보여주게."

"아니, 저도 역시 주눅이 들어서, 장부상으로는 그 사람이 맡긴 것으로 하고——아니, 지웠나? 그러니까——그 남자는——아아, 이거다."

기바는 다시 들여다본다.

전당포 주인은 몸을 비틀어 장부를 형사에게서 멀리 떼어놓으려고 한다.

"네네. 절차가 번거로워서 특례로 해 드렸습니다. 수고료로 20엔만 얹어서 찾아가는 것으로 해 드렸지요. 으음, 찾아간 사람은 가와시마 씨."

"가와시마라고? 가와시마 다음은 뭔가."

"가와시마——기이치 씨입니다."

"어이. 다시 한 번 말해 보게!"

"가와시마 기이치 씨. 주소는 지바 현——머네요. 지바 현의 오키쓰초 시게우라——라는데 이게 어딥니까?"

기바는 아오키를 본다.

아오키는 약간 흥분하고 있다.

"주인장. 그 사람은 어떤——남자였습니까?"

"네? 평범한 남자입니다. 안경을 쓰고 있었던가."

"대머리에 군복 차림은 아니겠지?"

"대머리? 대머리는 아니었는데요. 복장은 평범한 셔츠에, 나리들 같은 외투를 입었고. 모자는 쓰지 않았던 것 같네요. 젊은 사람이었습니다. 아직 서른 전이겠지요."

"선배님——."

가와시마 기이치는 히라노 유키치의 단순한 친구다. 히라노를 후루하타에게 소개했을 뿐인, 정말 그것뿐인 역할밖에 없고 이 사건과의 관련은 희박하다. 후루하타의 이야기를 들으니 다소 수상하기는 했지만, 애초에 기바가 가와시마 기이치에게 신경을 쓴 것도 가와시마 신조와 성이 같다는 것과 행방을 알 수 없다는, 오직 그 이유 때문이었다.

그런데.

왜 그 기이치가 갑자기 나타나 마에지마 야치요의 기모노를 찾아가야 하는 것일까? 게다가 다다 마키가 이 전당포에 야치요의 기모노를 가져온다는 것은 누구에게도 전혀 예측하지 못한 사태일 것이다.

"어이, 아오키. 가와시마 기이치라는 놈은 그 후에——."

"그게 알 수가 없습니다. 아무래도 가명이었던 게 아닐지——아니면 전쟁 후의 혼란으로 주민표가 흩어져 분실된 것인지도 모르겠지만, 출신지도 정확한 경력도, 물론 행방도 알 수 없어요."

"아오키."

"네. 알고 있습니다. 가와시마는 같은 가와시마지만 가와시마 기이치가 눈알 살인마일 가능성——말이지요?"

"그래. 자네의 의견, 히라노는 원래 범인이 아니라는 의견 말일세, 그건 살아 있네. 나는 가와시마 신조가 범인이라는 것에는 납득이 가지 않았지만. 그래도 히라노를 범인으로 생각하면 석연치가 않아. 하지만——."

"가와시마 기이치는 히라노와 친했어요. 히라노의 이름을 사칭한다고 해도 신조보다 진실미가 있지요. 이건——."

나카조는 가느다란 눈을 크게 뜨고 어라아, 하고 말했다.

"그 남자가, 누, 눈알 살인."

"멍청이. 아직 결정된 건 아닐세. 주인장, 이건 다른 사람한테 말하면 안 돼. 이야기하면 면허를 몰수하겠네. 아니 체포야. 그 거래는 ——뭔가 위반이 있을 테지."

무엇에 어떻게 저촉되는지는 알 수 없었지만 어딘지 모르게 위법행위다. 기바는 스스로도 어설프다고 생각했지만, 두드리면 먼지가 나오는 전당포 주인에게는 의외로 효과가 있었던 모양이다. 4대째 주인은 다시 한 번 어라아, 하고 말했다.

"좀 더 자세히 이야기하게. 기억나는 걸 전부 말해. 안경을 쓰고 셔츠를 입은 서른 전의 남자라면 수만 명이나 있다고."

"하아, 그, 글쎄요, 아아아, 멍. 멍이 있었어요, 이 왼쪽 뺨 부근. 얻어맞은 듯한 멍이었습니다. 있었어요, 멍이. 그, 그리고, 그렇지, 목소리가 높고, 아니, 나리 같은 탁한 목소리가 아니라 가느다란—— 아아, 실례, 실례."

전당포 주인은 겁먹고 있다. 밤을 꼴딱 새운 무례한 형사는 상당히 무서운 면상을 하고 있었던 모양이다.

"그리고?"

"예에, 돈은 많은 것 같았습니다."

"알고서 돈을 많이 받았군, 이 자식."

흐악, 용서해 주십시오, 하며 전당포 주인은 목을 움츠린다.

"가와시마——기이치라."

"이건——완전한 초동수사 실패입니다, 선배님."

아오키가 굳은 표정으로 말한다.

"우리는 터무니없는 실수를 저지르고 있었어요. 하지만 그럼 히라노는——대체 어떻게 된 걸까요? 선배님——."

기바는 그러나, 그래도 아직 충분히 납득이 되지 않는다. 가와시마 기이치가 범인이었다고 해도, 기이치도——.

——그냥 목각인형에 지나지 않아.

아오키는, 잠자코 있을 수는 없습니다, 하며 빠른 걸음으로 이동하기 시작했다. 기바는 전당포 주인에게, 이상한 장사 하지 말게, 하고 충고하며 가게를 나왔다. 아오키는 부지런히 걸으면서 끊임없이, 안 돼, 정말 안 돼, 하고 자신을 질책하고 있다.

"뭐가 안 되나?"

"안 됩니다. 저는 선배를 따라잡을 수 없어요. 진실을 꿰뚫어보지도 못하고, 그저 공을 세우고 싶어서 눈이 어두워져 있었어요. 아니, 저는 저 나름대로——진실을 알아내고 싶어서."

"이 멍청아. 뭐가 진실이야. 아직 아무것도 결정된 건 없어. 아무것도 모른단 말이야, 우리는. 머리를 식혀, 뭐든지 있는 그대로 받아들이니까 어린애인 거라고, 자네는."

머리를 식힐 사람은 자신이라고도, 기바는 생각한다.

아오키는, 뭐든지 있는 그대로 받아들이지는 않습니다, 다만 이치에 맞는 의견에 대해서는 고집을 부리지 않고 순순히 탄복할 뿐입니다, 하고 말했다.

마키의 집이 있는 좁은 길을 지나 요쓰야 경찰서 앞으로 나온다. 입구 부근에 몇 명의 제복 경관이 모여 있었다.

"아아, 경시청의 —— 기바 씨와 아오키 군!"

갑자기 부르는 목소리가 나서 약간 당황하며, 기바는 불쾌한 듯이 얼굴을 그쪽으로 돌렸다. 아오키가, 아아, 시치조 씨, 하고 말했다.

요쓰야 서 앞에 몇 명의 경관에게 둘러싸인 소라 —— 시치조 형사가 서 있었다.

"무슨 일인지 모르겠지만 마침 잘됐어요, 기바 씨. 당신, 이 아가씨를 봤지요. 현장에 있었지 않습니까."

경관이 옆으로 비키자 여자가 보였다.

제복 경관이 양쪽에서 붙들고 있다.

짙은 화장. 화려한 복장. 창부다.

콧구멍에 기억이 되살아난다. 여자의 냄새다.

—— 시마코 —— 인가.

"끈질기네. 상관없다니까. 놔 줘!"

여자는 그날 밤과 똑같이 쇳소리를 지르며 날뛰고 있었다.

"무슨 일이야. 그 여자."

"아니, 이 여자는 가와시마와 접촉했던 산 증인, 중요참고인입니다. 이 여자가 도망친 후에도 이케부쿠로 역 주변의 잠복은 계속하고 있었는데, 아무래도 그물에 걸려들지 않더라고요. 걸려들지 않을 법도 한 게, 이 여자 요도바시로 자리를 옮겼더군요."

"귀찮은 장소로 이사를 했군."

"예. 그곳은 그곳대로 단속하는 놈들이 있으니까. 실랑이를 벌인 끝에 대판 싸웠습니다."

"싸움? 창부끼리 말인가?"

"아니, 상대는 건달입니다. 신주쿠 주변은 말이지요. 유객꾼도 직접 손님을 끄는 창부도 여두목의 허가가 필요하거든요. 뒤에는 야쿠자가 있으니까요. 그래서 이 녀석, 건달에게 멍석말이 당할 뻔한 걸 요도바시 서 놈들이 구한 겁니다. 참고인으로서 몽타주가 돌고 있었기 때문에 연락이 와서요. 얼굴을 알고 있는 사람은 저 정도라서, 아침 일찍 데리러 갔는데."

"사람을 잘못 본 거야. 모른다니까! 너 같은 낙타는 본 적도 없어. 싫어, 놔."

"너, 내버려뒀으면 돈을 뜯겨야 했을 판이었다고. 그 부근은 조직의 세력 범위니까 너 같은 뒷배도 없는 매춘부는 마음대로 장사를 할 수가 없어."

"그럼 그놈들을 붙잡아. 어째서 나를 붙잡는 거야! 몸 하나로 장사하는 어둠의 여자보다 공창 지역 맞은편에 떡 버티고서는 여자를 거느리고, 쥐어짜고 울리면서 큰돈을 벌고 있는 암거래 장사꾼들이 더 나쁘잖아!"

"그건 그래. 무허가 매춘은 문제지. 하지만 널 붙잡은 게 아니라 보호한 거잖아. 구해준 거라고. 그러니까 협조해. 네가 거기에서 죽을 뻔한 걸 구해준 사람도 나잖아. 저기 기바 씨, 뭐라고 말 좀 해 주십시오."

"그 여자는——."

기바는 그 작은 눈으로 여자의 검게 칠해진 눈을 똑바로 바라보았다. 여자는 그 시선을 받고 기바를 마주 보았다. 이 상태로는 아무것도——말하지 않을 것이다.

"——사람 잘못 본 거 아닌가, 시치조."

시치조는 헤에, 하고 맥 빠진 목소리를 냈다.

"그런가? 틀림없어요. 기바 씨, 이 여자예요. 어떻게 되신 것 아닙니까. 이봐, 자네들도 기억나지?"

시치조는 제복 경관들에게 묻는다. 기바는 큰 소리로 말했다.

"됐네. 지금은 놔 주게. 지금의 법률로는 창부를 보호하거나 지도할 수는 있어도 체포할 수는 없지 않나."

"그것 봐. 네 눈은 옹이구멍이라고 이 얼간이야. 놓으라면 놔!"

여자는 제복 경관의 손을 난폭하게 뿌리치고, 그날 밤과 똑같이 스커트를 펄럭이며 펄쩍 뛰어 물러나더니 기바 앞에 등을 돌리고 서서,

"자, 이 홍거미 시마님을 우습게 보면 안 되지. 이런 이상한 동네에 억지로 끌고 오다니, 뭐야! 돌아갈 전철비 정도는 내놔!"

하고 시치조 일행을 향해 위세 좋게 몰아붙였다.

기바는 그 뒷손을 꽉 움켜쥐고, 어이, 이쯤에서 그만해 둬, 하고 위협했다.

"더 이상 뻗대도 좋을 거 없어."

시마코는 말없이 노려보는 듯한, 조금 겁먹은 듯한 눈으로 기바를 올려다본다.

기바는 그 장식이 달려 있는 귀에 얼굴을 가까이 하고, 시치조 일행은 알아듣지 못할 낮은 목소리로,

"너, 별명이 홍거미냐. 그래서 그 홍거미를 노리는 거미는——무슨 색깔이지?"

하고 말했다.

그날 밤과 똑같은 향기가 났다.

시마코는 한순간 입을 다물고, 흥, 은혜를 베풀려고 하지 마, 내가 관헌의 신세를 질 것 같아, 하고 말하더니 낭창낭창한 움직임으로 ——그 자리에서 달려갔다.

*

남자는 양쪽 어깨를 껴안고 조용히 떨고 있다.

여자는 그 등을 부드러운 눈빛으로 바라보고 있다.

외풍이 남자의 목덜미를 산들산들 어루만지고, 남자는 한층 더 마음이 불안해져서 그 양팔에 힘을 준다.

그리고 어머니를 생각한다.

어머니도 이 누추한 집에서 외풍의 위협을 받으며 이렇게 자신의 몸을 끌어안고 지냈을 것이 틀림없다——그것을 생각하면 남자는 슬퍼진다.

"당신은——아무것도 하지 않았어요."

여자의 목소리는 다정하다.

"당신은 그저 어머님의 원한을 풀기 위해——."

"하지만——그 여자는——죽고 말았어."

"그건 눈알 살인마의 짓이에요. 당신 때문이 아니야."

여자는 남자의 어깨에, 마치 보살펴 주기라도 하듯이 매우 부드러운 손바닥을 가져다 댄다. 여자의 피부는 남자의 고동을 느낀다. 여자는 속삭이듯이 말한다.

"이제 그만할래요?"

남자는 그 말에 경직한다.

"그럴 수는——없어."

"또 한 명의 여자가——있는 곳은."

"알고 있어. 몇 번 만났어. 틀림없어. 그 여자와는 달리, 지금도 아직 창부이니까——."

"아직——창부를."

"그래. 더러운 창부야. 어머니를 죽인 창부야."

남자는 내뱉듯이 말하며 눈을 감는다.

"그만두죠."

여자는 슬픈 듯이 눈썹을 찌푸린다. 그리고 덧없이, 숨결 같은 말을 내뱉는다.

"더 이상은 당신을 위해서도 도움이 안 돼요. 이제 됐잖아요. 나는 그런 당신을 보고 싶지 않아요. 더 이상 계속하면, 당신은 나를 원망하겠죠."

남자는 머리를 들고 여자에게 굳은 얼굴을 향한다.

"그렇지는 않아. 당신은 내게 진실을 가르쳐주었어. 당신이 가르쳐주지 않았다면, 나는 어머니가 죽은 것도 몰랐을 거야——다만."

"죽일 생각은 없는——거잖아요. 당신한테는."

남자는 다시 고개를 숙이고 어두운 바닥의 나뭇결에 시선을 떨어뜨린다.

여자는 등 뒤에서 그 옆모습을 바라보고 있다.

"당신 친구는——어디에선가 당신의 행동을 감시하고 있고, 그리고 당신에게——은혜를 갚으려고 하고 있는 게 아닐까요."

"은혜? 내가——도망시켜 주었기 때문에?"

"그런 기분이 들어요."

"그건——."

"그렇다면 그 또 한 명의 여자도——조만간."

“그러니까 내버려두어도 그 여자는——.”

여자는 속눈썹이 긴 눈을 내리깐다.

“——당신의 소원은 이루어질 거예요.”

“그만해! 나는, 나는 미칠 것 같아.”

남자는 바닥을 두세 번 세게 내려쳤다. 여자는 이번에는 남자의 어깨를 꽉 껴안아 남자의 격정을 멈추었다. 외풍 대신 여자의 덧없는 목소리가 남자의 목덜미를 어루만진다.

“그러니까——당신하고는 상관없는 일이에요. 이제 그만두자고 말한 건 그런 뜻이에요.”

“싫어, 싫어. 이제 이런 건 싫어.”

남자는 머리를 끌어안고 바닥을 때리며 통곡한다.

여자는 슬픈 듯한 덧없는 목소리로 남자의 등에 계속해서 내뱉는다.

“당신은——당신 친구가 더 이상 죄를 범하는 게——싫은 거지요.”

남자는 몸을 떨었다.

“가엾게도——하지만 그건 이제 와서는 어쩔 수 없는 일이에요.”

“사실은 착한 사람이야, 그 사람은. 나는——당신을 끌어들이고, 그 사람까지——그리고——.”

“당신 탓이 아니에요. 그러니까 이제 몸을 빼고, 어딘가 멀리 도망쳐요.”

“당신도——같이.”

“그건——안 돼요. 나는——.”

여자는 매달리는 남자의 뺨을 상냥하게 어루만졌다.

絡新婦の理

6

기분 탓일지도 모르지만, 벚나무의 꽃봉오리가 어제보다 조금 더 부풀어 있다.

이끼가 돋은 묘석 주위의 젖은 흙냄새와 약간 봄의 징후를 머금은 초목의 향기가 서로 섞여, 어느 모로 보나 지금은 어중간한 계절입니다, 하고 알려주고 있는 것 같다.

이사마는 누가 묻혀 있는 것인지 전혀 알 수 없는 무덤 앞에서 두 손을 모으고 있다.

옆에서는 이마가와가, 역시 아무리 봐도 짐승 같은 자세로 똑같이 손을 모으고 있다. 이사마는 자칫하면 무덤 앞에서 신사에서 하는 행동처럼 손뼉이라도 칠 것 같을 정도로 신심이 없어 보이지만, 이마가와 쪽은 참배하고 있다기보다 어딘가 기원을 하고 있는 듯한 분위기라 약간 기분이 나쁘다.

오리사쿠 가 정원의 묘소다.

두 사람은 고레아키가 살해된 날부터 계속 오리사쿠 가에 머무르고 있다.

머무르고 있다고 하면 듣기에는 좋지만, 말하자면 경찰에 의해 발이 묶여 있을 뿐이다.

이사마도 이마가와도 단순히 목격자에 지나지 않는다는 것은 집안 사람들도 인정하는 바이고, 하등 의심을 받을 이유는 없다. 그러나 아무래도 오리사쿠 가라는 곳은 단순하게 취급할 수는 없는 가문인지, 발생한 지 나흘이 지났는데도 아직 사건은 일반에 공표되지 않았고 관계자 일동은 엄중하게 입막음을 당했을 뿐만 아니라, 허가 없이는 외출까지 금지되고 말았다.

연관된 것이 불운했다고 생각하고 포기할 수밖에 없습니다, 하고 이마가와는 달관한 듯한 말을 내뱉지만, 말은 그렇게 해도 한가한 이사마와 달리 장사를 해야 하는 몸으로서는 번거로운 일일 거라고 생각한다. 다만 이마가와는 지난 달에도 비슷한 일을 당한 모양이니, 익숙한 것인지도 모른다.

이사마는 정원을 둘러본다.

온통 벚나무다.

대체 몇 그루가 심어져 있는 것인지, 이사마는 세어 볼까도 생각했지만 82그루까지 세고는 그만두었다.

"또 ── 여기에 계셨나요."

시원한 바람 같은 목소리.

무덤 뒤편에 아카네가 있었다.

부드러운 표정이지만 웃고 있는 것은 아니다.

"음 ── 뭐."

달리 대답할 말도 없다.

"정말, 죄송합니다. 손님을 이런 귀찮은 일에 끌어들이게 되어서."

그 말은 어제부터 몇 번을 들었는지 알 수 없다.

"곤란한 건 ──."

이사마는 그렇게 말하며 두 번 고개를 끄덕였다.

"피차 마찬가지, 를 생략하면 무슨 말인지 알 수 없습니다, 이사마 군."

하고 이마가와가 말했다.

아카네는 알 수 없을 정도로 웃었다.

입가는 느슨해졌지만, 눈에는 슬픔이 담겨 있다.

——울고 있는 것보다는 낫군.

그렇게 생각한다. 만난 후로 아카네는 울거나 사과하거나 괴롭힘을 당할 뿐이다.

지금이 그나마 낫다.

자신을 그렇게 울린 방탕한 남편을 잃은 젊은 미망인은 그래도 사흘 동안은 계속 울기만 했다. 다부진 어머니의 말도, 질타하는 듯한 동생의 말도, 위로하는 타인의 말도 아무것도 통하지 않는 듯 흐트러져 있었다.

세상에 그렇게 슬픈 일이 있는 것일까, 하고 이사마는 조금 놀랐다. 슬프다 괴롭다는 기분은 알지만 그렇게까지 우는 일은 이사마에게는 평생 없을 것이다.

상주가 정신을 차리지 않으면 어떻게 하느냐고 격려를 받은 탓인지, 자신 이외에 그 돼먹지 못한 놈을 보내줄 사람은 없다는 사실을 사무치게 안 것인지, 아니면 평생분의 눈물이 말라 버린 것인지, 아카네는 겨우 정신을 차렸다. 이렇게 평범하게 대화를 나눌 수 있는 상태까지 회복한 것은 바로 어제의 일이다.

"오늘은——따뜻합니다."

무의미한 인사다.

침입자인 이사마는 집안사람들에게 자세한 사정을 묻기도 꺼려지고, 그렇다고 해서 대강 아무 말이나 할 수도 없어서, 마치 지금의 계절을 몸으로 실행하듯이 항상 어중간한 태도밖에 취하지 못한다.

이런 어중간한 상태가 대체 언제까지 이어질 것인지, 이사마에게는 짐작도 가지 않는다.

물론 사건이 해결되면 해방될 테고, 해결되지 않아도 머잖아 구속은 풀리겠지만, 그것이 언제가 될지는 전혀 알 수 없다. 유체도 해부하러 보내진 채 돌아오지 않았다. 장례식도 하지 못한다. 경찰도 매일 와서 똑같은 것을 묻는다. 똑같은 시간의 반복이다. 어제 그랬던 것처럼 내일도 그럴 거라고 생각하면, 이 기묘한 생활이 영원히 이어질 듯한 착각이 느껴진다.

오리사쿠 가의 다섯 명의 여자. 두 명의 고용인. 그리고 두 명의 침입자의 공동생활.

——꼭 파리 같군.

이사마는 더더욱 그렇게 생각한다. 깊이 관여하지도 않고, 날아와서 앉았다가 금세 날아가야 하는 파리가 물감에 칠해져 그림에 갇혀 버린 것 같다.

그리고 이사마는 니키치의 말을 떠올린다.

이 저택은 입이 거친 사람들의 말을 빌리자면 실로 거미줄 저택이라고 불리곤 했던 것이다.

——거미줄에 걸린 파리.

요컨대 거미는 마사코일까.

아니면——.

"경찰에서 나오신 분이——두 분께 홀로 오시라고."

"또."

"네. 또."

아카네는 그렇게 말하며 또 희미하게——정말로 희미하게——웃었다. 어제도 그제도, 오전부터 시작된 사정 청취는 점심때에 접어들 무렵에 이사마 일행의 차례가 돌아오고, 오후 서너 시까지 계속되었다. 그래서 모처럼 세쓰가 준비해 준 점심 식사도 완전히 식고 말았다. 오늘도 그럴 거라고 이사마는 생각한다.

——그때.

오리사쿠 고레아키의 목에 걸린 창백한 팔을 목격한 사람은 다섯 명이었다. 이사마, 이마가와와 아카네, 마사코, 고사쿠. 이 다섯 명이 범인이 아닌 건——상식적으로는——확실할 것이다. 달려가는 도중에 아오이와 미도리가 합류했고, 고사쿠가 정원으로 돌아갔다. 고사쿠가 모습을 나타낸 건 전원이 서재에 들어간 후의 일이다.

이것에 대해서 경찰은 고사쿠를 집요하게 추궁했다. 왜 혼자 정원으로 돌아갔는지가 수상하다, 도착에 시간이 걸린 것도 수상하다는 것이다.

고사쿠는 순간적으로 범인은 정원으로 도망칠 거라고 생각했다, 고 증언했다. 사실 범행 현장은 안쪽에서 문이 잠겨 있었고, 고사쿠가 짐작한 대로 범인은 창을 깨고 도주했지만 유감스럽게도 고사쿠는 그 모습을 보지 못했다. 도착이 늦은 탓이다.

시간이 걸린 건 거리가 멀었기 때문이라고 한다.

홀에서 일단 정원으로 나가 서재에 다다르려면 저택 안의 복도로 가는 것보다 훨씬 멀리 돌아가야 하는 모양이다. 복잡한 구조의 저택이기 때문에 쉽게 정원으로 나갈 수 없는 것도 이해가 간다.

경찰은 몇 번인가 고사쿠가 갔던 루트를 검증했고, 이것에 대해서는 크게 우회하기는 하지만 최단 거리이기도 하다는 결론이 나온 모양이다.

결국은 건물의 복잡기괴한 설계가 범인에게는 다행이었던 셈이다.

저택 안에 있던 사람 중에 알리바이가 없는 사람도 있다.

메이드인 세쓰와 이오코 도지 두 사람이다.

세쓰는 단독으로 행동하고 있었다. 무엇을 하고 있었느냐 하면, 이것이 딱히 아무것도 하지 않고, 길을 질러가려고 다른 계단을 내려가다가 두 계단 미끄러져 정강이를 호되게 부딪치는 바람에 비명을 지르며 몸부림치고 있었던 모양이다. 단순히 주인이나 손님보다 먼저 홀에 도착하려고 했다고 한다. 이것이 설령 거짓말이었다고 해도 고레아키의 목은 큼직한 손에 비틀려 끊길 정도로 조여졌고, 세쓰의 팔은 가늘고 손바닥은 더욱 작으니——설령 세쓰가 괴력의 소유자라 해도——범인이라고는 생각하기 어렵다.

이오코 도지 쪽은 자기 방에서 점심을 먹고 있었다. 평소에는 아카네가 옆에서 함께 먹는 모양이지만, 그때 아카네는 이사마 일행과 함께 있었기 때문에——대신 누군가가 함께 있지도 않고——혼자서 먹었다고 한다. 도지의 방은 홀에서 곧장 갈 수 없는데도 불구하고 홀에 인접해 있는 방이라고 한다.

이사마는 힐끗 보았을 뿐이지만 이오코는 나이가 아흔이 넘은 은발의 노인이었다.

다리도 약해져서 대부분은 앉아만 있는 모양이니, 이 사람도 제외된다.

그렇다면 저택 안에 있던 아홉 명은 범행이 불가능하다.

이 경우 외부 사람의 짓이라고 생각하는 것이 자연스럽다.

다만——치밀한, 또는 대담한 장치라도 되어 있었다면 이야기는 다르다. 예를 들어 가족 전체가 꾸민 범행이었다면 어떨까. 곰곰이 생각해 보면 살해된 사람은 일족의 오점, 가문의 수치인 고레아키이니 이것도 생각할 수 없는 일은 아니다.

하지만——.

만일 그것이 가족의 알리바이를 만들기 위한 공작이었다면——우선 이사마든 이마가와든 가족 이외의 사람에게 살해되는 순간을 목격하게 하지 않으면 소용이 없다.

그러나 피해자의 행동은——고레아키도 공범이라는 바보 같은 이야기가 아닌 한——아무도 읽을 수 없었을 것이다. 이것에 대해서는 꾀어낸다는 방법도 있지만, 이사마가 서재로 눈을 돌릴지 아닐지는 운에 달려 있다. 설사 이사마가 보든 보지 않든, 본래는 가족 중 누군가가 서재 쪽을 가리키기로 되어 있었다고 해도 서재와 복도에 있는 사람들끼리 의사소통이 없으면 그 연계는 어려울 것이다. 절묘한 타이밍이었다고 말하지 않을 수 없다.

애초에 이사마와 이마가와가 그 시간에 이 저택을 찾아온 건 아무도 예측할 수 없었을 것이다. 고사쿠에게 오라는 말을 듣기는 했지만, 언제 어느 때에 가겠다고 확실하게 약속한 것은 아니었다.

만일 일련의 사건이 꾸며진 것이라면, 예를 들어 니키치도 공범이었다는 것까지 생각해야 한다. 그 경우에도 이마가와 없이 이사마 혼자 이 저택을 찾아오는 것은 생각할 수 없으니, 이사마가 이마가와를 부를 생각을 한 데까지 다 읽지 않으면 성립하지 않는다. 도대체가 니키치와의 만남도——.

이사마는 바보 같아져서 그만두었다.

모든 것은 우연의 집적에 지나지 않는다. 이 상황에 만일 누군가의 의지가 작용하고 있다면, 차례차례 찾아오는 미지의 상황을 교묘하게 짜내고, 급조된 장치를 만들었다고 생각할 수밖에 없다. 꼼꼼한 리허설이 필요한, 정성이 들어간 범행은 아무래도 불가능하다는 뜻이 된다.

따라서 범인은 밖에서 왔고 밖으로 도망친 것이다.

——도롱이를 입은 남자——여자.

이사마는 아무래도 그 부분에 신경이 쓰인다.

문을 열자마자 목소리가 들렸다.

"——이것 봐요."

커다란 형사.

키가 크다기보다 척도가 크다. 보통의 인체 비율을 유지한 채 확대한 듯한 체격이다. 도수가 높은 안경을 쓰고 있다. 아마 이소베라는 이름일 것이다.

"댁 말이오, 범인은 정원으로 도망쳤으니 정원에 있던 당신이 보지 못했다는 건 이상하잖소."

"보지 못한 건 보지 못한 겁니다."

"사실이오?"

이소베 형사 옆에는 쑤기미 같은 면상의, 불쾌해 보이는 형사가 있었다. 이쪽은 츠바타라는 이름이었던 것 같다.

추궁을 당하고 있는 사람은 고사쿠다.

"고레아키는 제 아들입니다. 어째서 제가 아들을 죽여야 한단 말입니까?"

"아무도 당신이 죽였다고는 하지 않았소. 그냥 보지 못한 게 이상하다는 거지. 왜냐하면, 당신이 도망치는 것을 방조하거나, 보고도 보지 못한 척하는 건——."

"어째서 그런 짓을 하겠습니까!"

"누군가를 감싸고 있다거나, 여러 가지가 있잖소. 게다가 당신, 그 아들 덕분에 입장이 꽤 난처해졌다면서요."

"그렇다고 죽이지는 않아요!"

"죽였다고는 하지 않았소——아, 이런."

이소베 형사는 이사마 일행이 방으로 들어온 것을 그제야 알아차린 것 같았다.

"이봐요, 당신들, 이리 와요. 데몬 씨, 당신은 이제 됐소. 나중에 또 봅시다."

고사쿠는 느릿느릿 거구를 일으킨다.

그리고 외국인 같은 커다란 눈으로 이사마를 보더니 슬픈 듯이 얼굴을 일그러뜨렸다.

이사마도 입을 시옷자로 만들어 보였다. 그 정도의 의사표시밖에 할 수 없었다. 고사쿠는 대머리를 쓰다듬으며 견딜 수 없을 그 마음을 삼키다시피 하더니 의자를 떠났다.

빨리 오라, 빨리 오라고 몇 번이나 말하는 바람에, 이사마는 이마가와와 함께 고사쿠와 교대로 자리에 앉았다.

앉자마자 이소베는, 이봐요, 하고 말했다.

"도쿄 경시청과 가나가와 본부에 조회했소. 당신들은 대체——뭐요? 이것 봐요."

이소베는 그렇게 말을 잇더니 중지로 책상을 톡톡 두드렸다.

"당신들 둘, 전국을 돌아다니며 살인사건이라도 구경하고 다니는 건가!"

"그런 역할이 되고 말았습니다."

이마가와는 지극히 진지한 말투로 그렇게 대답했다.

이소베는 장난치지 마시오, 하고 말하더니 이번에는 손바닥으로 책상을 두드렸다.

"뭐, 좋아요. 즈시 사건이나 하코네 사건과 이번 사건의 연관성은 우선 생각할 수 없으니까. 그보다 이, 마사."

"이사마."

"이사마 씨. 당신이 보았다는 그 수상한 빛 말이오. 그건 이런, 손전등 같은 거요?"

"아뇨. 이렇게, 반짝하고."

"그러니까 반짝에도 여러 가지가 있잖아요."

묘지와 벚나무 사이의——도롱이불.

이사마는 잘 표현할 수가 없다.

확실히 보기는 했지만, 햇빛이 풀의 이슬에 반사되었을 뿐인지도 모르고, 유리 파편일지도 모른다. 아침에 목격한 도롱이에 삿갓 차림의 남자와 관계가 있을지는 지극히 애매하고, 아무런 근거도 없다. 형사에게도 일단은 그렇게 말했지만, 무슨 소리냐고 일축당했다.

"그, 도롱이가 빛난다는 걸 잘 모르겠단 말이야. 그건 지푸라기 같은 거잖소. 빛나지 않는단 말이지요. 다만, 그 현장에서——."

뭔가 말하려고 하는 이소베를 츠바타가 말렸다.

그때 경관 두 명이 구르듯이 방 안으로 들어와, 테이블 가장자리에 부딪히기 직전에 멈추더니 정중하게 경례했다.

“저, 어, 방금 연락이 왔는데, 크, 큰일입니다. 그, 보고드립니다!”

츠바타가 성가시다는 듯이 볼멘 얼굴을 한다.

“큰일인 건 어디나 마찬가지일세. 무슨 일인가.”

“기사라즈의 교살마가 체포되어서——.”

“뭐? 그럼——일거에 해결인가!”

“체포된 건 닷새 전인데, 이바라키에서 무전취식을 한 모양입니다.”

좋다 말았다——라는 표현이 딱 맞는다.

츠바타는 크게 부릅떴던 눈을 감고, 숨을 내쉬며 힘을 쭉 뺐다.

“닷새 전? 아아, 역시 그렇군. 무전취식?”

“네. 자백했으니 신병을 인도한다고, 아까.”

“곧 가겠네. 이봐, 이소베. 여기를 부탁하네.”

그렇게 말하더니 힘이 쭉 빠진 츠바타 형사는 의기소침한 마음을 온몸으로 표현하며 터벅터벅 경관을 데리고 나갔다.

이소베는 그 모습을 멍하니 바라보더니 불만스러운 듯이 말했다.

“알고 있던 일일 텐데. 이제 와서 실망하면 어쩌자는 거야. 게다가——부탁한다니, 뭘 어쩌라고!”

이소베는 이사마와 이마가와가 있는데도 불구하고 빌어먹을, 하고 동료를 욕하며 입을 삐죽거린다.

“알고——있었습니까?”

“교살마라는 놈은 기사라즈의 토목작업원이오. 빚에 시달리고, 거기에 빚 회수꾼이 딸을 강간하는 바람에 발끈해서 죽여 버린 거지. 그리고 도망쳐서 돈을 빌려준 사람까지 죽여 버렸소. 애초에 그것뿐이고, 가쓰우라 사건과는 상관없다는 건 처음부터 알고 있었던 거란 말이지. 알고 있었소. 상관없어.”

"그럼."

"그러니까——시간벌기. 시바타니까 말이오."

"아아."

잘 모르지만, 이사마는 납득한다.

"하지만 조금은 가능성이 있으려나——라는 생각도 하고 있었소. 하지만 이걸로 분명해져 버렸군. 체포가 닷새 전이라면 더 이상 얼버무릴 수도 없고, 시간도 벌 수 없겠어. 이번 고레아키 살해와 지난번 교직원 살해는 동일범의 소행이라는 건 거의 확실하고. 이건 시바타나 오리사쿠, 또는 그 여학교에 원한을 가진 누군가의 범행이겠지. 첫."

이소베는 굵은 손가락으로 자그마한 안경을 끊임없이 만지작거렸다.

차분함이 없다.

보고 있는 사람이 초조해진다.

"아까 그——."

이사마는 아까 이소베가 하려다 만 말이 마음에 걸렸다. 많은 말을 하지 않아도 그 뜻은 통했다.

"아아, 시체의 의복에서 도롱이인지 뭔지의 지푸라기가 몇 개 검출되었소. 당신이 말했지요? 그러니 범인은 그 도롱이에 삿갓을 쓴 남자요. 틀림없이. 그럴 거요."

——남자——일까, 여자일까.

침묵이 찾아온다.

나흘째쯤 되니 심문거리도 다 떨어졌을 것이다. 이소베는 중얼중얼 독백하기 시작했다.

귀를 기울여 보니 아무래도 자신에 대한 츠바타 형사의 태도가 마음에 들지 않는다는 내용이다. 이소베는 그러다가 뜻을 알 수 없는 말을 중얼거리기 시작했다.

"——무엇보다 나는 지바 본부에서 사격을 제일 잘한다고. 권총 종류도, 부품에서부터 성능까지, 누구보다 잘 알아. 애초에 그래서 경찰에 들어온 건데, 이게 뭐야. 바보 취급이나 하고. 군대 시절에도 결국 기관병이어서 총을 쏜 적도 없다고. 정말——."

이마가와는 그 모습을 보고, 이 사람은 조금 위험합니다, 하고 이사마에게 귓속말을 했지만, 그것조차도 이소베에게는 들리지 않은 것 같았다. 스트레스가 상당히 축적되어 있는 모양이다. 그것은 이해가 가지 않는 것도 아니다.

원인은 아마 오리사쿠 가의 여자들에게 있을 것이다.

우선은 셋째 딸——아오이다.

형사들은 연일 그 재녀(才女)의 날카로운 언변에 괴롭힘을 당하고, 게다가 완벽할 정도로 그 자존심이 분쇄되어, 아마 고압적인 태도를 취하는 것으로는 따를 자가 없을 그들의 입장에서 보자면 더없는 굴욕을 맛보고 있다.

몇 시 몇 분에 어디에 있었느냐는, 그것만 물어도 한 시간은 걸린다. 결국, 묻지 않을 때도 있다.

이것은 당연하다면 당연한 일이다.

옆에서 듣고 있어도 아오이가 말하는 논리는 전부 정론이다.

형사들은 어쨌든 자신의 견해에 의문을 갖지 않는 놈들뿐이다 보니 대단히 강경하다. 그러나 아오이의 입장에서 보자면 피해자의 가족인 셈이고, 특별히 저자세로 나가야 할 이유도 없다.

처음부터 어이, 이봐, 로 나오면 이야기가 되지 않는다고, 우선 아오이는 그 점을 막힘없이 설명한다. 그 언변이 형사들에게는 진력이 난다. 여자가 말이 많은 건 바람직하지 못하다는 듯이 도리에 맞지도 않는 분발을 한다. 그것이 또 좋지 못하다. 대개 형사들은 말솜씨가 부족하다. 그뿐만 아니라 그 몇 안 되는 어휘 대부분은 여성이나 약자를 멸시하는 색채를 띠는 법이기도 하다. 말하고 있는 본인에게 그럴 생각이 없어도 듣는 사람이 들으면 화가 나고 격앙할 게 틀림없다. 더욱 두들겨 맞고 찍소리도 하지 못한다.

아오이는 약간 통쾌할 정도로 만만치 않다.

만만치 않은 것으로 따지자면 마사코도 상당히 만만치 않다.

마사코의 경우, 아오이처럼 논리정연하게 항변하는 일은 없다. 다만 의연하다. 이것은 경찰을 상대한다는 의미에서는 의외로 효과적인 모양이다. 이봐, 라는 말에 예에, 하고 숙이고 들어가면 이미 지는 것이다. 그러나 이봐, 에 대해 왜 그러시는지요, 라고 대꾸하면 형사도 어떻게 나가야 할지 모르게 된다. 모릅니다, 모르겠네요, 하고 단호하게 튕겨내면, 형사 쪽도 그러십니까, 라고 말할 수밖에 없다.

아무래도 그 귀부인에게는 꺼림칙한 데가 엿보이지 않는다. 빈틈이 없다. 말에 막힘이 없다. 태도가 경지에 올라 있다. 설령 숨기는 일이 있더라도 그렇게까지 정정하면 절대로 꿰뚫어볼 수 없을 거라고, 이사마는 생각한다.

한편 차녀——아카네는 정반대다.

안 그래도 울고불고 난리다. 착란이 가라앉고 나서도 만사에 자신이 없어 보이고, 강하게 다그치면 의견은 흔들리고, 더 압박하면 앞에서 한 말은 취소한다. 결국은 울면서 사죄한다.

그녀에게 잘못이 있다고 생각하는 사람은 어디에도 없고, 하물며 형사에게 사과해야 할 입장이 아닌 것도 명백하지만, 아카네는 좌우간 사과한다.

어떤 형태이든 자신의 배우자가 세상 사람들에게 폐를 끼친 건 틀림없다, 죄송하다, 면목없다고 그저 사과하는 것이다.

이러면 형사 쪽도 항복이다.

안쓰럽다기보다 좀스럽다, 기특하다기보다 꼴불견이다, 불쌍하다기보다 우선 짜증이 난다——분명히 그건 그럴 것이다. 다만 이사마는, 아카네의 그런 태도나 마음은 잘 이해할 수 있다. 애초에 인간은 사물을 전부 명확하게 기억하는 것이 아니고, 전부 논리적으로 생각하고 행동하는 것도 아니다. 오른쪽인지 왼쪽인지 확실하지 않을 때도 많고, 즐거웠는지 괴로웠는지 뚜렷하지 않을 때도 많다. 권력을 가진 사람, 논리를 가진 사람이 강하게 말하면 흔들리고, 넘어지는 법이다.

따라서 동정은 할지언정 책망하는 건 너무하다고 생각한다. 이야기해 보면 총명하고, 꽤 야무지고 심지가 강해 보이는 사람이기도 하니, 더욱 그런 생각이 드는 것인지도 모른다.

그리고 넷째 딸——미도리다.

미도리는 앞서 일어난 듯한 교사 교살사건의 목격자이기도 하다고 한다.

이 영리한 소녀는 중학생치고는——언니나 어머니에 비하면——조사 때도 훨씬 평범한 응답을 한다.

하지만 혼란시킨다는 의미로는 큰 차이가 없다.

그녀의 증언은 아무래도 신앙에 기초하는 것 같다.

이랬습니다, 가 아니라 이래야 한다, 이다.

앞선 사건 때도 범인인 듯한 수상한 인물——아무래도 요괴——을 보았네 마네 하는 이야기가 나오자, 그런 것은 있어서는 안 되니 보았을 리도 없습니다, 라고 대답했다고 한다. 보지 못했다, 가 아니다. 보지 말았어야 한다, 이다.

이런 경우에는 과연 덮어놓고 믿어도 될 것인지 아닌지는 판단하기 힘들 것이다.

지난번의 경우에는——요괴 따위 있을 리 없다는 상식적 판단이 우선해서인지——미도리의 증언은 저항 없이 채용된 모양이지만, 이번에는 아무래도 석연치 않다.

알리바이를 증명할 인물은 있느냐, 는 물음에 대해서 하느님께서 항상 보고 계십니다, 라는 대답을 듣고 그렇군, 하고 납득하는 형사는 없다.

그러나 장난치지 말라고 고함치기에는 미도리의 나이는 어리고, 자세는 진지하고, 용모는 지나치게 사랑스럽다.

무엇보다도 신앙을 끄집어내는데 제대로 응대할 수 있는 사람은 경찰 내에는 없다.

이것 또한 머리 아픈 일일 거라고, 이사마는 생각한다. 이사마는 종교에 전혀 생각이 없어서 미도리 같은 소녀는 대하기 거북하다. 오리사쿠 가의 여자들 중에서도 가장 거리가 먼 존재다. 무슨 생각을 하고 있는 것인지 무엇을 바라는 것인지, 전혀 알 수가 없다.

그래서——형사들은 보통은 피곤할 필요가 없는 데서 지칠 대로 지쳐 있는 것이다.

이소베는 한바탕 불평을 늘어놓고 나서, 생각난 듯이 말했다.

"——아아, 진짜, 어이, 이봐, 그렇지, 그 할머니한테 가 보세. 거기 자네, 그 도지라는 할머니는 다리가 불편하지? 방으로 가지 않으면 안 되나? 그렇군, 알겠네. 음, 당신들은 그만 됐소. 그 할머니는 단 한 명의 목격자니까. 좋아 가세."

이소베는 거구를 흔들며 일어선다.

"목격?"

이사마는 우선 물어본다. 안 돼도 본전치기, 불평을 늘어놓느라 입이 가벼워졌으니 뭔가 말할지도 모른다.

이소베는 아니나 다를까 입을 나불거린다.

"할머니의 방에서는 정원이 보이거든. 그 할머니는 봤소. 도망치는 ——여자를."

"여자?"

"글쎄. 그렇게 말하던데. 나이도 많으니까."

——여자.

이사마는 몇 번째인지 모를 오한을 느낀다.

중얼중얼 잔소리를 늘어놓으면서 검은 문을 열고 밖으로 나간 이소베의 그 커다란 등을 바라보며, 이사마는 설명하기 어려운 권태감에 휩싸인다. 표연한 낚시터지기 아저씨치고는 드문 일이다.

경찰 관계자가 없어지자 곧 이마가와는 일어서서, 아아 어깨가 결리네요, 하고 말하며 크게 목을 돌리고, 이어서 냄새를 맡듯이 의자에 코를 가까이 대더니,

"아아, 좋은 의자야."

하고 묘한 말투로 말했다.

그때 세쓰가 우당탕하고 소란스럽게 들어왔다.

"아아, 진짜 뭐야 저 형사, 기분 나빠. 그만 좀 하고 돌아가 줬으면 좋겠어. 어머나, 손님, 배고프세요? 의자를 먹으면 안 돼요."

"먹지는 않습니다."

"아무래도 상관없지만요. 잠깐 여기 앉아도 돼요?"

"그건 그, 여기는 제집이 아닙니다."

"괜찮지 않을까요."

이사마가 그렇게 말하자 세쓰는,

"평소에는 못 앉는다고요, 이 의자는."

하고 말하더니 만면에 웃음을 띠고 정말 기쁘다는 듯이, 폴짝 앉았다.

그늘이 없는 건 좋은 일이지만, 그렇다고 해도 긴장감이 없는 아가씨다. 이사마가, 세쓰 씨는 명랑하네요, 라는 식의 말을 늘어놓자 세쓰는 진지한 얼굴로, 미안하지만 슬프지 않아요, 라고 말했다. 그리고 빠른 말투로 이렇게 말을 이었다.

"정말 슬프지 않은걸요. 잘 아는 사람이 죽었는데도 말이에요. 큰나리 때와는 달라요. 아가씨한테는 미안하지만. 실제로."

이마가와는 그 말을 듣더니 다시 착석해, 세쓰 씨, 당신은 언제부터 여기에 있었습니까――하고 혀 짧은소리로 물었다. 세쓰는 이 또한 바쁘게 대답했다.

"재작년. 그때까지 일하던 무쓰코 씨 대신이요."

"무쓰코 씨?"

"모르세요? 그 사람도 가정부인데요."

"전혀."

이사마는 알 리가 없다.

"무쓰코 씨는 죽은 작은 나리가 유혹해 와서, 기분 나쁘다고 그만뒀어요. 끊임없이 유혹하더래요."

"작은 나리라는 건 고레아키 씨?"

"맞아요, 맞아. 달리 누가 있겠어요."

"하지만 재작년이라니, 고레아키 씨가 데릴사위로 들어온 건 3년 전이잖아요? 아직 신혼인데, 바람?"

"신혼인데 바람이지요. 아무래도요. 여기에서만 하는 이야기인데 아가씨와 작은 나리, 밤에는 잘 안 되었던 게 아닐까요? 여기에서만 하는 이야기지만."

"밤."

"밤이요, 밤. 거부당하고 있었던 것 같으니까요."

세쓰는 왠지 눈썹을 찌푸리며 손바닥을 팔랑팔랑 흔들었다.

"거부했다? 누가 무엇을?"

이사마가 묻자 세쓰는 더욱 무서운 표정이 되었다.

"반해서 결혼했는데 남자가 여자를 거부하겠어요? 거부한 건 아가씨. 나리를 거부한 거예요. 그래서 바람을 피운 거지요. 신혼이잖아요. 힘들었던 거예요. 고레아키 나리도."

"힘들었던 사람은 아카네 씨잖아요?"

"그야 그렇지만. 어떨까요. 그 부분은."

세쓰는 사연이 있다는 듯이 여운을 남긴다.

"——물론 작은 나리는 최악이지만요. 그건 아카네 아가씨 탓이 아닐까 싶다는 거지요——."

세쓰는 다리를 바꾸어 꼬더니, 요청한 것도 아닌데 마치 라디오의 인생 상담 같은 말투로 이야기하기 시작했다.

오랫동안 속에 담아 두었던 일인가 보다.

"——아무래도요—— 저는 그 아카네 아가씨라는 사람, 싫지는 않지만 좋아할 수가 없어요. 미안하지만, 정말 미안하지만."

묘하게 주장하는 메이드다.

"그건 싫어한다는 뜻이."

"아니에요. 그 사람, 굉장히 착한 사람이잖아요. 착한 사람이니까, 뭐라고 할까. 나쁘게 말할 수가 없잖아요?"

"하지만 사과만 하는걸."

"그러니까요. 그 사람이 자기가 나빴다고 사과하면 다른 사람은 어떻게 되는 거지요? 대개 그 사람보다 나쁘니까, 그럼 굉장히 나쁜 게 되잖아요. 그런 겸허하고 소극적이고 인격적으로 훌륭한 아가씨가 꾸벅꾸벅 꾸벅꾸벅하면, 그럼 형편없는 인간은 어떻게 하면 되느냐고요. 죽으라는 거예요? 특히 그 고레아키 나리는 최악의 인간이잖아요. 어떻게 할 수도 없지요."

"그건 핑계잖아요."

"핑계예요. 하지만 악의는 없어도 겸허함이 다른 사람에게 상처를 줄 때도 있는 거예요. 그 비굴함은 오히려 자존심에 상처를 준다고요. 결코 거역하지도 않고. 자기주장을 하거나 도리에 어긋난 일을 하거나 나무라 주는 편이, 남자도 행동하기 쉽잖아요."

"글쎄요——."

이사마는 미처 생각하지 못했지만 그런 사고방식도 있을지도 모른다.

아카네처럼 도가 지나친 겸양의 태도는 자신의 입장뿐만 아니라 상대방의 입장도 빼앗아 버릴 위험성을 내포하고 있는 것이다.

이마가와가 말했다.

"절대복종이라는 건 문제입니다. 모든 책임을 상대방에게 맡기는 셈이고, 실패해도 질책을 받지 않는다면 복종을 받은 쪽은 더욱 행동하기 어렵지요."

알 듯 모를 듯한 논리지만, 세쓰는 이해한 모양이다.

아가씨는 크게 고개를 끄덕였다.

"그렇잖아요. 맞아요. 그거, 일부러 그러는 게 아닐까요. 이건 비뚤어진 견해지만."

"일부러?"

"그래요. 남편을 형편없게 만들기 위해서——."

"왜 남편을 형편없게?"

"그런 건 모르지요. 하지만 작은 나리는 사위로 들어오고 난 후 점점 나빠져서 밑바닥에서 살해되었어요. 처음에는 그나마 나았던 모양이에요."

"하지만 그 사람은 정녀(貞女)의 귀감이라고 평판도 높잖아요?"

그것은 니키치의 이야기——세상 사람들의 평가다.

"그건 글쎄요오——."

세쓰는 기묘하게 돌려서 그렇게 말하더니 머리를 끌어안았다.

딱히 메이드가 머리를 끌어안고 고민할 정도의 문제는 아니다.

"——정녀라는 건 남자에 대해서 하는 말? 그렇다면 형편없는 거 아니에요? 왜냐하면, 남편은 나빠지기만 했으니까요. 아니면 이래야 한다고 할까, 규범이라는 뜻인가요? 그건 뭘 근거로 규범이 되는 거지요? 그렇잖아요. 아이고, 어려워라."

"그렇게 고민이 되나."

"고민돼요. 혹시 정녀라는 건——."

"정녀란 정조가 굳은 여성이라는 뜻입니다. 그 이상도 그 이하도 아니에요. 그러니까 착하다거나 나쁘다거나 하는 것이 아닙니다. 그것뿐입니다."

이마가와는 담담하게 해설했다. 세쓰는 지레짐작을 한다.

"정조라니, 아아, 물론 그 아가씨는 정조가 굳지요. 남편에게도, 그 왜, 허락하지 않는걸요."

"그런 뜻이 아닙니다."

"어떤 뜻인데요?"

"정조란 한 번 세운 뜻을 바꾸지 않는다, 라는 말입니다. 원래는 시대를 초월해서 변함없이 아름다운 것, 이라는 뜻이지요."

"모르겠어요. 완고하다는 뜻?"

"즉 있을 수 없는 것, 환상입니다. 정녀란 그 있을 수 없는 것을 계속해서 지키는 사람이지요."

"흐음. 그럼 맞아요. 아카네 아가씨는 정녀예요."

세쓰는 내뱉듯이 그렇게 말했다.

이마가와는 집안이 그래서인지 묘한 것을 알고 있다.

"그건 그렇고 세쓰 씨, 보는 눈이 좋군요——."

이사마는 이 젊은 메이드가 오리사쿠 가의 여자들에게 어떤 감상을 품고 있는가 하는 것에 흥미를 느꼈다. 세쓰는 2년이라는 긴 시간에 걸쳐 오리사쿠 가의 일족을 관찰해 온 아가씨다. 아무래도 저속한 잡담 같은 느낌은 부정할 수 없지만, 이사마 따위와는 또 다른 방식으로 사물을 파악하고 있는 것은 틀림없다.

세쓰는 당연하지요, 하고 말했다.

"가정부 일이란 옛날로 말하자면 집안의 일이잖아요. 가정의 깊은 곳에 들어가 있는 거니까요, 여러 가지를 보기도 하고 듣기도 해요. 비밀도 알고요. 저는 항상 보고 있어요. 다만 이야기하지 않는 게 규칙이지요."

"이야기하고 있는데."

수다스러운 메이드는 어머나, 이야기하고 있네요. 이건 곤란한데, 하고 진지하게 말했다.

"그, 세쓰 씨, 아오이 씨는 어때요."

"어떠냐고요? 어떠냐니요? 아아――아오이 아가씨는 좋아하지는 않지만 싫어할 이유는 없어요."

"그건 싫어한다는 뜻이――."

"아니에요. 머리가 좋지요, 그 사람. 굉장히 훌륭한 말을 해요. 이치에 맞지요. 하지만요, 그런 고상한 생각만 하면서 살 수는 없잖아요, 보통."

"고상."

"그래요. 감자 껍질이 잘 안 벗겨진다거나 콧등이 가렵다거나 날씨가 나빠서 짜증이 난다거나 돈이 필요하다거나, 그런 생각을 하잖아요. 보통은, 틀림없이."

규칙을 깨는 메이드는 열심히 역설했다.

"감자 껍질을 벗길 때에――뭐였더라――이건 경제사회를 외부에서 지탱하고 있는 그림자의 공로이고, 그런 비임노동(非賃勞動)과 자본의 모순이 어떻다느니 저렇다느니――아아, 성가셔! 하나요? 그런 생각을? 그 사람은 생각해요. 그런 말을 매일 쭉."

과연 그럴 것이다.

정교하게 만들어낸 것 같은 외모 그대로의 사람일 것이다.

아카네는 싫어하지 않지만 좋아할 수 없다. 아오이 쪽은 좋아하지 않지만 싫어할 이유가 없다. 미묘한 차이지만 이해할 수 없는 것도 아니다. 다만 나이 차이 때문인지 성별 때문인지, 이사마의 그녀들에 대한 감촉과는 약간 어긋나 있다.

"미도리 씨는."

"어린애지요."

간단하다.

"미도리 아가씨는 아직 열세 살인걸요. 마님이 서른네 살 때 낳으신 아이잖아요? 아오이 아가씨하고는 아홉 살이나 차이가 나요. 하지만 ——그런 것치고 귀여워한다는 느낌은 아니지요. 보통 그런, 나이를 먹어서 얻은 아이는 귀여워하지 않나? 어째서일까요오——."

세쓰는 몹시 의미심장하게 어미를 길게 끌더니, 아마 숨이 차기 직전에, 뭔가 있어요, 하고 말을 맺었다.

"뭔가라니, 뭐가."

"글쎄, 뭘까요——."

하고 세쓰는 시치미를 뗐다.

이사마는 캐묻는 것도 생각하는 것도 멈추었다. 세쓰의 말투나 태도는, 예를 들어 미도리가 친딸이 아니라든가 또는 첩의 자식이라든가——어차피 그런 종류의, 별로 알고 싶지 않은 결론을 암시하는 뜻이었기 때문이다.

"돌아가신——유카리 씨는?"

"제가 오고 얼마 안 돼서 죽었으니까요. 반년 정도인가."

"역시 그, 예쁜 사람?"

이사마는 여러 가지로 표현을 생각했지만 달리 어떻게 물어야 할지 알 수가 없었다.

세쓰는,

"저만큼은 아니에요."

하고 말했다.

"유카리 씨는 큰 나리를 닮았어요. 귀여움 받고 있었던 게 아닐까요? 돌아가셨을 때는 큰 나리가 몹시 슬퍼하셨지요."

"사인은?"

"독살."

"어——."

세쓰는 검지를 빙글빙글 돌렸다.

"——로밖에 생각되지 않는 급사."

"그럼 변사?"

"표면적으로는 병사. 경찰은 오지 않았어요. 사망진단서는 엉성했고요. 시바타 재벌이 데리고 있는 의사는 많이 있거든요. 하지만 전날까지 건강했어요."

"수상하네."

"수상하지요. 큰 나리도 그래요. 그야 자주 편찮으시긴 했지만, 아무도 당장 죽을 거라고는 생각하지 않잖아요. 죽기 전날에도 큰 소리로 불벼락을 내리고 있었으니까."

"큰 소리?"

"저는 깜짝 놀라서 계단에서 떨어졌어요."

그건 큰 소리 때문은 아닐 거라고 이사마는 생각한다.

"——어째서? 화가 났나."

"나리는 아오이 아가씨가 열고 있는 공부 모임이 마음에 들지 않는다며 고함을 질렀어요. 여자가 파렴치한 소리 하지 마라, 오리사쿠가의 수치라고."

"파렴치?"

"성(性)이 어떻다는 둥, 뭔가 잡지 같은 데 글을 썼거든요. 나리도, 그 부녀자의 권리 확대——인권 획득? 잘 모르겠지만 그런 건 인정하고 있었어요. 비교적 이해심이 있었던 분 같은데, 성의 해방이라든가 하는 이야기가 나오면 그냥 덮어놓고 화를 냈어요. 입에 담기만 해도 안 되었지요——."

아오이는 꽤 활발하게 운동을 하고 있었던 모양이다.

세쓰는, 불벼락의 원인은 더 있어요, 하고 말했다.

"그게 있잖아요, 그 작은 나리예요. 학교——성 베르나르 여학원의 돈을 끌어다 쓰고 있었던 모양이더라고요. 들킨 거지요. 어, 업."

"업무상 횡령."

"그거예요. 뭐 대단한 액수는 아니었던 모양이지만. 그 왜, 교살마가 나온 건 아시지요? 선생님이 살해된 것 말이에요. 그 좋지 못한 소문들이 일부에 새어 나가서 소란이 일어났어요. 작은 나리는 이사장이었기 때문에 지휘가 잘못되었다고 심한 꾸중을 듣던 중이었지요. 그래서 시바타의 도련님인지가 들어왔고. 아주 난리였어요——."

세쓰는 양손을 펼친다.

"——그런 시기에 횡령이 발각된 거잖아요. 큰 나리는 엄청 험악하게, 네놈, 아버님이 만든 신성한 학교를 망하게 할 셈이냐——하고 고함쳤어요. 그랬더니 작은 나리는 죽이려면 죽이라고 대들고, 궁지에 몰린 쥐는 고양이를 문다는 기세로 엄청난 말을 입에 담았지요."

"무슨 말을."

"매춘을 하는 학교가 어디가 신성하냐——고."

"매춘? 여학교잖아요."

"여학교예요. 작은 나리는, 나는 사실을 쥐고 있다, 뭣하면 세간에 공표해 줄까——하고 대들었어요. 뭐, 작은 나리 입장에서 보자면 잃을 건 아무것도 없잖아요. 큰 나리는 잃을 게 너무 많은 거고요."

"매춘——이라."

그 학교라는 곳은 미도리가 다니고 있는 학교다.

아마 니키치의 손녀도 다니고 있다고 했었다. 미도리가 자아내는 무구한 인상에서 매춘을 끌어내는 건, 이사마에게는 어려운 일이다. 다만——.

——그 소녀는.

미도리는 아버지의 장례식 때 웃었다.

기분 탓일지도 모른다. 다만 이사마에게는 웃은 것처럼 보였다.

이사마는 그 웃음을——그 장례 행렬의 오리사쿠 가 여자들의 모습을 떠올린다.

이제 와서 생각하니 경건한 크리스천이 불교식 장례 행렬에서 상을 든다는 것도 조금 이상하기는 하다. 미도리의 입장에서 보자면 종교가 다르다. 마음이 딴 데 가 있는 듯 보인 건 그 때문일지도 모른다.

"——그러니까 생각지 못한 반격을 받고 큰 나리도 갑자기 창백해져서 입을 다물더니, 작은 나리를 방으로 끌고 들어가서 한동안 이야기를 나누더군요. 그 후, 미도리 아가씨도 불려가서 상당히 실랑이가 있었어요. 덕분에 아오이 아가씨 일은 흐지부지되었지요."

"미도리 씨는 평소에는 기숙사에서 지내지 않나요?"

"교살마가 나오고 나서 저택에 돌아와 있었어요. 경찰도 왔고, 체면도 있으니까. 어쨌든 그렇게 고함을 질러대며 실컷 싸우고, 그리고 이튿날 아침에 싸늘해져 있었던 거예요. 수상하지요."

"아침에 일어나서 마님이 깜짝 놀라셨겠네요?"

"발견한 사람은 아카네 아가씨. 마님의 침소는 다른 곳이에요."

"잠자리가 다르다고요?"

"달라요."

"싸움이라도 했나요?"

"싸움 같은 걸 할 리 없잖아요. 나리는 데릴사위인걸요. 잠자리가 따로따로인 건 옛날부터 그랬나 봐요. 특별히 사이가 나빴던 느낌도 아닌데. 다만 저는 이곳에서 일하고 나서 단 한 번도 큰 나리와 마님이 말을 나누는 모습을 보지 못했어요."

"가정부인데 보지 못했다."

"보지 못했어요. 하지만 마님이 그런 분이니까, 그게 보통인 게 아닐까요?"

"보통일까요? 말도 하지 않고 잠자리도 따로고?"

"보통이에요. 대개 이 오리사쿠 가에서는, 남자란 모두 그냥 도구예요. 큰 나리도 그냥 장사 실력이 좋아서 고용되었을 뿐이지요."

"——사랑이 없다?"

이사마가 묻자 세쓰는, 사랑이 뭐예요, 하고 말하더니, 하지만 가족은 가족이에요——라고도 말했다.

그것은 이해가 가지 않는 것도 아니다. 이해가 가지 않는 것도 아니지만, 그렇다고 해도 이 가족은——세쓰의 이야기를 들어보면 몹시 황폐한 듯 들린다. 이야기가 생생하다.

고사쿠나 니키치의 이야기에서도 일족 내에 적잖이 불화와 내분이 있다는 것 정도는 쉽게 상상할 수 있었지만, 그렇다고 해도 이렇게까지 피비린내 나는 상황이었다는 것은 느낄 수 없었다. 하물며 유복하고 유서도 깊은, 우아한 자산가의 가정이라는 외면에서는 좀처럼 엿볼 수 없는 가족관계일 것이다. 그렇다고 해도——.

——어려운 국면을 맞았군.

이사마는 그렇게 생각한다. 아오이는 결혼하지 않겠다고 말하고 있는 모양이고, 아카네가 재혼이라도 하지 않는 한은 가문이 끊기고 만다. 이사마가 그렇게 말하자 세쓰는 낮게,

"오리사쿠의 피는 이미 끊겼어요."

하고 말했다.

"그건 또 어째서?"

"그러니까, 이것도 여기에서만 하는 이야기인데요. 선대 마님——즉 마사코 마님의 어머니이자 이오코 큰 마님의 딸인——데이코 님이라는 사람은, 아무래도 선선대 당주이신 가에몬 님이 어딘가의 여공에게서 낳아온 아이인 것 같대요. 이오코 님의 진짜 따님은 돌아가셨다고 들었어요. 그러니까 지금의 오리사쿠 가 사람들은 모두 데릴사위와 여공의 자손이에요. 그게——."

세쓰는 이야기를 딱 그쳤다.

그리고 떫은 감이라도 먹은 듯한 얼굴을 하고, 꼬고 있던 다리를 슬슬 풀어 천천히 바닥 위에 가지런히 내려놓더니, 조용히 일어섰다. 굳어 있다.

이사마는 그 어색한 시선 너머로 눈길을 던진다.

검은 문 앞에 천사가 서 있었다.

검은색으로 잘못 보일 정도의 회색 교복. 희고 커다란 리본.

커다란 눈. 커다란 눈동자. 호분(胡粉)을 꼼꼼하게 바른 듯한 결 고운 하얀 피부.

아직 발달하지 않은 성대가 진동한다.

"세쓰 씨——."

오리사쿠 미도리였다.

세쓰는 네, 하고 한 옥타브 높은 목소리로 대답하더니,

"아가씨, 언제부터 거기에 계셨어요."

하고 물었다.

"저는 지금 막 왔는데요——."

미도리는 명랑하게, 생긋 웃는다.

"——하느님은 늘 당신 옆에 계세요. 세쓰 씨, 뭔가 좋지 못한 말이라도 하셨나요?"

"다, 당치도 않아요. 그렇지, 이, 멋진 의자에, 그, 한번 앉아보고 싶어서, 그렇지요, 손님."

이마가와는 그 말을 받아, 이건 좋은 의자입니다, 하고 별 효과도 없는 말을 했다.

아무런 도움이 되지 않는다.

"갖고 싶다면 제가 어머니께 부탁해 볼게요. 세쓰 씨, 그보다 문 앞에 손님이 와 있어요. 좀 가 주시겠어요——?"

세쓰는, 갑니다, 갑니다, 당장 갈게요, 하고 우스울 정도로 허둥거리며 한 번 넘어질 뻔하다가 다시 자세를 바로잡으면서 미도리에게 인사를 하고 나갔다. 그 등을 향해 미도리는,

"——말이 많은 건 죄예요, 세쓰 씨."

하고 말했다.

곧 큰 소리가 났다.

세쓰가 넘어진 것이리라.

미도리는 전혀 마음 쓰는 기색도 없이, 구름 위라도 걷는 듯 가볍게 이동해 이사마 옆으로 왔다.

그리고 이사마를 보지 않고 계단 방향을 바라보면서,

"저희 가족 일에 너무 흥미를 갖지 않으시는 게 좋을 거예요, 아저씨들. 왜냐하면, 이 집은——축복받지 못하고 있으니까요. 함부로 끼어들면 좋지 못한 일이 일어난다고, 평판이 자자한 모양이에요."

하고 역시 젖비린내 나는 소녀의 목소리로 말했다.

이사마의 눈에는 아무래도 웃고 있는 것처럼 비친다.

이마가와는 퉁방울눈을 부릅뜨고, 지금 그 발언은 저주받고 있다거나 신벌을 받고 있다거나, 그런 뜻입니까——하고 물었다.

이사마는 옛날이야기를 떠올린다.

"혹시 천녀의——저주?"

"천녀? 의, 뭐라고요?"

"저주. 이 집안의 소문——이랄까 옛날이야기."

이사마가 그렇게 말하자 미도리는 기쁜 표정을 지으며, 저주, 어머나 저주라고요, 하고 유쾌한 듯이 말했다.

"저는 그 천녀의 저주인가 하는 이야기는 들은 적이 없어요. 그런 소문도 있나요? 하지만 어쩔 수 없겠죠. 이 집은 모독의 집이니까요. 천벌은 곧 내릴 거예요."

미도리는 농담 같은 말투로 그렇게 말하더니 가볍게 웃었다. 이사마는 대답이 막혔다.

왠지 내면과 외면이, 하는 말과 어투가 뒤죽박죽이다.

이 소녀는, 요괴는 있어서는 안 되는 것이니까 없다, 고 말했다고 한다. 그러면서도 저주 쪽은 긍정하는 듯한 말투다. 그렇다면 저주는 있어야 하는 것이다, 라고 말하기라도 할 셈인 걸까.

이사마의 뇌리에 니키치 노인의 말이 스친다.

——저주하고 있는 사람은 오리사쿠 가의 여자들이라고——.

——그럼 이 소녀가 저주하고 있는 게 되는군.

축복받지 못한 집. 끼어들면 좋지 않은 일이 있는 집.

모독의 집. 무슨 뜻일까.

천녀의 후예——오리사쿠 가의 넷째 딸은 양손을 마주 잡고 눈을 빛내며, 지금부터 즐거운 장난이라도 시작하자는 듯한 분위기로 말을 이었다.

"——그런 소문이 있는 저택에 용케 오셨네요. 아저씨들은 무서운 걸 모르시나요?"

——어린아이다.

세쓰가 말한 대로 이 소녀는 아직 어린아이이다.

아무리 신앙심이 두터워도, 언동에 일관된 도리나 섭리를 요구하는 것은 잔혹하다.

확실히, 설령 어리다고 해도 가르침에 충실하려는 노력은 있을 테니 배경에 신앙심은 있겠지만, 그렇다고 해도 고작해야 어린아이 나름의 유치한 논리에 따라 발언하고 행동하고 있는 것에 지나지 않는 것이 아닐까.

이사마는 그렇게 생각했다.

다만——그런 만큼 겉과 속을 알아보기는 어렵다.

이마가와는 미도리의 말을 받아 이사마를 가리키며, 이 사람은 유령이나 요괴를 무서워하지 않는 사람입니다, 불길한 예감도 싫은 기척도, 아무것도 느끼지 않는 사람이지요——라고 설명했다.

그것은 사실이다. 이사마는 요괴나 유령, 심령, 초자연 현상, 전부 무섭다고 생각한 적이 없다. 하기야 몸의 위험을 느끼면 움츠러들고, 위협을 당하면 깜짝 놀라고, 폭력은 싫어하고, 불쾌한 기분도 물론 들지만 소위 말하는 등골이 오싹한 무서운 기분은 느낀 적이 없다. 다만 지난 며칠 동안 이사마는 되풀이해서 오한을 느끼고 있다. 그것은 예감도 기척도 아닌 진짜 한기로, 감기에 걸렸을 때와 하등 다를 것이 없지만 그렇다고 해도——.

——뭘까.

이사마 자신도 오한의 정체는 잘 모른다.

이마가와는 이어서, 저는 이 사람보다 더 둔합니다, 라고 말했다. 그것도 사실일 것이다. 이마가와의 면상이라면 대개의 요괴는 이길 수 있다. 미도리는 그 말을 듣자, 어머나 든든하네요, 라고 말하며 간질이듯이 웃었다.

"세상에는 미신이 활개를 치고 다녀서 곤란해요. 옳은 것을 본다면 세상에 무서울 것이라곤 아무것도 없는데 말이에요. 아저씨들, 아주 좋네요. 저는——안심했어요."

아무래도——이사마와 이마가와는 시험받고 있었던 모양이다.

——어디까지가 진심이지?

어린아이라고 생각한 건 잘못이었을까. 잘 웃는, 사랑스러운 소녀의 얼굴은 사실은 단순한 가면에 지나지 않는 것인지도 모른다. 이사마는 당혹스러웠다.

"그럼 아저씨들은 제 편이군요. 그렇다면 재앙은 닥치지 않을 거예요. 안심하셔도 괜찮아요——."

미도리는 그렇게 말하더니, 마치 영화에 나오는 외국 소녀처럼 고개를 기울이고 무릎을 가볍게 굽혀 인사를 했다. 그러고는 다시 가볍게 이동해 나선계단을 빙글빙글 올라가 위층 복도를 돌더니, 그 너머의 복도로 사라졌다. 체중이 없는 것일까. 중력이 미치지 않는 것일까.

전혀 정체를 알 수 없는, 그런 소녀다.

"아아, 또 다른 형사가 왔습니다."

이마가와가 말했다.

분명히 상중인 건물 안을 난폭한 발소리를 내며 돌아다녀도 아무렇지도 않은 인종은 형사 이외에는 없을 것이다. 놈들에게는 필요 이상으로 중력이 작용하는 모양이다.

쿵쾅쿵쾅 시끄러운 소리가 이어진다. 검은 문이 열린다.

우선——길게 늘인 말상의 남자가 들어왔다.

조금 긴 머리카락이 찰싹 달라붙어 있다.

이어서 위압적인 얼굴의 남자가 불쾌한 듯이 방 안으로 들어왔다.

먼눈으로도 무서운 얼굴에 다부진 체구를 가진 남자는 당장에라도 여기저기 걷어찰 것 같은 기세다. 가늘고 날카로운 눈으로 건물 곳곳을 훑어보고 있다. 벽이나 기둥을 시선이 물어뜯는다. 그 흉포한 시선이 이윽고 중앙에서 멍하니 있던 이사마를 물어뜯었다. 남자는 이사마를 알아보고는 묘하게 새된 목소리로 고함쳤다.

"어이! 낚시터지기 아닌가. 자네가 이런 곳에서 뭘 하고 있나!"

하관이 벌어진 네모난 얼굴. 몹시 눈에 익은——.

이사마가 잘 아는 얼굴이었다.

"기바슈——."

이사마는 소리를 질렀다.

도쿄 경시청 수사 1과에 근무하는 형사——기바 슈타로 순사부장——이었다.

이마가와가 의아한 얼굴을 한다.

"아는 사람입니까?"

"음. 에노 씨의——."

이사마는 그것만으로 설명을 멈추었다. 이마가와도 더 이상은 아무것도 묻지 않았다.

에노 씨란 에노키즈 레이지로라는 남자의 약칭이다.

에노키즈는 이사마와 이마가와의 군대 시절 상사다.

이 사람이 말로는 표현할 수 없을 정도로 별난 남자다.

그리고 기바 형사는 그 에노키즈의 소꿉친구다.

다시 말해서 기바는 에노키즈를 사이에 둔 친구이고, 즉 그 사실은 제대로 된 사이가 아니라는 것을 의미한다. 기바는 이사마에게는 형사라기보다 그냥 곤란한 친구일 뿐이다.

에노키즈를 아는 이마가와에게는 그 이름을 꺼낸 것만으로도 이미 충분히 짐작이 갔을 것이다.

이사마는 약간 걱정이 되었다. 기바가 관할도 아닌 지바 현에 쳐들어온 이상, 일대 파란은 각오해야 할 것이다. 이 무모한 친구는 작년에도 관할 외인 가나가와에 쳐들어와 대소동을 일으켰던 것이다.

"왜 여기에 있느냐고 묻는 게 안 들리나? 어이, 낚시터지기. 자네 얼굴 양옆에 붙어 있는 건 귀가 아니라 군만두인가!"

거칠다.

오히려 상태가 좋은 것인지도 모른다.

"아아—— 휘말려서."

달리 설명할 수가 없다.

"휘말려? 캑, 시간이 남아도는 데에도 정도가 있다고 이 못난이야. 조금은 사회를 위해서 도움이 되는 일을 좀 해, 멍청이. 어이, 그 옆의 이상한 얼굴은 뭐지? 이 집에서 키우는 짐승이나 뭐 그런 건가?"

"이거? 마치코안. 골동품상."

기바는 눈썹을 치켜세우며 도깨비 같은 얼굴을 했다.

"마치코안이라고? 오오, 당신인가, 하코네에서 재난을 당한 골동품상이라는 사람이? 소문만은 들었지."

얼굴을 맞대고 금수 취급을 당하고도, 이마가와는 동요하지도 않고, 그렇습니다, 이마가와라는 사람입니다, 하고 바보처럼 정중하게 인사를 했다. 기바는, 그래? 나는 경시청의 기바일세, 잘 부탁하네, 하고 말했다.

"그보다."

이사마는 관할도 아닌 지바에까지 출장을 오다니 무슨 일인가, 라는 부분을 생략했다. 기바는 그것을 잘못 알아듣고, 이쪽은 요쓰야서의 가몬 형사일세, 하고 소개했다.

"그게 아니라."

"응? 일하러 왔지. 이 집 사람을 부르게."

"부르라니, 지금 그, 지바 경찰의."

"아아. 들었네. 별건이야 별건. 이 집 사람을 불러."

"별건? 아아, 별건."

관할서 경찰과 2인조로 온 것을 보면 우선 정규 업무일 것이다. 이사마는 약간 안심한다.

폭주 폭발, 우거(愚擧) 폭거, 단독 행동으로 야단을 맞는 것이 경솔한 형사의 일상이다.

세쓰가 알렸는지, 얼마 지나지 않아 이소베 형사가 거구를 흔들며 돌아왔다. 땀을 흘리고 있다.

"뭡니까? 수사 중이에요. 바쁜데."

"바쁜 건 알고 있네. 이쪽도 급해."

"당신은 도쿄의, 무슨 수사요?"

"눈알 살인마일세. 자네들의 엉덩이를 닦아주려는 거지."

"눈알 살인마? 그것과 이 오리사쿠 가가 무슨 관계가 있지? 여기에 나온 건 교살마요. 알고 보니 아니었지만."

"들었네, 지바 본부에서——."

기바는 위협적으로 말한다.

"——어쨌든 이쪽은 유력한 새로운 사실을 알아내고 이런 아와 촌구석까지 이렇게 나온 걸세. 금방 끝날 테니 꺼져 있어."

기바는 이소베보다는 키도 작고 어깨도 좁지만, 어딘지 모르게 밀도가 짙어서 허세를 가슴에 빨아들이면 훨씬 더 커 보인다.

이소배 쪽은 속에 스트레스밖에 쌓여 있지 않은지, 마치 종이 인형처럼 속이 텅 비어 있어서 압력에 약하다.

"잠깐. 새로운 사실이라니 듣지 못했는데."

"시끄러워. 합동수사라고 하더니 자네들은 냉큼 교살마로 갈아타 버렸잖나. 자네가 걱정하지 않아도 돼. 본부장끼리 이야기는 되어 있으니까. 꺼져 있어."

이소베는 아주 조금 중얼중얼 특기인 독백을 하고 나서, 거구를 귀찮다는 듯이 흔들며, 그럼 묻겠는데 누구한테 볼일이 있어서 온 거요——하고 말했다. 기바는 차녀인지 셋째 딸인지, 어느 쪽이든 좋네, 하고 말했다.

——아카네나 아오이.

그중 어느 쪽인가가 눈알 살인마 사건과 관련되어 있다는 뜻일까. 이사마는 급전개에 약간 당황한다. 그러나 늘 그렇듯이 외견상으로는 그저 멍하니 있는 듯 보일 뿐일 것이다. 이마가와에게 시선을 옮겨 보니 골동품상은 눈을 휘둥그렇게 뜨고 입을 반쯤 벌리고 있다. 다만 이것도 늘 있는 일이니 마음속은 전혀 알 수 없다. 이소베는 둥근 얼굴 중심에 있는 작은 눈을 깜박거리며, 아아 어려울 텐데 나는 모르겠소, 하고 말했다.

"뭐가 어렵나, 어이?"

"곧 알게 될 거요. 셋째 딸을 불러다 주지."

이소베는 심술궂게 그렇게 말하고, 발소리를 내며 문밖으로 사라졌다.

아오이와 기바를 붙여놓으려는 속셈인 것이다.

딱히 나가라는 말도 듣지 못했기에 이사마는 그대로 의자에 걸터앉아 진행을 지켜보았다.

이마가와가 이걸로 또 식사는 못 하겠습니다, 하고 작은 목소리로 이사마에게 말한다.

가몬이라고 소개된 형사는 흐느적흐느적 몸을 흔들며 이사마 옆에 앉고, 기바는 이사마 맞은편에 자리를 잡았다. 기바가 자리를 잡자마자 가몬은 몹시 억양이 큰, 물결치는 듯한 말투로 말했다.

"기바 씨. 그렇다고 해도 나는 모르겠어요. 가와시마 기이치는 어째서 그 다다 마키가 전당포에 가져간 기모노를 찾아간 겁니까? 게다가 고지식하게 주소까지 장부에 적어두었습니다. 찾아간 것 자체가 애초에 이해가 안 되지만, 주소를 적는다는 건 미치지 않고서야 하지 않을 짓이에요. 가와시마 신조의 주소가 알려진 건 사다스케가 베껴 적었기 때문이고 이건 불가항력이지만, 기이치 쪽은 스스로, 일부러 적은 겁니다. 이건 이상하지요."

"이상하지."

"그런 사소한 어긋남에 신경 쓰는 성격이었습니까?"

"신경이 쓰이니까——이렇게 조사하러 온 게 아닌가. 사실은 사실일세."

가몬 형사는 달라붙은 머리카락을 쓸어 올린다.

"뭐, 그렇지요. 그 다카하시 시마코의 증언이 사실이라면, 마에지마 야치요를 꾀어낸 자도 가와시마 신조가 아니라 가와시마 기이치라는 뜻이 될 테고. 하지만 기바 씨, 당신 용케 그 불량한 여자에게서 증언을 얻어냈군요. 시치조가 감탄하던데요. 당신의 젊은 부하가 해준 이야기에 의하면 당신은 물장사 관련 여자들에게 신용을 얻는 게 특기라고 하던데, 사실이군요."

"그런 것과는 상관없네. 진지하게 물으면 이야기하는 법이야."

기바는 무뚝뚝하게 말했다.

이사마가 생각하기에, 이 호걸은 수줍어하고 있다. 기바는 여성을 대하기 어려워한다. 대하기 어려워한다고는 해도 기바는 직업상 창부나 호스티스와 자주 접하게 된다. 그리고 대하기 어려워하기에 올곧다, 성실하다고 착각되어 그녀들에게는 매우 인기가 있다.

그렇다고 해도——무슨 이야기인지 전혀 알 수가 없었다.

"나는 아무래도 여자를 취조하는 건 불편해서요, 지금은 전적으로 기바 씨에게 맡기겠습니다."

하고 가몬은 쓴웃음을 지으며 말했다. 기바는 그 말에는 대답하지 않고 이사마를 노려보며,

"어이. 여기 여자들은 뭐야, 어렵나?"

하고 작은 목소리로 물었다.

"음——."

이사마에게는 실감이 없지만 이소베 등을 보면 어렵다면 어려울 것이다. 평소처럼 애매한 대답이었지만 기바는 입을 꾹 다물고 팔짱을 꼈다.

이사마는 시선을 들었다.

곳곳에 나 있는 들창에서 비쳐드는 오후의 햇빛이, 천장까지 뚫려 있는 회랑의 흑과 백 여기저기에 반사하고 또는 흡수되어, 절묘한 색채를 자아내고 있다.

유화라도 보고 있는 것 같다.

그 아련한 풍경 속, 나선계단 꼭대기에,

도자기로 빚은 듯한——완전한 인체가,

천창에서 비쳐드는 한층 강한 빛을 받으며,

조용히, 모양 좋게 서 있었다.

지나치게 잘 된 연출이다.

"제게 용무가 있으시다는 건——."

탄력 있는 금속질의 목소리.

오리사쿠 아오이.

도자기 장식인형은 올바른 인체의 운동이란 이래야 한다고 주장이라도 하는 듯, 흠잡을 데 없는 움직임으로 나선을 돌아 세상 아래로 내려섰다.

동생과는 다르다. 땅에 다리가 붙어 있다.

기바가 말없이 의사표시를 한다.

"—— 말씀하시지요."

"당신은 ——?"

"오리사쿠 아오이라고 합니다."

"그 —— 뭐 좋아."

"거만한 말투군요."

"미안하게 됐군. 아무래도 천하게 자랐다 보니. 기분에 거슬렸다면 사과하겠소만."

"그러실 것까지는 없어요. 평소 고압적인 태도에는 익숙하니까요. 보시다시피 저택 안은 어수선하답니다. 용건은 짧게 부탁드릴게요."

아오이는 긴장감을 띤 냉기를 주위에 흩뿌리며 일정한 속도로 중앙으로 걸어와, 전원을 둘러볼 수 있는 자리에 착석했다.

가까이에서 보아도 인상은 전혀 달라지지 않는다.

가까이 다가와도 허술한 데가 없는, 긴밀한 입자로 구성된 무기적인 질감의 피부. 어긋난 데라곤 없는 디자인 같은 좌우대칭의 얼굴. 수정 같은 눈동자 ——.

아오이의 눈동자는 독특한 색깔을 띠고 있었다.

투명감 있는 회색 —— 아니, 그것은 이 방의 백과 흑을 비추고 있을 뿐이다. 벚나무가 보이는 창가에서 보았을 때는 그 벚꽃색을 비추고 있었으니까 ——.

어지간한 기바도 약간 놀란 모양이다.

"무——묻고 싶은 건 한 가지요. 가와시마 기이치[喜市]라는 남자에 대해서 알고 있는 걸 가르쳐주시오."

"가와시마 기이치라고요?"

"기쁠 희(喜)에 시장 할 때 시(市)."

"그분이 왜요?"

"당신은 몇째요?"

"셋째입니다."

기바는 후우 하고 크게 한숨을 쉬었다.

회랑 끝에 커다란 몸의 이소베 형사가 몸을 숨기고 있는 게 보인다. 다부진 본청 형사가 곤란해하는 모습을 강 건너 불구경하겠다는 속셈일 것이다.

기바는 그러나, 이소베가 생각하는 만큼 손쉬운 남자가 아니다.

이사마는 기바의 끈질김과 이상할 정도로 강한 반발력을 알고 있다. 기바는 곧 자세를 바로 했다.

"그럼 그, 언니도——불러줄 수 있겠소?"

"언니를? 언니를 부르는 건 상관없지만, 배우자를 잃은 지 얼마 안 되어서 극단적으로 혼란스러워하고 있어요. 그래서 냉정하게 대응할 수 있을지 어떨지 보장할 수는 없어요. 그보다 우선 당신의 신분과 방문 의도——이건 무슨 수사인지, 왜 우리를 찾아오신 건지——를 말씀해 주시지요. 납득이 가는 내용이라면 국민의 의무로서 수사 협조는 아끼지 않겠습니다."

상태를 회복한 기바는 당황하지도, 주눅 들지도 않고 자신의 성명과 신분을 말한 후 가몬을 소개했다.

"——그리고 온 이유 말이오? 조금 복잡한 이야기지만, 히라노 유키치라는 이름은——알고 있소?"

"들었어요. 살인자라고요."

"아직 그렇게 결정된 건 아니지만. 히라노 유키치는 첫 번째 범행 직전에 신경정신과 의사의 진찰을 받았소. 그 의사를 히라노에게 소개한 자가 가와시마 기이치. 이놈은 히라노의 몇 안 되는 친구요. 그리고 가와시마는 그 의사에게, 소개장을 가지고 찾아왔소. 그 소개장은 현존하지 않지만, 소개자는 당신네, 오리사쿠 어쩌고라고 하더군."

"현존하지 않는 소개장에 서명이라도?"

"말 잘하는군. 현존하지 않으니 서장(書狀)이었는지 뭐였는지 확인은 할 수 없지. 구두였을지도 모르오. 하지만 오리사쿠라니 그렇게 흔한 성은 아니고 말이지."

"전혀 없는 건 아니에요."

"재계의 요인이고 차녀와 셋째 딸이 있는 오리사쿠 씨 댁은 여기뿐일 것 같은데."

"그럴까요?"

"그렇소. 소개한 사람은 오리사쿠 가의 차녀 혹은 셋째 딸이라는 증언이 있소. 어느 쪽인지는 모르고."

"확실히 저는 오리사쿠라는 성에 셋째 딸이고, 이 저택에는 차녀도 있어요. 많은 조건을 만족하고 있기는 하네요. 하지만 그렇다면 우선 그 신경과 의사에게 여쭤보시는 게 순서 아닌가요? 확실하겠지요."

"그게 그럴 수가 없소. 가와시마가 찾아간 의사라는 사람은 제국대 교수인데, 이 사람이 고령이라서. 정월에 뇌출혈로 쓰러져서 혼수상태가 계속되고 있고, 지금은 대화도 제대로 할 수 없는 상태거든. 직접 히라노를 진찰한 의사는 그 교수의 제자인데, 내 이야기는 그 제자의 증언에 의한 거요."

아오이는 웃었다.

"——그분, 쓰러지셨나요? 여성 경시 발언이 지나치던데."

"알고 있는 건가, 어이!"

기바는 위협적인 탁한 목소리로 금속질의 웃음을 막는다.

아오이는 웃음을 띤 채 태연하게 대답한다.

"알고 있지요. 제 논적(論敵)인걸요."

"논적이라고? 정신과 의사가?"

"몇 번인가 편지로 논쟁을 했지요. 저는 신경정신과라는 분야는 앞으로의 의료 행위 전반을 확인하는 데 있어서도 주목할 만한 분야라고 인식하고 있어요. 제가 문제로 삼고 있는 건 그 창시자인 프로이트의, 너무나도 허술한 편향사상을 있는 그대로 받아들이고 마는, 현재의 연구자 및 치료 현장의 낮은 의식입니다. 그 일에 대해서 권위자 중 한 분께 질문장을 보냈지요."

하아, 하고 기바는 위협하는 것인지 감탄하고 있는 것인지 판별이 되지 않는 목소리를 냈다.

"저는 현재의 일본 신경정신과의 상태에는 크게 의문을 품고 있어요."

"의문?"

"네. 프로이트라는 어리석고 열등한 여성차별자가 날조한, 성적(性的)으로 현저하게 편향된 망상 같은 이론을 그대로 무비판적으로 받아들이고 마는 어리석은 행동은 결코 허용하지 말아야 합니다. 여성

환자의 대부분은 치료라는 이름 아래 이루어지는 그런 어리석은 학대 행위 때문에 사회적으로도 인간적으로도, 모든 의미에서 존엄을 잃어버리게 되겠지요."

"프로이——어쩌고라는 건 누구요?"

"정신분석의 창시자. 제가 보기에는 철두철미한 남성지상주의의 답답한 주관적 관념론자. 여성에게서 인간성을 착취하고 부당하게 폄하하는——오직 그것만을 위해 방대한 저작을 남긴, 성적 망상광입니다."

아오이는 단언했다.

이사마는 후루하타라는 남자에 대해서 생각하고 있다.

후루하타는 프로이트에게 씌고, 프로이트를 몹시 싫어하고, 프로이트를 뛰어넘으려다가 결과적으로 자신을 잃어버리고만 남자다.

그가 지금 아오이가 한 발언을 들으면 대체 어떻게 생각할까. 쾌재를 부를까, 아니면 창피한 기분에 사로잡힐까, 또는 격앙할까——.

그리고 이사마는 문득 생각한다.

기바도 후루하타와는 오랫동안 알고 지낸 사이일 것이다. 그렇다면 기바가 말하는 제대 교수의 제자란 즉 후루하타를 말하는 것이 아닐까.

기바는 잠시 생각하는 눈치를 보이고 나서 말했다.

"잘은 모르겠지만 심한 말이군. 그럼 그 정신분석이라는 건 신용할 수 없는 거요?"

반쯤 탈선한 이야기의 궤도를 수정하지도 않고, 기바는 오히려 다음 이야기를 좀 더 듣고 싶어 하는 듯한 말투다. 이사마는 의외라고 생각했다. 아오이는 즉시 대답했다.

"분석자 또는 분석자가 이용하는 이론이 정말 객관적인가 아닌가 하는 문제예요. 보편적인 원리원칙으로 생각되는 것의 대부분이, 실은 몹시 치우친 이데올로기 아래에서 생성된 체제를 지지하기 위한 장치일 뿐인 경우가 많다는 사실을 잊어서는 안 됩니다. 우리는 항상 외부에서 그것을 바라보고, 항의하고, 비판해 나가야 하지요."

"모르겠군."

"알고 싶지 않은 —— 건가요."

"모르겠소. 머리가 나빠서."

"그렇게는 보이지 않는데요 ——."

아오이는 기바를 꿰뚫어보고 있다. 실제로 기바는 바보이기는 하지만 결코 머리는 나쁘지 않다고 이사마도 생각한다.

"—— 예를 들어, 그 정신과 의사는 살인자 히라노의 행위를 뭐라고 설명하던가요?"

"아아. 내 나름대로 해석해서 말하는 거니까 틀릴지도 모르지만, 굴절된 성적인 욕망인가 하는 것을 억지로 억누른 결과, 그것이 이렇게, 뭐라더라 ——."

기바는 말하기 힘들다는 듯이, 말하기 어려운 것을 이야기했다.

이사마도 그 분야에 관해서는 결코 잘 알지 못한다. 다만 후루하타와 알고 지낸 덕분에 소소한 예비지식 정도는 얻은 터였다. 그래서 물론 대부분은 횡설수설이었지만 —— 후루하타의 말투를 떠올려 보면 나름대로 이해할 수 있었다 ——.

그럴 것 같은 기분이 들었다.

"—— 성교 대신이라나 세상과의 일체화라나."

"흉기는 남근의 상징이라고 말했지요?"

"어이, 젊은 여자가 입에 담을 말이 아니잖소!"

기바는 몹시 허둥거린다. 아오이는 흐트러지지도 않는다.

"남자면 괜찮고 여자는 안 된다니 이치에 맞지 않아요."

"아아——분명히 그래, 남근이라고 했소."

깨끗하게 물러난다. 이사마가 아는 평소의 기바와는 좀 다른 것 같다. 뭔가 심경의 변화라도 있었던 것일까 하고, 이사마는 쓸데없는 억측을 한다.

아오이는 아름다운 아치형 눈썹을 좌우 똑같은 모양으로 찌푸렸다.

"무엇이든지 그렇답니다. 편리한 소리지요. 그들은 우리 여성의 성의 쾌락을 없앰으로써 남성 중심의 성을 제도화하고 있는 거예요. 그것을 위해서 형편에 맞지 않는 건 전부 은폐해 버리지요. 오이디푸스 콤플렉스에 대해서는 웅변적으로 이야기하면서, 그 이전에 대해서는 어물어물 넘기는 거예요."

"여러 번 말하는데, 모르겠소."

이사마도 거의 이해할 수가 없었다.

아오이는 불가사의한 색채를 담은 눈동자로 기바를 바라본다.

"그래요, 그 사람은, 히라노는 남자이기 때문에 살인을 저지르는 것이다——라는 식의 말을 하지 않던가요?"

"하던데. 그걸 아시오?"

상투어 같은 거니까요, 하고 아오이는 대답했다.

"그렇군. 아니, 내가 물어보니 남자라기보다 살아 있는 증명이라나, 그런 식의 말을 하던데."

아오이는 무표정하게 놀라고, 무감동하게 감탄 부호를 발한다.

"어머나. 그 말 뒤에는 이런 의미가 숨겨져 있어요. 산다는 건 즉 남자라는 것 ── 남자만이 인간이다 ──."

"그런가?"

"어리석게도, 그런 폭력에 의한 성의 지배는 종종 남자다움의 상징으로 파악되는 경향이 있어요. 가부장제도 속에서의 성적 폭력은 남자다움을 획득하기 위한 유효한 수단으로서 암묵 중에 승인되고 있는 거지요. 히라노의 범행에 대해서 그런 해석을 한다는 건, 은연중에 이 세상이 남성의 것일 뿐이라고 주장하는 거나 마찬가지예요."

"놈은 살인을 인정하지는 않았는데."

"위법행위냐 아니냐는 다른 문제예요. 그 행위에서 어떤 의미를 찾아내는지가 분석이잖아요. 그리고 분석하기 이전에 그들은 지배와 예속, 착취자와 피착취자라는 관계로밖에 남녀의 관계를 생각하지 않아요. 이건 차이적 의식이 아니라 계층적 의식입니다. 지배하는 게 곧 남성적이라는 어리석고 열등한 의식이 기반이 되지 않으면 나오지 않는 사고방식이지요."

기바는 팔짱을 낀다. 울툭불툭한 근육 덩어리가 생각에 잠겨 있다. 이 남자는 본래 고민이 많은 성격인지도 모른다.

"그렇군. 왠지 모르게 알 것 같소 ──."

기바는 그렇게 말하고 나서 팔짱을 풀었다.

"── 사실을 말하면, 나는 이해는 가지 않으면서도 마음에도 들지 않았거든."

"마음에 들지 않는다? 무엇이 말인가요?"

"그러니까 그 억압인지, 부친 살해인지 하는 정신과 의사의 돼먹지 못한 논리가."

탁견이십니다, 하고 아오이는 말했다.
"권력을 부친으로밖에 상정하지 못하는——하고 싶지 않다는 게 그들의 현재 상태에서의 한계지요."
아오이는 약간 만족스러운 듯이 그렇게 말을 잇고 나서, 그들 연구자의 대부분은 남자니까요, 하고 말을 맺었다.
기바는 가몬 형사에게 약간 마음을 쓰는 눈치를 보인다. 가몬은 두 사람의 대화를 따라갈 수가 없는지, 필사적으로 내용을 곱씹고 있는 것 같다.
기바는 그 모습을 확인하고 나서,
"당신이라면 히라노의 행위에 어떤 논리를 붙이겠소?"
하고 물었다.
"여성적인 것에 대한——증오."
"증오?"
"그것에 기초한 폭력적 지배욕의 충족."
"지배욕?"
"거기까지는 흔히 있는 성폭력 범죄와 똑같아요. 하지만 그의 경우는 한 번 더 비틀려 있는 것 같다는 생각이 들어요."
"그건?"
"그런 남자의 지배욕에 거스르지 않고, 피지배자적 입장을 향수하는 여자들에 대한——더욱 큰 증오."
"여자니까——죽인다?"
"여자가 남자에게 있어서의 여자일 뿐이니까——죽인다."
"그건 다시 말해서 이런 뜻인가? 우선 남자는 여자를 미워하기 때문에 폭력적으로 지배하려고 한다. 이건 좋지 않은 일이다. 하지만 그 폭력적 지배를 받아들이는 여자가 있다. 히라노는 받아들여지기 때문에 더욱 여자를 미워한다——괴롭혀도 반항하지 않는다는 것만이 아니라 괴롭혀도 된다, 괴롭혀 달라는 좀스러운 놈은 더욱 괴롭히고 싶어진다——그런."

"그렇지요."

"묻겠는데, 당신은 여권신장론자요?"

"그런 호칭도 구별도 정확하지는 않아요."

"미안하지만 다른 말을 몰라서. 방금 한 말도 이삼일 전에 배웠단 말이오, 나는."

"정직한 분이군요. 똑똑한 척하지 않는 점은 매우 호감이 가네요. 네——아주 엉성하게 묶자면 틀리다고만은 단언할 수 없고, 어휘가 없다면 그렇게 불러 주셔도 괜찮습니다."

——제 입장이라는 것도 있어요——

오리사쿠 가의 셋째 딸로서의 입장이 아니었던 모양이다.

여권신장론자——그것이 아오이의 입장인 것이다. 폭력적인 지배를 향수하는 여자란 바로 아카네를 말하는 것일 테고, 자신의 언니가 그렇다면 확실히 입장이 난처할 것이다. 하지만.

——나리를 거부한 거예요——

아카네는 그저 지배당하고 있었던 건 아닌 것 같다.

이사마는 생각이 정리되지 않았다. 본래 문제의식을 느끼고 있지 않은 탓도 있다. 그저 막연하게 불안해진다.

기바는 또 잠시 입을 다문 끝에 말했다.

"그, 남자에게 있어서의 여자일 뿐인 여자——라는 건 당신들 입장에서 보자면——여자 중의 적이오?"

"그건 아니에요. 현재 일본의 많은 여성이 그런 것에 자각이 없는 건 사실이지만, 현재의 일본이 그런 걸 생각할 수 있을 만한 사회 상황이 아니라는 것 또한 사실입니다. 많은 여성들은 남성 지배를 받아들이지 않으면 자기실현이 불가능해요. 이론과 현실은 점점 괴리되어 가지요. 그 현실을 이론 쪽으로 끌어당기는 게 우리 운동의 기본이에요. 그러니까 그런 여성들을 적으로 간주하거나 하지는 않아요."

"역시 그런가. 비슷한 이야기는 전에도 들었소. 하기야, 좀 더 상스러운 말이기는 했지만——고맙소. 공부가 되었어. 하지만——."

기바의 시선이 갑자기 활기를 띤다.

"——당신, 아주 잘 아는군."

"뭘 말인가요?"

"히라노 유키치 말이오. 마치 아는 사이 같아."

"알 리가——없잖아요."

아오이는 처음으로 희미하게 표정을 무너뜨렸다. 초상화에 균열이 간 듯한 불가사의한 인상이었다.

"그렇군. 알 리가 없지. 하지만 가와시마 기이치는 알고 있겠지? 원래는 그 일로 온 거요. 당신은 그 논적을 왜 가와시마에게 소개했소? 어째서 동네 인쇄소 직원 따위와 면식이 있었던 거지?"

"지레짐작하지 마세요. 저는 그 교수님은 알고 있지만, 가와시마인가 하는 사람은 모릅니다."

"아?"

분명히 아오이는 가와시마인가 하는 남자에 대해서는 아는 눈치는 물론이고 한 마디도 언급조차 하지 않았다.

"하지만 당신——."

가몬 형사가 얼빠진 목소리로 말했다.

"——그건 사기요."

"그 가와시마인가 하는 분은 왜 당신들 경찰에게?"

"그건 이봐요——."

말을 이으려고 하는 가몬을 제지하며 기바는 말했다.

"히라노 유키치를 위장해서 살인을 되풀이하고 있는 자는 가와시마 기이치일 가능성이 있소."

"네?"

아오이는 다시 아오이답지 않은 표정을 한순간 보였다.

얼빠진 동료가 곤란한 얼굴로 다시 항의하려고 하는 것을, 무례한 형사는 손을 들어 억지로 제지했다.

그리고 기바는 위협적으로 말한다.

"물론 아직 증거는 나오지 않았으니 단언할 수는 없소. 그러니 민간인인 당신에게 이야기할 일이 아니오. 하지만 진의를 전하지 않으면 협조할 수 없다고 하니 어쩔 수 없지. 다만, 이건."

"알고 있어요. 인권문제지요. 알겠습니다. 절대로 다른 사람에게는 이야기하지 않겠어요. 잠깐만 기다려 주세요. 언니를——불러올게요."

아오이는 가볍게 일어선다.

"언니는——아마 그 사람을 알고 있을 거예요. 저는 언니한테 제대 교수를 소개했거든요."

장식인형은 다시 나선으로 향한다. 그리고 말한다.

"형사치고는——꽤 괜찮네요, 기바 씨."

기바는 고개를 홱 돌렸다.

아오이가 나선을 다 올라갈 때까지, 기바를 제외한 남자 세 명은 그 등을 줄곧 눈으로 좇았다.

아오이가 복도로 사라지자 교대하듯이 이소베가 비실비실 나왔다. 아래로 내려올 기색은 없다. 기대가 빗나가서 분할 것이다. 이사마가 아는 한 아오이와 저렇게까지 대등하게 맞선 경관은 이 육체파 불량 형사가 처음이다.

"어이, 낚시터지기."

"응?"

기바는 거만하게 이사마를 부르더니, 저건 항상 저런 여자인가, 하고 물었다. 이사마가, 뭐 그런가, 하고 대답했다가, 좀 더 알맹이 있는 대답을 해, 멍청이 —— 하고 크게 꾸중을 들었다. 이사마는 그저 응, 이라고만 대답했다. 곧.

아카네는 아오이와 함께 계단 아래에서 나타났다.

그 서재로 이어지는 복도의 입구다.

이사마를 비롯한 네 명 모두 계단 위에만 정신이 팔려 있었기 때문에, 여기에는 꽤 당황했다.

오리사쿠 아카네는 복도 입구에서 깊이 머리를 숙였다.

"오래 기다리셨지요. 이 집 차녀, 오리사쿠 아카네라고 합니다."

긴 목례에 두 형사도 어쩔 수 없이 일어선다.

"—— 오늘은, 임무 때문이라고는 해도 이런 궁벽한 곳에 —— 정말로 ——."

바람처럼 닿았다 사라지는 부드러운 아카네의 목소리를, 탄력 있는 금속질의 목소리가 지운다.

"일로 오신 공무원분께 그런 바보처럼 정중한 인사를 해 봐야 소용없어요, 언니. 오히려 짧게 질문에 대답해 드리는 게 예의에 맞는 일이 아닐까요?"

"응, 하지만——."

보다 못해, 이번에는 기바가 아카네를 가로막았다.

"아아, 동생분의 말이 맞아요. 신경 써 주실 것 없소. 듣자 하니 힘든 일도 있었던 모양이고. 이야기는——."

"가와시마——기이치 씨의 일, 인가요."

아카네는 약간 고개를 숙이고, 그러나 분명하게 말했다.

"아——알고 있는 거요!"

"네——."

가몬이 후와아 하고 숨을 내쉬며 앉았다.

"——하기야 교류는 없지만요. 아마 그분과 교류가 있었던 사람은, 작년에 돌아가신——언니일 거예요."

"언니? 죽은 게 언제요?"

"네, 작년 4월에, 갑자기."

"잠깐——어이, 히라노가 의사를 찾아간 건."

기바가 묻는다.

가몬은, 5월이네요, 하고 대답했다.

"5월 언제쯤인지요?"

"초쯤입니다. 다만 가와시마가 언제 소개장을 들고 찾아갔는지는 알 수 없어요. 더 전일지도 몰라요."

"그렇다면 아마 틀림없을 거예요. 소개장을 쓴 사람은 저입니다."

"당신이? 왜."

"네. 그분에 대해서는 전혀 몰랐지만, 언니가 돌아가시고 나서 보름쯤 후일까요. 4월 후반쯤이었습니다. 언니 앞으로 온 편지를 받았어요."

"그렇군. 편지라——그래서?"

"네. 본인은 이미 세상을 떠났으니, 제가 대신 읽고 답장을——."

"내용은?"

"지인 중에서 신경에 병을 앓고 있는 듯한 사람이 있다, 꼭 전문의사에게 진찰을 받게 하고 싶다, 하지만 연줄도 없고 아는 것도 없고 달리 의지할 곳도 없으니 상담 좀 해도 되겠느냐——는 내용이 적혀 있었어요."

"그래서 당신은 어떻게 했소?"

"내용이 내용이다 보니 내버려두는 것도 마음이 아프고, 그렇다고 해서 저 같은 사람이 도와줄 힘도 방법도 없어서, 그래서——아버지께 상의했습니다."

"아버지? 아버지라는 건 오리사쿠 유노스케——씨 말이오?"

"네. 아버지께 상의했더니 아무래도 아버지는——그분을 알고 있는 것 같았어요."

"오리사쿠 유노스케 씨가 가와시마 기이치를 알고 있었다는 거요!"

기바는 일단 놀라고, 곧 떫은 얼굴을 했다.

"하지만 당신 아버지도——."

아카네는 눈을 내리깔며 쓸쓸한 듯이, 네, 하고 말했다.

그 유노스케도 지금은 이미 저 세상 사람이다.

가몬은 아아, 하고 신음하고, 기바는 뒤통수를 긁적이며,

"가와시마 기이치를 아는 사람은 둘 다 저 세상 사람인가——."

하고 중얼거렸다. 확실히 둘 다 이미 죽었다.

그리고——그 두 사람 다 수상하게 죽었다. 그건 형사들이 모르는 일이다. 하지만 이 자리에서 말할 수 있는 내용은 아니다.

"죽은 사람은 말이 없지."

이사마는 극히 작은 목소리로, 누구에게랄 것도 없이 조용히 말했지만, 기바는 귀 밝게도 그것을 알아듣고 흉악한 면상으로 이사마를 노려보았다.

"닥쳐, 낚시터지기. 자네는 대체 왜 여기에 있는 건가? 가만히 있었더니 우쭐해서는. 죽어. 거기 죽어 있으라고. 그래서——아버지는 뭐라고?"

"네. 아버지는——자신은 겉으로 나서서는 아무것도 해 줄 수 없지만, 그 사람은 자신과도 인연이 있는 사람이니까, 미안하지만 할 수 있는 일을 해 주라고——."

"인연이 있다? 아버지가 그렇게 말했소?"

"그렇게——말씀하시던데요."

"어떤 인연이오?"

"글쎄요——."

아카네는 고개를 숙이며, 죄송합니다, 하고 사죄했다. 기바는 미간 언저리에 당혹스러운 빛을 띠며, 당신이 사과할 일이 아니오, 하고 무뚝뚝하게 말했다. 아카네는 그 말에 대해서 다시, 죄송해요, 하고 사과했다.

"그래서 당신은 어떻게 했소?"

"——그래서, 할 수 있는 일이라고 하셔도 저한테는 방법도 짐작 가는 데도 없어서, 그래서——."

아카네는 머뭇머뭇 아오이에게 시선을 보낸다.

하인이 주인의 눈치를 살피는 듯한 눈빛이다.

"——어쩔 수 없이 동생에게 상의했더니, 다행히 신경정신과—— 라고 하나요, 그 의사 선생님을 알고 있다고 하더군요. 동생이 가르쳐 주어서, 연락처와 간단한 소개장을."

"그렇군. 그 편지는?"

"네에, 유품과 함께 처리하지 않았을까요. 주소 같은 건 일단 적어 두었지만요."

"나중에 좀 베껴 적겠소. 그럼 그 후 가와시마는?"

"전혀 소식이 없어요. 제가 알고 있는 건 그것뿐입니다."

"그, 돌아가신 언니라는 분과 가와시마의 관계도——모르시오?"

아카네는 모른다고 말했다. 그리고 칠흑 같은 젖은 눈동자로 뭔가 호소하듯이 아오이를 보았다. 아오이는 시종 말없이 언니와 형사의 응수를 듣고 있었지만, 그 매달리는 듯한 시선을 받자 그것을 튕겨내 듯이 강한 의지가 담긴 시선을 언니에게 향하고, 이어서 형사에게 향하며 말했다.

"유카리——그 죽은 언니 말인데요——유카리라는 사람은 사회에 그리 흥미를 갖지 않았던 여성이었어요. 어떤 의미로 여기에 있는 아카네 언니보다도 비사회적이었을지도 몰라요. 시대가 나빴다고는 해도, 사회참여에 의한 자기표현은 생각도 하지 않았거든요."

"그건 무슨 뜻이오?"

"이 언니는 그나마 약학 학교에라도 다녔으니 외부에 조금은 지인이나 친구도 있었지만——그렇지요, 언니——."

아카네는 작게 고개를 끄덕였다.

이사마에게는 의외였다.

아카네는 자립이라도 하려고 했던 것일까.

"——유카리 언니는, 여자는 가정적이어야 한다거나, 고등교육을 받을 필요는 없다거나 하는, 전근대적 남성중심사회의 여성상에 딱 들어맞는 사람이었어요. 부권제도의 화신 같은 남자——오리사쿠 유노스케가 원하는 거푸집에 딱 맞게 자란 사람이었지요."

"그래서 뭐라는 거요."

"즉 그녀가 알고 지낼 가능성이 있다는 건, 이 좁은 지역의 주민뿐——이라는 뜻입니다."

"빨리 말하시오. 그러니까 이 지방 사람일 거라는 뜻이오?"

"그 외에는 생각할 수가 없지요."

기바는 얼굴을 들고, 회랑 난간에 기대어 있던 이소베를 불렀다.

"어이! 거기 덩치 큰 놈. 자네 말이야, 자네. 난간 부서지겠다, 이 자식. 어이, 이 근처 관할서의——그렇지, 주재소 순경이나 뭐 그런 놈은 지금 여기에 없나?"

이소베는 대답하지 않고 손가락으로 권총 모양을 만들어 기바를 한 번 쏘아 죽이고 나서, 중얼중얼 무언가를 읊조리면서 복도로 사라졌다.

기바는 이사마를 노려보며, 뭐야, 저놈은. 이상하지 않나, 하고 물었다. 그것은 이사마 쪽이 묻고 싶을 정도다.

곧 제복을 입은 시원찮은 남자가 방 안으로 들어왔다.

이 마을의 주재소 순경인 모양이다.

기바는 지극히 형사다운——즉 을러대는 듯한 난폭한——말투로 그 중년의 경관에게 엄하게 물었다.

"자네, 이 마을에 가와시마라는 성을 가진 사람이 있나?"

"핫, 가와시마, 없습니다."

"대답이 빠르군."

"마을 전체 모든 집의 성명과 가족 구성원을 암기하고 있습니다!"

"우수하군. 가까운 마을에서는 어떤가. 아나?"

"가와시마[川島]는 없습니다."

"빠르군. 자네를 믿어도 되나?"

"네! 제 형은 동사무소에서 호적계를 담당하고 있습니다. 동생들은 둘 다 어부지만, 제 바로 아래 동생의 색시가, 이 제수씨는 시가[滋賀]에서 시집온 사람인데, 옛날 성이 가와시마[川嶋]고, 시집올 때 그 제수씨의 오라비가 그런 성을 가진 집안은 이 근처에는 없다고, 그렇게 말했었습니다. 앗, 설마 제수씨가."

"뭐가 앗 설마야. 자네 동생의 아내가 관련되어 있다고는 아무도 생각하지 않으니 안심하게. 그런가, 알겠네. 가 보게."

경관은 정중하게 경례하고, 인사를 하고, 다시 경례하고 나서 나갔다.

기바는 가몬과 얼굴을 마주 보며 한숨을 쉬었다.

"저기, 그 혹시 이 집 안주인——당신들의 어머니는 뭔가, 그 모르실까요?"

당혹스러워하는 아카네 뒤에서 아오이가 대답했다.

"모르겠지요, 어머니는. 어머니는——아버지 개인에게는 거의 흥미가 없었을 거예요. 돌아가신 언니는 아버지를 잘 따랐고, 아버지와 언니의 공통된 지인이었다면 어머니와는 인연이 먼 사람이었을 거예요."

"일단 불러 주지 않겠소? 당신들보다는 옛날 일을 좀 더 알고 있을 테니. 대대로 이 지방에서 살아온 것 아니오? 그, 지금은 없더라도 이사해 버렸다거나, 옛날에는 있었는데 일족 가족도 다 죽은 집이라거나——."

——죽고 가족도 다 끊기고,

"죽고 끊겼다?"

이사마는 소리 내어 말한다.

무슨 이야기였을까?

누구의 말이었을까?

기바가 수상하다는 듯이 이사마를 본다.

"뭐야, 죽고 끊긴 게 어쨌다고."

하고 캐묻는다.

이사마는 떠올리고 있다.

가족이 끊긴 집——언제 들었지?

"음——."

그건——니키치의 말이다. 죽은 건——.

"목매다는 오두막."

"그건 뭔가. 목매다는 오두막이라고?"

"시게우라의 폐가를 말씀하시는 건가요?"

아오이가 반응했다. 알고 있는 모양이다.

"그래요. 시게우라의——요시에, 인가요."

——시게우라 변두리의, 요시에 가.

"이사마 씨——라고 하셨던가요. 잘 아시는군요. 최근에는 이 지역 사람들도——특히 젊은 사람들은 모르는데."

"음——."

이사마는 아카네 앞이기도 해서, 고사쿠에게 들었다고는 말할 수 없었다.

기바는 목매단다는 어감이 마음에 걸렸는지 몹시 동요했다.

"잠깐만——낚시터지기, 자네 지금 시게우라라고 했지. 당신도 그렇게 말했소. 그랬지요, 아가씨."

기바의 물음을 받고도 아오이는 여전히 태연하게,

"시게우라라는 건 지명이에요——."

하고 담담하게 대답했다.

"그런 건 듣다 보면 대충 알아요. 어이 가몬 씨, 이건."

"아아——그런가. 나카조 전당포의, 장부 주소인가! 지바 현 오키쓰초 시게우라——였지요."

"그래. 가와시마 기이치가 적은 주소일세. 오늘 아침에 문의했더니 그 장소에는 현재 그것에 해당하는 집은 없다고, 지바 본부 놈들이 말했지 않았는가. 어이, 거기는 뭐야, 가족이 모두 죽은 건가?"

아오이는 일일이 대답해 주기도 귀찮다는 듯이 성의 없는 말투로,

"모두 죽었다기보다 여자 혼자서 살고 있었는데, 그건 1945년이니까——8년 전에 자살했어요. 그러니까 상관없을 거예요."

하고 대답했다. 니키치의 이야기와 일치하는 설명이다.

"꼭 상관이 없다고는 할 수 없소. 게다가——잘 알고 있군. 당신도 일단 이 지역 젊은 사람일 텐데."

"그곳은 특별해요. 여성의 존엄에 관련된 사건이 일어난 곳이니까요. 지역 주민으로서도, 여성과 사회를 생각하는 모임으로서도 그냥 넘길 수 없지요."

"여성에 관련된 사건이란 어떤?"

"언니도 아시죠. 하지만 그 사람은——아마 성이 이시다일 거예요. 가와시마가 아니에요."

"상관없소. 들려주시오. 상관이 있을지 없을지는 듣기 전까지는 모르니까."

기바는 그렇게 말했다.

아오이는 아주 약간 눈을 가늘게 뜬다.

"그 폐가에 살던 여성은——마을 사람들에게서 성적인 능욕을 받고 있었어요."

"아아——."

이사마는 소리 내어 말한다.

니키치와 고사쿠가 이야기했던, 그 요시에라는 여성의 생애가 만일 사실이었다면——그것은 아오이 같은 입장의 여성에게는 참을 수 없는 사실이 아닐까.

사정을 모르는 기바는 수상하다는 듯이 물었다.

"그건 무슨 소리요?"

"요바이 말이에요."

"요바이라——최근에는 못 들었는데."

기바는 네모난 턱을 문지른다.

"이 근처에서도 지금은 들을 수 없는 말이에요. 다만 전국으로 눈을 돌려보면 일부 지방에는 아직 뿌리 깊게 남아 있지요. 문명국이라고는 생각할 수 없는 야만적인 풍습이에요."

"요바이를 당해서 죽은 건가?"

"그렇게밖에 생각할 수 없어요."

"근거는?"

"작년에 우리 공부 모임에서 탐문 조사를 했거든요."

"형사도 아닌데 어째서 그런 짓을 한 거요?"

"그 폐가를 둘러싸고, 그다지 바람직하지 못한 소문이 남아 있었어요. 인습을 방패로 삼아, 강제적인 매춘을 하고 있다는 소문이지요. 그게 진실이라면 지역 전체의 문제로서 문제시해야 했고, 그렇지 않다면 고인의 오명을 씻어주고 여성으로서의 존엄을 회복해 주어야 한다고 생각했어요. 만일 그런 소문이 사실무근이라면, 왜 죽은 사람은 죽어서까지 그런 치욕스러운 오명을 뒤집어써야 했는지, 그런 풍문의 구조를 해명하는 것도 나아가서는 여성 경시의——."

"알겠소. 알겠으니 다음 이야기를 해 보시오."

기바는 아오이에게 익숙해진 모양이다.

"전쟁 중의 일이라서 조사하느라 고생했어요. 물론 문헌기록 같은 건 없어서 증언에 의지할 수밖에 없었지요."

"잊어버린 건가?"

"아뇨. 시간이 지났기 때문만은 아니고, 당사자들의 입이 무거웠기 때문이었어요. 남자들은 모두, 드나들 때는 의기양양하게 드나들었을 텐데, 나중에 물으면 대개는 말을 흐리며 입을 다물었지요. 그건 꺼림칙한 마음이 있기 때문일 거예요. 하나같이 모른다, 모른다, 그런 사실도 없었고 풍습도 없다고 이구동성으로——."

이사마의 생각에——남자들의 입이 무거운 건 죄책감 때문이 아니라, 질문자가 아오이였기 때문일 것이다. 만일 기바 같은 사람이 물었다면 기꺼이 음담패설 같은 부류의 이야기를 자랑하며 피력하지 않았을까. 그런 부분은 아오이는 이해하지 못할 것이다.

"—— 더욱 캐물었더니, 그건 이웃 마을의 젊은 놈들 짓이다, 그곳 마을에는 절조가 없다, 도덕이 없다고 욕을 하더군요. 이웃 마을에 탐문 조사하러 가면 또 똑같이 말하고요. 한심한 일이었지요. 결국, 뚜껑을 열어 보니 이 부근의 거의 모든 —— 꽤 먼 곳의 마을까지 포함한 —— 남자들이 드나들고 있었을 가능성이 있었어요."

—— 매춘부 오두막이라고 부르고 있었다네.

—— 손님을 받고 있었던가.

—— 혈기왕성한 남자들은 모두 요바이를 하러 가곤 했다오.

니키치도 고사쿠도 그렇게 말했다.

사실일 것이다.

"—— 이시다라는 여성은 대체 몇 명의 남자를 상대해야 했는지 알 수가 없어요. 게다가 그녀는 그걸 거부할 수도 없었어요."

"왜 거부할 수 없단 말이오?"

"살아가기 위해서."

"돈이 필요해서 매춘을 하고 있었던 거요?"

"그렇지 않아요. 금전적으로 궁핍했던 기색은 없었던 모양이에요. 다만 그녀 —— 이시다 요시에 씨는 원래 이 지방 사람이 아니었습니다. 죽은 지 벌써 몇 년이나 지났기 때문에 출신이나 전입해 온 사정 같은 것도 알 수 없었지만, 십여 년이나 살고 있었는데도 불구하고 그녀는 지역 주민으로 인정받지는 못했던 것 같았어요. 그녀는 끝까지 타지 사람으로 취급되었지요. 이유는 간단해요. 이시다 요시에 씨는 ——."

—— 첩이라는 이유만으로 험담을 들은 게지.

니키치는 그렇게 말했다.

아오이는 다른 말로 말한다.

"——특정 인물에게 성적 봉사를 함으로써 생활을 보장받고 있는 ——여성이었어요."

"빙빙 돌려서 말하는군. 첩인가?"

"모멸적인 호칭이군요."

아오이는 기바를 노려본다.

기바도 마주 노려본다.

"달리 말하는 방법을 몰라서. 그래도 통하잖소. 하지만 첩이니까 요바이를 거부할 수 없다는 건, 잘 이해가 안 가는데."

어떤 논리냐고 기바는 물었다.

"그녀는 차별당하고 있었던 거예요. 세상 사람들에게, 부당하게 천한 취급을 받고 있었어요."

"정당하지 않다는 건가. 그건 나도 잘 알지."

기바는 기바치고는 드물게, 조금 숙연한 말투로 그렇게 말했다.

"하지만——첩이 요바이를 좀 당했기로서니 죽나?"

"무슨 말씀을 하시는 겁니까!"

아오이는 미간에 또렷하게 주름을 지었다.

"설령 이시다 씨가, 당신이 말하는 첩이었다고 해도, 그런 신분의 여자니까 성적으로 문란할 거라고 생각하는 건 잔인한 편견이에요! 첩이라는 건 신분도 계급도 아닙니다. 그건 단순히, 그녀가 특정 남성과 혼인에 가까운 관계를 맺고 있었음에도 불구하고 입적이 되지 않았다는——그냥 그것뿐이잖아요. 그것도 애초에 남자의 이기심이에요. 하물며 불특정 다수의 남자에게서 성적 능욕을 받아야 할 이유는 어디에도 없어요!"

"그런 건 알고 있소."

그렇게 말하며 기바는 뺨을 굳힌다.

"그런 생각을 갖는 남자가 어리석고 비열한 놈이라는 건 잘 알아요. 첩이든 본처든, 직업이나 신분에 상관없이 싫은 건 싫겠지. 다만, 뭐, 이건 다른 의견이 있을지도 모르지만, 예를 들어 남자의 남(男)자도 모르는 어린 계집애가 그런 바보 놈들에게 유린당해서 목을 매단다는 건 이해가 가지만, 그——."

그때까지 서 있던 아오이는 그 부분에서 의자를 끌어당겨 걸터앉았다.

아카네는 여전히 서 있다.

"성적 경험이 있고 없고에 상관없이 강간은 강간. 유린은 유린이에요. 애초에 여자에게는 강간당하고 싶어 하는 바람이 있다는 둥 억지로라도 행위에 이르면 그 후에는 어떻게든 된다는 둥——그건 전부 남자가 만들어낸 환상입니다. 그런 건 결코 있을 수 없어요. 어떤 처지의 여성이든——."

아오이의 본분 발휘——이소베가 기뻐할 전개——다. 기바는 머리를 긁적였다.

"그것도 그렇지. 내 말은, 그렇지, 정도의 문제요. 그 죽을 정도의——뭐라고 할까."

"그런 건 정도의 문제가 아니에요. 게다가, 만일 정도로 생각한다 해도 그녀의 경우는 스케일이——달랐어요."

"저속한 말이지만, 그건, 그, 상대한 사람의 수라는 뜻이오?"

"저속하게 말하지 않아도 그런 뜻이에요——."

아오이의 목소리는 더욱 엄격해졌다.

"그녀는 타지 사람이에요. 그런 형태로 지역사회와 관련되는 것 외에는, 그녀는 공동체의 일원으로서의 존재 가치를 인정받을 수가 없었던 거예요. 그녀에게는 살아가기 위해 남자들의 폭력 행위를 받아들이는 것 이외의 선택지는 없었어요. 이건 어엿한 강간입니다. 그리고 그 결과 그녀는 죽음을 선택했어요. 그녀는 시대와 인습에 강간당해서 죽었어요. 이시다 요시에 씨는 가난한 시대와, 이 나라의 음란한 인습과, 남자의 이기심의——희생자입니다."

아오이는 도자기 같은 표면을 약간 상기시키며 이야기를 마쳤다.

가몬은, 기바 씨 이건 사건이랑 상관없잖아요, 하고 말하며 기바를 본다.

기바는, 뭐 그렇지, 하고 건성으로 대답한다.

"뭐, 이런 거겠지. 그렇게 전부 한 번에 끝나면 지나치게 간단하다, 이게 사건과 상관이 있다면 지나치게 편리하다——고 말하고 싶은 거겠지. 다만——."

기바는 불만스러운 듯이 여자들에게서 얼굴을 돌린다.

"——칸막이를 치우고 보니 아무도 없다. 그러니까 처음부터 아무도 없었을 거라고 생각했는데, 범인은 칸막이를 치우기 전에는 거기에 있었다——이번 사건은 그런 사건일세. 그러니까 지금 그 이야기도——."

하고 말했다. 가몬은 긴 얼굴을 일그러뜨린다.

"그런 알 듯 모를 듯한 논리를 주물럭거려 봐야 소용없잖습니까. 발로 걸어라, 손으로 만져보라는 게 당신의 지론 아니었습니까? 기바 씨. 더 이상 이 사람의, 여권(女權)이 어쨌다느니 하는 강의를 들어 봐야 별수 없어요. 그만 갑시다."

"어디로 간단 말인가? 도쿄로 돌아가게?"

"그야——."

"이제 됐나요?"

두 명의 형사는 네, 하고 말하며 공손한 태도를 취했다. 아오이가 갑자기 화가 난 듯한 목소리로 말하며 일어선 것이다. 아오이는 잠시 공복(公僕)들의 집안싸움을 곁눈질로 바라보고 있었지만, 그 쓸모없는 대화 내용에 짜증이 났을 것이다.

"볼일이 끝났다면 이만 실례하겠어요. 더 이상 말씀드릴 것도 없고, 이래봬도 저도 언니도 바쁘답니다. 자, 가요 언니."

아오이는 아카네를 재촉해 등을 돌렸다.

아카네는 이사마나 기바, 그리고 동생을 번갈아 바라보며 약간 우왕좌왕하고 나서,

"아이——."

하고 말했다.

"——아이가 있었어요."

아오이가 그 말을 듣고, 그게 뭐냐고 말하며 돌아본다.

"아오이, 그, 이시다 씨한테 남자아이가 있었잖아. 분명히——."

"그게 어쨌다는 거예요, 언니."

하고 말하며 아오이는 노골적으로 싫은 표정을 지었다. 모처럼 자리를 끊고 일어났는데 이제 와서 뭐냐고 말하기라도 하는 것 같다.

"그 아이라는 건?"

"글쎄요——분명히 돌아가신 언니와 같은 나이였던 것 같은데요. 마을 남자들 사이에서——늘 괴롭힘을 당하고 있었고."

"언니는 몇 살이오?"

"향년 스물여덟이었어요."

기바는 좋았어, 하고 기합을 넣고 나서 가몬을 보며, 봐, 들춰보니 뭔가 나오잖아, 하고 말했다.

"조서에 의하면 가와시마 기이치도 올해 자칭 스물아홉이라고. 어이, 그래서 ── 그 아이는 대체 어떻게 되었소?"

"그건 ──."

아카네가 우물거린다. 모르는 것이리라.

아오이가 언니를 경멸하는 듯한 발언을 할 것 같은 예감이 들자, 이사마는 도움의 손길을 뻗었다.

"입양되었다나."

기바가 도깨비처럼 눈썹을 치켜세우며 무서운 얼굴로 돌아보았다.

"어이, 낚시터지기. 자네는 어째서 그렇게 잘 아나?"

"응 ── 기숙하던 곳의 ──."

"뭐, 지금은 출처는 됐네. 그래서 입양되었다는 건?"

이사마는 니키치와 고사쿠에게서 들은 이야기를 합쳐서 이야기하고, 목매다는 오두막에 불이 켜져 있었던 괴담도 함께 말했다.

기바의 눈이 반짝 빛났다.

"불이 켜져 있었다는 거지. 어이!"

"나는 보지 못했네."

"보았다는 자는 이곳 고용인이지?"

"── 그래."

기바는,

"어이, 가몬. 어쩔 텐가."

하고 위협했다.

“그것만으로는 약한데요. 가와시마라는 건 분명히 가명 같은 이름인데. 하지만 주소도 일치하고. 그렇지, 우선은 관할서에 조회해 본다거나――.”

“답답한 소리 말게. 이럴 때야말로 움직여야지, 바보 자식. 관할서는 방금 그 이야기도 몰랐잖나. 모릅니다, 모릅니다, 를 듣기 위해서 소중한 시간을 허비할 수는 없어. 우선 그 고용인이라는 사람을 부르게!”

“부를 것까지도 없어요.”

아오이는 그렇게 말하며 위를 가리키더니, 그럼 실례하겠습니다, 하고 차갑게 내뱉고 나선 아래로 사라졌다. 아오이가 가리킨 쪽을 올려다보니 고사쿠가 회랑을 돌아 나선에 다다른 참이었다.

땀을 흘리고 있다. 서두르고 있는 것일까.

“그쪽에 계시는 분이 도쿄에서 온 경찰이십니까? 뭔지 모르겠지만 큰일입니다. 저, 전화가 걸려왔는데.”

기바를 제지하고 가몬이 일어선다.

“전화는 어디 있소?”

“위쪽 전화로 걸려왔으니까 이쪽입니다.”

“제가 받고 오지요.”

가몬은 나선으로 달려가 고사쿠와 함께 위층으로 사라졌다.

이사마와 이마가와, 기바만이 넓은 홀에 남았다.

이사마의 입장에서 보자면 아는 얼굴들밖에 없는 기묘한 광경이다. 기바는 뺨을 괴고 토라져 있다. 상태가 좋은 건지 나쁜 건지, 이사마로서는 판단할 수가 없다.

“기바슈――.”

"응?"

기바는 이사마를 힐끗 노려보고, 한 번 씨익 웃었다. 그리고 그저 이름을 불렀을 뿐인 이사마의 말에서 무언가를 알아챘는지, 형사의 얼굴에서 악우(惡友)의 얼굴이 되더니, 사건의 줄거리를 간추려서 이야기해 주었다.

불길한 눈알 살인마의 호칭은 히라노 유키치에서 가와시마 신조, 그리고 가와시마 기이치에게, 이사마가 모르는 사이에 차례차례 넘어가고 있었던 모양이다.

기바는 가와시마 신조라는 자는 에노키즈가 말하는 가와신일세, 하고 설명했다. 분명히 그 이름이라면 이사마도 들은 기억이 있다. 에노키즈는 다른 사람의 이름을 전혀 외우지 못하기 때문에 단축하거나 멋대로 이름을 붙이곤 한다. 지리멸렬해서 누구를 말하는 것인지 잘 알 수가 없다.

그렇다고 해도——문외한인 이사마가 생각해도 세 사람 모두 수상하고, 반면 결정적인 증거는 아무것도 없다.

"현재는——기이치?"

그렇게 묻자 기바는 음, 하고 말했다.

"——시마코라는 창부의 증언으로, 기이치의 혐의는 한층 짙어진 셈일세. 시마코라는 여자는 가와신에게 목을 졸리고 있었던 길거리 창부인데, 그 여자의 말로는 가와시마 기이치로 생각되는 풍모의 남자——이건 나이로 생각해 보면 가와신도 히라노도 아닌 건 틀림없네. 그 남자는 몇 달이나 전부터 밤거리를 배회하며 곳곳에서 시마코를 찾아다니고 있었다는군. 사창 같은 놈들은 겁이 많아. 무엇이든 경계하니까, 돈이라도 뿌리지 않으면 좀처럼 찾을 수 없는데——."

"하지만 찾아냈다."

"시마코 자신이 마주치고 말았네. 많이 쏘면 한 발은 맞는다는 거지. 시마코인 줄 알게 되자 기이치는 안달을 내면서 끊임없이 옛날 일을 물었다고 하더군."

"옛날 일?"

"전쟁이 끝난 직후의 일이라거나. 그런 걸 물었다는군. 시마코가 몸을 살 게 아니면 돌아가겠다고 말했더니 얼른 돈만 내고, 그러고도 자는 것도 아니고 주소를 가르쳐달라는 둥 헛소리 같은 질문들만 한 모양이야. 시마코는 가르쳐주지 않은 모양이지만. 뭐, 보통은 안 가르쳐주지. 시마코는 성질이 불같은 여자라서, 여자를 사 놓고 자지도 않다니 사내도 아니라며 냉큼 꺼지라고 돈을 기이치에게 내팽개친 모양일세."

"용감하군."

"정말 그렇다네. 하지만 기이치는 그 후에도 끊임없이 시마코를 쫓아다녔고, 결국 사는 곳이 알려지고 말았네. 기분도 나쁘고 화도 나서, 시마코는 복수로 몰래 뒤를 밟아서 그가 있는 곳을 알아냈네. 거기가——."

"가와신의?"

"맞아. 놈의 집은 기병대 영화사일세. 그러니까 기이치와 가와신은——우선 관련이 없지는 않아."

"그렇군."

"시마코는 분이 풀리지 않았네. 생각 끝에 기병대로 쳐들어갔지. 그게 사몬초 사건이 있었던 날 밤의 일일세."

"거기에는 기이치가 아니라?"

"음. 신조가 있었네. 시마코가 엄청난 서슬로 고함치며 쳐들어갔더니, 가와신은, 네가 거미냐, 하고 외치며 덤벼들었다는군. 시마코라는 여자한테는 홍거미라는 별명이 있지. 안쪽 허벅지에 문신이 있는 모양이야."

"하지만 가와시마 기이치도 거미 아닌가?"

"그렇다네. 시마코를 찾아다닐 때, 기이치는 거미라는 이름을 썼어. 마에지마 야치요에게 전화를 한 자도 거미의 심부름꾼일세. 그리고 신조가 남긴 말도——."

"거미한테 물어보라?"

"음. 뭐, 그러니까 현재로서는 가와시마 기이치와 가와시마 신조의 공범이라는 선이 가장 납득이 가는 설명이지만, 그런 것치고는 둘 다 아무래도 하는 짓이 엉성하잖나. 그렇게 보일 뿐인 건지도 모르지만. 히라노의 동향도 여전히 수수께끼고."

기바는, 이상해, 하고 말하더니 입을 다물었다. 그러자 그때까지 깨어 있는지 자고 있는 건지 확실하지 않은 분위기였던 이마가와가, 주제넘은 것 같지만, 하고 양해를 구하고 나서 느릿느릿 감상을 말했다.

"그 사람들은——각자가 맡은 임무를 다한 것뿐이지 않을까요."

"맡은 임무라니 그게 뭔가?"

"예를 들어 꾀어내고 재우는 역할, 기모노를 빼앗는 역할, 그리고——죽이는 역할."

"역할?"

"각자에게 역할 분담이 정해져 있고, 각자는 각자가 맡은 일, 그것밖에 생각하지 않은 겁니다. 그랬다면 어떨까요."

이사마는 한순간 이해할 수 없었지만, 곧 알아들었다.

이 이마가와라는 남자는 용모나 말투에 어울리지 않게 의외로 머리 회전이 빠르다. 동작도 기민하다.

다만 그 기묘한 외모 때문에 아무래도 주위에서는 우둔한 인상으로 생각하는 것일지도 모른다.

기바는 그 갭에 당혹스러웠는지, 이해하는 데 약간 시간이 걸린 모양이다.

"음——그렇군. 그럼 예를 들어 가와시마 기이치는 불러내서 기모노를 훔치기만 하는 역할이고——잠깐. 어째서 그런 역할이 필요하지? 기모노에 뭔가 비밀이라도 숨겨져 있다는 건가? 기모노를 훔치는 것이 목적이었다거나 하는 건 아니겠지."

이마가와는 짙은 눈썹을 이상한 모양으로 일그러뜨렸다.

"그건——아닐 것 같습니다. 그런, 강담(講談)[8]에서나 나올 것 같은 비밀은 없을 거라고 생각합니다. 다만 부인이 자고 있는 사이에 옷을 훔치면, 이건 훌륭한 발목 잡기가 될 것 같아서요. 집에 돌아갈 수가 없잖아요."

"확실히 큰 가게의 안주인이 속옷 차림으로 귀가할 수는 없을 테지. 그야 그럴 걸세. 하지만——응? 하지만 자네, 어이, 발목 잡기고 뭐고, 피해자는 이미 죽었지 않나."

"죽인 걸 몰랐겠지요, 그 경우."

이사마가 말한다. 기바는 이해하지 못한다.

"죽인 걸 몰랐다? 하지만, 어? 무슨 말인가? 기이치는——."

이마가와는 자신의 가설을 보충 설명한다.

---

8) 무용담, 복수담, 군담 등에 가락을 붙여 재미있게 들려주는 연예.

"그 기이치 씨라는 사람은 계획의 전체상——살인에 대해서는 아무것도 몰랐던 것이 아닐까요. 그는 자신의 역할 이외에는, 누가 무엇을 하는지도 모른다고 해 봅시다. 기모노를 가져가는 일만이 임무라고 생각하고 있고, 오직 그것만을 위해서 행동했다고."

"그러니까——이미 죽여 버렸으니까 원래 같으면 기모노를 훔칠 필요가 없는데, 일부러 할머니를 쫓아가서 확인하고, 오직 그 일만을 수행했다는 건가?"

"그것뿐입니다."

"그것뿐이라니——하지만 할머니가 보따리를 들고 나간 것만으로 내용물이 피해자의 기모노라고——보통 그렇게 생각하나?"

"생각하지 않습니다. 그게 어려운 문제입니다. 다만——기이치 씨가 피해자의 신원이나 주소 확인, 그리고 발목 잡기 공작 등을 하는 정보 인원이고, 신조 씨가 꾀어내어 여관으로 데려가는 역할, 그리고 또 한 명의 살해 실행범, 그런 역할 분담이었다고 생각하면 각자의 행동은 엉성하다고는 말할 수 없습니다. 모두 수행했으니까요."

"죽이는 계획을 몰랐다면, 기이치도 가와신도 필사적으로 신원을 숨길 필요도 없는 셈인가——그렇군. 앞뒤는 맞네만——가와신의 역할이 너무 어중간한 기분도 드는군. 꾀어내는 것도 기이치 하나로 충분하지 않나. 그 정도의 역할이라면 그 남자한테는 너무 작은 배역이라고."

"이유가 있었다거나."

"그야 이유는 있겠지만——."

"어떤 이유란 말인가, 멍청이."

하고 기바는 호통치듯이 말했다.

이사마는 깊이 생각하고 있었던 것도 아니기에 반쯤 대충 생각난 것을 말했다.

"면식이 있었다거나."

"얼굴이 알려져 있었다? 누구에게? 그——할머니인가. 기이치는 다다 마키에게 얼굴이 알려져 있어서 손님 역할로는 맞지 않았던 건가? 왜 얼굴이 알려져 있었지?"

생각난 것을 말했을 뿐인데 기바는 물고 늘어졌다.

이마가와가 말한다.

"사전에 기이치 씨가 할머니에게 의뢰해 둔 건 아닐까요? 예를 들어, 잘 모르겠지만, 기모노를 가지고 나와 달라고 부탁했다거나."

"기이치가 할머니에게?"

기바의 엄한 얼굴이 딱딱하게 굳어진다.

"그건. 분명히 그 여걸이라면, 돈이 된다고 생각했으면 기모노를 가지고 나오겠다는 약속 정도는 할 수도 있겠지. 그렇다면——."

이어서 등줄기에 힘이 들어가는 것을 알 수 있다.

"——그런가. 그럼 그 할망구도 처음부터 한 자리 꿰차고 있었다는 뜻이 되나. 그냥 유젠에 눈이 멀었던 건 아니었을지도 모르겠군. 그렇다면——."

아마 무례한 친구는 지금 맹렬하게 생각하고 있을 것이다.

"——예를 들어 기이치가 발목 잡기 공작인지 뭔지 모르겠지만, 사전에 기모노를 가지고 나와 달라고 의뢰했다고 치세. 할망구는 어떻게 하지? 문이 잠겨 있다고——그런가. 한 명이 자고 있고 한 명이 나가면, 밖에서 잠글 수 없는 문은 반드시 열려 있지. 그래서 가와신은 일찍 돌아간 건가!"

"그렇습니다."

하고 이마가와는 말했다.

"신조라는 사람이 맡은 역할은 손님을 가장해 지정된 장소에, 수상하게 여겨지지 않도록 피해자를 끌어들이고 피해자가 잠들면 즉시 돌아간다 —— 오직 그것뿐이었던 게 아니었을까요."

"그것뿐?"

"그것뿐. 그러니까 ——."

"그래서 가와신은 남이 보든 뭘 하든 완전히 무방비였던 건가. 그렇군. 그게 실은 히라노 —— 이건 히라노가 아니어도 상관없는 건가. 살인 담당이 침입하기 위한 공작이었다 —— 그런가. 살인 담당의 도착이 늦어지는 경우에는 기모노를 훔쳐서 발목을 잡는 공작은 유효하겠군!"

"그렇습니다. 하지만 살인의 실행이 생각 외로 빨랐던 —— 건 아닐까요?"

"오오. 할망구는 가와신이 돌아가면 교대로 침입해서 기모노를 빼앗을 속셈이었을지도 모르겠군. 하지만 즉시 살인 담당이 들어가서 문을 잠가 버렸어. 할망구는 들어가려야 들어갈 수가 없었지. 안에 있는 놈도 ——."

"나오려야 나올 수 없고."

"그렇지. 그래서 할망구는 기다리지 못하고 장지문을 걷어차 떼어냈다가 혼비백산한 거로군. 살인이 이루어질 줄은 몰랐기 때문에 시체를 보고 당황해서 일단 신고하러 나갔어. 하지만 생각을 고쳐먹고 약정을 지키기 위해서 현장으로 돌아왔다 —— 그편이 할망구의 움직임으로는 자연스럽군. 아니 —— 그럴 수도 있겠어 ——."

"그럼 전당포에 맡긴 것도."

이사마가 그렇게 말하자 기바는 무릎을 친다.

"——그런가. 전당포에 맡기는 것도 이미 논의되어 있었던 일인지도 몰라. 그렇다면 전당물이 무엇인지 기이치가 알고 있었던 것도 납득이 가네. 그거야!"

기바는 주먹으로 테이블을 내리쳤다.

무엇인지 알 수 없는 것이 기바에게 가득 차오르고 있다.

이사마가 궁한 나머지 대충 던진 말이, 아무래도 이야기를 잘 정리해 버린 것 같다.

악우는 형사의 표정으로 돌아간다. 무언가를 결심한 모양이다. 이렇게 되면 이 남자는 좋고 나쁘고를 뛰어넘어서 강하다. 좋은 결과가 되면 무서울 것이 없지만, 일단 엉뚱한 결과가 나오면 터무니없는 일이 벌어진다.

기바가 엉덩이를 든다.

"각자는 멋대로 맥락 없이 움직이고 있어. 하지만 결과적으로는 하나의 모르는 그림을 그리고 있었다는 건가. 일련의 사건은 전부 예정조화인 건가! 어이 골동품상. 자네, 못생긴 주제에 꽤 괜찮잖아. 그 논리는 납득이 가네."

이마가와는 동그란 눈을 크게 뜨며 하아, 하고 말했다. 여전히 마음속은 읽을 수 없지만——못생겼다는 이야기를 들었는데도 불구하고——이사마의 눈에는 수줍어하는 듯 비쳤다.

그때 위층에서 묘한 목소리가 들렸다.

이사마가 얼굴을 드는 것과 거의 동시에, 가몬 형사가 나선 위로 튀어나왔다.

가몬은 곡예사 같은 우스꽝스러운 몸짓으로 나선을 돌면서——실은 매우 진지하게 허둥거리고 있었던 것이지만——뒤집어진 목소리로 외쳤다.

"크, 큰일이에요, 기바 씨! 이야기가 혼선을 빚어서 시간만 걸리고 마는 바람에 잘 알 수 없었지만, 어째서 이렇게 현을 넘어가면 감이 멀어지는 건지, 원, 들어 보니 그."

"허둥거리지 마, 아저씨. 빨리 말해! 이쪽도 본부 쪽에 묻고 싶은 게 생겼다고!"

"다, 다카하시 시마코가——유괴되었어요!"

"뭐라고!"

가몬은 비칠비칠 나선을 돌아, 아래층에 도착했을 무렵에는 눈이 어질어질한지 비틀거리고 있었다.

"대낮에 아파트에서 끌려 나갔어요! 백주에 당당히 유괴한 것입니다!"

"그 여자를 노리는 놈이 있다는 건 알고 있었잖아! 감시를 붙여 두라고 그렇게 말해두었잖나! 아무도 보고 있지 않았던 건가, 얼간이들!"

기바는 쿵쾅거리는 발소리를 내며 가몬에게 다가간다.

가몬은 두 손으로 무릎을 누르고 헉헉거리면서,

"아아——요쓰야 서의 시치조와, 당신네 기노시타 군이 감시하고 있었던 모양이지만 보기 좋게 뚫렸어요. 번개같이 빠른 솜씨였대요. 적은 자동차를 이용한 모양입니다. 도내에 검문을 깔았지만 늦었어요. 현재 추적 중인 모양인데, 아무래도 방향상으로는 이쪽 지바 방면으로 향한 것 같아요."

하고 말했다.

기바는, 그 도움 안 되는 놈이, 하고 큰 소리로 고함치며 바닥을 발로 굴렀다.

"범인은 가와시마──가와시마 기이치인가?"

"아니에요. 아무래도──신조 쪽인가 봐요."

"그래──?"

기바는 고개를 돌려 이사마와 이마가와를 본다.

"──역시 신조는 꾀어내는──역할이라는 뜻이로군."

가몬이 그건 뭡니까, 하고 묻는다.

"어차피 그 사람은 위험합니다."

이마가와가 말했다. 고사쿠가 회랑으로 나왔다. 이어서 검은 문이 열리고 이소베를 선두로 한 경관들이 우르르 들어왔다. 문 뒤편에는 상복을 입은──.

──아카네?

언제부터 있었을까. 줄곧 있었나?

몹시 슬퍼 보인다. 그건 늘 그렇지만.

거기에서 기바는, 어이 아저씨, 하고 가몬을 부르더니,

"우리는 그──목매다는 오두막에서 기다린다!"

하고 선언하듯이 말했다.

무슨 일이 있었는지 모르겠지만, 지바 관할에서 멋대로 구는 건 용서하지 않겠소, 하고 이소베가 고함친다.

"네놈들의 도움은 빌리지 않아, 멋대로 교살마나 찾아보시지."

하고 기바는 으르렁거린다. 그리고 으르렁거리는 김에 이사마를 부른다.

"어이! 낚시터지기. 자네 이 부근 지리를 조금은 알겠지? 목매다는 오두막으로 안내해, 알고 있겠지."

"뭐 —— 대충."

대강 그 방향은 알지만, 오두막 자체는 모른다.

가몬은 흐리멍덩한 얼굴을 더욱 길게 늘였다. 당혹을 숨길 수 없는 모양이다.

"기바 씨, 어째서 그런 곳에 가야 하는 겁니까? 뭔가 근거는 있는 건가요?"

"바보 같기는. 감일세, 감. 이번 사건은 걸려들지 않으면 아무것도 보이지 않지만 걸려들어 버리면 반드시 될 대로 되는 걸세. 우연이든 뭐든 ——."

기바는 마치 단언하듯이 말했다.

"거기는 미리 준비되어 있던 장소라고!"

가몬은 더욱더 이해할 수 없게 된 듯이, 분라쿠 인형의 머리처럼 눈썹을 치켜세우며 입 끝을 내렸다.

기바는 이사마를 턱짓으로 가리키며, 빨리 준비해, 이 스다코[9)]야, 하고 뜻을 알 수 없는 욕설을 내뱉었다.

이사마는 ——.

불안한 듯이 소란을 바라보는 아카네를 보고 있었다.

—— 이런 건 싫은 걸까.

소란스러운 건 싫겠지, 하고 이사마는 생각한다.

아카네는 아마 지극히 평범한, 소박하고 조용하고 편안한 삶을 바라고 있을 것이 틀림없다.

---

9) 삶은 문어를 잘게 썰어 식초에 담근 요리.

다만 지난 얼마 동안의 상황으로 생각해 보건대, 그것은 상당히 무리한 일이다.

이소베는 슬슬 이성이 날아갔는지, 관계자 전원의 외출은 지바 본부가 전면적으로 금지한다——는 둥 무법적인 말을 꺼냈다. 애초에 이사마와 이마가와를 구금할 권한은 경찰에는 없을 테고, 현재의 장기 체류도 어디까지나 임의의 협조의 결과다. 기바는 당연히 물어뜯었다.

기바, 가몬, 이소베가 서로 견제하며 실랑이를 벌이고 있자니, 아카네의 등 뒤에서 커다란 가방을 든 세쓰를 거느린 미도리가 나왔다.

소녀는 나이 차이가 나는 언니를 올려다보며,

"다녀올게요, 언니."

하고 말했다. 아카네는 조금 쓸쓸한 듯한 표정이 되어, 가는 거니, 하고 대답하더니 잠시 사이를 두고, 조심해서 다녀와, 미도리, 하고 말을 맺었다.

이소베가 귀 밝게 알아듣고 거구를 회전시켰다. 아까 기바를 쏘아죽인 굵은 손가락으로 소녀를 가리킨다.

"너, 너! 어디 가는 거냐."

아카네가 동생을 감싸다시피 하며 말했다.

"동생은 오늘부터 성 베르나르 학원 기숙사로 돌려보낼 예정이에요. 오늘 아침에 급히 등교하라는 연락이 왔거든요. 벌써 보름이나 학교를 쉬었고——."

"그, 그렇게 멋대로."

이소베는 뺨의 살을 흔들어대고 아카네는 곤혹스러운 표정을 짓는다.

"——본부장님께는 이야기해 두었다고 하던데, 듣지 못하셨나요?"

"못 들었소. 아? 아까 츠바타가 받았던 전화인가? 하지만 본부장에게 누가 이야기를 했다는 거요?"

언니의 뒤편에서——젖내 나는 목소리로——미도리가 말했다.

"그건, 아마 시바타 아저씨일 거예요. 오늘 아침에도 전화로, 내가 이야기해 두었으니까 안심하렴, 이라고 하셨거든요."

"에? 시바타 아저씨라니——그 시바타 유지 말이냐?"

이소베는 그런가, 그럼 어쩔 수 없지, 내 탓이 아니야, 하고 중얼중얼 말하면서 기바를 보았다.

기바는 대담하게 웃었다.

"그 아가씨는 괜찮고 이 녀석은 안 된다고는 못 하겠지. 자, 낚시터지기——자네 아직도 멍청하게 있는 건가! 서둘러 이 벽창호! 적당히 좀 하라고."

초조한 마음은 알겠지만, 말이 심하다.

분명히 이사마에게 기바는 친구다.

곤란에 처해 있다면 돕기도 할 것이다. 같은 국민으로서는 수사에 협조도 아끼지 않을 것이다. 하지만 무슨 일에나 강요당할 이유는 없고, 무엇 때문에 욕을 먹어야 하는 것인지 전혀 모르겠다. 공사혼동, 직권남용이다.

애초에 민간인을 위험한 장소에 데려가는 행위는 경찰관으로서 문제라고 생각한다.

——생각하지 않겠지.

육탄 형사에게 그런 의식은 조금도 없는 것이다.

그러나 이사마가 꾸물거리고 있는 건 위험을 느끼고 있기 때문이 아니라 안내할 자신이 없기 때문이다. 어쨌거나 니키치가 데려다 주어서 그 근처까지 한 번 가본 게 전부다. 기바의 기세로 미루어보건대, 만일 길이라도 잘못 들었다간 난리가 날 것이다. 앞니라도 한 대 부러질 것만 같다. 이사마는 이마가와에게 말없이 도움을 청하는 시선을 보냈다. 그러나 그런 이사마의 심중을 헤아리는 기색이라곤 조금도 없는지, 이마가와는, 빨리 갑시다, 이사마 군, 하고 말했다.

생각해 보면 이마가와가 길을 알고 있을 리도 없다.

그때 미도리를 배웅해 준 아카네가 돌아와, 이사마의 미적지근한 분위기를 눈치챘는지 말을 보태 주었다.

“저어, 주제넘은 것 같지만, 만일 괜찮으시다면 우리 고용인 데몬을——함께 보내 드릴까요? 그 사람은 그쪽에 자주 가요.”

기바는, 그거 좋군, 빨리 부탁하오, 하고 말했다.

그러자 이소베가, 그건 안 돼요, 그것만은 안 돼요, 하고 끼어들었다.

“그, 그, 그 아저씨는 피의자란 말이오. 도망칠 위험도 있으니 감시하라고 했어요!”

“뭐라고——.”

기바가 덤벼들기 직전에 아카네가 기지를 발휘했다.

“그럼——데몬에게 길을 자세히 설명해 달라고 하지요. 여기에서는 좀 떨어져 있고 찾기 어려운 장소니까요. 이사마 씨도 길에는 어두우신 듯하고요.”

——이해해 주고 있다.

읽히고 있었다고 해야 할까.

회랑에 있던 고사쿠가 불려 오고, 일단 예비지식이 있는 이사마가 길 설명을 들었다.

"마을과 마을의 경계, 그다지 인심이 좋지 못한 곳에 있어서 볼일이 없으면 아무도 가지 않고, 급할 때 지름길로 가려는 게 아니라면 지나지 않습니다."

불길한 장소거든요, 하고 고사쿠는 어두운 목소리로 말했다.

결국, 이사마와 기바에 마지못해 가몬이 끼고, 왠지 이마가와도 동행하게 되었다. 다만 이것을 계기로 구속은 일단 풀리는 모양새가 될 테니, 괜히 남아 있는 것보다는 나가 버리는 편이 상책일 것이다.

현관에 이르는 복도의, 그 검은 테두리가 쳐진 창문으로 보이는 복잡한 구조의 건물 한쪽에는 역시 검은 테두리가 쳐진 창문이 있고, 그리로 이사마 일행을 내려다보고 있는 아오이의 모습이 보였다.

아카네가 알린 것인지 현관에서는 마사코가 기다리고 있었다.

마사코는 이마가와에게 후일 다시 방문해 주기를 희망한다고 말하고, 몇 번이나 무례했던 일을 사과하고 나서, 마음만 담은 것입니다, 하며 봉투를 내밀었다. 두 사람은 애써 고사했다.

끊임없이 벚나무가 우거져 있는 앞뜰을 지나 튼튼한 문을 빠져나가자, 키 작은 적갈색 수목이 드문드문 자라고 있을 뿐인 외길이 보인다. 문 앞에 서니 마을로 이어지는 그 황량한 외길을 달려가는 썬팅한 자동차가 보였다. 이마가와는, 아아, 미도리 씨가 학교에 가는 거예요, 하고 말했다. 검고 커다란 딱정벌레가 기어가는 듯 보인다. 이 부근에서 이 너머에 저런 자동차가 다닐 수 있는 길이 있는 것일까, 하고 이사마는 조금 걱정이 된다. 그런 생각을 하고 있는 사이에 소녀를 태운 딱정벌레는 이윽고 시야에서 완전히 사라졌다.

돌아보니 거미줄 저택은 역시 검었다.

검게 도장된 목재. 검게 구워진 벽돌. 검게 변색된 놋쇠. 검게 시대를 새긴 돌.

시간과 공간이 정착한 유화.

점착질의 그림 표면에서, 파리는 겨우 도망칠 수 있었다.

외길을 내려가 빈약한 숲을 빠져나가서 경사가 가파른 옆길을 내려간다.

민가 옆을 지나 바닷가에 다다른다.

기바가 말했다.

"미안하게 됐네. 같이 오게 해서."

"응."

"나는 말이지, 낚시터지기."

"응?"

"——유괴된 시마코라는 매춘부 말이야, 그 여자만은 구하고 싶네."

"응——?"

바닷바람이 뺨에 닿아 이사마의 콧수염을 살랑살랑 흔든다.

바다를 건너오는 바람은 온도나 풍속에 상관없이 자극이 강하다.

"그 여자는 불행한 여자야."

"동정하는 건가?"

"멍청이. 피차 다른 사람을 동정할 만큼 대단하지도 않지 않나. 게다가 불행한 여자라면 세상에는 쓸어 내다 버리고 뜯어내서 던져버려도 아직 남아돌 만큼 득실득실한다고. 마주칠 때마다 일일이 동정했다간 이쪽이 버티지 못해."

기바는 난폭하게 말한 후,
"잘 모르겠지만, 경관의 피일세——."
하고 거짓말을 했다.
아마 신상(身上) 이야기에 얽매인 것이리라. 논리는 통하지 않지만, 정에 약하다. 기준은 모르겠지만 시시한 것이라도 일단 믿으면 돌진한다.
기바는 그런 남자다. 기바는 또 자신의 생각을 이루기 위해서라면 지론도 버리고, 앞에서 했던 말도 취소해 버린다는 자기 파괴적인 특성도 갖고 있다.
기바는 이어서 말했다.
"시마코는 전쟁이 끝난 직후에, 열아홉의 나이로 결혼했다고 하더군. 남편은 공무원이었는데, 이 녀석이 폐병을 앓는 허약한 놈이었어. 군대에도 징발되지 않았으니 창피했겠지. 벌이도 시원찮은 주제에 체면에 신경을 쓰는 놈이라, 어쩔 수 없이 시마코는 집에서 삯바느질 일을 했네."
"또, 자세히도 들었군요."
하고 가몬이 말했다. 기바는,
"당연하지."
하고 대답했다.
"자신들한테 필요한 것만 들으려고 하니까 놈들은 아무 말도 하지 않는 걸세. 형사에게 필요한 건 대개 놈들에게는 아무래도 상관없는 일이야. 그러니까 사소한 걸 들으려면 쓸데없는 것도 자신의 이야기처럼 들어주어야지. 그건 그렇고, 그게——."
"그게."

"그게 말일세. 결혼하고 나서 곧, 시마코는 남편이 집을 비운 사이 난폭한 진주군 놈에게 폭행을 당하고 말았다고 하네. 집으로 돌아온 남편에게 시마코는 울면서 매달렸지만, 혀를 깨물어서라도 정조를 지키는 게 당연하지 않느냐, 사과한다고 용서해 줄 것 같으냐고 오히려 책망을 들었다더군. 결국, 체면이 엉망이 되었다며 이혼을 당했다고 하더군. 한 달도 못 가서 말이야. 너무한 남편이지. 상심한 마누라를 꾸짖을 건 없지 않나. 양놈에게 깔리고도 거부할 수 있는 여자는 없다고."

그런 이야기는 이사마도 들은 적이 있다.

부녀자 폭행뿐만 아니라, 주둔 미군의 범죄는 끊이지 않았던 모양이다. 현재에 이르러서도 아직 멈추지 않았다. 다만 그건 미군이 나쁜 놈이라는 뜻은 아니다. 그건 일본인도 마찬가지고, 말하자면 세상이 나빴던 거라고 이사마는 생각한다. 미군 중에도 착한 사람은 있고, 일본인 중에도 나쁜 놈은 나쁘다. 미군이라고 하나로 뭉뚱그려서 취급하기 때문에 눈에 띄지만, 애초에 일본이니 범죄자는 일본인이 더 많은 것이 당연하다.

이 경우 불리한 일은 약한 사람이 당하는 셈이고, 자신의 몸을 스스로 지키지 못하는 사람은 결과적으로 심한 일을 당하게 된다.

그 여성처럼 폭행을 당하고 자살했다는 이야기도 한때는 자주 들렸었다.

기바는 말을 잇는다.

"다만 시마코는 심지가 강한 여자라서 말이야. 울지도 소리치지도 목을 매달지도 않고, 깨끗이 포기하고 그 길로 R.A.A에 갔다는군."

"저런."

주식회사 R.A.A (Recreation & Amusement Association)——약칭 AS (Amusement Service)란 도쿄 경시청의 요청으로 화류계의 대표자들이 모여서 정부로부터 원조를 받아 설립한, 소위 진주군 특수위안시설을 말한다. 다시 말해서 주둔 미군 전용 유곽이다. 댄스홀이나 카페, 탁구장이나 공기총 오락실, 당구, 영화, 연극 등 여러 가지가 계획되어 있었던 모양이지만 요컨대 외국인을 상대하는 성적인 서비스 기관으로밖에 인식되지 않았다고 한다.

이사마는 이 시설에 관해서 이야기를 들었을 때 아무래도 납득이 가지 않았던 기억이 있다.

AS 설립의 표면적인 이유는 이렇다.

욕망을 억누르고 살육으로 세월을 보내고 있던 외국 군대가 점령 주둔이라는 이름으로 상륙해 온다, 이건 틀림없이 부녀자를 덮칠 것이 분명하다——사실 덮친 사람도 있었지만——따라서 선수를 쳐서 성(性)의 방파제를 쌓자——간단하게 말하면 몸 파는 여자를 대주어서 일반 부녀자의 정조를 지키자는 뜻이다.

이상한 논리라고 생각한다.

미국인을 바보 취급하는 것 같다는 생각이 든다. 마치 천재지변 같은 취급이다. 게다가 창부들을 방파제라고 하니, 흙부대 같은 취급이다.

그러나.

황궁 앞에서 이루어진 AS 설립 선언은 신일본 재건의 발족과 전 일본 여성의 순결을 지키기 위한 초석 사업임을 자각하고 멸사봉공(滅私奉公)의 결의를 다진다——는 내용의 것이었다고 한다.

이것이 패전 후의 국방이라는 것이다.

그러나 지고 나서도, 민주주의를 표방하고 나서도, 국가를 위해 멸사봉공하라니 시대착오도 정도가 있다고 생각한다.

대의명분은 항상 현실에 눈을 감지 않으면 칭할 수 없다.

심한 착각이다.

잘 될 리가 없다.

애초에는 게이샤나 창부, 여급에 작부, 그리고 상습 밀매 음란범 ——심한 말이다——과 같은 물장사하는 여자들을 우선적으로 채용하라는 지침이었던 모양이지만, 아무리 장사를 하는 여자라도 좋아서 외국인에게 몸을 맡기는 여자는 없다. 국적을 불문하고 하는 일은 마찬가지다, 어차피 더럽혀진 여자 아니냐는 차별 감각은 당사자들에게는 민감하게 전해지고, 애초에 위안이라는 발상 자체가 굴욕적이었다. 지금까지는 남자가 싸워 왔다, 이번에는 너희 여자들 차례라고 해도, 여성 입장에서 보자면 저들이 멋대로 싸워놓고 무슨 소리냐는 것이다. 새삼스럽게 나라를 위해서라면 기꺼이, 하며 참가할 사람은 없었을 것이다. 물장사하는 여자만으로는 다 댈 수가 없었다. 그리고 AS는 일반 공모에 나섰다.

접대부 모집——신일본여성에게 고함, 전후 처리의 국가적 긴급 시설, 진주군 위안의 대사업, 솔선 협력 구함, 거처, 피복, 식료품 전면 지급.

뭐가 신일본여성인 걸까 하고, 이사마는 생각한다.

그런 대의명분은 효과가 없지만, 거처와 피복, 식료품 지급이 효과가 있었다. 다 불타 버린 맨땅에서 먹고살기 힘든 생활을 강요당하던 시대다. 깨끗한 옷을 입을 수 있고 생활이 보장된다는 내용은 매력적인 이야기였던 것이다.

그리고 살기 위해, 많은 여염집 아가씨들이 사람으로서의 존엄을 버렸다. 종래의 창부들도 직업으로서 지켜온 긍지를 버릴 수밖에 없었다. 여염집 여자와 닮고 닮은 여자는 모두 경계가 애매해지고, 모두 상처를 입었다. 개설 초기에는 우는 사람, 도망치는 사람, 실신하는 사람이 속출했다고 한다. 그러나 장병들은 이 외국 창관에 몰려들었다.

이것은 위안도 오락의 제공도 아닌, 단순한 성 처리장이다.

주둔군 병사는 흥에 겨운 나머지 도가 지나쳐 자주 문제를 일으켰고, 상해 사건 등도 많이 발생했다. 게다가 성병이 만연했다. 점령군 당국은 이것을 크게 우려하여 헌병을 상주시키거나 간이 치료소 설치를 일본 정부에 요청하는 등 손을 썼지만, 결국 수습할 수가 없어서 점령군은 시설에 장교들이 출입하는 것을 전면적으로 금지했다.

R.A.A는 겨우 반년 만에 붕괴했다.

그리고 공창 지역과 무허가 매춘 지역이 남았다.

속된 말로 이야기하는 양공주의 급증도, 공창 지역 같은 매춘 지구의 재건도, R.A.A가 초래한 것이다.

R.A.A는 공창 제도를 옹호하는 구실을 만들고, 대량의 사창과 공창을 만들어냈다. 그뿐만 아니라 국방은 고사하고 많은 일반 여성의 윤리까지 파괴하고 말았다.

게다가 일본은 여성의 인권을 인정하지 않는, 도덕성이라곤 전혀 없는 나라이고, 일본인은 성병 예방조차 못 하는 불결하고 문화 수준이 낮은 민족이라는 인상을 결정짓게 하고 말았다.

그도 그럴 것이, 미국은 페미니즘의 본고장인 것이다.

싫은 얼굴을 하는 것이 당연하다.

——잘못되어 있었지.

이사마는 그렇게 생각한다.

"뭐, AS는 힘든 곳이었던 모양입니다. 제가 전쟁에서 돌아왔을 때는 이미 없어졌지만, 닳고 닳은 여자보다 남편을 전쟁에 빼앗긴 과부나 시골 처녀가 더 많지 않았을까요. 인생을 망친 여자도 많았겠지요."

가몬이 숙연하게 말한다.

"그렇지. 하지만 만든 건 경시청이니까——."

아마——기바는 책임을 느끼고 있을 거라고, 이사마는 생각했다. 물론 기바에게는 아무런 책임도 없지만 그래도, 이 남자는 그런 남자다.

"——뭐, 개중에는 진심으로 국방을 위해 지원한, 뜻이 높은 아가씨도 있었다고 하지만."

"그런 기특한 여성이 있었습니까?"

"——있었다고 하더군. 시마코는 얼굴이 예뻤는지, 그러다가 스미다가와의 오쿠라 별저(別邸)로 옮겨진 모양이지만."

"아아, 장교 전용의——."

분명히 개인의 별장을 접수해서 지위 높은 장교 전용의 고급 유곽을 개설했다는 이야기를 들었다. 아마 그곳을 말하는 것이리라.

"그래. 거기에서 사이가 좋아진 작부 중 한 명이 진짜 지원병, 아니 지원작부였던 모양이야. 돈 때문에 곤란한 것 같지도 않고 닳고 닳은 여자도 아니었다네. 하지만 어떤 뜻을 갖고 있든 똑같은 일을 해야 하지. 우국의 무리가 결국은 매춘부가 되어 버렸다, 고 하더군."

"결국이라면?"

"남자에 눈떴다 —— 거나 하는 이야기는 아닐세. 그런 여자는 없다고 했어. 좀 더 절실한 이야기일세. AS가 없어지고 여자들은 갈 곳이 없어졌네. 정식 업소에서 일할 수 있었던 사람은 행복한 거고, 대부분은 공창 지역으로 가거나 길거리에 서서 남자를 끌어야 했네. 물장사하는 여자는 가게에 남은 모양이지만, 여염집 여자들에게 유곽은 익숙해질 수 없는 곳이지. 그렇다고 해서 원래의 생활로도 돌아갈 수 없었네. 높은 뜻을 갖고 미군과 자도, 세상이 보는 눈은 똑같거든."

"그래서."

"그래. 그 아가씨는 나라를 생각해서 R.A.A에 지원했다가 원래 생활로 돌아갈 수 없게 되어서, 생활이 곤란했던 것도 아닌데 창부가 되고 만 걸세. 시마코도 원래 여염집 여자였고, 그 아가씨와는 같은 나이였는지 죽이 잘 맞았다고 하더군. 결국, 둘 다 길거리로 내몰렸고 또 한 사람 —— 이쪽도 같은 나이의, 원래 학생이었다는 아가씨와 셋이서 집을 빌려서 자활을 시작했다고 하네. 자활이라고 해도 물론 양공주지. 정말이지 벌 받을 짓이야."

기바는 팔짱을 낀다.

"다만 시마코는 곧 장교의 온리가 되어서 공동생활에서 빠져나왔다고 하네. 하지만 이 녀석이 몇 년도 지나지 않아 시마코를 버리고 자기 나라로 돌아가 버렸어. 그 후로 버터플라이. 그때는 이미 동료 두 명의 행방을 알 수 없었던 모양이더군. 강화(講和) 후에는 포주 없이 직접 손님을 끄는 창부가 되었네."

온리란 미군의 현지처를 말한다. 현지처라고 하면 듣기에는 좋을지 몰라도, 말하자면 첩이고 입적 운운하는 수준의 이야기는 아니다.

버터플라이란 역시 미군을 상대하는 길거리 창부인데, 불특정 다수를 상대한다. 버터플라이가 좋은 남자를 찾아 온리가 된다는 게 보통이고, 온리가 되면 집을 받거나 호사스러운 생활도 할 수 있었다고 한다. 시마코라는 여자는 반대의 코스였던 셈이다.

시마코의 허벅지 안쪽에 있는 거미 문신은 첫 남편이었던 장교가 새긴 모양이야——하고 기바는 말했다.

"시마코는 벌써 스물여덟일세. 서른이 넘으면 그 장사는 하기 힘들지. 뭐, 내가 아는 최고령의 매춘부는 예순한 살이었지만. 그건 예외고. 언제까지나 계속할 수 있는 직업이 아닐세."

기바는 수평선을 바라본다. 이사마도 따라서 바라보았다.

"죽은 마에지마 야치요도 스물여덟일세. 내 동생도 스물여덟이거든. 이쪽은 벌써 아이도 있고, 뭐 평범하게 살고 있지만. 어디에선가 잘못되었으면 시마코처럼, 아니, 야치요처럼 되었을지도 몰라. 그렇게 생각하면."

기바는 그렇게 말했다.

"그——."

이마가와는 바닷바람에 몸을 수그리면서 말했다.

"——야치요 씨도 AS에 있었다거나 한 건 아닙니까?"

기바는 의외라는 얼굴을 했다.

"야치요가? 아니, 전력도 조사했지만 그런 사실은 나오지 않았네. 야치요는 부모가 공습으로 죽고 천애 고아가 되었다고 했지만, 어찌된 셈인지 생활이 곤란했던 것 같지는 않아. 부모가 죽고, 간호사인지 약제사인지의 학교를 중퇴하고, 그러고 나서 아마 먼 친척인 버선가게 주인의 연줄로 거기에서 시집을——."

"보통 숨기지요, 기바 씨."

가몬이 말했다.

"——아까 당신이 말했잖아요. 어둠의 여자가 되거나, 갱생했다면 끝까지 숨기거나. 둘 중 하나밖에 길은 없어요. 정부의 요청으로 생긴 시설인데도 불구하고 AS라는 건 옛날로 말하자면 가라유키[10]예요. 경멸당하지요. 한편 신일본여성이라고 부추기고, 또 한편으로 창부에게도 인권은 있다고 아는 척 지껄이고, 그러고는 하는 짓은 똑같지 않으냐고 태도를 바꾸더니 결국 단속하는 겁니다. 우리는."

실제로 운 좋게 큰 가게의 안주인으로 들어간 이상, 그런 과거는 지우고 싶을 게 틀림없다. 이사마도 그렇게 생각한다.

"그런가——하지만 나는——처음에 마에지마라는 여자를 모르느냐고 시마코한테 끈질기게 물었는데. 기억이 없다고 했단 말일세."

"마에지마라는 건 결혼한 후의 성이 아닙니까."

이마가와가 지적한다.

"아아? 옛날 성은 아마——."

"가나이. 가나이 야치요지요."

가몬이 대답했다.

"그런가——잠깐. 거미의 심부름꾼은 전화로 야치요의 결혼 전 성은 가나이냐, 고 물었다고 했지, 아저씨?"

가몬은 고개를 끄덕인다. 기바는 걸음을 멈춘다.

"하지만 성이 달라도 이름이 같다면 대개 알아채지 않나? 나는 분명히 마에지마 야치요라고 물었다고."

---

10) 규슈의 아마쿠사 섬 지방에서, 남방으로 창녀가 되어 돈을 벌기 위해 나갔던 여성을 일컫는 말.

가몬도 걸음을 일단 멈춘다.

"이름은 개명할 수 있습니다, 기바 씨. 어쨌든 이분이 지금 하신 이야기는 조사해 볼 필요가 있을지도 모르겠군요. 지금까지 피해자들을 잇는 실은 전혀 없었습니다. 시마코와 야치요를 잇는 실이 보인다면, 어쩌면 다른 피해자도——."

"그렇군. 하지만——가와노 유미에나 야마모토 스미코는 어떨지 몰라도, 첫 번째 아가씨는 아니잖나. AS가 있었던 건 1945년일세. 그렇다면 아직 열 살이나 그쯤이라고."

"뭐——그렇지요."

두 형사는 조금 낙담해서 다시 걷기 시작했다.

니키치의 집 앞을 지난다. 집에 없는 것 같았다.

집 앞의 벚꽃은 아직 피지 않았다.

——이제 곧 그 긴 구지라마쿠가 쳐지겠군.

이사마는 그렇게 생각했다. 고레아키의 구지라마쿠다.

빠른 걸음으로 마을을 빠져나갔다.

오두막은 시끄럽게 해명(海鳴)이 들리는 언덕 위에 있었다.

헛간보다 조금 나은 정도의, 글자 그대로 오두막이다.

주위는 이미 어둑어둑해지기 시작했다. 이사마는 갑자기 공복감을 느꼈다.

——결국, 점심을 못 먹었어.

그것이 일반적으로는 공복감이 아니라 불길한 예감이라고 불린다는 사실을——이사마는 분명 평생 깨닫지 못할 것이다.

봄인데도 싹이 튼 기색이 전혀 없는 마른 들판에, 바다 위에서 냉기를 머금은 바람이 불어닥치고 있다.

오두막에 비치는 광선의 상태도 실로 기묘해서, 흐릿한 그림자를 사방팔방에 던지고 있다.

기온도, 쌀쌀한 것인지 따뜻한 것인지 판단할 수 없는 애매한 상태다. 바람이 닿는 부분은 몹시 차갑지만, 그 외에는 미지근하다.

그런 풍경을 불길한 광경이라고 부르고, 그런 상태를 오싹하다고 한다——는 것도, 아마 이사마는 깨닫지 못할 것이다.

"어이, 낚시터지기. 그리고 골동품상——."

기바는 이사마 일행에게는 일별도 주지 않고, 건물을 노려본 채 자세를 낮추며 말했다.

"자네들은 이제 됐네. 고마웠어——."

"됐다니?"

"여기서부터는 민간인은 방해만 돼. 다치기 전에 냉큼 돌아가게. 이제 살인사건에는 휘말리지 말라고, 멍청이."

여기까지 와서 새삼스럽게 경관다운 말을 하다니.

게다가 여기에서 돌아가라고 해도 조금 곤란하다.

이사마는 이마가와의 얼굴을 본다.

이마가와는 어떻게 해도, 어떤 때에나 똑같이 잘 알 수 없는 얼굴을 하고 있다. 가면이라도 쓰고 있는 것 같다. 역시 전혀 모르겠다.

가몬이 말했다.

"쳐들어갈까요?"

"아직이야. 기척이 없어."

"확실히 없군요——음, 여기까지 와서 이런 말을 하는 건 뭣하지만, 기바 씨. 저는 이 오두막은 상관없다고 생각합니다. 아무도 사는 기척이 없어요."

"불이 켜져 있었잖아. 그렇다면 누군가 있었던 거야. 그 덩치 큰 할아범은, 아까 물었을 때도 분명히 봤다고 했다고."

"그건 벌써 며칠 전의 일이에요."

"수십 년 전의 일은 아니지."

"뭐——그건 인정한다고 쳐도, 본 사건과의 관련성은 생각할 수 없잖습니까. 아무래도 연결이 희박해요."

"가와시마 기이치와 이 오두막에 살고 있었던 여자의 아이의 나이는 거의 일치해. 게다가 기이치가 나카조 전당포에 남긴 주소는 이 부근이야."

"그건 그렇지만——반대로 말하면 그것뿐이잖아요."

충분하지 않느냐고 기바는 말했다.

"아무것도 없는 것보다 낫지."

"하지만 다카하시 시마코를 유괴한 건 가와시마 기이치가 아니라 가와시마 신조 쪽이라고요."

"신조는 데려오기만 할 뿐이야."

그런 역할이지——기바는 그렇게 말했다. 가몬은 떫은 얼굴을 한다.

"뭐 신조가 여자를 데려온다고 치고, 그 후에 어떻게 됩니까? 기이치에게 넘겨주기라도 한다는 건가요? 그럼 넘겨받은 기이치는 어떻게 하는데요? 게다가 두 명의 가와시마의 관계는 아직 명료하지 않아요. 신조에게는 기이치에 해당하는 형제도 친척도 없다고요."

"그런 건 몰라."

"아——."

황혼에 사람 그림자가 떠올랐다.

기바가 몸을 낮추라고 강제로 지시한다.

수풀에 숨는다.

형사 두 명이 이야기를 나누고 있는 사이에, 이사마도 이마가와도 돌아가지 못하게 되고 말았다.

그림자는 두 개. 하나는 몹시 크다. 아니면 다른 하나가 작아서 그렇게 보이는 것일까.

——저자가 가와신.

기바와 에노키즈의 친구. 지명수배된 남자.

——저쪽이 시마코.

박복한 매춘부. 홍거미 시마.

유괴한 것처럼 보이지는 않는다.

손은 잡아끌고 있지만 묶은 것도 아니고, 도망치려면 도망칠 수 있는 상태인 듯 보인다. 구속한 듯한 기색은 전혀 보이지 않는다. 도망치려고 하는 것 같지도 않다.

도망치기는커녕, 두 개의 그림자는 바싹 붙어 있다.

가와신인 듯한 그림자는 분명히 주위에 신경을 쓰며 신중하게 걸음을 옮기고 있는 것 같지만, 그건 인질이 도망칠까 봐 경계하고 있다기보다 굳이 말하자면 동반자를 외적으로부터 지키고 있는 듯 보였다. 그리고 시마코인 듯한 그림자 쪽은 마치 가와신에게 의지해 몸을 기대고 있는 것 같은, 그런 눈치로 보인다.

"기, 기바 씨!"

가몬은 긴 머리카락을 쓸어 올렸다. 긴장하고 있다.

"놈이에요. 비, 비상선을 돌파하고, 저, 정말로."

——이런 곳까지.

기바는 가느다란 눈을 더욱 가늘게 뜨고 그림자를 바라보더니, 공기를 두꺼운 가슴팍 가득 들이마시고 나서 손을 들어 안달하는 가몬을 제지했다.

"——내가 가지."

"하지만."

"저것과는 결판을——지어야지."

돌아본 기바는 보기 드물게 남자다운 표정을 하고 있었다.

"아저씨는 놈이 여자한테 손을 대거든 나와. 그리고——민간인은 찌그러져 있어."

기바는 일어섰다.

그리고 그림자를 향해 크게 소리를 질렀다.

"가와시마!"

두 개의 그림자는 멈추었다.

바람이 지난다.

목소리가 난다.

"슈——기바슈, 자네인가!"

"거미한테 이야기를 듣고 싶어서 말이야. 여기까지 왔네."

한 발짝.

또 한 발짝.

기바는 거리를 좁힌다.

가와시마는 여자를 남겨두고 큰 걸음으로 천천히, 오두막으로 다가간다.

희미하게 비쳐드는 엷은 저녁 해가 그림자에게 눈과 코를 주었다.

덩치가 큰 기바보다 더 크다.

팔다리가 길다. 탄탄한 몸에는 쓸데없는 군살은 없다. 군복을 입고 각반을 감았고, 신발도 군화인 것 같다. 그 위로 낡은 가죽 재킷을 걸치고 있다. 작은 눈. 사나운 표정. 삭발을 했던 머리에는 백발이 섞인 머리카락이 보인다. 도피행 중에는 줄곧 자라는 대로 기르고 있었을 것이다. 긴 두 팔을 아래쪽으로 45도쯤 벌리고, 손가락도 벌리고, 기바를 노려보면서 천천히 가와시마는 옆으로 이동해 간다. 빈틈이 없다. 가와시마는 말했다.

"어떻게 —— 알아냈지?"

"나는 형사라고. 도망치는 놈은 쫓는다. 그게 내 일이야. 다만 —— 네놈이 범인이라고는 생각하지 않지만."

기바는 더욱 거리를 좁힌다.

"내가 —— 범인일세 —— 슈."

"자네는 거짓말이 서툴군. 누구를 감싸는 건가! 이 안에 있는 남자인가."

"그건 ——."

가와시마는 갑자기 오두막에 몸을 부딪쳐 문을 부수었다.

"도망쳐, 기이치!"

그리고 재빨리 몸을 돌려 기바에게 덤벼들었다.

"빨리 가! 경찰이다!"

기바는 강인하다. 가와시마의 허리를 붙잡고 옆으로 쓰러뜨린다.

시마코가 허둥거린다. 시마코를 보호하려고 가몬이 뛰쳐나간다. 가와시마는 기바의 손을 뿌리치고 가몬에게 달려든다. 가몬은 시마코를 붙잡지 못하고, 넘어지면서 그 다리를 움켜쥔다. 시마코가 비명을 지른다. 가와시마가 고함친다.

"그 여자는 상관없어! 당신, 도망쳐."

시마코는 가몬의 팔에서 슬쩍 빠져나간다.

가몬이 얻어맞고 날아간다. 기바가 가와시마에게 달려든다.

이사마는 참지 못하고 일어선다. 이마가와가 가몬에게 달려간다.

기바와 가와시마가 뒤얽히고, 시마코는 그것을 피하듯이 오두막으로 도망쳐 들어갔다. 이사마는 뒤를 쫓으려고 다가갔지만, 난투에 휘말려 넘어졌다.

기바는 가와시마를 두 대쯤 때리고는 멱살을 잡으며,

"그만하지 못해!"

하고 고함쳤다.

"아무도 나오지 않아! 잘 보라고! 자네가 감싸고 있는 기이치는 이미 어디론가 가 버렸단 말이야!"

가와시마는 천천히 오두막 쪽을 본다. 부서진 문 안은 캄캄하다. 아무런 기척도 없다.

가와시마는 상황을 확인하고 체념했는지, 무릎을 꿇으며 가라앉았다.

기바가 그 얼굴을 들여다본다.

터프하다.

"이유를 말해. 이제 도망쳐서 숨을 수는 없네."

"슈——."

"기이치라는 놈은 자네의 뭔가."

"배다른 동생——아버지의——첩의 자식일세."

"그래? 본명이 아니로군. 본명은 이시다 기이치인가."

가와신은 얻어맞은 뺨을 문지르면서, 맞아, 하고 고개를 끄덕였다.

"동생은 —— 덫에 빠졌어."

"덫에 빠졌다고?"

"거미라는 이름을 쓰는 여자에게 —— 말일세."

이마가와가 가몬을 부축해 일으킨다.

가몬은 상당한 타격을 받은 모양이다. 기절한 것 같았다.

"나는 기이치가 무슨 일인가에 휘말린 걸 눈치채고 손을 떼게 하려고 했네. 그런데 —— 그렇게 되고 말았어. 나는 동생이 범인이라고 생각했네. 어떻게 해서라도 진상을 알고 싶었지. 그래서 도망쳐서, 놈의 행방을 찾았네. 그리고 —— 이곳을 발견했어."

가와시마는 눈으로 오두막을 가리켰다.

"—— 동생은 결백해. 나는 사정을 전부 들었네. 그리고 진범을 잡아서, 놈의 혐의를 풀어주려고 했네."

"그렇다고 자네가 범인이 되어 버리면 그게 무슨 소용인가. 이 얼간이 같으니!"

기바는 그렇게 말하더니 안주머니에서 무언가를 꺼냈다.

"—— 두고 간 물건일세. 가와신."

기바가 건넨 건 아무래도 검은 안경 같았다.

가와시마는 말없이 그것을 받아들었다.

—— 응?

뭔가 —— 이상한 분위기였다.

이사마는 아무 생각 없이 오두막으로 다가가 불쑥 들여다보았다.

안에 남자가 있었다.

"봤군."

"어?"

이사마는 상황을 파악하지 못한다.

이건 누구지?

슉, 하고 바람을 가르는 소리가 났다.

"후왓."

이사마는 세 치쯤 뒤로 뛰어올라 엉덩방아를 찧었다.

오두막의 부서진 문에서 무언가 뾰족한 것이 튀어나와 있었다.

이사마의 왼손 끝에서 선혈이 뿜어져 나왔다.

"뭐야! 무슨 일인가?"

기바가 돌아본다. 낚시터지기, 어이, 뭐야, 왜 그래——기바의 당황한 목소리. 이사마가 피를 흘리고 있는 모습을 보고 놀란 모양이다. 이사마도 놀라고 있다. 어떻게 된 일인지 알 수가 없다. 아픈 걸까 무서운 걸까. 그런가.

——죽는다——.

순간 오두막에서 검은 것이 굴러 나와 사람의 형태가 되었다. 마치 흑표범 같은 움직임이었다. 기바가 이사마에게 달려온다. 가와시마가 일어선다.

남자는 끌을 쥐고 있었다.

축제날의 장사꾼이 입는 듯한 검은 셔츠에 검은 바지. 노동자용 작업화. 창백한 얼굴에 날카로운 눈.

"네——네놈——."

기바가 움직이려고 하는, 그 희미한 근육의 수축을 알아보고 남자는 바람을 가르며 흉기 끝을 기바에게 겨누었다. 가와시마가 즉시 퇴로를 막으며 대치한다.

"보지 마, 보지 마. 나를 보지 마."

"네놈은——."

"보지 마, 보지 마."

"네놈은——히라노 유키치!"

"나를 보지 마!"

남자는 유연한 움직임으로 끌을 휘둘러 가와시마의 얼굴을 베고, 가몬과 이마가와가 만든 담을 강행 돌파하고 달려갔다.

"가몬! 쫓아! 어이, 이사마야! 어."

기바의 움직임이 한순간 멈추었다.

오두막 안을 응시하고 있다.

"——빌어먹을!"

기바는 고함을 지르며 번개처럼 남자를 쫓았다.

목매다는 오두막의 봉당에는——두 눈이 잔인하게 파인 다카하시 시마코가 무참한 시신을 드러내고 있었다.

◎ 도롱이불 [蓑火]

시골길 등에서 밤마다
불이 보이는 것은 대부분이 도깨비불이다.
이 비에 입는 다미노노시마[11]의 도롱이에서[12]
불이 나타나는 것은 음(陰) 중의 양기(陽氣)인가.
혹은 경작으로 고통받는 백성의 정강이 불[13]이리라.

── 금석백귀습유(今昔百鬼拾遺) / 중권 · 무(霧)

11) 오사카부 가와시리 부근의 지명.

12) 다미노노시마[田蓑の嶋]의 '미노[蓑]'는 일본어로 도롱이(蓑)와 한자, 발음이 모두 같다. 이를 이용한, '비 올 때 입는 다미노노시마도 있는데, 이슬도 사초 삿갓이 없을 리가 있는가'라는 노래가 '아시카리'의 요곡(謠曲) 중에 있는데, 이를 도리야마 세키엔이 인용하였다.

13) 가난한 나머지 불을 지필 도구도 없어서 정강이를 그어 불을 지핀다는 뜻으로 매우 빈곤함을 뜻함.

7

꽤 오랫동안 고개를 숙이고 있었기에 목 언저리가 노곤해져서, 구레 미유키는 잠시 얼굴을 들었다.

약간 열려 있는 창문으로 조금은 먼지를 실은, 그래도 약간은 봄 같은 바람이 불어 들어와 뺨에 닿는다.

얼굴을 들어 보니 앞에는 징그러운 오각형의 얼굴이 있다.

어떤 신분인지 잘 모르겠다.

뭔지 모르겠지만, 높은 사람이다——라고 스스로 말할 정도이니 그다지 높지 않은 것은 분명하다.

이름은 가이토 스구루라고 한다.

나이를 모르겠다.

미유키 나이의 소녀가 보면 연상의 남자는 모두 똑같다. 스무 살이든 마흔 살이든 청년은 청년이고 중년은 중년이고, 나머지는 노인이다. 설정은 3단계 정도밖에 없다. 엉성하다.

그 단계 평가도, 대상의 실제 나이를 엄밀하게 반영한 것이 아니라 대개 인상에 따른 평가다. 가이토는 나이를 파악하기가 어렵다. 중년이라고는 할 수 없을 정도로 젊지만, 그렇다고 청년도 아니다. 나이에 비해 성숙한 분위기도 아니지만, 느끼하고 청명함도 전혀 없다.

연령 미상의 남자는 오각형의 얼굴 속에 있는 삼각형의 눈을 가늘게 뜨고, 끈적거리는 시선으로 미유키의 발끝에서 다리를 핥듯이 올려다보고는 이어서 무릎 위에 가지런히 모은 손끝에서부터 어깨까지 그 시선을 미끄러뜨렸다. 목을 거쳐 얼굴에 이르고, 그제야 그 시선은 멈추었다.

"구레 양——시간이 없어. 이제 시간이 없다고."

——불쾌한 목소리.

쇠와 유리를 비벼대는 듯한 음색. 알아듣기가 어렵다. 그러면서도 근거 없는 자신감으로 가득 찬, 겉으로는 공손한 척하지만 거만하고 무례한 말투. 역겹다는 건 이런 것이다.

"자꾸 같은 말을 되풀이하는 것 같지만 말이야. 나는 돌아가신 이사장님한테 들었거든. 일이 바깥으로 드러나지 않도록 처리해 주겠다는 거야. 너를 위해서지."

정말 같은 말만 되풀이한다. 미유키는 알고 있는 것은 전부 이야기했고, 모르는 것은 애초에 이야기할 수가 없다. 그래서 노려본다.

"알겠나? 구레 양. 이건 여기에서만 하는 이야기인데, 그 전 이사장——현 이사장 대리인 시바타 씨는, 너 같은 아이는 모르겠지만 아주 높으신 분이야. 그런 만큼 세상 물정을 모르지. 게다가 곤란하게도 정의감이 강하단 말이야."

곤란할 일이 아니잖아——입 밖에 내서 말하지 않고 미유키는 더욱 노려본다. 가이토의 부끄러움을 모르는 두꺼운 얼굴은 나이를 먹으면서 더욱더 두꺼워졌는지, 미유키 정도의 소녀가 노려본다고 해도 아프지도 가렵지도 않은 것 같다.

이런 심문은 벌써 몇 번째일까.

미유키는 오늘 아침부터 연금 상태다.
문과 작은 창과 책상과 의자. 그 외에는 아무것도 없다.
교직원 건물 한 모퉁이, 3층 끝에 있는 작은 방이다.
학생들은 이 방을 군대처럼 중영창(重營倉)이라고 부르고 있다.
건물의 인상 때문인지 고문실이라고 부르는 사람도 있다.
그 호칭에 그렇게 과장된 것은 없다고 미유키는 생각한다.
왜냐하면——와타나베 사요코가 혼다 고조에게 능욕을 당한 장소도 이 작은 방이기 때문이다.
그것을 생각하면 미유키는 구역질을 느낀다. 처음에 끌려 들어왔을 때는 정말로 토했다. 다만 그때는 혼란이 정점에 달해 있었고 극심하게 흥분해 있었다——그 탓도 있다.
그 무렵 미유키는, 그날 밤을 경계로 자신을 포함한 이 세상 전부를 믿을 수 없게 되고 말았던 것이다.
그런 상태를 바로 저주라고 부르는 것일까, 하고 미유키는 지금에 와서 생각한다.
도마뱀 같은 가이토의 불쾌한 목소리가 아무래도 멀리서 들리는 해명처럼 상관없어져서, 미유키는 창틀 바깥으로 시선을 옮긴다.
12일 전.
혼다가 살해된 날 밤.
옷을 걸치고 어둠 속으로 달려간 검은 성모님.
목이 비틀리고 뭉개져 있던 혼다 고조.
착란을 일으켜 옥상에서 몸을 던진 사요코.
——분명히 뛰어내린 건 사요코였어.
그러나——.

사요코가 뛰어내리고, 미유키는 비명을 질렀다.

그리고 멍하니 서 있는 오리사쿠 미도리를 밀치고 계단을 뛰어 내려갔다.

——밑에서 받아주려고 했어요.

경찰에는 그렇게 증언했다. 바보 같은 이야기지만 그때는 진심이었다. 투신한 사람보다 먼저 지면에 도착해서 받아내려고 하다니 우습기 짝이 없는 이야기, 만담에도 그런 이야기는 없다.

하지만 미유키는 2층에 다다랐을 때 어느 노부인에게 붙잡히고 말았다. 본래 정숙이 지배해야 하는 시간에, 소리가 메아리치는 안뜰에서 있는 힘껏 큰 소리를 지르며 사요코를 찾아다니고 있었던 것이다. 기숙사에 있던 사람들에게도 소동은 전해졌을 것이다. 어지간한 노부인도 시간 외 근무를 결심하고 나온 모양이었다.

——빨리 가지 않으면, 죽고 말아요.

그때 미유키는 아직도 그런 말을 하고 있었다.

노부인은 전혀 상황을 이해하지 못했다.

——옥상에서, 혼다 선생님이,

——검은 성모님이 뒤쪽 덤불에서,

——사요코가, 사요코가,

말은 단편만으로는 의미를 이루지 못한다.

그러나 이어지지 못하는 맥락 없는 말들도 모여서 쌓이면 대충 그 의미는 이룬다. 노부인은 위와 아래에서 심상치 않은 일이 일어났다는 것을 알아채고 당황했다.

그때——.

위쪽에서 비명이 들렸다.

떨어진 사요코의 모습을 옥상에서 확인한 유코나 미도리가 지른 비명이라고——

그때는 그렇게 생각했다.

노부인은 신의 이름을 부르며 목소리가 난 쪽——옥상으로 향하려고 했다. 미유키는 반대로 아래로 가려고 했다. 한시라도 빨리 사요코에게 가야 한다, 아직 숨이 붙어 있을지도 모른다고——실은 그렇게 냉정한 생각을 할 수 있었던 건 아니고, 그저 혼란스러워하고 있었을 뿐이지만——그렇게 생각한 것이다. 늙은 사감은 소매를 세게 잡아당겼고 미유키는 저항했다. 노부인이 붙드는 이유를 그때의 미유키는 전혀 이해할 수 없었지만, 지금에 와서 생각하면 당연한 행동이었을지도 모른다.

——이러고 있으면 사요코가 죽고,

——죽고 말아요!

그렇게 몇 번이나 소리쳤던 것 같다.

2층 계단 앞에서, 가네 마네 하는 실랑이가 얼마 동안이나 이루어졌는지 미유키는 전혀 기억하지 못한다. 그러다가 큰일이다, 큰일이야——하는 목소리가 났다.

직원일까, 교사일까. 남자의 목소리였다.

사요코가 유코의 방을 뛰쳐나간 후로 꽤 시간이 지났다. 그동안 허둥거리며 소란을 피우고 있었으니, 누군가가 나와 있어도 이상하지는 않다.

노부인은 그제야 아래층으로 갈 결심을 하고, 미유키의 팔을 잡은 채 계단을 내려갔다. 1층과 2층 사이의 층계참에 다다르자 현관이 보였다. 몇 명의 교사가 난폭하게 현관문을 열고 들어오는 참이었다.

——학생이 죽었어! 무슨 일이 있었던 겁니까!

죽었다——.

그 말을 들은 순간 실이 뚝 끊기고——미유키는 의식을 잃었다.

깨어난 곳은 어딘가의 방, 침대 위였다.

베갯말에는 양호 선생님과 학장, 무서운 얼굴을 한 남자들——형사들이 줄지어 서서 미유키의 얼굴을 들여다보고 있었다.

——자, 아가씨. 사정을 이야기해 주실까.

감옥에 들어가게 될 거라고, 미유키는 그렇게 생각했다.

헛소리 같은 말을 한동안 지껄이고 있었다는 기분이 든다.

저주다, 악마다, 검은 성모님이다——안 그래도 이성적인 인간이 말할 내용이 아니다. 게다가 사이좋은 친구가 투신자살하는 순간을 목격했으니 그것도 어쩔 수 없다고, 그것은 미유키도 그렇게 생각한다.

의식이 뚜렷해지고, 미유키가 이성적인 판단력을 되찾은 건 아마 깨어나고 나서 반나절 이상 지난 후의 일일 것이다.

——미도리랑 유코는 어떻게 되었을까.

두 사람에게 생각이 미친 것도 그 무렵이었다.

아마 똑같이 심문을 받고 있을 것이 틀림없다.

형사는 집요하게 물었다.

미유키는 당혹스러웠다. 무슨 말을 해야 할지 망설여진 것이다.

미유키가 보고 들은 현실은, 체험한 미유키 자신도 대개 믿기 어려운 내용이다. 학원 내에 악마를 숭배하는 무리가 있고, 그녀들은 흑미사를 열고 매춘과 죽음을 빌고 있다. 누가 믿을까.

그러나——.

야마모토 사감. 마에지마라는 도쿄의 여자. 그리고 혼다 고조, 미유키가 아는 한 세 명의 인간이 죽었다.

게다가 그――검은 성모님은――.

――환각이 아니야.

이야기해야 할까 말아야 할까. 미유키는 우선 거기에서 망설였다.

다만 혼다 고조의 옛 악행은 폭로되어야 마땅할 것이다.

그러나 추문의 폭로는 사요코의 명예도 심하게 상처 입힐 위험이 있다.

위험이라기보다, 그건 틀림없는 일일 것이다.

그러나 그 사요코도 이미 이 세상 사람이 아니다. 그렇다면 오히려 그녀의 죽음을 애도하기 위해서라도, 그건 이야기해야 하는 것이 아닐까.

하지만――.

아사다 유코는 어떻게 될까.

적어도 매춘 사실은 덮어두어야 하지 않을까――.

거미의 종인가 하는 놈들이 어떻게 되든, 그건 미유키가 알 바 아니다.

그러나 아사다 유코는 다르다. 어떻게 되든 상관없다고는 생각하지 않는다. 겨우 몇 시간밖에 접촉하지 않았는데도 그때 이미 유코에 대한 우정――아니 우정 비슷한 감정, 일까――이 미유키 안에 형성되어 가고 있었던 것이다. 여기에서 매춘 사실이 발각되어 버리면, 그녀의 미래는 어떻게 될 것인가.

거미의 종에 관한 것은 덮어두어야 한다.

그래서 미유키는 매우 어중간한 진술을 했다.

혼다 고조는 형편없는 남자다. 자살한 친구를 몇 번에 걸쳐 유린하고, 심지어 임신까지 시키고, 폭언을 퍼붓고 쫓아냈다. 그녀는 그것 때문에 힘들어했고, 번민 끝에 학교 뒤 사당에 저주의 소원을 빌었는데 그것이 성취된 것을 알고 혼란에 빠져 투신한 것이다——.

혼다를 죽인 자는 학교 뒤 사당에 안치되어 있는, 속칭 검은 성모님이라고 불리는 기분 나쁜 나무 조각상이다——.

——그건 목격했어요.

경관은 웃었다.

——넌, 바보냐?

——웃기지 마.

——분명히 죽은 애는 임신하고 있었어.

——하지만 애 아버지는 혼다 교사가 아니다.

——놈은 무정자증이야. 입에서 나오는 대로 지껄이지 마.

뒤통수를 망치로 얻어맞은 듯한——충격이었다.

——요괴가 범인이라고? 농담도 쉬엄쉬엄해라.

——너랑 같이 있던 오리사쿠 가의 아가씨는,

——아무것도 보지 못했다고 했단 말이다.

오리사쿠 미도리가 위증하고 있다——.

유감스럽게도 미유키는 그때, 그렇게 생각할 수가 없었다.

그녀가 보지 못했다고 한다면, 그런 것은 역시 존재하지 않았던 게 아닐까, 그렇게 생각하고 만 것이다.

너무나도 지나치게 비상식적이기 때문이다. 그러나.

미유키는 기억하고 있다. 그 칠흑의 얼굴. 그리고 두르고 있던 옷의——물새 무늬.

——그건, 그건 뭐죠! 검은 성모님, 그런.

천사의 목소리. 그때 미유키가 들은 미도리의 목소리는——.

환각. 환청. 환시. 모든 것은 환상일까.

그런 것일까. 그렇다면——.

미도리의 언동을 포함해서, 그날 밤 보고 들은 모든 일이 미유키의 망상이었을 가능성은 잘라낼 수 없다.

미유키는 자신의 지각과 기억에 관한 모든 자신감을 상실했다. 오리사쿠 미도리를 만나게 해 달라고 부탁해 보기도 했지만, 오늘 아침에 집으로 돌아가서 기숙사에는 없다는 말을 들었다.

그리고 그날 밤, 부모님이 찾아왔다.

아버지는 몹시 송구해하고, 어머니는 엄청나게 여위어 있었다.

부모님은 미유키를 집으로 데려가고 싶다고 끊임없이 경찰에게 애원했지만, 조사할 것이 좀 더 있다고 거절당한 모양이다. 또 한 명의 소녀와 달리 다치지도 않았고, 건강상의 문제도 없으니까——라고 형사는 말했다.

다친 또 한 명의 소녀란——아사다 유코일까.

유코는 다치고, 초췌해져 있었다. 미유키는 유코에 대해서 경관에게 묻고, 그리고 마지막 자아를 잃었다.

——분명히 뛰어내린 건 사요코였는데.

추락사한 사람은 아사다 유코 쪽이었던 것이다.

이해하는 데에 엄청나게 시간이 걸렸다.

추락사한 사람이 유코였다? 그렇다면 사요코는 살아 있는 것일까? 그런 당연한 것을 깨닫는 것만으로도 한 시간 가까이는 걸렸을 거라고 생각한다.

사요코가 살아 있다——?

형사가 경멸하듯이 말했다.

——분명히 네가 말하는 와타나베 사요코는 다치긴 했지만, 고작 해야 몇 군데의 타박상과 팔뼈에 금이 간 정도야. 도저히 옥상에서 떨어진 상처는 아니란 말이지. 밑에서 받아낸 놈이라도 있지 않은 한.

——무엇보다 와타나베 사요코 자신이 모른다고 말하고 있어. 그녀는 뛰쳐나간 아사다 유코를 찾으러 나갔다가 위에서 떨어진 아사다 유코와 부딪쳤다고 증언했다고.

그러나.

그래도——뛰어내린 사람은——.

미유키는 순간 격렬한 현기증을 느끼고, 다시 혼란에 빠져 모든 말을 잃었다. 역시 자신이 보거나 들은 건 전부 환상이었던 것이다.

그 후, 미유키는 몇 번이나 현기증과 구역질에 시달렸고 경찰의 사정 청취도 제대로 되지 않았다.

경찰이 일단 물러가고, 그리고 미유키는 처음으로 이 작은 방에 불려 왔다. 그때, 이 폐쇄감 넘치는 방의 낡은 의자——지금 가이토가 걸터앉아 있는 의자——에 앉아 있었던 사람은 지금은 죽은 이사장——오리사쿠 고레아키였다.

가이토가 도마뱀이라면 이사장은 전갈이나 그리마라고 할까. 눈매가 벌레 같았던 기억이 있다.

벌레의 눈을 한 남자는 도저히 이사장이라는 직함에는 어울리지 않는 야쿠자 같은 태도로, 입을 열자마자 너냐, 하고 어이없다는 듯이 말했다.

그리고 미유키에게 다가오더니 검지를 미유키의 턱에 대고 억지로 자기 쪽으로 얼굴을 향하게 하고는 들여다보며, 흐음, 하고 코웃음을 치고 나서, 같이 따라온 노부인에게 자리를 비키라고 말했다.

문이 닫히자마자 벌레는 본성을 드러냈다.

——자. 매춘을 하고 있었던 건 누구와 누구지?

당황했다. 혼다 살인사건일 거라고만 생각하고 있었다.

매춘이라면, 그것은 거미의 종을 말하는 것이리라.

그러나 미유키는 질문에 대답할 정도의 정보를 갖고 있는 것은 아니었다.

아사다 유코는——죽었다.

——난 알고 있단 말이다! 시치미 떼지 마!

이사장은 미유키의 침묵에 초조해졌는지, 더욱더 거칠어진 말투로 물었다. 그러나 아무리 열변을 토해도 미유키는 전혀 알아들을 수가 없었다.

——정보통은 확실하다고. 어쨌거나 가와노 유미에의 패트런은 나였으니까. 알고 있겠지?

들은 적도 없는 이름이었다.

——그 여자, 좋은 돈벌이가 있다고 꽤 신이 나 있었는데, 설마 이 학원일 거라고는 생각도 못 했군.

무슨 소린지 전혀 알 수가 없었다.

다만 그 곤충 같은 입에서 나오는 술 냄새 섞인 숨결에 숨이 막혀서, 미유키는 몇 번이나 구토했다. 이사장은, 시치미 떼지 마, 이 매춘부——하고 혼다가 사요코에게 했던 것과 같은 말을 내뱉으며 미유키의 뺨을 몇 차례 때렸다.

그리고 의자를 걷어차더니, 바닥에 쓰러진 미유키 위에 올라탔다. 평소의 미유키라면 얼굴에 주먹질이라도 한번 해 주었겠지만, 그때는 온 방이 빙글빙글 도는 환각이 덮쳐 와서 저항할 수도 없었다. 꼼짝달싹도 못 하고 움츠러들어서 목소리도 나오지 않는다. 간신히 얼굴만 돌려 굳게 눈을 감고 거절의 의사표시를 할 뿐이다.

——얌전빼는 얼굴 하지 마!

——여자는 다 그래. 정숙한 척하는 얼굴을 하고!

——너까지 나를 바보 취급하는 거냐!

어째서——남자는——이런 것일까.

바닥이 꺼졌다. 방이 어지럽게 흔들려서 불안하다.

——배 밑 널빤지 한 장 아래는 바닥도 없는 바다야. 불안하지.

미유키는 어릴 때 들었던 할아버지의 말을 떠올렸다.

이사장은 미유키의 리본을 움켜쥐고 몇 번이나 흔들었다. 그리고 뭔가에 씐 듯 울부짖었다. 창부는 누구와 누구냐, 도망칠 수 없을 거다, 혼다처럼 날 죽일 수는 없을 거야, 나는 오리사쿠 고레아키다, 오리사쿠 가의 당주라고——.

이제 틀렸다고 생각했다.

이명이 났다. 쿠웅쿠웅, 세상의 모든 소리란 소리가 전부 급류처럼 흘러들어왔다. 그 소리의 홍수 속에서 달칵, 하고 문손잡이가 돌아가는 소리를, 미유키는 매우 명료하게 들었던 것을 기억한다.

문이 열렸다. 미유키는 평형감각과 등에 밀착한 견고한 돌바닥을 동시에 되찾았다.

미유키를 구한 사람은 전 이사장——가이토의 말로는 매우 높은 사람인 주제에 정의감이 있는 곤란한 남자——시바타 유지였다.

전 이사장은 문을 열자마자 대뜸 현 이사장을 후려쳐서 날려 보냈다.

——자네는 제정신인가!

——설령 어떤 이유가 있더라도, 그런 폭력이 허용될 거라고 생각하나!

——이곳은 신성한 학교일세!

흐릿한 시야 구석, 몹시 정의의 편인 척하는 시바타 전 이사장의 등 뒤에서 공손하게 서 있었던 자가, 가이토였다. 이사장은 아마 시바타를 노려보며——미유키에게는 잘 보이지 않았다——큰 소리로 고함쳤다.

——이거이거, 도련님, 대단한 인사로군요. 이사장은 나요. 쓸데없는 참견은 하지 말았으면 좋겠군!

——웃기지 말게. 자네는 지난 사흘 동안 뭘 하고 있었나! 이 소녀들을 세간의 호기심 어린 눈에 드러낼 셈인가?

——이대로 가면 이 학교는——자, 얘야.

시바타는 미유키를 안아 일으키고는 토사물과 땀으로 더러워진 얼굴을 자신의 손수건으로 닦아 주었다. 벌레 같은 이사장은 벽에 기대어 일어서서, 역시 벌레처럼 독을 내뿜었다.

——흥. 당신이 이제 와서 나선다고 해도, 어떻게 되는 것도 아닐 텐데. 이 학교는 내 학교야. 나는 이미 사건의 진상을 일부 파악하고 있다고. 내버려둬.

——진상? 들어보지. 자, 너는 좀 쉬렴.

시바타는 미유키를 일으켜 세우고는 방으로 데려다 주라고 가이토에게 지시했다.

가이토는 시바타처럼 상냥하게 미유키를 부축했지만 허리에 두른 손의, 그 손가락에 힘을 주는 상태나 손을 잡는 방식이 어딘지 모르게, 아니, 매우 불쾌했다.

미유키는 처음으로 자신이 남자가 아니라는 사실을 자각했다.

복도 끝에는 애절한 표정을 한 노부인이 서 있었다.

그때까지 미유키는 이 노교사의 표정에서 감정——희로애락을 거의 읽어낼 수가 없었다. 그런데 왠지 그때는 그렇게 느껴졌고, 느낀 순간 눈물이 넘쳐서 미유키는 가이토의 손을 뿌리치고 늙은 교사를 껴안았다. 지극히 미유키답지 않은 행동이지만, 그때는 자연스러웠다. 미유키는 울고, 부인은 달래주었다.

——여러분이 사악한 존재가 아니라는 건 알고 있어요. 오리사쿠 미도리 씨가 사정을 설명해 주었으니까요. 다만, 믿고 싶지는 않지만, 이 학교 안에서 일어나서는 안 될 참극이 일어난 건 틀림없지요. 당신은 그때 옆에 있었고요. 그래서 경찰도, 경영자도 신경질적으로 구는 것뿐이에요. 안심하세요. 주님은 항상——.

보고 계세요, 일까.

아니면 옳은 사람의 편이에요, 일까.

그런 말을 했다. 잘 알아들을 수는 없었지만 잘 알 수 있었다. 노부인은 가이토를 응시하며, 이제 됐어요, 하고 말했다.

노부인이 미유키를 데려간 곳은 일반 건물에 있는 자신의 방이 아니라 독실 건물의 어느 방이었다.

미유키의 짐——이라고 해도 변변한 것은 없지만——이미 옮겨져 있었고, 미유키는 그날 밤부터 독실 건물에서 지내라는 말을 들었다. 여러 가지 면에서 풍기상 좋지 못하다는 판단이 있었을 것이다.

옆방에는 와타나베 양이 있어요――하고 노부인은 말했다.

――미유키 양은 꽤 혼란스러워서 아직 만나지 못했을 거예요. 와타나베 양은 미유키 양을 매우 걱정하고 있었으니까 마음이 가라앉았다면 한 번 만나 보세요. 다만, 다쳤으니까 모쪼록 무리하지 않도록.

――미도리가 사정을 설명해 주었다.

――사요코는 자신을 걱정하고 있었다.

혼란에 빠져 있었던 사람은 미유키뿐――이라는 뜻일까.

옆방의 문을 열고, 미유키는 그날 밤 자신의 체험이 모두 현실이 아니었다는 것을 확신했다. 그리고 그만큼 자신이 지금 체험하고 있는 현실이야말로 환상이 아닐까 하는 환혹감을 느꼈다.

죽은 줄 알았던 와타나베 사요코는 거기에 있었다.

뺨에는 커다란 찰과상. 이마에는 거즈가 대어져 있다. 왼팔에는 부목에 붕대가 감겨 있고, 그 팔은 삼각건으로 매달려 있다.

――미안해, 미유키.

――이제 괜찮아.

――아무것도 묻지 마. 그냥,

미유키는 활동사진이라도 보고 있는 듯한 착각을 느꼈다.

이 현실은 연속되어 있지 않다. 이것은 불이 켜졌다 꺼졌다 하는 환등(幻燈)의 연속이 보여주는 착각에 지나지 않고, 이러다가 필름은 불타고 세상에는 커다란 구멍이 뚫리는 것이다.

――사요코――그――아.

아기는, 이라는 한 마디를 할 수가 없었다.

그날 밤이 전부 거짓이라면 사요코의 임신도 거짓이다.

——모르겠어. 그건, 그때는 그렇게 생각했어.

그때는 정말로 임신했다고 생각하고 있었다.

그때. 그날 밤은 미유키만의 환상이 아니었던 것일까?

미유키의 혼란은 더욱 그 정도가 깊어졌다.

——나, 혼다와의 있었던 일은 경찰에는 말하지 않았어. 얘기해 버렸어? 미유키——.

그것은——사요코가 살아 있는 이상은——다른 사람에게 말할 필요가 없는 일이었다. 후회해도 이미 늦었다.

미유키는 어디에선가 큰 착오의 구멍에 빠져서, 있는 얘기 없는 얘기 경찰에 다 말해 버렸다.

얘기했어, 하고 미유키는 정직하게 말했다.

다만 자신은 착란에 빠져 있었으니까 증언 대부분은 신용 받지 못했을 거라고 생각한다——고 변명이라도 하듯이 덧붙였다.

그건 변명이 아니라 사실이다. 경찰은 미유키는 유코의 상대가 혼다라고 주장하고 있다고 멋대로 해석하고, 그 증언은 아니라고 기각한 것이다.

미유키가 사과하자 사요코는, 괜찮아, 사과할 사람은 나야, 하고 말하며 작게 웃었다. 그리고,

——심한 일을 당하게 해서 미안해.

——하지만 정말로 이제 괜찮아. 나한테는 저주도 마법도 필요 없어.

——하지만 유코에 대해서만은——확실하게 해야지.

하고 말했다.

필요 없다니 무슨 뜻일까.

미유키가 묻자 사요코는 다시 한 번 작게 웃고, 그 말 그대로야, 미유키, 하고 말했다. 혼다가 죽어버린 이상 이제 필요 없게 되었다, 그런 뜻일 거라고——.

그때는 생각했다.

게다가 유코에 대해서만은 확실하게 한다——는 말도 그때의 미유키는 이해할 수 없었다. 혹시 혼다에 대해서는 덮어두더라도 거미의 종에 대해서는 밝혀야 한다——는 뜻인가 하고 생각하고, 그렇게 물었다.

그러나 사요코는 이렇게 말했다.

——거미의 종에 대해서는 걱정하지 않아도 돼.

——내가 미유키를 지켜줄게. 그러니까 잊어버려.

——경찰에도 선생님한테도 절대 말하면 안 돼.

그러나.

입을 다물고 있어 봐야, 이미 매춘 정보는 이사장에게 새어 나갔다. 그리고 이사장은 미유키가 그 그룹에 속해 있는 사람이라고 믿고 있는 모양이다. 모른다고는 해도 어디까지 숨길 수 있을까.

미유키는 작은 방에서 이사장과 나누었던 대화를 모조리 사요코에게 이야기했다. 머잖아 사요코도 같은 일을 당할 가능성이 있기 때문이다. 미유키가 이야기를 마치자 사요코는 핏기가 싹 가신 얼굴이 되어,

——미유키는 아무 짓도 하지 않았고 아무것도 모르니까, 모른다고 말하면 돼.

——뭔가를 알아보려고 하거나, 깊이 생각해서도 안 돼. 미유키는 그만 손을 떼.

——더 이상 관여하면——안 돼.

하고 말했다.

더 이상 관여하면 안 돼.

그것은 유코의 말이다. 그때.

미유키는 역시 죽은 사람은 사요코이고, 눈앞에 있는 사람은 사요코의 얼굴을 한 유코가 아닐까 하는 망집(妄執)에 사로잡혔다. 물론 그런 비상식적인 일은 있을 수 없지만 모든 것을 신용할 수 없게 되어 가던 미유키에게는 나름대로 진실미 있는 생각이었고, 그 탓인지 그 생각은 좀처럼 사라지지 않았다.

——상대가 누구든 미유키, 넌 내가 지킬 거야. 친구인걸.

사요코는 어두운 눈을 하고 결연하게 그렇게 말했다.

그 이튿날부터 미유키는 누군가에게 감시당하고 있는 듯한 허황된 망상의 포로가 되었다.

수업에 나가는 것은 금지되었고, 그 후에는 경찰의 조사만이 미유키의 일과가 되는 것 같았다. 연금, 아니, 거의 감금 상태다. 하기야 그렇지 않았다고 해도 수업 자체가 평상시대로 이루어지고 있었는지는 의심스러웠다. 일련의 사건 때문에 많은 학생들이 부모 곁으로 돌아가 버린 것 같았기 때문이다.

그래서 미유키는 대부분 방 안에 있었지만 그래도,

——누군가가 보고 있어.

그렇게 느꼈다.

날짜 감각이 애매해서, 그 무렵의 일은 정확한 시간 순서에 따라 떠올릴 수가 없지만, 아마 하루걸러 한 번씩 미유키는 다시 이사장에게 불려갔다.

이사장은 난폭해져 있었다.

충분히 지칠 대로 지쳐 있는 열세 살 소녀가 보아도 한눈에 알 수 있을 만큼, 오리사쿠 고레아키는 완전히 지쳐 있었다. 그래도 음탕한 벌레의 눈만은 건재했고, 충혈된 만큼 한층 더 번들거리며 악의를 뿜어내고 있었다.

——그 계집애. 날 바보 취급하고.

그 계집애란 사요코를 말하는 것이리라.

——다들 하나같이 나를 업신여기지.

——나한테는 잘못이 없어!

무슨 말을 하고 있는 건지, 여전히 미유키는 이해할 수가 없었다. 사악하다기보다는 흉악해서, 그때 미유키는 분명히 생리적인 공포를 느꼈다.

——함구령도 내렸어. 부모들한테 손도 썼어. 누군가가 정보를 그쪽에 흘린 거야.

——난 함정에 빠진 거라고. 어이! 네놈! 너 말이야!

고레아키는 두 손으로 몇 번이나 책상을 내리쳤다.

——혼다를 죽인 건 누구냐. 놈은 너희들의 비밀을 알았기 때문에 살해된 거야. 그렇지?

——너희 매춘부들을 통솔하고 있는 남자는 누구냐. 그놈이 범인이냐.

——그렇다면 그놈이 붙잡히면 너희들도 같이 끝장이야. 이 학교는 그걸로 끝이다.

——난 그걸 막으려고 제안한 거라고!

말해, 말해 이 자식——더러운, 상스러운 말.

아무리 다그쳐도 모르는 것은 대답할 수가 없었다. 고레아키는 그렇게 오래 기다리지도 않고 곧 포기하더니, 다음으로 이렇게 말했다.

——좋아. 말하고 싶지 않은 거냐. 그럼 기다려 줄 수도 있어. 그 대신 돈을 내놔.

엉뚱한 말에 미유키는 곤혹을 뛰어넘어 기가 막혔다.

이사장은 그 오리사쿠 미도리의 형부——즉 자산가 오리사쿠 일족의 일원이다. 그런데 일개 여학생에게 돈을 내놓으라니 무슨 소리일까.

——나는 급하게 돈이 필요해.

——너희들, 유미에가 죽은 후에도 계속하고 있었지? 몸을 팔고 있잖아!

——대단한 놈들이야. 아무리 돈을 많이 벌어도 학교에 있으면 쓸 데가 없지. 모으고 있을 거야.

——그걸 내놔!

무시무시한 기세였다. 몰라요——미유키는 낼 수 있는 목소리를 전부 쥐어짜내어 간신히 그렇게만 말했다. 그 한 마디에 과잉반응하며 고레아키는 고함쳤다.

——시끄러워. 난 알아.

——죽은 유미에의 집에도 돈이라곤 한 푼도 남아 있지 않았단 말이야. 그 여자는 너희들을 이용해서 떼돈을 벌고 있었어. 도저히 하루 이틀 만에 다 쓸 수 있는 액수가 아니라고! 그 돈도 있을 게 아니냐.

——그 여자는 묻지마 범죄자에게 살해된 거야. 돈을 가지고 도망칠 범인이 아니란 말이다!

——그렇다면 분명 너희들이 가지고 있을 텐데!

미유키는 더 이상 견딜 수 없게 되자, 일어서서 문을 향해 두세 발짝 뒷걸음질쳤다. 고레아키는 급한 대로 문 쪽으로 앞질러 와서, 오른손으로 문을 누르고 감싸듯이 미유키의 어깨에 왼손을 두르더니 귓가에서 말했다.

——잘 들어, 네 선택지는 둘 중 하나야.

——잘 들으라고! 당장 내게 혼다를 죽인 범인의 이름을 말해.

——그럴 수 없다면 돈을 가져와. 하루만 기다려 주지.

——양쪽 다 싫다면 떠벌려주겠어. 네가 매춘부라는 걸 말이야.

위협. 이유 없는 협박. 아니, 이것은 갈취다.

——이제 네 동료들 따윈 상관없어!

——너 혼자만 지옥으로 떨어뜨려 주지! 자 어떻게 할 거냐!

미유키는 범인의 이름 따윈 모르고, 건네줄 돈도 없었다.

선택지는 두 가지가 아니라 한 가지였다.

최악이었다.

그때 누군가가 문을 두드렸다. 문에 짓눌리다시피 하고 있던 미유키는 반사적으로 앞으로 나갔고, 고레아키에게 안기는 듯한 모습이 되었다.

온몸에 오한이 가득 찼다.

문 맞은편에는 가이토가 서 있었다. 가이토는, 고레아키 씨, 즐기시는 도중에 죄송하지만, 당신 상당히 곤란해졌습니다——하고 말했다.

고레아키는 코웃음을 치며 미유키를 밀쳐내고, 가이토를 옆으로 밀어내더니 복도로 사라졌다.

바닥에 웅크린 미유키에게 가이토의 내려다보는 듯한 싸늘한 시선이 꽂혔다.

그날 밤.

미유키는 할아버지에게 편지를 썼다.

돈이 필요해요. 이유는 말할 수 없어요——부모님께 상의할 수 있는 일이 아니었고, 하물며 교사나 경찰에게도 말할 수 없었다. 하느님도 돈을 빌려주지는 않을 테고, 살인범의 이름을 가르쳐줄 것 같지도 않았다. 그렇다고 어부를 그만두고 무직인 할아버지가 돈을 갖고 있을 것 같지도 않았지만.

밤중에 누군가가 자신을 보고 있는 듯한 기분이 들었다.

그 다음 날은 아무 일도 없었던 것 같다.

아침 일찍 노부인에게 편지를 맡겼다. 할아버지의 집은 이웃 마을이니 무리하면 걸어서라도 갈 수 있다. 아침에 보내면 당일에 배달될 것이다.

오후가 되고 나서 미유키는 그날 새벽에 미도리의 아버지——즉 고레아키의 장인이 급사했다는 이야기를 들었다.

그 이야기를 들었을 때, 미유키는 이걸로 잠시 미룰 수 있다——그 이사장을 만나지 않아도 된다——고 매우 안도했던 것을 기억하고 있다.

기막힌 일이다. 면식이 없다고는 해도, 지인의 가족 부고를 듣고 느낄 감상이라고는 생각할 수 없다.

실제로 그날과 그 다음 날은 조용했고, 경찰의 조사도 없었던 것 같다. 형사 쪽도 이제 슬슬 물어볼 말이 없었을 것이다.

그 이튿날이었을까.

학원은 텅 비고 말았다. 학원의 경영진도, 학장을 비롯한 교직원들도, 모두 오리사쿠 가의 장례식에 참석하기 위해 외출한 것이다. 그 무렵에는 학생도 3분의 1 정도로 줄어 있었던 것 같으니, 한산한 것도 당연했다.

미유키는 그날, 사요코를 데리고 안뜰로 나갔다.

그렇게 정원에 나가는 게 며칠 만인지, 아무리 생각해도 그때의 미유키는 알 수 없었다.

이제 와서 생각하면 아마 일주일이나 열흘 정도의 공백이었겠지만, 그때는 10년 만인 것 같은 기분이 들었다.

이야기할 말은 아무것도 없었다. 이야기할 마음이 들지 않았다.

미유키는 고레아키에게 공갈과 협박을 당하고 있다는 것조차도 사요코에게 털어놓지 않았다. 사요코는 미유키를 지키겠다고 말해주었지만, 사요코도 무언가를 할 수 있을 것 같지는 않았고 그렇다면 쓸데없는 걱정은 끼치지 않는 것이 좋다고 생각했던 것 같다.

그래서.

그냥 둘이서 나란히 돌이 깔린 길을 걸었다.

발소리는 전혀 나지 않았다.

분수 끝에 걸터앉았다.

같은 장소. 같은 자세.

적막한 정원은 전보다 더 황폐해져 있었다.

——누군가가 보고 있어.

틀림없었다. 학교 건물 뒤편일까. 예배당 옆일까.

시선은 사요코도 느끼고 있는 것 같았다.

그때.

사요코가 미유키의 옷을 움켜쥐었다. 그리고 말없이 전방을 가리킨다. 보니 돌바닥 위를, 시커먼 것이 약간 비틀거리면서 다가오는 참이었다.

그것은 상복을 입은 오리사쿠 고레아키였다.

미유키는 —— 전율했다.

장인의 장례식 당일에 설마 사위가 빠져나올 거라고는 생각도 하지 않았기 때문이다.

—— 어이, 네놈들. 알았다.

고레아키는 그렇게 말했다.

혀가 꼬여 있었다.

술에 취해 있는 것 같았다.

—— 너희들 매춘부의 우두머리 말이야. 겨우 알았다. 그 녀석이야.

—— 그 남자는, 유미에가 부탁해서 내가 채용한 거야.

—— 수상하다고는 생각했지만, 그 녀석이 너희들과 유미에를 연결하는 역할을 맡은 놈이었던 거지.

—— 그 녀석이 유미에의 뒤를 이은 거냐? 그리고 혼다도 —— 그렇군!

그 녀석. 그 남자. 누구를 말하는 것일까? 미유키는 사요코의 옆얼굴을 본다. 사요코는 경직한 채 고레아키를 노려보고 있다. 사요코의 그런 강단 있는 표정을 미유키는 그때까지 본 적이 없었다.

—— 나는 돈이 필요하단 말이야! 이제 누구랑 누가 매춘부인지 가르쳐줄 필요는 없어.

—— 돈만 내놓으면 잠자코 있어 주겠다는 말이야!

고레아키는 미유키의 멱살을 잡아 억지로 일으켜 세웠다.

사요코는, 무슨 짓이에요, 놔요, 하고 소리치며 그 팔에 매달려 흔들어댔다. 고레아키가 뿌리친다. 삼각건이 벗겨지고 사요코는 넘어졌다.

——나는 생사의 갈림길에 있어.

——후계자가 되지 못하면 쫓겨난다고.

——경우에 따라서는 너희들 일을 폭로하고 시바타, 오리사쿠와 함께 죽을 각오가 돼 있어.

——그렇게 되면 끝이야. 전원 다 말이지. 매춘에 살인이니까.

——두 번 다시 밝은 햇빛 아래를 걸을 수 없을 거다!

벌레의 눈. 충혈된, 탁한 눈. 술 냄새나는 숨결.

——몰라요! 모른다고요!

미유키는 겨우 외쳤다.

한 번 목소리를 내 버리니 쌓여 있던 울분이 담이 무너진 듯 연달아 흘러나왔다. 그러나 그 말은 논리적인 반론 같은 말이 아니라 전부 똑같은 단어의 반복이었다.

미유키는 몇 번이나 몰라, 모른다고, 나는 상관없다고 말하고, 소리치고, 결국에는 울었다. 고레아키는 미유키를 떠밀며, 그만 좀 해, 하고 말하더니 걷어찼다. 사요코는 미유키를 감싸듯이 몸으로 덮으며,

——알았어요. 사흘만 기다려요.

하고 말했다.

——사흘은 못 기다려. 이틀이다.

——좋아요. 이틀 후에 시키는 대로 할게요.

사요코는 그렇게 말했다.

고레아키는 잠시 우뚝 서서 두 사람을 내려다보고 있었다. 학교에 남아 있던 교사들이 소동을 알아차리고 학교 건물의 창문으로 얼굴을 내밀자, 이틀이야, 이틀이라고, 하고 몇 번이나 말하면서 교직원 건물 쪽으로 비틀비틀 사라졌다.

미유키는 떨면서 울고 있었다. 사고력이 정지해 있었던 것이다. 사요코가 한 말의 의미도 이유도 근거도 모른 채, 그저 괜찮아? 그런 약속을 해도 괜찮은 거야? 사요코, 사요코——하고 미유키는 울부짖었다.

사요코는 미유키의 어깨를 껴안고 작은 목소리로 말했다.

——괜찮아. 검은 성모님이——듣고 있었으니까.

검은 성모님——.

그 칠흑의 얼굴.

그리고 사요코는 미소를 지었다.

——이건 사요코가 아니야.

그렇게 생각했다——그 순간.

미유키는 그때까지 느끼고 있던 불안감이나 초조감이나 혐오감이나 공포심 전부가 한순간에 응고된 듯 최상의 공포에 사로잡혔다. 이것은 현실이 아니다.

미유키는 비명을 지르며 사요코에게서 떨어졌다.

이건——미유키가 살아가는 일상이 아니다. 일그러져 있다. 망가져 있다. 비틀려 있다.

미유키는 어쩌다 우연히 열어서는 안 될 금기의 문을 열고 만 것이다. 그리고 악마가 날뛰는, 네거티브한 괴물의 세계에 들어오고 만 것이다. 그렇게 생각했다.

어느새 미유키는 달리고 있었다.
미유키는 방으로 뛰어들어, 문을 잠그고 침대에 파고들어 가서 머리에서부터 모포를 뒤집어썼다.
떨림이 멈추지 않았다.
얼마나 울부짖었는지 기억에 없다.
만 하루 이상 미유키는 그렇게 떨고 있었다.
몇 번인가 문을 두드리는 소리가 들린 것 같기도 하다.
——사요코일까. 노부인일까.
그러나 미유키는 문을 열 수 없었다.
문을 열 때까지 문밖에 있는 사람은 사요코나 노부인일 것이다. 하지만 문을 연 순간——
검은 성모님이 될지도 모른다.
그렇게 생각하면 공포가 치밀어 올라, 그것만으로도 미유키는 비명을 질렀다.
목소리는 쉬고 눈물도 말랐다.
몇 번째 노크였을까. 그건 그때까지의 노크와는 달리 아무리 시간이 지나도 멈추지 않았다.
——미유키, 미유키. 할아비다. 할아비가 왔어.
환청이다.
환청이 틀림없다.
미유키는 고집스럽게 귀를 막고 있었지만, 그래도 그 목소리는 멈추지 않았다. 미유키는 머뭇머뭇 일어나, 문 앞에 서서 물었다.
——할아버지, 세요?
——그래, 니키치다. 네 할아비야.

——정말로, 진짜 할아버지?

——당연하지. 나랑 닮은 사람이 어디 있겠니.

살짝 문을 열어 보니 웃고 있는지 울고 있는지 알 수 없는 얼굴의 키 작은 노인이 서 있었다. 몇 년이나 만나지 않아서, 그 노인이 자신의 할아버지인지 아닌지 미유키는 알 수 없었다.

——미유키니. 세상에, 벌써 이렇게 컸구나.

——이런 땅딸막한 할아비의 손녀라고는 생각할 수 없겠어.

——요전에 봤을 때는 아직 요만한 꼬마였고, 지금의 절반도 안 되었는데.

——하긴, 요전에 만난 건 패전하던 해였지. 어쩔 수 없겠구나.

8년이나 만나지 않은 것이다. 그만큼 시간이 지나면 얼굴도 변하고 기억도 엷어진다. 미유키는 복잡한 기분에 사로잡혔다. 미유키의 부모님은, 옛날부터 해 온 어부 생활을 고집하는 노인과 반쯤 단절된 상태에 있었던 것이다.

그립지는 않았다. 그런데도 서서히, 따뜻한 그 무엇이 미유키의 가슴 속에 가득 찼다.

——네 아비도 박정해서 말이다.

——귀여운 손녀가 이렇게 험한 일을 당하고 있는데 가르쳐주지도 않는구나.

——나 지금 저기에서, 선생님한테 이야기를 듣고 깜짝 놀랐단다. 혼비백산했어.

——세상 사람들은 산속에 교살마가 나왔다고만 하던데.

——힘들었지. 우는 거니. 울으렴.

——그래도 밥은 먹어.

이렇게 다 큰 몸이 버티지 못해, 하고 말하며 노인은 이를 드러내고 웃었다. 그리고 품에서 접은 수건을 꺼냈다.

——돈. 얼마나 필요한지 모르니 충분할지 모르겠다만.

——만 삼백오 엔. 모자라니?

그랬다. 미유키는 할아버지에게 염치없이 돈을 요구했었다. 자그마한 노인은 그것을 가져다주기 위해, 대머리에 땀을 흘리며 학교를 찾아온 것이다. 미유키는 멍하니, 그저 그것을 받아들었다. 고레아키가 납득할 액수는 아니겠지만, 미유키에게는 충분한 액수였다.

——괜찮다. 이유는 말할 수 없다면서? 그렇다면 묻지 않으마.

노인은 다시 한 번 이를 드러냈다.

——할아버지!

할아버지를 부르면서, 미유키는 엉엉 울었다. 그렇게 냉정함이 부족한 자신을, 미유키는 태어나서 처음으로 본 것 같은 기분이 들었다. 할아버지는 말했다.

——내가 아는 사람이, 어제저녁에 한 말인데.

——이 세상에는 이상한 일 따위는 없다고 하더구나.

이상한 일 따위는 없다?

노인은 그래, 없어, 하고 말했다. 그리고 대머리를 두 번쯤 두드리며, 나는 이런 장소는 불편하구나, 종파가 다르면 진정이 안 되어서 말이야, 하고 말하고 미유키에게 등을 돌렸다.

작은 등이었다.

노인은 어깨 너머로 말했다.

——알겠니, 미유키.

——나는 노인이야. 너는 어린 여자애고.

——그러니까 똑같지는 않겠지만, 나도 무서운 일은 몇 번이나 겪었단다.

——하지만 잘 들으렴. 무서운 건 요괴가 아니야. 악한도 아니고.

——사람의 마음도 아니야.

——무서워하는 건 너, 자신이란다. 무서워하는 사람은 옆에서 보면 우스울 뿐이야.

확실히.

걱정에 휘둘리고 착란에 빠진 미유키의 모습은 스스로 생각해도 우습다. 본래의 미유키는 어딘가 먼 곳에서 냉정하게, 울부짖는 자신을 보고 있는 것이다.

그렇게 생각한 것이 계기였다.

자신을 감시하는 건 자신이라는 것을 알고, 그것을 안 순간 감시자와 피감시자 두 명의 미유키는 급격하게 접근해 이윽고 정확하게 겹쳐졌다.

——건강하렴, 미유키. 바깥은 봄이야.

그렇게 말하더니 자그마한 노인은 더욱 등을 웅크리고 타박타박 발소리를 내며 복도 맞은편으로 사라졌다.

그리고. 미유키는 정신을 차렸다.

——덫에 빠져 있었어.

——내가 덫에 빠지고 가만히 있을 것 같아?

이 세상에 악마가 있을 리 없다.

생각해야 할 것은 산더미처럼 많이 있다. 미유키는 그제야 그것을 깨달았다. 혼다 고조가 살해된 지 9일째에, 미유키는 간신히 기능하기 시작한 것이었다.

미유키는 일어서서 커튼을 열었다. 그리고 현실을 바라보았다. 창밖은 안뜰이다.

성당 옆에 사람 그림자가 보인다.

미유키의 시선을 알아차리자 그 그림자는 순식간에 사라졌다.

——보고 있었던 거야.

교복을 입고 있었다. 그렇다면 거미의 종들이 틀림없다. 미유키를 감시하고 있었던 것이다. 며칠에 걸쳐 미유키를 정말로 누군가가 보고 있었던 것이다.

——그렇다면.

할아버지의 말이 맞다.

이상한 일이라곤 아무것도 없다.

부조리하게 생각되는 건 미유키 자신 때문이다.

미유키는 마음을 가라앉히고 기억을 되돌아보며 깊이 생각했다.

그리고 몇 가지——지극히 당연한 사실을 깨달았다.

그날 밤.

옥상에서 뛰어내린 사람은 틀림없이 사요코였다.

그러나 사요코는 살아 있다. 이건 딱히 이상한 일은 아니다. 사요코는 우연히 살았거나, 아니면 누군가가 구해준 게 틀림없다.

하지만——.

우연이라고는 생각하기 어렵다. 부드러운 나무가 있는 것도 아니고, 학교 건물의 앞뜰은 전부 돌바닥이다. 옥상에서 뛰어내리고도 살 수 있을 리는 없다. 형사도 말했었다.

——밑에서 받아낸 놈이라도 있지 않은 한.

있었던 것이다.

따라서 사요코를 구한 사람은 반드시 존재한다. 그 사람은—— 누구일까.

몸집이 작다고는 해도 옥상에서 떨어진 소녀를 받아내기는 쉽지 않다. 어지간히 탄탄한 체구의 소유자가 아니면 불가능하다.

만일 미유키가 정말로 떨어지기 전에 지면에 도착해 사요코를 받아냈다면——사요코는 물론이고 미유키도 죽었을 가능성이 있다.

학교 학생들은 모두 여자아이들이다. 미유키는 그중에서도 키가 큰 편이고, 체격이 좋다고는 해도 뻔하다. 즉 구조자는 학생이 아니라는 뜻이다.

99퍼센트——구조자는 남성일 거라고 생각한다.

그렇다면 교사일까. 그것도 있을 수 없는 일일 것이다. 교사가 사요코를 구했다면 일이 발각되지 않은 이 상황은 아무래도 부자연스럽다.

왠지 구조자는 침묵을 지키고 있다.

——왜 침묵하고 있지?

——사요코의 명예를 위해?

그건 아니다. 사요코가 자살한 이유를 알고 있는 남자는, 혼다 본인 이외에는 생각할 수 없다.

즉 구조자는 특별한 사정이 있어서 나설 수 없는 처지의 남성—— 이라고 생각할 수밖에 없다.

학교 내에 그런 편리한 인간이 있을까.

——있다.

경찰의 이야기로는 혼다를 죽인 범인도 남자라고 한다.

——그렇다면.

혼다를 죽인 범인이 바로 그 구조자가 아닐까.

——범인.

검은 성모님.

그건 환각이 아니다. 미유키의 눈은 옹이구멍이 아니니까 역시 검은 성모님은 실재했던 것이다. 설령 미도리가 어떤 증언을 했다 해도, 그것은 현실이다. 미유키는 미유키의 눈을 믿고 싶다.

실재하는 이상, 검은 성모님은 인간이다.

만일 그렇다면——혼다를 죽인 범인은 역시 검은 성모님이었다고 생각해야 하지 않을까. 그 시간, 그 장소에서 그런 바보 같은 옷차림을 하고, 달리 무슨 할 일이 있겠는가? 혼다를 살해한 범인은 다시 말해서 검은 성모라는 남자인 것이다.

그리고 범인이 검은 성모님이라면, 사요코를 구한 사람 또한 검은 성모님이라는 뜻이 되지 않을까.

——그러면.

사요코는 학교 건물의 현관 부근에서 범인——성모님과 마주쳤을 가능성이 높다. 만일 구조자가 범인과 동일인이었다면 사요코도 그것은 알았을 것이다.

그래서 사요코도 침묵하고 있는 게 아닐까.

미유키가 사요코라면——자신의 원수를 토벌하고 심지어 목숨까지 구해준 인물을 고발할까. 하지 않을 거라고 생각한다. 게다가——애초에 범죄는 자신을 위해서 이루어졌을 가능성도 있는 셈이고, 그 경우에는 사실이 발각되면 치욕을 당하게 될 수밖에 없다.

——그리고.

실제로 추락사한 사람은 아사다 유코다.

그렇다면 유코는 미유키가 현장을 떠난 후에 떨어진 것이다. 미유키가 3층에서 노부인과 싸우고 있을 때 울린 비명. 그것이 바로 유코의 단말마였을 것이다. 어느 쪽이든 유코는 사요코가 뛰어내리고 나서 수십 초인지 몇 분인지, 약간 사이를 두고 떨어졌다는 뜻이 된다.

――왜 떨어졌지?

현재로서는 아사다 유코는 자살했다는 것으로 되어 있다. 분명히 유코는 몹시 고민하고, 갈등하고, 고뇌하고 있었다. 사요코와 비슷하거나 또는 그 이상의 궁지에 몰린 상황이었다고도 할 수 있을 것이다. 그렇다면――.

유코는 사요코의 뒤를 쫓아 몸을 던진 것일까?

――그것은 아니다.

그건 있을 수 없는 일이라고 미유키는 생각한다. 유코는 다른 사람의 죽음에 유발되어 돌발적으로 자살할 만큼 약한 아이가 아니다. 그렇게 초췌해지고 혼란스러워하면서도, 유코는 이성적으로 발언하고 행동하고 있었던 것 같다는 생각이 든다.

아무리 격앙해도 유코의 눈동자에는 지성의 반짝임이 남아 있었다. 그녀의 고뇌는 오히려 거기에서 오는 고뇌일 거라고 미유키는 생각한다. 따라서 자살은 아니다.

――그렇다면.

사고일 가능성은 없을까.

유코는 실수로 떨어졌다――그건 있을 수 없는 일은 아니다. 그때 유코는 미유키가 계단으로 향한 것과 반대로 사요코의 생사를 확인하기 위해 옥상 가장자리로 향한 것 같았다. 아래를 보려고 옥상에서 몸을 내밀면 떨어질 위험성은 높다.

——아니야. 그렇지 않아.

아무리 생각해도 응어리가 남는다. 문제는 따로 있다.

사요코가 살아 있었던 것도 유코가 죽은 것도, 그것 자체에는 아무런 이상할 점이 없다. 사요코가 뛰어내리고, 유코가 죽었다——이 인과율의 어그러짐이야말로 부조리한 것이리라.

그러면.

——어디에서 비틀렸지?

분명히 보고 있었을 텐데.

신이 아닌——천사가.

오리사쿠 미도리는 처음부터 끝까지 다 보았을 것이다.

그런데도——.

사요코의 자살 미수는 없었던 일이 되고, 유코만 자살한 것으로 단정되고 말았다.

그것이 바로 어그러짐의 정체다. 다시 말해서 엄연한 목격자가 있는데도 불구하고 과거에 일어난 사실과 현재 일어나고 있는 사실 사이에 큰 어긋남이 생겨나고 말았다는 상황이야말로 부조리한 것이다.

——그런, 걸까.

유코의 사인이 자살로 단정된 건 미도리가 그렇다고 증언했기 때문일 것이다.

그리고 미도리는 사요코의 자살 미수 쪽은 지워 없애버린 것이다.

유코에 대해서는 어떨지 몰라도, 사요코가 뛰어내렸을 때 미도리는 미유키와 함께 현장에 있었다. 따라서 사요코에 대해서만 말하자면 오리사쿠 미도리는 분명히 위증하고 있다. 그것은 틀림없다.

——왜 거짓말을 하지?

오리사쿠 미도리가 위증하는 이유——.

태어나서 지금까지 한 번도 거짓말을 한 적이 없을 것만 같은 무구한 우등생이, 왜 위증을 해야 할까. 사요코가 자살하지 않았다고 증언하는 것에 무슨 의미가 있다는 뜻일까? 자살을 인정하지 않는다는 신앙에 기인하는 행위일까. 그것은 아니다. 거짓말이야말로 신앙에 등을 돌리는 행위다. 그렇다면 자살을 지워버리면 미도리에게 이득이 있는 것일까. 누군가를 감싸고 있기라도 한 것일까.

——혹시.

사요코를 배려한 거짓말인 것은 아닐까.

사요코의 마음을 생각한다면, 자살에 이르기까지의 자세한 사정을 세간에 피력하는 일은 꺼려지는 것이 당연할 것이다. 게다가 그것이 미수로 끝난 이상, 자살 자체를 없었던 일로 해야 한다고, 사정을 아는 사람이라면 누구라도 그렇게 생각하지 않을까.

그러나——.

——그런 게 통할까?

미도리가 뭐라고 진술했든, 미유키나 사요코가 진실을 이야기하면 전부 무효다.

——아니. 그렇지도 않나.

현재로서는 미유키의 증언 쪽이 기각되었다.

그건 오로지 미유키가 착란을 일으키고 있었기 때문일까.

아니면 미도리가 신뢰받고 있었기 때문일까.

——아니야.

사요코가 진실을 말하지 않기 때문이다.

사요코도 위증하고 있다. 그것이 미도리의 진술을 말없이 보강하는 모양새가 되고 있는 것이다. 그리고 현재의 혼란은 그 때문에 일어나는 혼란이다. 사요코의 자살 미수가 지워진 것도, 유코가 자살한 게 된 것도, 모든 건 위증과 침묵이 가져온 결과다.

——그리고.

사요코가 침묵의 의지를 나타낸다면 미유키도 입을 다물 수밖에 없다. 사요코의 생존을 처음부터 확인할 수 있었다면 미유키는 아무 말도 하지 않았을 가능성이 높다. 사요코가 죽었다는 오인이 바로 미유키에게 착란을 일으키고, 수다스럽게 만들고 있었을 뿐이다. 따라서 이 경우, 사요코만 침묵을 지키면——.

——어떤 거짓말도 유효해지는 거야.

사정을 아는 사람에게는 사요코 본인이 진실을 은폐할 거라는 것도, 미유키가 친구를 생각해서 침묵할 거라는 것도, 모두 상상하기 어렵지 않은 일이다.

——그렇다면 미도리는.

그것을 알아채고 암묵 중에 말을 맞춘 것일까? 만일 미도리가 사요코의 사정을 알고 있었다면, 그건 있을 수 있는 일일 것이다. 그래서 미도리는 사요코의 명예를 지켜주기 위해 자살한 사실은 없다고 증언한 것일까.——.

아니. 그렇지는 않다. 아마——미도리는 사요코가 자살하지 않았다고는 진술하지 않았다.

——아무것도 보지 못했다고 했단 말이다.

미도리는 검은 성모님과 마찬가지로 자신은 아무것도 보지 못했다고 증언한 것이 아닐까.

그래서 미도리는, 자신이 옥상에 도착했을 때는 이미 모든 일이 끝나 있었다고, 그렇게 진술했을 것이다.

그런 소극적인 위증으로도 사요코의 명예를 지킬 수 있다면, 미유키라도 그렇게 했을지도 모른다. 그건——그럴 것이 틀림없다.

——잠깐.

미도리가 사정을 알고 있었을 리는 없다.

사요코와 혼다의 관계를 알고 있었던 사람은, 혼다나 사요코 본인이 다른 사람에게 말하지 않은 한은 미유키뿐이다.

그리고 미유키가 그것에 대해서 웅변적으로 말한 것은 단 한 번이다. 유코의 방에서다. 참극은 그 직후에 일어났다.

——듣고 있었나?

그날 밤 미도리는 유코의 방을 찾아왔다. 문밖에 미도리가 있었을 가능성은 없다고는 할 수 없다. 그렇다면 몰래 엿듣는 일은 가능할 것이다. 미유키가 유코의 방에서 이야기한 모든 내용을 미도리가 듣고 있었다면. 그렇다면——.

——아니.

뭔가 아니다. 어딘가 어색하다. 기분이 나쁘다.

이 기분 나쁜 감정은, 가령 몰래 엿듣는다는 행위는 그 미도리에게는 어울리지 않는다——그런 데서 오는 것일까? 아니다. 그렇지는 않다. 그런 것이 아니라——.

——위증은 그것만이 아니야.

미도리는 검은 성모님도 보지 못했다고 진술했다.

그것까지 무시할 의미는 전혀 없다.

——사요코를 생각해 준 게 아닌 건가?

그렇다면—— 위증을 하는 이유는 따로 있다는 뜻일까.

사요코가 아니라 유코 쪽에 이유가 있다는 것일까.

자살이나 사고라면 위증할 필요는 없다.

—— 예를 들어.

아사다 유코가 떠밀린 것이라면.

그것이 자살을 가장한 살인사건이었다면 —— 확실히 범인에게는 사요코의 자살 따윈 없었던 일로 해 버리는 것이 편리하다. 연속 투신자살이라는 건 상황적으로는 부자연스럽다.

—— 미도리 —— 가?

아니. 그렇다고 해서 미도리가 유코를 떠밀었다고 단정하는 건 지나치게 성급한 판단일 것이다.

그 자리에 제삼자가 있었는지 어떤지, 미유키는 전혀 확인하지 않았다. 명확한 기억도 없다. 뒤편에 누군가가 숨어 있어도 몰랐을 거라고 생각한다. 게다가 이것이 살인일 경우, 범인은 거미의 종 이외에는 생각할 수 없다.

—— 믿을 수가 없게 되어서,

유코는 그렇게 말했었다.

그리고 유코는 거미의 종으로부터 배신을 추궁받고, 실수를 욕먹고, 동지로 돌아갈 것을 강요당하고, 이미 여러 가지 제재를 받고 있었다.

그러나. 미유키가 보기에 유코는 거미의 종의 동지로 돌아갈 기세는 이미 잃고 있었던 것 같았다.

아사다 유코는 완전한 유다가 되기 전에 숙청된 것이 아닐까.

동지의 손으로.

그럼 미도리는 진범인 거미의 종에 의해 위증을 강요당하고 있을 가능성도 있다.

무구한 미도리가 악마숭배자의 고문에 저항하는 일은 어려울 것이다.

——아니.

가능성이라면.

미도리 자신이 거미의 종일 가능성도——.

——천사가 악마라는 건가?

그런 일이 있을까? 생각할 수 없다. 쉽게는 믿을 수 없는 일이다.

그래도. 가능성은.

——있는 걸까.

그것은 없다고는 단언할 수 없다.

——하지만.

강요당한 위증이든 자발적인 위증이든, 어느 쪽이든 미도리의 진술을 성립시키는 데에는 미유키와 사요코의 침묵이 필요절대조건이다. 살인자가 그런 불확정 요소를 조건으로 하는 위증을 범죄의 은폐 공작에 사용할까?

그렇다면, 혹시 연속된 자살이었다——고 해 두는 편이 그나마 안전했던 건 아닐까? 다소 부자연스럽다고 해도 있을 수 없는 일은 아니다.

유코의 살해 자체는 아무도 보지 못했으니 어떤 식이든 말할 수 있지 않은가. 당사자가 생존해 있고 목격자까지 있는 자살 미수 쪽까지 없앨 필요는 없다. 한 사람만 증언해도 모든 것이 무효가 되는 위증이라면 위증한 의미가 없다.

살인범에게 이것은 지나치게 위험한 도박이 아닌가. 미유키와 사요코가 입을 다물지 어떨지, 다른 사람은 알 수 없는 일이니까——.

——아닌가.

알고 있었던 것이다.

그건 사정을 아는 사람에게는 상상하기 어렵지 않은 일이다——라고 미유키 자신이 앞서 결론을 내리지 않았던가. 범인은 적어도 사요코는 침묵할 거라고 확신하고 있었던 것이 아닐까.

유코를 떠민 범인이 사요코가 처해 있는 복잡한 상황을 파악하고 있었다면. 뿐만 아니라 미유키와 사요코의 관계도 잘 알고 있었다면. 거기다 사요코의 구조자가 혼다의 살해자라는 것조차 알고 있었다면.

그 모든 것들을 알고 있는 사람이라면, 사건 후 사요코가 침묵한다는 것을 확신했다고 해도 이상하지는 않다. 그런 정보들을 쥐고 있었다면 어느 정도 앞일을 읽을 수 있다. 거기까지 읽고, 모든 것을 계산한 후에 한 위증이었다면.

성립한다. 위증을 뒤집을 불확정 요소는 격감하게 된다.

그렇다면——.

알고 있을 것.

그 점이 유코를 죽인 범인의 조건이 된다.

그렇다면——.

——미도리——일까?

——천사야말로——악마인 것일까?

경건한 신앙인. 순진무구한 아가씨. 동경의 대상. 그런 미도리가 모독적인 악마숭배집단의 일원이라는 걸까?

——맞아.

오리. 그렇다. 그랬다.

——누군가 아는 얼굴은 없었어?

——그렇지, 그 오리.

의식에 참가한 사람에 대해서 미유키가 물었을 때, 사카모토 유리코가 입에 담은 오리란, 오리히메의 오리, 오리사쿠의 오리였던 것이 아닐까. 오리란, 역시 오리사쿠 미도리를 가리키고 있었던 것이다. 의식의 목격자가 누구였든, 이 학교에서 미도리의 얼굴을 모르는 사람은 없고.

그런 일은 있을 수 없다, 절대로 없다, 생각할 수 없다——그런 마음이 높아졌다가 이윽고 반전되고, 결과적으로 미유키는 확신했다.

——있을 법한——일이야.

그분——거미의 종의 중심인물.

오리사쿠 미도리야말로 거미의 종의 두목인 것이다!

신문 조각을 보았을 때, 유코의 그 겁먹은 모습.

그 모습은 잘라낸 신문 조각을 보고 두려워한 게 아니다.

유코는 미도리를 보고 겁을 먹은 것이 아니었을까.

——미도리가 거미의 종이라면.

유코를 떠민 사람은 미도리라고 생각해도 우선 틀림없다.

미도리가 전부 듣고 있었다면, 유코가 미유키를 동지로 끌어들이기는커녕 오히려 미유키에게 넘어가려는 판이었다는 것도 당연히 알고 있었을 것이다.

그리고 무엇보다 그 상황은 배신자 아사다 유코를 처벌할 천재일우의 기회가 아닌가.

미유키는 곧 뛰어 내려가 버렸고, 옥상에는 떨어질 듯이 몸을 내민 유코와 살의를 가진 미도리, 그리고 혼다의 시체가 있을 뿐이었다.

——게다가.

유코를 떠민 사람은 사요코를 구조한 사람의 모습도 당연히 보았을 것이다.

만일 구조자가 검은 성모님이었다면——.

그리고 떠민 사람이 미도리였다면——.

미도리는 그것이 검은 이형(異形)의 존재라는 것을 금세 알아보았을 것이다. 그리고——검은 성모님도 미도리의 모습을 목격한 것은 아닐까.

——그런가.

그래서 오리사쿠 미도리는 미유키와 함께 목격했을 검은 성모님을 보지 못했다고 증언한 것이 아닐까. 유코를 자살로 만들고 싶다면 사요코를 구조한 사람의 존재는 방해가 될 뿐이고, 검은 성모님이 체포되면 자신도 위험한 것이다.

미유키는 멍해졌다.

이런 절망적인 결론은 바라지 않았다.

——그리고.

사요코다.

사요코는 사건 후 변하고 말았다. 어디가 어떻게 변했는지 미유키는 구체적으로 설명할 수 없다.

——슬프지 않은 걸까.

그렇다, 슬퍼하지는 않는 것 같다. 오히려 이전보다 훨씬 의연하고, 자신감 있어 보였다.

——유코에 대해서만은 확실하게 해야지.

——거미의 종에 대해서는 걱정하지 않아도 돼.

그렇다. 사요코는 눈치채고 있는 것이다.

유코에 대해서 확실히 한다는 말은, 그건 자살이 아니라 살인이라고 고발하겠다는 뜻일 것이다. 그건 다시 말해서 거미의 종——오리사쿠 미도리에 대한 대결 자세의 표명이다. 그 무력한, 걸핏하면 우는 사요코가 그런 강한 말을 꺼냈기에 미유키는 위화감을 느낀 게 틀림없다. 그 강한 사요코를 뒷받침하는 건,

——검은 성모님일까.

사요코는 자신에게 맞서는 자는 모두 검은 성모님이 죽여줄 거라는 망상을 품고 있는 건 아닐까. 분명히 검은 성모님은 바라던 대로 혼다를 죽여주었다. 그러니 사요코가 원하면 그 악마는 거미의 종들도 죽여주지 않을까——그 강단 있고 자신 있어 보이는 태도는 그런 어리석은 망상에 뿌리내린 자신감이 아닐까.

아니다——사요코는 그렇게 바보가 아니다.

——괜찮아——검은 성모님이——듣고 있었으니까.

——나한테는 이제 저주도 마법도 필요 없어.

——미유키, 넌 내가 지킬 거야.

망상이 아니다.

좀 더 현실적인 이야기다.

사요코는 7대 불가사의의 악마인 검은 성모님이 아니라 살인자인 검은 성모님이라는 남자를 자기편으로 만든 게 아닐까. 아마 사요코와 구조자——살인자 사이에 모종의 거래가 있었을 것이다. 분명히 실체를 가진 살인자가 손안에 있는 이상은, 저주도 마법도 필요 없다.

그 사요코의 그런 태도는 그것 때문에 오는 변절이다.

그렇다면.

——좋아요. 이틀 후에 시키는 대로 할게요.

고레아키에게 했던 사요코의 그 말은, 이틀 안에 오리사쿠 고레아키도 죽이겠다는 뜻일까?

오리사쿠 미도리. 그리고 와타나베 사요코.

동경하는 사람과 친한 친구.

그건.

그때. 창밖. 낯선 무리가 시야에 들어왔다.

——시바타 유지.

시바타 전 이사장을 선두로 한 엄숙한 남자들이 줄을 지어 안뜰을 일직선으로 가로질러 간다. 매우 정연한데도 어딘지 모르게 어수선하고, 정원 전체는 뒤숭숭했다.

——뭔가 있었던 거야.

미유키는 생각하는 것을 멈추고 그 개미 행렬 같은 재미없는 모습을 바라보았다. 행렬은 교직원 건물로 빨려 들어간다. 마지막 한 마리가 사라지고 시선을 중앙의 연못으로 옮겼을 때, 미유키——하고 부르는 목소리가 들렸다. 사요코가 문 앞에 서 있었다. 미유키는 할아버지가 돌아간 후 문을 잠그는 걸 잊고 있었던 것이다.

——미유키. 저건 뭐일 것 같아?

개미 행렬을 말하는 것이리라.

사요코는 아주 살짝 다리를 끌면서 방으로 들어왔다. 부드럽고 곧은 갈색 머리카락. 둥그스름하고 고와 보이는 몸의 선. 기울인 목의 각도가 몹시 농염한, 그건 자주 보아서 눈에 익은 평소의——.

미유키는 경직됐다.

지금의 사요코는 옛날의 사요코가 아니다.

사요코는, 저건 긴급직원회의야, 하고 말했다.

——이제 괜찮아. 그 이사장이——.

그만해, 하고 미유키는 외치며 자신의 목소리로 사요코의 말을 가로막았다.

그다음은 듣고 싶지 않았던 것이다.

사요코는 미소를 짓더니 더욱 미유키에게 다가오며,

——오리사쿠 고레아키가 죽은 거야.

하고 귓가에서 분명히 말했다.

죽은 게 아니고 죽인, 아니.

죽이게 한, 것이 아닐까. 사요코는 말을 이었다.

——말했잖아. 미유키, 넌 내가 지켜주겠다고. 다음은 그 여자야.

——유코의 원수를 갚는 거지.

유코의 원수.

역시 사요코도 유코가 살해되었다는 것을 알고 있다.

——거미의 종의 리더는 말이지, 미유키——.

사요코는 오른손을 미유키의 어깨에 올려놓았다.

——듣고 싶지 않아!

미유키는 그 손을 치운다.

——이제,

안 들어도 알고 있다. 사요코는 미유키가 피하자 허공에 뜬 하얀 손으로 머리카락을 쓸어 올렸다.

——미유키도 알았구나. 그럼 알겠지. 용서할 수 없지?

——유코는 임신하고 있었어.
——그래서 그 애는——그런데 그 여자가——.

그렇다. 유코는——아이를 갖고 있었다고 한다.

유코 자신이 그 사실을 알고 있었는지 어떤지, 그것은 모른다. 그러나 그런 육체의 변화는 정신에도 미묘하게 영향을 주는 것이 아닐까. 그래서 유코는 꺼림칙한 검은 소녀들에게서 빠져나올 생각을 하게 된 것은 아닐까.

미유키는 왠지 매우 슬퍼졌다.

그리고 미유키는 유코의 용모를 떠올렸다.

유코의 몸에는 상처가 나 있었다. 검고 윤기 있는 머리카락을 미유키는 다시 땋아 주었다. 별것 아닌 관계다.

그 유코는 이제 없다.

이제 막 싹튼 생명과 함께 떠나 버렸다.

미유키는 잊을 만큼 시간이 지나고 나서야 비로소 친구의 죽음에 대해 실감한 것이었다. 죽음을 애도한다는 건 허무함을 견디는 것과 같은 뜻이다.

사요코는 말했다. 거미의 종은 계속 감시하고 있어——당하기 전에, 내가 이번에는 그 여자를——.

미유키는 허무한 마음을 떨쳐내고 사요코와 대치했다.

——무슨 소리야, 사요코! 그런 건 아니야. 잘못된 일이야. 너답지 않아!

——무슨 말이야, 미유키——나는 네가 기뻐할 거라고 생각해서, 그래서 그 남자도——.

——죽이게 한 거야? 그런 건,

그런 남자가 죽어도 기쁠 리 없다. 아무리 형편없는 놈이라도, 역시 죽어도 된다는 법은 없다.

——그런 건 그냥 살인이잖아!

사요코는 볼멘 얼굴을 하며 입을 다물었다.

누구야, 누구냐고, 미유키는 격렬하게 물었다.

——검은 성모가 누구야!

사요코는 미유키에게서 시선을 피하며 몸을 물렸다.

미유키는 그것을 계기로 크게 이동해서 벽 쪽으로 갔다. 벽에는 망토가 걸려 있다.

저주든 마법이든 상관없지만——미유키는 말을 이었다.

——사요코, 네가 하려고 하는 일은 그냥 살인이잖아. 그래! 그놈은 그냥 살인자야!

——아니야, 아니야, 그 사람은 검은 성모님이야. 내 소원을 이뤄주는 악마지.

——악마가 어째서 네 말을 듣는 거지?

——그건.

——비켜, 사요코.

미유키는 망토를 손에 들고, 사요코를 밀어내다시피 하며 방을 나갔다. 사요코는 거의 저항하지 않았고 불러 세우지도 않았다. 미유키는 망토를 걸친다.

——어떡하지.

방에는 사요코. 창밖에는 거미의 종.

——이대로,

이대로 있어도 될 리는 없다.

미유키는 기숙사를 뛰쳐나가 돌바닥을 달려, 안뜰을 가로질러 교직원 건물로 향했다.

또각또각 발소리가 울렸다.

등 뒤에 시선이 느껴졌다.

사요코일까, 거미일까. 아니면 검은 성모일까.

혼다는 무도한 놈이다. 고레아키도 무법하다. 거미의 종 녀석들은 상식을 벗어나 있다. 사요코는 분명히 피해자다. 하지만 이건 잘못된 일이다.

어쨌든 더 이상 시체가 나오게 해서는 안 된다——그렇게 생각했다.

미유키는 시바타에게 할 이야기가 있다고 말했다.

회의 중이라고 거절하기에, 급한 일이라고 말했다.

나중에 하라고 고함쳐서, 사건에 관한 이야기라고 말했다.

무슨 사건이냐고 묻기에 이사장 살해사건이라고 대답하자, 시바타는 곧 나왔다. 사요코가 말한 대로 오리사쿠 고레아키가 살해된 건 틀림없는 것 같았다.

——너는 분명, 그때 그 학생이지?

건강하게 볕에 그을린 전 이사장은 그렇게 말했다.

——고레아키 군과 다투고 있던 학생이로군.

폭행을 당하고 있었던 학생이로군, 이라고 시원스럽게 말하지 않은 건 동석자가 많이 있기 때문이었을 것이다.

시바타 주위를 둘러싸고 있는 사람은 많았다. 물론 교사도 있었고, 가이토처럼 잘 알 수 없는 추종자도 있었다. 게다가 형사도 몇 명 섞여 있었다.

미유키는 더듬더듬 자신이 생각한 것을 말했다.

그러나 둘러싸고 있는 사람들 중 형사나 교사는 혼란에 빠져 지리멸렬한 증언을 되풀이하던 무렵의 미유키밖에 모른다. 그 때문인지 아무리 미유키가 논리정연하게 말해도 무엇 하나 잘 전달되지 않았다. 애초에 쉽게 믿을 수 있는 결론도 아니고, 간결하게 정리할 수 있는 경과도 아니었다.

정말로 자살하려고 한 사람은 사요코이고, 유코는 살해되었을 의혹이 있다, 혼다 살해와 고레아키 살해는 모두 검은 성모라는 남자의 범행이고——.

이래서는 착란을 일으켰을 때의 진술과 완전히 똑같다. 일단 이치에 맞는——조리가 있다는 것뿐이고 내용은 이전에 말한 것과 하등 다를 것이 없었다.

그 이야기는 전에 들었으니 이제 됐다, 는 말을 들었다.

결국, 사요코의 자살 미수는 아무도 믿어주지 않았고, 검은 성모라는 살인자가 실재한다는 것을 아무리 역설해도 역시 허황된 이야기였다. 거미의 종에 관련된 이야기는 오리사쿠의 이름을 꺼낸 것만으로도 기각되고 말았다.

그러나 추종자들은 선입관을 갖고 듣고 있었기 때문에 이야기가 통하지 않았지만, 시바타만은 괜한 예상을 하지 않아서인지 우선 진지하게 들어준 것 같았다. 아마 그런 성격의 남자일 것이다.

——학생이 고레아키 씨에게 공갈 협박을 받고 있었다고?

그는 그 장면을 마주쳤기 때문에 신빙성을 느낀 모양이다.

——왜 네가?

그것이——문제다.

고레아키 자신이 갖고 있던 정보가 이미 복잡하게 뒤얽혀 있었고, 그 자신이 그 오류를 깨닫기 전에 살해되고 만 것이다. 왜 미유키가 공갈 협박을 당해야 했는지, 미유키 자신도 잘은 설명할 수 없었다.

——아무래도 이 아이는 거짓말을 하는 버릇이 있나 보네.

——망상광인 걸까. 안 되겠는데.

——기본적으로 가정교육이 안 되어 있는 게 아닐까.

——뭐, 집안이 집안이니까. 문제아입니다.

——이런 아이를 그냥 내버려둬도 되는 건가?

——더 이상 좋지 못한 소문이 유포되는 건,

——바람직하지 않지요. 실제로 영향도 나타나기 시작하고 있으니까요.

——어떤 쪽에서 압력이 들어오고 있어. 하루에 얼마씩 손실이 늘어갈지.

——이런 궁벽한 학교의 분쟁 때문에 시바타 본체가 피해를 보는 건 본말전도지.

——책임은 누가 질까. 오리사쿠 방직이 망해도 구멍은 메워지지 않을 걸세.

——격리해 둬.

무슨 이야기인가!

이 추악하고 기괴한 담배 냄새나는 남자들은 대체 무슨 이야기를 하고 있는 것일까?

미유키는 회의실에서 쫓겨나 노부인에게 맡겨졌다. 방은 다시 옮겨지고, 외출은커녕 허가 없이 방에서 나가는 것도 금지되었다. 유폐된 것이다.

새 방은 교직원 건물 1층 구석, 창문이 없는 방이었다. 노부인은 시종 말이 없었고, 문을 닫을 때 딱 한 마디, 행동을 조심하세요, 라고 말했다.

미유키는 완전히 움직일 수 없게 되었다.

그날 밤, 미유키에게 새로운 공갈자가 찾아왔다.

그자는 가이토 스구루다.

가이토는 고레아키에게서 무언가 정보를 얻은 모양이었다.

당연히 그것은 잘못된 정보다. 미유키가 아무리 설명해도 도마뱀에게는 사람의 말이 통하지 않는지, 같은 자리만 뱅뱅 도는 쓸모없는 대화가 몇 번에 걸쳐 이루어졌다.

가이토는 미유키에게 매춘을 하고 있었던 사람의 명부를 달라고 요구했다.

그 말을 도마뱀은 이 위기를 뛰어넘기 위해서다, 라고 역설했지만 무엇을 어떻게 뛰어넘을 수 있는 것인지 미유키는 알 수 없었다. 아마 매춘을 하고 있던 아이의 부모를 공갈 협박하려는 걸 거라고, 그렇게 생각했다.

——물어볼 상대가 틀렸어요.

미유키는 그렇게 말했다. 그리고 섣불리 움직이면 당신도 위험하다——고 충고했다.

가이토는 웃었다.

그다음 날 미유키는 학장실로 불려갔다. 안에는 학장과 시바타가 있었다. 시바타는 매우 곤란하다는 얼굴을 하고 있었다. 아마 사요코에게 사정을 물어본 모양인데, 사요코는 전부 부정한 것 같았다.

——미안하다.

그냥 이야기하라고 한다고 해서, 강간을 당했느니 죽였느니 하는 이야기를 여자애가 할 리가 없지 않은가.

그런 것도 모르는 것일까. 모른다면 둔한 것이다. 시바타는 팔짱을 끼고 한참 생각에 잠긴 끝에 말했다.

——혼다 군의 행실에 대한 좋지 못한 소문은 야마모토 씨에게서도 들었단다.

야마모토란 살해된 야마모토 사감을 말하는 것일까. 야마모토 씨라는 호칭이, 그때의 미유키에게는 아무래도 와 닿지 않았다.

——야마모토 씨는 여성해방 운동을 하고 있었던 사람이었으니, 그런 태도에는 민감했던 거지.

——그러니까 나는 학생의 이야기도 전혀 믿지 못하는 건 아니야.

시바타는 매우 온순한 표정으로 말했다.

신경을 써 주고 있었던 것이리라. 그건 알겠지만, 미유키는 별로 기쁘지 않았다. 시바타의 경우, 어찌 된 셈인지 진지해지면 진지해질수록 발언에 설득력이 없어지고 만다. 요컨대 뿌리부터 딱딱한 사람이리라. 정확하고 배려 있고 도덕적인 발언을 하려고 주의한 나머지, 아무래도 틀에 박히고 지나치게 잘 다듬어진 말이 되고 마는 것이다. 정치적으로는 옳겠지만, 현실에서는 멀리 떨어진 이상론이 되고 만다.

잘 생각해 보면 그때까지 받아들여지지도 않았던 혼다의 소행 불량을 거의 인정하는 발언을 하고 있는 셈이고, 게다가 미유키의 이야기도——전혀, 라는 조건이 붙어 있기는 하지만——믿을 수 없는 것도 아니라고 말해 주는 것이니 그 상황에서는 놀랄 만큼 대담하고 획기적인 견해를 말한 것이지만——.

그때 미유키는 전혀 그렇게 느끼지 못했다.

실제로——미유키는 그때 시바타가 한 말을 듣고, 야마모토 사감은 여성해방 운동을 하고 있었던가, 의외네, 라는, 그 정도의 감상밖에 느낄 수 없었다. 미유키는 야마모토라는 사람에 대해서 그저 엄격하기만 하고 융통성 없는 교사라는 인상밖에 갖고 있지 않았다. 시바타가 한 말 중에서 미유키의 현실과 호응하는 부분은 그 한 군데밖에 없었다는 뜻이다.

시바타는 이어서 말했다.

——비열한 행동이 있었는지 어떤지, 이건 조사해도 알 수 없겠지.

——하지만 혼다 군에 대한 것은 제쳐 둔다고 해도 죽은 아사다 양이 그, 임신하고 있었던 건 사실이다. 그런, 학교 내에서 일어나서는 안 될 일이 일어나고 있었던 건 사실일 테니, 그렇다면 방치해 둘 수는 없단다.

학장의 이마 언저리에 권태의 그늘이 드리워졌다. 그것은 과연 자신의 책임일까——찬합 구석구석까지 들쑤시듯 다 파헤쳐서 어쩌자는 건가——그런 얼굴이었다.

시바타는 이렇게 말을 맺었다.

——어쨌든 학생에게 거짓말을 하는 버릇이 있어서 우리를 희롱하고 있다고는, 나는 생각하고 싶지 않구나.

그렇다면 믿어 달라고, 미유키는 생각했다.

시바타라는 남자는 악인은 아니겠지만, 대의명분이 옷을 입고 걸어 다니는 듯한, 그런 남자일 것이다. 일어나서는 안 된다는 둥 생각하고 싶다는 둥, 그런 말이 몹시 구리다.

그날은 그것만으로 방에 돌려보내졌다.

하룻밤이 지나고, 미유키는 다시 가이토에게 불려갔다.

그리고 네 시간 가까이, 미유키는 연금 상태로 같은 문답을 계속 반복하고 있다.

가이토의 요구는 변함없이 매춘을 하고 있던 학생 전원의 이름이다. 그런 건 모르니까 대답할 수 없다고, 아무리 말해도 통하지 않는다.

"곤란할 텐데——."

목구멍을 삐걱거리다시피 하며 나오는 불쾌한 목소리는, 또 똑같은 말을 되풀이했다.

"——네 동료들 말이야. 너는 괜찮을지도 모르지만 다른 아이들은 어떻게 생각할까. 각자의 신분이 있으니까 말이지. 내가 사전에 알아두면 세간에는 알려지지 않아. 가족을 위해서이기도 하단 말이야. 딸이 그렇다는 게 알려지면 세간에 얼굴을 들 수 없게 되잖니."

"왜지요?"

"왜냐니. 매춘이야."

"공창 같은 것도 있잖아요."

"그건 공창이지."

"하는 일은 똑같잖아요."

"멍청아. 너희들은 학생이야!"

"사는 사람들은 어른이잖아요!"

가이토는 한 마디도 안 지는 애니 어쩌니 운운하며 어미를 흐리더니 삼각형의 눈을 부라렸다.

미유키는 딱히 거미의 종의 편을 들 생각은 전혀 없다. 매춘이 좋은 일이라고도 전혀 생각하지 않는다.

하지만 가이토 같은 남자와 이야기하고 있으면 몹시 화가 나서, 결과적으로는 긍정적인 말을 하고 마는 것이다. 게다가 유코의 이야기에 의하면 거미의 종이 하고 있었던 건 매춘이 아니라 흑미사라고 한다. 그렇다면 소위 말하는 몸을 파는 매춘이 아니라, 좀 더 다른 이념 ── 악마숭배를 이념이라고 하는지는 모르겠지만 ── 에 기초한 행위일 테고, 이런 기분 나쁜 아저씨가 비뚤어진 눈으로 보는 건 왠지 부아가 치미는 것이다. 그래서 더욱 의심을 받는다.

가이토는 말했다.

"너도 고집이 세구나. 잘 들어. 이제 곧 이곳에 탐정이 올 거다. 알겠어? 탐정이라고, 탐정. 탐정이란 다른 사람의 비밀을 폭로하고 돈을 버는 비열한 직업이지. 옆에서 사건에 머리를 들이밀고, 당사자가 아니라는 이유로 있는 일 없는 일, 아주 무책임하게 백일하에 드러내고 우쭐해 하는 놈들이야."

그렇게 심한 존재일까.

미유키는 탐정소설을 몇 권인가 읽었지만, 그렇게 심한 직업이라고는 생각하지 않았다. 소설처럼 멋진 탐정은 없겠지만, 가이토의 이야기를 그대로 받아들이자면 그건 정말 극악한 사람이다.

미유키가 그렇게 말하자 가이토는, 그래, 그렇다니까, 하고 한층 더 힘을 주어 말했다.

"사건의 진상을 파헤치고도 태연할 수 있는 건, 사람도 아니거나 무책임하거나 둘 중 하나야. 경찰은 공적 기관이니까 어쩔 수 없지만, 놈들은 돈을 목적으로 하니까. 마치 하이에나 같은 놈들이지. 그런 놈이 나설 거란 말이다. 그것도 듣자 하니 아주 괴상한 놈이라던데, 너희들 따윈 금세 간파할 거야."

"그건――."

유코와 같은 생각을 가진 사람이 그녀들 사이에 아직 없을 거라는 보장도 없다.

만일 그런 아이가 있다면, 폭로하는 짓은 잔혹하다. 그렇다고 해도 미유키는 어쩔 수 없다.

"――물어볼 상대가 틀렸어요."

미도리에게 물어봐야 한다――고 미유키는 결국 말하지 못했다. 유코 살해에 대해서는 경찰도 상대해 주지 않았고, 모든 건 미유키의 상상에 지나지 않으며 미도리가 거미의 종이라는 증거는 아무것도 없다.

"와타나베한테도 물어봤어. 가르쳐주지는 않았지만. 너희들은 확실히 결속력은 단단하구나. 기가 막힐 정도야."

결속 따윈 하지 않았다.

이제 미유키와 사요코는 제각각이다.

"다만 그 애는 너와 달리 어제, 하루만 생각하게 해 달라, 고 했지. 시간을 벌려는 건지도 모르지만. 아아, 이제 도착할 때쯤 되었군. 뭐 온다고 금세 해결되는 건 있을 수 없는 일이지만――."

가이토는 손목시계를 보더니 일어섰다.

"――아무리 짧아도 사오일은 걸릴 거야. 경찰이 모두 달려들어도 안 되는 일이니까. 아, 그렇지, 너도 부르라더구나. 시바타 씨는 네가 되는 대로 지껄인 말에 마음을 빼앗기고 있는 모양이야. 정말이지――."

가이토는 미유키의 등 뒤로 돌아가 얼굴을 가까이 하더니, 이런 얼굴로 말이야, 하고 말했다. 그리고 귓가에서 속삭였다.

"알겠니? 나한테 말하지 않을 거라면 탐정에게도 시바타 씨한테도 자백하면 안 돼. 그들에게 말한다는 건 자살행위야. 이야기할 생각이라면 한시라도 빨리 나한테 말해. 이래봬도 그런 애송이보다 사전 교섭에는 능하거든. 절대로 나쁘게 하지는 않으마. 자, 가자."

가이토는 그렇게 말하더니 미유키의 손을 잡았다.

"뭐 하는 거예요."

"안내."

가이토는 미유키의 팔을 억지로 잡아끈다. 그리고 너 같은 애가, 하고 떨리는 쉰 목소리로 말했다. 미유키가 손을 도로 당기자, 뭘 이제 와서 그래, 숫처녀도 아니면서, 수줍어할 것도 없잖아, 하며 다시 한 번 세게 팔을 잡아끌어 억지로 미유키를 일으켜 세웠다. 무엇 때문에 그런 생각이 든 것인지 명확하게는 알 수 없었지만, 미유키는 심한 굴욕을 느끼고 가이토를 경멸했다.

미유키가 질질 끌려가다시피 가게 된 곳은 며칠 전에 쳐들어갔던 회의실이었다.

문을 열자마자 큰 목소리가 들렸다.

"말해 두겠는데 나는 할 생각이 없어요——."

바라보니 넓은 회의실의 커다란 회의 책상 끝에 몇 사람이 모여 착석해 있는 모습이 보였다.

정면에 시바타. 좌우에 학장과 교무부장, 사무장.

미유키에게 등을 돌리고 있는 남자 한 명.

그 오른쪽에 남녀가 나란히 한 명씩.

큰 소리를 낸 사람은 등을 돌리고 있는 남자인 것 같았다. 남자는 말을 이었다.

“—— 전혀 나한테 맞는 일이 아니거든! 그 변호사나 이 마스야마 군이 귓가에서 하도 시끄럽게 떠들어대고, 곤란한 아버지가 무리한 말을 하기에 마지못해, 어쩔 수 없이 온 겁니다. 이상한 아버지를 둔 덕분에 이런 말도 안 되는 재난이!”

항의하고 있는 듯 보이지만 전혀 진지함이 없다.

그리고 심각한 상황에서도 시바타는 여전히 착한 청년인 척 군다. 웃음마저 띠고 있다.

“아버님이라면, 에노키즈 전 자작님이시겠군요. 아니, 아무리 아드님이라지만 그렇게 훌륭하신 분을 이상한 사람이라고 하다니, 꽤 가차 없으십니다.”

“하! 무슨 말을 하는 겁니까! 훌륭한 사람이라니 무슨 말입니까! 잘 들으세요, 세상에 이상한 사람이라면 그 남자 정도밖에 없습니다. 사전에서 이상한 사람이라는 항목을 찾으면, 대개는 에노키즈 미키마로라고 나와 있어요! 당신은 모릅니까?”

유감이지만 그런 사전은 갖고 있지 않네요, 라고 말하며 시바타는 쾌활하게 웃었다. 남자는, 당신이 갖고 있는 사전은 파본이 틀림없어요, 라고 진지하게 말했다. 그리고 더욱 큰 목소리로,

“그래도 나는 귀여운 여학생들이 많이 있다고 해서 이렇게 온 겁니다. 그런데 와 보니 한산하고, 이래서는 마치 유적 순례 같군요! 나한테는 그런 답답한 취미는 없습니다.”

하고 말했다.

“자자, 그런 말씀 마십시오. 저는 정말 심각합니다. 모쪼록 힘을 보태 주셨으면 합니다.”

“힘을 보탤 만큼 괴력이 아니에요!”

"그런 뜻이 아닙니다."

이 경우 진지하게 받아들이는 시바타 쪽이 이상하다.

남자는 장난스러운 말투로 말을 이었다.

"뭐, 이 마스야마 군이 전부 할 테니까 괜찮습니다. 도대체가 나는 아직도 뭘 하러 온 건지 모르겠어요. 이 부인이 찾는 사람의 이야기와 뒤죽박죽이 되어서 전혀 모르겠다고요. 그 목을 졸라 죽이는 놈이라는 남자를 퇴치하면 되는 겁니까? 아니면 당신 여자 친구를 죽인 눈 찌르는 놈을 잡는 건가요?"

시바타는 한순간 이상한 얼굴을 하고, 그러고 나서 미유키와 가이토를 알아차리고 일어섰다.

"아아, 학생, 이쪽으로——."

"응?"

돌아본 남자의 얼굴을 보고, 미유키는 약간 놀랐다. 마치 그리스 조각처럼 단정한 얼굴이었던 것이다. 방약무인하고 경박한 말투와는 크게 동떨어진 용모다. 이렇게 아름다운 얼굴을 가진 남자를 미유키는 처음 보았다.

남자는 외쳤다.

"오오, 귀여운 여학생이 있잖아!"

오른쪽 옆에 있던 여성이 눈썹을 찌푸렸다.

"에노키즈 씨. 여성을 용모로 평하는 발언은 삼가 주시지 않겠어요? 듣고만 있어도 유쾌하지 못하네요."

소박한 옷차림이지만 험악한 말투다.

에노키즈라고 불린 이상한 남자는 외국인처럼 과장스럽게 양손을 벌리며 대답했다.

"바보 같은 말을 하는군요. 나는 개든 송충이든 변소 뚜껑이든 남자든 노인이든, 귀엽다고 생각하면 귀엽다고 말하고 못생겼다고 생각하면 못생겼다고 말합니다. 여성에게만 말해서는 안 된다는 건 납득할 수 없어요. 귀여운 것에는 구별이 없지요! 국경도 없고요."

여성은 한층 더 엄한 말투로 말한다.

"그건 당신의 기준에 기초한 판단이잖아요."

"물론입니다! 그것 외에 귀여움의 기준이 있겠습니까! 없지요."

"당신의 평가를 밀어붙이는 걸 불쾌하게 생각하는 사람도 있어요. 삼가 주세요."

"그것도 당연합니다!"

에노키즈는 기운차게 일어섰다.

"예를 들어 나는 쿠키를 싫어해요!"

미유키의 존재 따윈 무시하고 있다. 옆에 있던 젊어 보이는 남자가 어이없다는 얼굴로 에노키즈를 바라보며 큰 한숨을 쉬었다. 정신 나간 미인은 복장 취향도 상당히 이상해서 폴란드인지 어디의 상인 같은 옷차림이다.

"——하지만 세상 사람들은 쿠키를 맛있다, 맛있다 하며 먹습니다. 나는 그런 건 스멀거려서 조금도 맛있다고 생각하지 않아요. 다들 맛있다고 하니까 맛있다고 생각하라고 해도 그런 생각이 안 드니 어쩔 수 없어요. 그런데 모두들 내게 쿠키를 권한단 말이지요. 이건 엄청난 민폐지만 '내게 쿠키를 권하지 마'라고 쓴 팻말을 목에 걸어두는 것도 귀찮아서, 어쩔 수 없이 참아요. 하지만 나는 싫어요. 마찬가지입니다."

"어디가 마찬가지예요!"

"마찬가지입니다! 이 나조차 참고 있으니 당신이 못 참을 리는 없어요. 없겠지요. 아니, 나도 참기만 하는 건 아니에요. 나도 때로는 이렇게 쿠키는 맛이 없다고 주장합니다. 하지만 주장해도 쿠키는 화내지 않아요!"

에노키즈는, 하지만 여전히 세간에서는 쿠키는 맛있다는 평판이다, 괘씸하다, 칭찬해도 쿠키는 기뻐하지 않는다, 하고 중얼중얼 말하면서 미유키 쪽으로 걸어왔다. 그리고 어딘가 경멸하듯이 가이토를 보더니 말한다.

"당신, 비열한 생각을 하는 것도 정도껏 하는 게 좋을 거야. 이 여자아이는 그런 아이가 아니니까."

가이토는 처음에는 멍한 얼굴을 하더니, 곧 삼각형의 눈을 치켜세웠다.

"뭐, 뭐야, 네놈, 무, 무슨 소리냐!"

"그런 난잡한 일은 실제로는 없으니까. 정도껏 해 두지 않으면 몸을 망치게 될 거라고 친절하게 말해 주는 거다. 당장 그 허리에 두른 손을 치워. 여자애는 싫어하고 있다고."

에노키즈는 가이토의 위팔을 손등으로 찰싹 때렸다. 가이토는 방에 들어온 후 줄곧 미유키의 허리에 손을 두르고 있었던 것이다. 얻어맞은 가이토는 허둥지둥 손을 떼었다. 시바타가 일어서며 말했다.

"가이토 군. 그분이 장미십자탐정사의 에노키즈 레이지로 씨일세. 에노키즈 씨, 그 사람은 우리 회사의 가이토입니다."

——이 사람이 탐정?

"이, 이쪽이 에노키즈 그룹의 차기 회장님?"

미유키와 가이토는 상당히 다른 차원에서 놀란 모양이다.

미유키는 움츠러들고, 가이토는 공손해졌다.

탐정은 가볍게, 그러면서도 비아냥을 듬뿍 담은 말투로 말했다.

"유감스럽게도 우리 바보 같은 아버지는 자신의 바보가 유전될 거라고 착각하고 있어서, 혈연을 가장 신용하지 않아요. 게다가 기쁘게도 세습제라는 시시한 것을 아주 싫어해서, 나는 기쁘게도 그런 시시한 지위에 앉지 않아도 됩니다. 그러니까 난잡한 생각을 하고 있는 당신의 견해는 완전 땡이야. 아니, 그런 건 아무래도 상관없지. 너야, 너. 네가 목격자구나!"

탐정은 커다란 갈색 눈으로 미유키를 바라보았다.

미유키는 저도 모르게 그 눈을 마주 보았는데, 탐정은 미유키의 얼굴을 보고 있는 것이 아닌 듯 보였다. 굳이 말하자면 머리 꼭대기를 보고 있는 것 같았다.

흐음, 하고 바보 취급하는 듯한 감탄사를 내뱉은 후, 탐정은 이렇게 말했다.

"그 시커먼 숯덩이 같은 변태가 범인이로군."

"네에?"

가이토가 알아듣기 힘든 목소리를 흘린다.

"시, 실례지만——무슨 이야기를 들으셨는지 모르겠지만 그건 그, 어린애의 철없는 미신이고——."

"이 사람은 어린애가 아니야. 여자애지. 알겠니, 너. 그건 아마 냄비 바닥의 검댕 같은 걸 바른 걸 거다. 먹물은 겉돌기 때문에 그렇게 잘 칠할 수 없어. 도둑놈 같은 거지. 자, 저기 대기하고 있는 내 하인한테 자세한 이야기를 해 주렴. 그 사이에 나는 산책을 좀 하고 오지! 마스야마 군!"

부름을 받고 젊은 남자가 일어섰다.

"잘 들어보게. 자네는 이런 게 특기잖나."

시바타도 허둥지둥 자리에서 일어선다.

"잠깐만요, 에노키즈 씨. 그, 범인이라는 건 무슨——."

"글쎄요, 이름은 모릅니다. 그보다 그 구와바타케 씨의 배우자인가 하는 취사장의 남자는 아직 돌아오지 않았습니까? 교고쿠의 이야기로는 꼭 만나 보라고 하던데."

"저는 스기우라예요!"

여자가 일어선다. 사무장이, 스기우라 군은 장을 보러 나갔으니 한동안은, 하고 변명을 하면서 일어서고, 학장 일행도 일어서서 결국 전원이 일어섰다.

——취사장의 남자?

그건 그——엿듣고 있던——남자?

탐정은 미유키의 머뭇거림을 즉시 알아채고, 반쯤 뜬 기묘한 눈으로 바라보더니 또 흐음, 하고 코를 울렸다.

"너는 그 구와바타케 씨의 배우자를 알고 있구나. 사진이랑 똑같아. 그건——아닌가. 닮았는데. 구와바타케 씨."

"스기우라라니까요!"

"당신의 배우자한테 여장 취미는 없소?"

"제초? 그런 취미는 없어요."

"없군. 가부키를 좋아한다거나."

"가부키? 아아 여장이라는 말이었나요? 어쨌든 그런 이상한 취미는 없어요."[14]

---

14) 일본어로 '여장'과 '제초'는 모두 じょそう(조소)로 발음이 같다.

"그래요? 그럼 됐어요. 마스야마 군."

젊은 남자는 네, 하고 대답하며 공손하게 경례한다.

"취사장의 남자가 범인인 것 같으니 조심하게. 돌아오거든 당장 붙잡아. 당장일세. 알겠지? 그럼 이만."

탐정은 명랑하게 그렇게 말하더니 냉큼 퇴장했다.

방에 남겨진 여덟 명 전원이 잠시 멍하니 있었다.

——그 남자가 범인?

사실이라면 무시무시한 스피드 해결이다.

그러나.

——그 남자는.

아마 엿듣고 있었을 것이다. 미유키와 사요코, 그리고 사카모토 유리코의 대화를. 그때, 그 장소에서는 깊은 이야기는 하지 않았던 것 같지만.

——저주해서 죽이고 싶은 놈이 있어.

그런 말은 했던 것 같다.

그러나,

——아마 냄비 바닥의 검댕 같은 걸,

그렇다.

그러고 보니 그때, 분명히 그 남자는 검댕이가 묻은 냄비를 들고 있었다. 그리고 미유키 일행이 알아차리자 그 남자는 주방 쪽으로 비실비실——가 버리지 않았던가? 그 후에는 아마 사요코와——.

——혼다 고조를 죽여 주세요오.

——저, 와타나베 사요코는 그놈한테 강간당했어요.

말했다.

사요코는 사정을 말했던 것이다. 열세 번째 성좌석 위에서, 악마에게 사정을 직접 신고했다. 하지만 그때 그 주위에는 아무도——.

——검은 성모님의 사당 가장자리. 검은 손자국.

거기에 있었던 것이다. 몸을 구부린 도청자가. 그 흔적은 손바닥에 묻은 검댕 자국이었다. 숨어 있었던 자는 취사장의 남자다. 취사장의 남자는 줄곧 뒤를 밟아 와서, 사요코의 신고를 전부 듣고.

그리고——그런가.

미유키는 고레아키의 말을 떠올린다.

——그 남자는, 유미에가 부탁해 내가 채용한 거야. 수상하다고는 생각했지만,

——너희들 매춘부의 우두머리 말이야.

작년 가을에 취임한 고레아키가 채용했다면 작년 가을 이후에 채용된 것이리라. 작년 가을, 겨울에 학교에 온 남자라면 그 취사장의 남자뿐이다.

——취사장의 남자가 검은 성모인가?

미유키는 거기에 이르러, 허둥지둥 방향을 돌려 탐정의 뒷모습을 좇았다.

저 사람은 전부 알고 있는 것이다!

물론 문은 닫혀 있었다.

정신이 들어 보니 미유키 이외의 사람들은 모두 착석했고, 의아한 듯이 미유키를 바라보고 있다. 뭘 하는 거야, 구레 양, 빨리 와, 하고 가이토가 거만하게 착석을 재촉했다. 탐정이 사라진 순간 다시 태도가 거만해진다. 손바닥이 이리저리 뒤집히는 건 도마뱀다운 비굴함이다.

젊은 남자는 탐정 조수라고 한다. 요즘 유행하는 머리 모양을 한 요즘 젊은이로, 복장도 지극히 정상적이었지만 눈매만은 약간 날카롭다. 그 탐정은 마스야마 군이라고 불렀지만, 시바타는 마스다 씨라고 소개했다. 이 경우 보통 같으면 같이 온 일행의 발언 쪽이 옳겠지만, 시바타 같은 사람이 이름을 틀릴 리도 없고 반대로 저 탐정은 틀릴 것 같으니 마스다가 맞는 것일까.

여성 쪽은 스스로 집요하게 선언했던 것처럼 스기우라라고 했고, 아무래도 취사장 남자의 반려자인 것 같았다. 스기우라 여사의 반려자는 반년 전부터 행방을 알 수 없었던 모양이다.

확인해 주실 수 있을까요, 하며 스기우라 여사는 사진을 내놓았다. 학장 이하 모든 사람들은 그 사진을 순서대로 보며, 틀림없어요, 스기우라 군입니다, 하고 대답했다.

미유키가 발돋움해서 들여다보니 틀림없이 ── 그 수상한 거동의 ── 취사장 남자인 것 같았다.

설마 오리사쿠 씨가 관여하고 계시는 학교에서 봉직하고 있을 거라고는 생각도 하지 않았어요, 라고 스기우라 여사는 말했다. 그 말로 미루어보건대 스기우라라는 여성은 오리사쿠 가와 연고가 있는 사람인 것 같다. 여사는 이어서, 지금 에노키즈 씨가 한 발언은 대체 무슨 뜻일까요, 마스야마 씨, 하고 마스다라고도 소개된 남자에게 물었다.

"역시 다카오 씨가 사건과 관련되어 있나요?"

마스야마인지 마스다인지 알 수 없는 남자는 머리를 긁적이며, 글쎄요, 전혀 모르겠군요, 하고 말했다.

억측이겠지요, 어차피, 하고 가이토가 말한다. 정말이지 겉과 속이 다른 남자다.

스기우라 여사는 미간에 주름을 지으며 말했다.

"만일 그, 다카오 씨가 범인——이 경우 범인이라는 건 교살마지요? 그, 범인이라면 오리사쿠 가 살인사건의 범인이라는——그런 뜻이 되는 건가요?"

스기우라 여사는 대답을 기다리지 않고,

"그런 거겠죠."

하고 단정하고는 몹시 큰 한숨을 쉬었다.

"저는 아오이 씨한테 뭐라고 말씀드리면 좋을지——모처럼 이혼을 권해 주셨는데, 이래서는 최악이에요. 이렇게 찾아내 주셔 봐야 이래서는——."

시바타는 약간 침착한 말투로

"당신 탓이 아니지 않습니까."

하고 말했다.

"아오이 양은 논리가 통하지 않는 사람이 아니니 당신을 탓하지는 않을 겁니다."

그렇기는 하겠지만요, 하며 스기우라 여사는 한층 더 깊은 한숨을 쉬었다.

아오이라는 사람은 미도리의 언니쯤 될 것이다.

시바타는 다시 마스야마를——미유키는 마스야마로 통일하기로 했다——돌아보며 물었다.

"그런데 이해가 안 되네요, 마스다 씨. 그 스기우라 군이 무언가의 열쇠라는 말은——에노키즈 씨의 이야기로는 범인이라는 것 같은데——대체 어떤 과정으로 도출된 겁니까?"

마스야마는 이번에는 이마를 긁적였다.

"글쎄요. 그게 저도 그, 잘 설명은 할 수 없습니다. 하지만—— 글쎄요. 지나치게 잘 만들어져 있는 것이 이번 일련의 사건의 특징인 모양입니다."

"지나치게 잘 만들어져 있다? 그건 무슨?"

"네. 이런, 뭔가 수상한 일이 있다고 하면 말입니다. 그건 틀림없이 수상합니다. 이상한 말이군요. 아니, 수상하기만 한 게 아니라 무언가와 연결되어 있는 결론을 끌어내는 열쇠가 되는 겁니다. 그건 수상하게 여겨지도록 설정되어 있어요. 물론 수상하게 여기지 않으면 아무것도 생겨나지 않지만, 수상하게 여기고, 수상하게 여긴 사람이 뭔가 행동을 일으키면 말이지요——그 순간."

"실체를 갖고, 어떤 결론을 끌어내는 겁니까?"

"뭐, 그렇습니다. 다시 말해서 직접 관련이 없는 사람의 움직임까지 계산에 들어 있어서, 누가 어떻게 움직여도 그, 바라는 대로의 결과가 도출되는——."

"바라는? 누구의 바람입니까?"

"덫을 놓은 놈입니다. 이 커다란 덫을 친."

잘 모르겠네요, 하고 시바타는 말했다.

시바타 이외의 사람들은 생각조차 하지 않고 있다. 그러나 미유키는 어렴풋이 알 수 있었다. 어렴풋하지만.

"그래서——그 스기우라라는 사람은 이 경우 어떤 역할을 갖고 있는 겁니까?"

글쎄요, 그건 저도 전혀, 라고 말하며 마스야마는 세 번째로, 이번에는 콧등을 긁적였다. 그리고 이건 저도 들은 얘기를 그대로 전하는 거지만, 하고 전제를 두고 나서 자신 없는 듯이 대답했다.

"체포해 달라, 는 거랍니다. 스기우라 씨를 포획함으로써 국면은 다음 전개를 맞는다, 무대가 바뀐다고."

한층 더 모르겠네요, 하고 학장이 말했다. 시바타도 고개를 갸웃거리며, 에노키즈 씨는 그 부분에 대해서는 어떻게, 하고 물었다. 마스야마는 으음, 하고 음정이 높은 신음 소리를 내며,

"알고 있는 거냐는 뜻이라면 알고는 있겠지만, 설명은 해 주지 않습니다. 그분은 결과에만 반응하거든요. 과정은 쓸모가 없습니다——."

라고 말했다.

"——진실에 논리는 필요 없다고 하더군요. 더하든 빼든 곱하든 진실은 진실이고, 어떻게 이해하느냐 하는 논리는 알아서 갖다 붙이라고요."

어려운 남자로군요, 하고 가이토는 말했다. 그리고 그건 논리를 붙이지 못하는 것뿐이겠지요, 하고 야유하듯이 말을 이었다. 탐정에게 적개심을 갖고 있는 모양이다.

마스야마는, 실업가는 날카롭군요, 하고 건성으로 흥을 돋우듯이 말하고는, 글쎄요, 그럼 이 아가씨의 이야기를 들어볼까요, 하고 말하고 나서 미유키를 보며 의미심장하게 웃었다. 편안한 남자다.

미유키는 주로 마스야마를 향해, 가능한 순서대로, 가능한 논리적으로 자신이 체험한 일과 생각한 것을 말했다. 이름도 숨기지 않았다. 생각해 보면 사요코의 비밀도 처음부터 이야기해 버렸던 것이다. 아무도 믿어주지 않을 뿐이었다.

마스야마는 꽤 이야기를 잘 들어주는 사람이었다. 학장과 두 명의 직원은 또 그 얘기냐, 하고 하품을 참으며 듣고 있었지만, 시바타만은 받아 적기라도 할 듯 열심히 들었다.

미도리에 대해서는 결론만은 이야기하지 않고, 사실과 추론 부분을 명확하게 구별해서 설명했다. 듣는 사람에게 판단을 맡기기로 한 것이다. 도출되는 결론은 마찬가지일 거라고 생각했기 때문이다. 다만 공정하지 못해서는 안 된다는 기분이 들었기 때문에 수상한 사실만 늘어놓는 것이 아니라 항상 반증도 가능한 말투를 쓰려고 노력했다.

그런데도 거미의 종에 대한 반응은 히스테릭했다.

바보 같다, 흑미사라는 게 어디 있느냐, 고 학장은 말했다. 이 학원에 악마숭배자 같은 건 없다고 교무부장은 말했다. 다른 사람은 몰라도 오리사쿠 미도리에게는 그런 부도덕한 일은 있을 수 없다고 사무장이 말하고, 매춘이라니 심한 망상이라고 가이토가 말했다.

뻔뻔한 데에도 정도가 있다.

미유키는 가이토를 날카롭게 노려보았지만, 철면피의 도마뱀은 빰의 경련으로 그 시선을 튕겨냈다.

시바타는 단정하는 듯한 말을 해서는 안 된다고, 독도 약도 되지 않는 고지식한 말을 하고는 마스야마에게 의견을 구했다.

"저는 그, 종교에 대해서는 하나도 모르는 사람이니 뭐라고도 말할 수 없습니다. 다만 매춘이라면, 이건 사는 손님이 없으면 할 수가 없지요. 폐쇄된 학원 내에서, 그것도 전원 기숙사제 여학교에서 그런 짓을 하기는 어려울 겁니다. 이곳 학생들이라면 직접 손님을 끌 수는 없습니다. 반드시 포주 역할이 필요할 테고, 조직의 개입이 불가결합니다. 그 점에서, 그 돌아가신 고레아키 씨가 말했다는 사실이 중요해진다고 생각합니다. 그럼——그 흑미사 집단은——잠깐만요. 미에 씨, 어떻게 생각하십니까."

스기우라 여사의 이름은 미에인 모양이다. 미에는 손을 깍지끼며 차분하지 못하게 말했다.

"글쎄요. 이건 중대한 문제인데요——저는 섣부른 감상은 말씀드릴 수 없어요. 기독교의 여성 경시에 대해서는——아오이 씨의 의견을 여쭙고 싶을 정도이지만, 그, 저도 종교에 대해서는 잘 몰라서."

"그게 아닙니다. 가와노 유미에와——고레아키라는 사람은 그렇게 말했지요, 아가씨? 으음, 미에 씨, 가와노 씨라는 사람은 분명 사창을 모아서 장사를 하고 있었다는 사람 아니었습니까?"

"소문——이지만요."

"그러니까요. 그렇다면 소문은 진실이었다는 거겠지요."

"네? 아아, 그렇군요! 사창은 이 학교의 학생——어? 아, 그래서 아무리 조사해도——."

"잠깐만요. 당신들은 무슨 증거가 있어서 이런 아이의 헛소리를 믿는 거요? 우리 성 베르나르 학원 내에 매춘 조직 같은 건 없소!"

학장이 딱딱한 얼굴로 고함쳤다.

"화내지 마십시오. 없다고 단언할 수는 없잖습니까. 가와노 유미에가 여염집 여자들을 매춘에 동원하는 포주였다는 소문은 확실한 것입니다. 사실 그, 아오이 씨라는 여성이 이끄는 여성단체가 사실 확인과 항의를 위해 몇 번이나 가와노 씨를 찾아갔어요. 그렇지요?"

미에는 고개를 끄덕인다. 미유키는 기묘한 기분이 들었다. 그것이 진실이라면 그 미도리의 언니——아오이라는 사람은 동생의 비밀을 폭로하기 위해 행동하고 있었다는 뜻이 된다.

"게다가——."

마스야마는 검지를 세우며 미유키 쪽을 향했다.

"——고레아키 씨는 가와노 유미에의 패트런이고, 학원 이사장에 취임할 때 가와노 씨에게 억지로 부탁을 받고 역시 정부이자 무직이었던 스기우라 다카오를 직원으로 채용했다, 이렇게 말했지요?"

"이사장님은 채용한 사람의 이름까지는 말하지 않았어요."

분명히 스기우라라는 이름은 말하지 않았다.

"고레아키 씨가 취임하고 나서 채용한 직원은?"

"네에——스기우라 군뿐입니다. 연도가 바뀔 때 세 명 정도 채용하기로 되어 있었습니다만——."

사무장이 자신 없는 듯이 대답했다.

가이토는 몹시 초조해하고 있다. 무릎을 몇 번이나 손가락으로 두들기면서 마스야마를 힐끔힐끔 보더니, 쉰 목소리로 말했다.

"하지만 고레아키 씨가 그 여자와 관계가 있었다는 증거는 없지요. 본인이 말했다고 하지만, 그 애가 그렇게 말했을 뿐이고 돌아가신 이상 확인은 할 수 없잖소."

어떻게 해서라도 매춘이 발각되는 일을 피하고 싶은 것이리라.

마스야마는 흥이나 돋우는 사람인 주제에 꽤 심지 있는 대꾸를 했다.

"이 아가씨가 왜 그런 거짓말을 해야 하는지, 저는 모르겠습니다. 아주 야무지잖습니까. 저는 좀 더 횡설수설하는 아가씨일 줄 알았습니다. 애초에 가와노 유미에와 스기우라 다카오가 특수관계인이었을 가능성은 있잖습니까?"

"네, 가와노 씨가 운영하던 바에서 음란한 모습을 하고 있던 다카오를 보았다는 사람은 있어요. 게다가 유미에 씨가 살해되었을 때, 정부 한 명이 신원 불명이라고——."

잠깐만요, 하고 시바타가 말을 끊었다.

“솔직하게 말씀드리지요. 가와노 유미에 살해사건 때 신원 불명인 정부의 정체는 오리사쿠 고레아키 씨입니다. 명확한 알리바이가 있었기에, 추문을 꺼려서——압력을 가해 은폐한 겁니다. 그도 비밀리에 조사는 받았습니다——.”

회장님——하고 가이토는 맥이 빠진 듯한 목소리를 내며 오각형의 얼굴을 중심으로 모았다.

쓸데없는 말을 하다니, 라는 목소리가 들려올 것 같았다.

“그렇군요. 가와노와 스기우라, 고레아키 씨와 가와노라는 선에 대해서는 방증이 있는 셈이군요. 그리고 그 스기우라 씨가 실제로 이 학원에 채용된 이상, 이 아가씨의 발언에도 어느 정도의 신뢰성은 있는 게 아닐까요? 스기우라 씨가 채용되었을 때의 상황은?”

“그건——네, 예, 원래 초등학교 교사였다고 했고, 신원보증인은 돌아가신 이사장님 본인이셨고——으음——자세한 것은.”

모르는 건가, 멍청이, 하고 가이토는 엉뚱한 화풀이를 했다. 사무장은 죄송합니다, 하며 송구스러워한다. 시바타가 묻는다.

“어쩔 수 없습니다. 그 고레아키 군이 억지를 썼겠지요? 어쩔 수 없어요, 사무장님. 마스다 씨, 그럼 어떻게 됩니까?”

“매춘이나, 그에 준하는 사실은 있었겠지요.”

“그러니까 제멋대로 억측을——.”

“조용히 하게, 가이토 군. 그럼 그 경우에도 스기우라 다카오가 열쇠가 된다——그런 뜻이군요.”

“그렇지요. 그리고 그는 이번 일련의 교살사건과 무관한 것 같지도 않습니다. 그리고 또 하나. 으음——.”

마스야마는 다시 신음했다. 그리고는,

"그 악마숭배 소녀의 이야기라는 문제입니다."

하고 말했다.

학장은 테이블을 탕 내리치며, 그야 문제지요, 하고 말하고는 미유키를 노려보더니, 어디에서 착상을 얻었는지 모르겠지만 심한 헛소리예요, 하고 말을 맺었다.

마스야마는 고개를 30도 정도 기울이며 그 말을 부정했다.

"그게 아니라. 제가 말하고 싶은 건 그런 뜻이 아니고요, 그, 여러분은 이 아가씨의 발언 중에 매우 중요한 내용이 포함되어 있었다는 사실을 깨닫지 못하셨습니까?"

중대하다니 뭡니까, 하고 가이토가 물었다.

미유키의 생각에, 가이토는 무겁다거나 크다거나 높다거나 길다거나 대단하다거나, 그런 것에 흥미를 보이는 것 같다.

마스야마는 미유키를 향해, 그 이야기는 국가경찰 지바 사람들한테도 했나요, 하고 물었다. 지바인지 아와인지 모르겠지만 무례한 경관은 전혀 받아들여 주지 않았다. 마스야마는 약간 치켜세운 듯한 눈을 더욱 치켜세우며,

"정말이지 뭘 듣고 있는 건지. 자기들 관할에서 일어난 사건이 아닌가. 책임 문제로군."

하고 말했다.

"이봐요, 확실히 말해요."

하고 가이토가 다그친다.

마스야마는 성가시다는 듯이——그걸 모르겠느냐는 경멸이 담겨 있었던 표정인지도 모르지만——말했다.

"눈알 살인마입니다."

"눈알 살인마? 눈알 살인마가 왜요?"

시바타가 갑자기, 그리고 과장되게 반응했다. 마스야마는 와아, 하고 놀라며, 그런 것치고는 태연하게 말했다.

"눈알 살인마는 반드시 이 학교와 관련되어 있다는 게 되지 않습니——."

학장은 마스야마의 어미가 채 사라지기도 전에 말했다.

"어째서요? 아아, 저주니 뭐니? 애들 장난입니다. 교사가 피해를 당했으니까 학생들도 동요한 거예요. 불온한 공기는 좀처럼 사라지지 않지요. 저주라니 철없는 소리예요. 신경 쓸 것까지도 없——."

마스야마는 복수하려는 생각인지, 학장의 어미가 사라지기 전에 대꾸했다.

"하지만 그 가와노 유미에가 눈알 살인마의 피해자인 건 틀림없습니다. 그리고 이곳의 야마모토 선생님인가요, 그분도——."

"네, 그렇습니다."

하고 시바타가 얌전한 얼굴로 말을 보탰다.

"——그렇지요. 그리고 그 마에지마 어쩌고 인가요. 그분은 저는 잘 모르지만, 분명히 피해자는 그런 이름이었던 것 같습니다. 이렇게 되면 갑자기, 그 흑미사의 저주인가요? 그것과의 관련성을 생각하지 않을 수 없게 되지 않습니까."

"바, 바보 같은. 당신은 그걸 진심으로 받아들이는 거요? 저주라니, 그런 게 효과가 있을 리가. 유치한."

"저주가 효과가 있었다고는 말하지 않았습니다. 이건 관련성의 문제라니까요——."

마스야마는 배 위에서 주먹을 작게 흔들었다.

"저는 —— 자백하자면 보름 전까지 국가경찰 가나가와의 형사였습니다. 그래서 내부 사정도 좀 입수하기 쉽지요. 이곳에 오기 전에, 눈알 살인마 관련 정보는 약간 얻어왔어요. 수사는 꽤 난항을 겪고 있지만, 도쿄 경시청에서는 피해자끼리는 전혀 관련성이 없다, 는 것을 전제로 수사를 진행하고 있어요."

학장은 불만에 찬 목소리로 말한다.

"그게 —— 왜요?"

"현재 가와노 유미에와 야마모토 선생님은 관계가 없다고 생각되고 있는 겁니다. 하지만 그건 이 학원의 매춘 소문을 통해서 관련되어 있었던 거예요. 말하자면 점과 점이 이어진 셈이고, 이건 큰 수확이라고 할 수 있습니다. 하물며 그, 네 번째 피해자의 죽음에 이르기까지 학교 내에서 사전에 예측되고 있었다면 ——."

가이토가 목구멍을 삐걱거렸다.

"그건 트릭이잖소. 그런 속임수는 간단해요. 듣자 하니 눈알 살인이 보도된 건 이번 사건이 일어나기 사흘 전이라면서요? 피해자의 이름만 알고 있으면 속일 수 있소. 잔재주와 잔꾀면 충분하지. 이런 계집애는 쉽게 속일 수 있지 않겠소?"

"탐정소설을 너무 많이 읽으셨군요. 그럼 한 가지 여쭙겠는데, 이렇게 신문도 오지 않는 학원 내에 있으면서 그렇게 빨리 정보를 입수할 수 있습니까? 혹여 입수할 수 있다고 해도, 이 아가씨를 속여서 범인한테 무슨 이득이 있습니까? 속였다고 해도, 속인 학생은 죽었습니다 ——."

가이토는 물어뜯을 듯한 기세로 떠들어댄다.

"그러니까 이런 애가 하는 말은 다 거짓말입니다. 눈알 살인마는 상관없소. 당신은 그렇게까지 해서 이 학원을 망하게 하고 싶소! 탐정이 나서서 상황을 악화시키면 어쩌겠다는 거요!"

"탐정은 상황을 좋게 만들거나 나쁘게 만드는 사람이 아닙니다, 가이토 씨. 탐정이란 진실을 찾는 사람입니다."

마스야마가 그렇게 말하자 가이토는 몸을 젖히고 턱을 내밀며, 시바타 쪽을 향해 독설을 퍼부었다.

"흥. 들으셨습니까, 회장님. 교살마에 매춘에, 이번에는 눈알 살인마에 저주라고? 이놈들은 이렇게 남의 어두운 부분을 파내서 돈을 뜯어내는 사회의 쓰레기입니다. 눈알 살인마 따위는 우리와는 아무런 상관도 없는 놈입니다!"

가이토가 입을 다물자마자.

"가이토——."

하는 고함 소리가 울렸다.

큰 목소리는 넓은 회의실의 단단한 벽에 부딪히고 튕겨, 이상한 잔향이 되어 한참 더 꼬리를 끌었다.

누가 고함친 것인지 미유키도 알 수가 없었다. 그건 이름을 불린 본인도 몰랐는지, 가이토는 어깨를 움츠리며 주위를 둘러보았다.

고함 소리는 시바타의 것이었다.

"적당히 좀 하게! 눈알 살인마는 야마모토 씨를 살해한 범인이기도 하네! 아무런 상관이 없다는 말이 어디 있나! 입 좀 다물고 있게."

착한 청년의 이런 태도는 드문 일이리라.

시바타는 거북한 듯한 얼굴을 하고 있다. 숨소리가 거칠어진 것으로 보아, 평소에 고함치는 데 익숙하지 않은 것은 분명하다.

가이토는 삼각형의 눈을 부릅뜨고, 망가진 듯 굳어 있다. 학장 이하 다른 사람들은 입을 벌린 채 넋이 나간 듯한 얼굴을 하고 있다. 마스야마는 충분히 그 자리의 분위기를 살피고, 이제 적당한 때가 되기라도 했다는 듯 미유키에게 눈짓하고 나서 질문을 재개했다.

"그 아사다 유코 양——이였던가요? 죽은 학생. 그녀는 당신에게 네 번째 피해자에 대해서 뭐라고 설명하던가요?"

"정확하지 않을지도 모르지만, 그 매춘부의 동료라고 들었다——고 했던 것 같아요. 그 매춘부란 제일 처음 저주한 상대이고요."

"제일 처음 저주한 상대. 다시 말해서."

"그러니까 그 가와노 유미에 씌일 거라고 생각해요."

그런 식으로 말했었다.

마스야마는 크게 고개를 끄덕였다.

"그렇군요. 이건, 만일 사실이라면 경시청은 발칵 뒤집힐 겁니다. 동기 없는 연쇄 엽기 살인에 공통된 동기가 있다는 이야기가 아닙니까!"

"우리 학원 내에 매춘 행위가 있었다는 걸 전제로 하면, 묻지마가 묻지마가 아니게 된다——는 뜻입니까."

——그렇다.

미유키는 눈알 살인마에 대해서 자세히 알고 있는 건 아니다.

하지만 그것을 세상 사람들이 묻지마 엽기 살인이라고 말하고 있다는 것 정도는 알고 있었고, 지금껏 의심하지도 않았다. 하지만 적어도 그중 세 건은 거미의 종이 저주해 죽인 것이라고——죽은 유코는 말했다.

미유키는, 왜 저주가 실현된 것인지에 대해 전혀 생각하지 않았다.

그건 우연이다——라고 생각하는 정도가, 아직 미유키의 이해가 미치는 한계다. 매춘은 어떨지 몰라도, 사람을 저주로 죽이는 건 불가능하다고 생각한다.

——혹시.

검은 성모와 마찬가지로, 십자가 뒤의 커다란 거미도 실재하기라도 한다는 뜻일까.

다만 저주의 유효성은 제쳐 두더라도, 눈알 살인마의 피해자 중 세 명이나 거미의 종과 이해관계가 있었던 것 같다는 건——사실이다.

시바타는 심각한 눈을 하고 깊은 생각에 잠긴 후, 말한다.

"공표——해야 한다는 겁니까."

마스야마는 잠시 위를 올려다보고, 곁눈질로 미유키를 보고, 이어서 미에를 보고 나서 이렇게 말했다.

"국민 생활에서 범죄를 몰아내고 사회질서를 회복한다는 경찰의 관점에서 생각하면 당연히 공표해야 하겠지요. 이건 국민의 의무입니다. 다만——학원의 이익——아니, 시바타 그룹의 이익이 되는 일은 아니지요."

학장은 매우 당황했다.

그것을 계기로, 고함을 들은 후 줄곧 망가져 있던 가이토가 학장의 안색을 보고 괜찮겠다고 생각하기라도 했는지 그 알아듣기 힘든 목소리로 소리쳤다.

"어이, 당신! 학생의 입장도 좀 생각하시오! 그런 걸 공표하면 이곳 학생들의 인생은 엉망진창이 된다고. 교내 매춘이라는 밑도 끝도 없는 소문 때문에, 죄도 없는 많은 아이들이 평생 편견과 차별을——."

"아니 ——."

가이토의 고함 소리는 다시 시바타에게 가로막혔다.

"경찰에 —— 연락하지."

시바타는 조용히 말했다.

고함치는 것보다 박력이 있었다.

"회장님 —— 당신, 제정신이오?"

가이토의 목소리는 한층 더 쉬어서, 이미 헐떡임이다.

"가이토 군. 흉악한 살인자를 내버려둘 수는 없네. 게다가 구레 양은 이미 —— 일단은 이야기했어. 당국도 알고 있는 일일세. 마스다 군의 말대로 그들이 정보를 완전히 읽어내지 못하고 있을 뿐이야. 이렇게 깨달은 이상은 시사해 주어야겠지."

"하지만 어떻게 할 겁니까, 회장님. 우리 학교의 매춘은 사실이었다, 눈알 살인마의 범행 동기는 우리 학교에 있다고 큰 소리로 알릴 겁니까?"

"괜찮네. 일반에 공개되지 않게 할 방법은 얼마든지 있어. 내가 —— 알맞은 선을 통해서 직접 얘기하겠네."

시바타는 그렇게 말한 후 작은 목소리로,

"눈알 살인마만은 용서할 수 없으니까."

하고 중얼거렸다.

미유키의 눈에는 왠지, 몹시 남다른 감정이 있는 듯 비쳤다.

긴장을 풀어주려는 듯이 마스야마가 말했다.

"시바타 씨, 그, 의지가 강하신 건 알겠습니다만 학장님이 굳어 있습니다. 조금만 더 기다려 주십시오."

"기다린다?"

"경찰에 알리기 전에, 내부조사를 해서 사실 확인을 해 둘 필요가 있습니다. 이건 여러분의 말씀처럼 민감한 문제입니다. 그래서 우리가 와 있는 것이고, 어쨌거나 그, 오리사쿠 씨의——넷째 따님인가요? 그 사람한테도 이야기를 들어 봐야——."

"아아, 미도리 양. 그녀는 상관없을 겁니다."

학장이 간단하게 말하자 미유키는 조금 놀랐다.

미유키가 이야기한 사실에서 그런 결론을 과연 도출할 수 있는 것일까? 어디를 어떻게 들으면 그렇게 될까. 마스야마가 말한다.

"상관없지는 않겠지요. 이 아가씨의 증언이 사실이라면 적어도 그 사람은 거짓말을 하고 있습니다."

"거짓말을 할 아이가 아닙니다."

"저도 거짓말은 하지 않았어요!"

미유키는 날카롭게 말했다.

시바타는, 그렇지요, 하고 말했다.

"그래서 곤란한 겁니다. 다만 미도리 양은 거짓말을 하고 있는 게 아니라 착각을 하고 있다거나. 그리고 학생도 착각을 하고 있다거나, 그런 건 아닐까요? 예를 들면 그렇지, 와타나베 양의 자살 미수 하나만 봐도 뛰어내린 그 순간에 미도리 양은 옥상에 도착하지 않았어요. 그리고 아사다 양이 떨어졌을 때는 미도리 양은 이미 아래층으로 내려와 있었다거나."

"그건——."

확실히 미유키 자신도 당황하고 있었던 건 틀림없다. 유코가 먼저 옥상에 도착해 있었던 건 확실하지만 미도리는 미유키의 등 뒤에 있었으니까——.

── 그렇지는 않다.

그 자리에 있었던 사람밖에 모르겠지만, 결코 그런 타이밍이 아니었다.

게다가 미유키는 적어도 유코가 떨어질 때까지 2층에 머물러 있었으니 떨어지기 전에 미도리가 내려왔다면 반드시 합류했을 것이다.

"── 그럴 수는 없어요."

꽤 자신 있구나, 너는, 하고 교무부장이 말했다.

"네 망언과 오리사쿠 씨의 증언, 어느 쪽을 믿겠느냐고 한다면 그건 명백하지. 소행, 성적, 신앙심, 무엇을 봐도 비교가 안 돼."

가문과 경제력이 빠져 있다고, 미유키는 생각했다.

그것이 가장 효력을 발휘하고 있는 게 틀림없다.

── 그런가.

미유키는 깨닫는다. 미도리와 자신들은 기본적으로 서 있는 곳이 다르다. 그래서 미도리는 그렇게 고민할 것까지도 없이, 자신 있게 위증할 수 있는 위치에 있었던 것이다.

미유키는 ── 그것을 잊고 있었다.

그 아이라면 학원 내에서 못 할 일은 없다. 어떤 억지도 통한다. 하고 싶은 대로 할 수 있다.

오만함이라고는 조금도 엿보이지 않던 천사의 얼굴에 현혹되어 있었지만, 그것을 빼고 보면 미도리는 학원 내에서 횡포한 절대 권력자가 될 수 있는 존재였다.

"── 결국, 믿어주시지 않는 거네요."

"그렇지는 않아요. 우리는 아가씨의 이야기에 따라 생각하고 있으니까. 하지만 그 사람도 만나보지 않으면 ──."

마스야마는 팔짱을 낀다.

시바타는 마음을 다잡은 듯이 말했다.

"현재 오리사쿠 가에는 경찰이 들어가 있어서 자유롭지 못하지만, 오늘 아침쯤 미도리 양이 이쪽으로 올 수 있도록 손을 써 달라고 지바 본부에 연락을 해 두었습니다. 저택은 비교적 가깝고, 자동차를 보내 두었으니 이제 도착할 때가 되었지요."

——미도리가 온다.

미유키는 숨을 삼켰다.

갑자기 불쾌한 시선이 느껴졌다. 둘러보니 가이토가 미유키를 노려보고 있었다. 도마뱀이 초조해하고 있는 건 명백했다. 결과적으로 탐정의 동향이 매춘 사실을 확인하는 것으로 좁혀지고 말았기 때문이다. 가이토는 일어섰다.

"회장님, 저는——잠깐 자리 좀 비우겠습니다."

뭔가 할 생각인 걸까.

가이토가 나가자 시바타는, 에노키즈 씨는 어디를 산책하고 있는 걸까요, 하고 마스야마에게 물었지만 마스야마는, 신만이 아시겠지요, 하고 시치미를 뗐다.

5분쯤 지나서 복도가 소란스러워지고, 남자 몇 명이 들어왔다. 한 사람이 시바타 옆에 서서 자세를 바로 하고, 지금 모셔왔습니다, 라고 하더니 이어서 얼굴을 가까이 하고 귓속말을 했다.

시바타는 웃음을 지으며 수고했다고 남자를 치하한 후, 모든 사람을 둘러보며, 방금 미도리 양이 도착했다고 합니다, 하고 말했다.

"학장님, 오늘부터 미도리 양은 기숙사로 돌아올 수 있는 모양입니다. 지금 방에 짐을 가져다두러 가 있다는군요."

학장은 교무부장과 얼굴을 마주 보고, 그렇습니까, 그거 잘됐네요, 하고 말했다.

―― 미도리가.

오리사쿠 미도리가 돌아왔다.

드디어. 불길한 예감이 미유키의 가슴을 가득 채웠다.

"―― 나올 때 도쿄의 형사가 쳐들어와서 한바탕 실랑이가 있었던 모양이에요. 그래서 출발이 늦었나 봅니다. 마스다 씨, 곧 올 겁니다."

시바타가 말을 마치는 것과 거의 동시에 문이 열렸다.

곧게 뻗은 미도리의 검은 머리카락. 도자기 같은 하얀 피부.

커다란 눈동자가 방 안의 빛을 반사해 빛나고 있다.

그것을 에워싸고 있는, 젖은 듯한 검은색의 길고 긴 속눈썹.

동성도 넋을 잃을 정도의 미소녀 ――.

마스야마는 숨을 삼키며 잠시 뜸을 들였다가 호오, 하고 말했다.

미도리는 목례를 하고 문을 닫더니 자기 이름을 말한 후, 정중하게 인사하고 나서 걱정스러운 듯이 미유키를 보며,

"구레 씨 ―― 이제 몸은 좀 괜찮으세요?"

하고 말했다.

언제 들어도 순진하고 다정한 목소리다.

미유키는 응시한다.

아무것도 달라진 것은 없다.

꺼림칙한 데라곤 아무것도 없다.

표정에는 한 점의 그늘도 없다.

평소보다 약간 근심을 담고 있는 만큼 더욱 덧없어 보이고, 덧없어 보이는 만큼 더욱 사랑스러웠다.

기억의 미궁 속과 달리, 직접 보는 미도리는 청렴하고 결백하다.

살인도 매춘도 악마숭배도——절대로 이 아이와는 상관없다는 기분이 들고 만다.

그러면 미유키 같은 소녀는 느낄 필요도 없는 부담감을 느끼고 만다. 나쁜 건 저예요, 거짓말을 한 건 저예요——라고 거짓으로라도 자백하고 싶어진다. 미유키는 그것이 분하다.

시바타는 엉거주춤 일어서서 미도리에게 착석을 권하고 나서,

"미도리 양. 잘 와 주었어요. 집에서도 힘들었을 텐데. 이제 경찰은 돌아갔나요? 어머님이나 언니들은 괜찮으시고? 아카네 씨는 상당히 힘들어하고 있지 않습니까?"

하고 물었다. 미도리는 예의 바르게 의자에 걸터앉고 나서 아주 작은 한숨을 내쉬며,

"아카네 언니는 정말 슬퍼하고 있어요. 보고 있는 제가 더 괴로웠어요."

하고 대답했다.

그래, 가엾게도, 그 사람도 불행한 사람이야——하고 시바타는 말했다.

아카네라는 사람은 죽은 고레아키의 반려자일 것이다.

그리고 반려자라면 그런 놈이라도 죽으면 슬픈 거겠지, 하고 미유키는 새삼 생각했다. 실제로 그렇게 불쾌한 기분을 맛보아야 했음에도 불구하고, 미유키는 고레아키를 생각할 때 메우기 어려운 상실감을 품고 있는 자신을 깨닫는다. 부부라면 그 구멍도 클 거라고 생각한다.

——살인자. 사요코는.

그런 기분을 모르게 된 것이리라.

그것을 생각하면 미유키는 사요코를 대신해서 부당한 죄책감을 느끼고 만다. 미도리는 고레아키의 처제이기도 하다. 가족이 죽은 것이나 마찬가지다. 그래서 미유키 안에서 미유키의 입장은 한층 더 나빠진다. 시바타가 말한다.

"그리고 일부러 와 달라고 한 이유는——벌써 몇 번이나 물어본 거지만, 그——."

미도리는 단호하게 말했다.

"제가 위증한 것 말이군요, 아저씨."

일동은 하나같이 한순간 말을 잃었다.

미도리는 살짝 눈물을 글썽거리고 있지만 과장되게 슬퍼하고 있는 것 같지는 않았다.

그건 매우 진지한 태도——로 보였다.

"저——와타나베 씨에 대해서는 거짓말을 하고 있었어요. 죄송합니다."

미도리는 일어서서 깊이 머리를 숙였다.

"하느님의 뜻에 등을 돌리고, 여러분을 헷갈리게 하는 거짓말을 해서 정말——진심으로 반성하고 있어요. 죄송했습니다."

그리고 고개를 숙이고 앉더니 다시 한 번 머리를 숙였다.

"미도리 양, 너는——."

"사실은——."

희미하게 뒤집어진, 조금 강한 말투로 미도리는 말했다.

"와타나베 사요코 씨는 뛰어내렸어요. 구레 씨랑 옥상에 올라가고 나서 바로였어요."

——의심받을 가능성을——알아챈 것이다.

훌륭한 선제공격——이다.

"와타나베 씨가 왜 그런 무서운 일을 하신 건지, 저는 전혀 모르지만 어쨌든 스스로 목숨을 끊는 건 계율을 어기는 일. 죄입니다. 하지만 다행히 목숨을 건졌다는 걸 알고, 이건 하느님께서 와타나베 씨를 용서하신 거라고 생각했어요——."

미도리는 가련해 보이는 몸짓으로 가냘픈 몸을 더욱 움츠렸다.

"——그래서 만일 뛰어내린 게 그녀의 한순간의 실수였다면——어쨌든 깊은 사정도 있을 테고요——저는 몰랐던 걸로 해 두는 게 좋지 않을까, 그렇게 생각했어요. 설령 무슨 일이 있었다고 해도 와타나베 씨가 참회하고, 조용하고 편안한 삶을 되찾을 수 있다면 그편이 좋지 않을까 하고——."

자비롭기도 해라——하고 교무부장이 말했다. 그건 굳이 말하자면 불교 아니냐고 미유키는 생각한다.

확실히 이치에는 맞다. 그러나 그럼 유코에 대해서는 어떻게 설명하겠다는 것일까?

미유키가 묻기 직전에——마치 미유키의 의식을 읽어낸 듯——미도리는 이렇게 말을 이었다.

"아사다 씨에 대해서는 정말로 몰라요. 왜 그분이 돌아가셨는지, 거기에서 무슨 일이 일어났는지, 저는 보지 못했어요."

"하지만——오, 오리사쿠 씨 그때——."

미도리는 수줍은 듯이 살짝 웃었다.

"저는, 부끄러운 이야기지만——그때——정신을 잃고 말았어요."

“기절——그 후에?”

“네. 구레 씨가 계단을 뛰어 내려갔을 때, 그때 옆으로 밀쳐져서 그대로——저도 구레 씨처럼 용감하게 행동할 수 있었으면 좋았겠지만——그런 무서운 광경을 본 건 처음이었거든요——.”

“참혹한 시체에 투신자살이니 무리도 아니겠지요. 학생 같은 사람에게 보여주고 싶은 게 아니에요.”

학장이 말했다.

미유키에게는 보여주고 싶다는 듯한 말투다.

미도리는 슬픈 듯이 눈을 내리깐다. 하얀 피부에 검고 긴 속눈썹이 눈에 잘 띈다.

그건 그렇고——.

——잘 알고 있다.

자기의 특성을 최대한으로 살린 연출이다.

자신의 용모, 인상, 입장, 그 모든 것을 남김없이 동원한 언동. 어디에서 어떻게 움직이고 어떻게 무슨 말을 하면, 주위에서 어떻게 느끼고 어떻게 반응할까 하는 것을, 미도리는 전부 계산하고 행동하고 있는 것이다.

“어떤가, 구레 양, 들은 대로 오리사쿠 양은 결백해. 넌 있지도 않은 망상을 품고 있었던 거야. 그 뭐라는 조직이 만일 정말로 있다고 해도 말이지. 그건 오리사쿠 양하고는 상관없어. 그렇다면 아사다 양은 당연히 자살이지.”

학장은 미유키에게 모멸의 시선을 던지며 의기양양하게 그렇게 말했다. 그리고 미도리 쪽을 향해 약간 장난스러운 말투로 이렇게 말을 이었다.

"여기 구레 양은 네가 악마숭배자의 두목이라고 주장한단다. 게다가 매——아니, 그건 네 앞에서 말하기는 꺼려지는구나. 그래서 배신자 아사다를, 떠밀——그것도 말할 필요는 없겠군. 어쨌든 좋지 못한 일을 하고 있다고 착각하고 있었던 모양이야. 정말이지 누명도 정도껏 씌워야지. 거미——거미의 부하? 종인가? 그런 건 모르지?"

학장은 웃었다.

미도리는 말없이 사랑스럽게 고개를 갸웃거렸다.

——승산은 없다.

"그, 오리사쿠 씨."

마스야마가 물었다.

"검은——아니, 범인인 듯한 남자에 대해서인데요, 그쪽도? 그, 전혀 보지 못했습니까?"

"그것도——보지 못했어요. 검은 성모의 가르침은 성경에는 씌어 있지 않잖아요. 수상한 것이 보이는 건 마음에 미혹이 있기 때문입니다. 게다가 상식적으로도——그런 건 있을 리가 없어요——."

미도리는 미유키를 힐끗 바라보았다.

"나는 진실 이외에는 보지 않는다고 주장하는 건 오만이라고 생각해요. 마찬가지로 자신이 본 것은 모두 존재한다고 믿는 것도 오만이라는 거지요."

"하아, 그런 이야기가 있긴 하지요——."

마스야마는 한심한 얼굴을 미유키에게 향했다.

——이걸로.

거미의 종과 미도리를 잇는 선은 끊긴 것이나 마찬가지다.

유코가 죽어버린 이상 단서도 없다.

모든 건 미유키의 망상으로 치부되어도 어쩔 수 없다. 유코에게서 거미의 종 이야기를 들은 사람은 미유키뿐——.

사요코——인가.

이 회의실에 뛰어들어 왔다가 유폐되고 나서 사흘 동안, 미유키는 사요코를 만나지 못했다.

"사요코——."

그 중얼거림을 놓치지 않고, 마스야마가 말했다.

"그렇군요. 문제는 그 와타나베 씨네요."

"문제일까요? 뭐, 문제이긴 하지만."

학장은 불만스러운 듯하다. 사무장이 말을 이었다.

"와타나베 양은 슬슬 상처도 나은 것 같은데요. 그렇지, 오리사쿠 양의 이야기도 있고, 그녀가 자살을 꾀한 건 틀림없는 일 같군요. 그렇지요, 이사장 대리님."

질문을 받고 시바타는 이마를 검지로 가볍게 찌르며,

"하지만 그녀 자신은 자살 같은 건 하지 않았다고 말했지요. 그렇다면——이번에는 그녀가 위증하고 있는 게 되겠군요?"

하고 말했다.

교무부장이 가볍게 받아넘긴다.

"하지만 본인이 숨기는 건 당연하다면 당연하겠지요. 일시적인 마음의 미혹으로 자살을 시도해 보긴 했지만 살아남았기 때문에 마음이 변했고, 부끄러워서 입을 다물고——."

"마음의 미혹이라는 건 무슨 말인가요!"

그때까지 과묵하게 있던 스기우라 미에가 몹시 도발적이고 엄격한 말투로 끼어들었다.

"듣자 하니 그녀는 되풀이해서 성적 학대를 받고, 폭행을 당해 왔다면서요. 그게 사실이라면 마음의 미혹이라는 말은 철회해야 합니다. 아뇨, 사죄해야 하지요. 매춘 행위의 유무보다도, 학교 측은 우선 그 남자 교사에 의한 성폭력에 대해서 실태와 사실관계를 상세히 밝혀야 합니다!"

학장은 그런 사실은 없다, 증거가 없다고 말했다.

"증거는 있겠지요. 폭행당한 사람으로 생각되는 본인이 살아 있어요. 물어보면 될 일이잖아요."

"사실이라도 말하지 않겠지요."

"우리가 물어볼까요?"

미에는 굽히지 않는다.

"만일 사실이라면, 우리 여성과 사회를 생각하는 모임에서는 이 학원을 고발하고, 또한 철저하게 항의하지 않을 수 없습니다. 책임은 전부 당신들 교사에게 있어요!"

"다, 당신은 뭐요, 그, 용의자의 아내라는 입장을 명심하시오. 도대체 무슨 권한이 있어서——."

"용의자의 반려자이든 범인의 부모이든, 그런 건 상관없어요. 지금 한 발언 자체도 문제로 삼겠습니다. 여자는 남자에게 예속되는 게 아니에요. 설령 부부라도 인격은 별개입니다. 범죄자의 반려자라고 해서 기본적인 인권까지 박탈당하지는 않아요. 아니, 있어서는 안 되는 일이잖아요!"

"잠깐만요, 미에 씨. 당신의 말은 잘 알겠지만 때와 장소를 다시 잡아서, 그, 오리사쿠 아오이 씨라도 모셔 와서 항의해 주십시오——."

마스야마가 한심하면서도 눈치 빠른 중재를 했다.

오리사쿠의 이름에 민감하게 반응해, 학장 이하는 입을 다물었다.

마스야마는 말을 잇는다.

"── 어쨌든 말이지요, 지금은 형사사건의 ── 실례. 으음 살인에 얽힌 사실 확인을 우선했으면 합니다. 제가 문제시하고 싶은 건 혼다 씨의 죽음도 고레아키 씨의 죽음도, 그 와타나베 씨가 바랐기 때문에 초래되었다 ── 라는 구레 씨의 증언입니다."

누가 범인이든 ── 그것만은 틀림없다. 사요코가 혼다의 죽음을 바라고 있었던 건 사실이다. 그리고 이사장의 죽음 또한, 비열한 공갈 행위에 대한 보복이다. 사요코는 미리 알고 있었으니까.

학장은 고개를 좌우로 저었다.

"또 저주인가요?"

"살인입니다 ──."

마스야마는 미유키를 대변하듯이 말했다.

"── 이건 괴담도 유령 이야기도 아니고 살인사건입니다. 아시겠습니까, 실제로 사람은 몇 명이나 죽었어요. 모두 살해되었지요. 반드시 ── 범인은 있어요. 그리고 두 명이나 목격자가 있었던 셈이니까 와타나베 씨가 투신자살을 시도한 건 틀림없는 것 같습니다. 하지만 ── 그녀는 살아 있어요. 그렇다면 아까 구레 씨가 말한 대로, 분명히 구해준 인간이 존재하겠지요. 그녀에게는 협력자가 있는 겁니다. 게다가 실행범은 아니라고 해도 그 와타나베 씨에게는 두 건의 교살사건에 모두 충분한 동기가 있는 모양이네요. 그렇다면 그 협력자가 공범이거나 사후공범일 가능성, 또는 와타나베 씨에 의한 살인 교사일 수도 있습니다!"

시바타는 과연, 하며 고개를 끄덕이고 이렇게 말했다.

"그렇군요——이 경우 와타나베 양의 증언은 중요하겠군요. 상태가 괜찮은 것 같으면 불러오지요. 그편이 좋겠네요. 그렇지요, 마스다 씨?"

판단이 맡겨지자 마스야마는 망설일 게 뭐가 있느냐——는 얼굴을 하고, 꼭 불러 주십시오, 하고 대답했다. 정말이지 이 사람들은 왜 당사자를 한꺼번에 만나지 않는 것일까. 그렇게 하면 이야기는 몇 배나 빠를 텐데.

미도리가 낮게 말했다.

"그러고 보니——와타나베 씨가 방금 가이토 씨와 함께 걸어가시는 모습을 보았는데요."

"가이토 군이? 그는 뭘 하고 있는 거지?"

시바타가 의아한 듯이 말했다.

가이토의 말이 미유키의 귀에 되살아난다.

——시간이 없어. 이제 시간이 없다고.

——탐정에게도 시바타 씨한테도 자백하면 안 돼.

——온다고 금세 해결되는 건 있을 수 없는 일이지만.

——어제, 하루만 생각하게 해 달라고,

그런가. 가이토는 아까 사요코를 만나기 위해 자리를 뜬 것이다.

도마뱀은 탐정이 본격적으로 움직임을 시작하기 전에 매춘 사실을 알아내려는 것이리라. 가이토의 이야기에 의하면 사요코는 어제 추궁을 받고 하루만 기다려 달라고 말했다고 한다.

어제 그렇게 말했다면 약속한 날은 오늘——.

"아!"

미유키는 소리를 질렀다.

사요코는 —— 고레아키를 죽인 것처럼 —— 가이토도 죽일 생각인 게 틀림없다.

검은 성모에게 의뢰해서, 그것도 오늘 중에 ——.

"가이토 씨가 위험해요! 가이토 씨는."

가이토 씨는 살해될 것이다.

교무부장이 책상을 내리쳤다.

"무슨 말을 하나 했더니, 작작 좀 해라. 계속 거짓말을 하는 버릇에도 정도가 있지! 조금 전에 겨우 오리사쿠 양의 의심이 풀렸나 했더니, 이번에는 또 그런 바보 같은 말을 꺼내는 거냐, 너는! 입에서 나오는 대로 지껄여서 어른을 놀리는 것도 정도껏 해야지. 어째서 가이토 씨가 살해되어야 한다는 거냐!"

"가이토 씨는 착각하고 있어서, 지난 며칠 동안 저랑 사요코를 집요하게 따라다니면서, 그."

"그러니까 뭐야!"

"사요코를 협박하면 이사장님이랑 같은 꼴을 당할 거라고 충고했어요, 저는. 하지만 그 사람은 뭔가 꿍꿍이라도 있는 건지, 전혀 포기하지 않고 어제 사요코와 접촉해서 —— 그랬더니 사요코는 하루만 기다려 달라고 말한 모양이에요. 사요코는 이사장님 때는 이틀만 기다리라고 했어요. 그때는 검은 성모님이 듣고 있었으니까 이제 괜찮다고도 했고요. 이사장님은 그 이틀째가 오기 전에 ——."

마스야마가,

"그렇군."

하고 소리쳤다.

"현재 가이토 씨는 살해된 고레아키 씨와 같은 상황에 있는 거로군요? 혼다 고조, 오리사쿠 고레아키에 이어, 현재 와타나베 씨가 죽기를 바라고 있는 건 아까 그 가이토 씨라고——그래서 성모에게 의뢰해서——."

"어이, 이봐요. 당신까지 뭐요. 이제 그런 헛소리를 믿는 건 좀 그만두시오. 검은 성모 따윈 존재하지 않는다고, 오리사쿠 양도 말하고 있잖소. 아무리 소원을 빌어도 나무 조각이 움직일 리가 없지. 중학생 쪽이 훨씬 분별이 있군."

교무부장은 얼굴을 일그러뜨리며 소리를 질렀다.

마스야마는 자리에서 일어나 무언가를 뿌리치듯이 한 번 주먹을 휘두르고, 일동을 둘러보며,

"작작 좀 해 주었으면 싶은 건 이쪽입니다. 몇 번을 말해야 아시겠습니까! 검은 성모는 있든 없든 상관없습니다. 학장님. 시바타 씨. 그런 요괴는 없어도, 살인자는 엄연히 있습니다! 살인은 일어나고 있으니까요. 이 아가씨는 처음부터 그런 말을 하고 있는 겁니다. 제대로 좀 들어 주십시오. 그렇지요, 구레 씨?"

라고 말하며 길고 갸름한 눈으로 미유키를 보았다.

——알고 있잖아. 이 사람.

정말 마스야마의 말대로다. 다른 놈들은 어른인 주제에 어째서 그 정도도 모르는 것인지, 미유키는 이해할 수가 없다. 마스야마는 계속해서 말을 이었다.

"사무장님! 으음, 취사장의——스기우라 씨는 몇 시에 돌아오기로 되어 있었습니까?"

"정오까지는——돌아오게 되어 있었는데요."

"그럼 이미 돌아왔을 게 아닙니까? 그렇다면——오리사쿠 씨, 두 사람은, 가이토 씨와 와타나베 씨는 어디에 있었습니까?"

"예배당 쪽으로——가신 것 같은데요."

열세 번째 성좌석——검은 성모의 사당.

거미의 종의 의식 장소다.

——아무렇지도 않은 얼굴로 잘도 말한다.

가이토 다음으로 사요코가 노릴 사람은——이 미도리일 것이다.

"갑시다!"

마스야마는 기운차게 그렇게 말한 후 미에를 보며, 당신은 남아 있는 게 좋겠어요, 하고 말했다.

미에는 날카롭게 마스야마를 노려보며,

"가겠어요. 호적상으로는 아직 배우자니까요."

그렇게 말했다.

시바타와 마스야마를 선두로 전원이 이동했다.

학장과 교무부장은 납득이 가지 않는다는 얼굴을 하고 느릿느릿 움직이고 있다. 그래서 미유키는 추월했다. 추월할 때 교무부장이 소매를 세게 잡아당겼지만 뿌리쳐 주었다. 느림보를 상대해 주고 있을 수는 없다.

더 이상 시체가 나오게 해서는 안 된다.

더 이상 사요코에게 바보 같은 짓을 시켜서는 안 된다.

이대로 가면 사요코는——.

무기적인 돌바닥. 위압감밖에 없는 견고한 건물들. 뿜어져 나오지 않는 죽은 분수. 모든 것을 튕겨내는, 상냥한 데라곤 없는 감옥 같은 학교. 예배당에 새겨진 기분 나쁜 부조, 읽을 수도 없는 문자의 나열.

"학장님!"

미유키는 돌아보며 외쳤다.

"전부터 물어보고 싶었는데요, 이건 뭐라고 적혀 있는 건가요!"

학장은 멍청한 얼굴로 입을 벌리며 사무장을 바라보고, 사무장은 교무부장을 바라보았다. 교무부장은 우물쭈물하며 자신의 뒤에 있던 미도리를 보았다.

"모르는 거군요! 그럼 됐어요!"

미유키는 재빨리 포기하고, 또각또각 발소리를 내며 잔걸음으로 나아가 앞에 가던 두 사람을 향해, 뒤쪽이에요, 틀림없이 뒤일 거예요, 하고 말했다.

전갈자리. 황소자리. 천칭자리.

"이게 성좌석인가."

마스야마가 말했다.

뒤쪽으로 나가면 돌바닥은 끝난다.

울창한 숲과 온통 우거져 있는 잡초.

예배당 바로 뒤. 열세 번째 성좌의 석판.

불그죽죽한 덩굴로 아래쪽이 덮여 있는 예배당의 벽.

숲 앞에는 다 썩어 가는 검은 성모의 사당.

역시 나무로 된 격자문은 경첩이 여전히 부서져 있고, 안의 어둠은 지금도 엿보인다.

불길한 풍경.

——똑같아.

학장 일행은 옆으로 꺾어지는 길 중간에서 망설이고 있다.

쏴아쏴아. 바람 소리.

가슴의 두근거림. 아니다.

마스야마가 조용히, 하고 말했다.

쏴아쏴아. 기척. 소리. 목소리?

"누군가 있어. 뭐지?"

"숲 속이다. 마스다 씨! 누군가 싸우고 있어요!"

시바타는 용맹한 얼굴을 하고 일직선으로 숲을 헤치고 들어갔다.

마스야마는 조금 우회해서 안쪽으로 향하더니, 신중하게 덤불을 헤치며 상황을 살폈다. 미에가 마스야마에게 달려간다.

미유키는 마스야마를 추월해 예배당 벽을 따라 더욱 안쪽으로 나아가서 검은 성모의 사당 앞에서 멈추었다.

시큼한 공기와 부패한 흙냄새, 건조한 풀 향기와 정체를 알 수 없는 망념이 숲을 빠져나와 얼굴이며 뺨에 닿았다.

사당을 바라본다.

거기에 숨어서 듣고 있던 놈.

——사람을.

사람을 죽이다니!

말도 안 된다. 사요코를.

사요코를 끌어들이지 마!

그때.

덤불 속에서 신음하는 듯한 목소리가 들렸다. 이어서 짧은 비명. 미유키는 한순간 긴장하고, 반쯤 될 대로 되라는 기분으로 성모의 사당으로 다가갔다.

——어디지?

"앗."

미유키는 발이 무언가에 걸려 비틀거리고, 앞으로 고꾸라져 땅바닥에 손을 짚었다.

부드럽다.

시선을 땅바닥으로 보낸다.

거기에는——.

잘 아는 형태의 것이 누워 있었다.

눈에 익은 검은색에 가까운 회색 덩어리다.

——뭐지?

하얗고 긴 것 두 개가 흙 위에 비쭉 뻗어 있다.

다리다. 사람의 다리다. 치맛자락은 말려 올라가고, 구두는 한쪽이 어디론가 날아갔고, 하얀 양말은 느슨해지고 검게 더러워져 있다. 양손은 마른 풀을 움켜쥐고 있고, 손톱에는 흙이 끼어 있다. 땅바닥을 쥐어뜯기라도 했을 것이다.

——누구?

미유키는 시선을 든다. 허리에서 가슴. 하얀 리본이 풀려서 칠칠치 못하게 늘어져 있다. 둥그스름하고 부드러운 어깨선. 거기에 이어지는 가느다란 목은,

검붉게 비틀려 끊어질 듯이,

그리고.

"사요코."

사요코가,

"시."

사요코가 살해되었다.

"싫어."

사요코의 시체였다.

"싫어."

안구가 반쯤 튀어나와 있다.

"싫어, 싫어."

목은 거의 직각으로 부러져 있었다.

"싫어어!"

검은 성모는——사요코의 부하가 아닌 것일까.

아니면 이것이 타인을 저주한 대가일까.

"싫어어어어, 사요코가——사요코가아——."

미유키가 비명을 지르는 것과 거의 동시에, 털썩하고 무언가가 떨어졌다. 그것은 덤불이며 마른 풀을 헤치고 회전해, 둔한 소리를 내며 튕겨 오르듯이 허공에 춤추었다.

——물새의.

그것은 여자의 기모노였다.

기모노는 매우 천천히, 그 천을 퍼덕이며 대지로 쓰러졌다.

하늘을 향한 새까만 얼굴이 거꾸로 눈에 들어왔다.

하얀 눈.

"아——."

그건 한순간의 일이고, 기모노는 함께 굴러온 땅바닥 위의 다른 덩어리를 덮듯이 펄럭였다. 우오오, 하고 포효가 들렸다. 무언가를 덮친 것이다.

"그만해!"

땅바닥의 검은 덩어리가 고함치고, 기모노는 다시 한 번 튕겨 올라 공중제비를 하며 쓰러졌다. 덩어리가 밀쳐낸 것이다.

그리고 기모노가 자세를 다시 바로잡기 전에, 덩어리는 둘로 갈라졌다. 갈라진 한쪽 덩어리는 비명인지 오열인지 모를 고함 소리를 지르면서 슬슬 이동하다가 멈추었다. 저것은.

——가이토.

또 하나의 덩어리는 민첩한 움직임으로 벌떡 일어나더니 또 덮쳐들려고 하는 기모노——검은 성모에게 몸을 부딪쳤다. 소매에서 울툭불툭한 하얀 팔이 뻗어 나와, 몸을 부딪친 덩어리를 꽉 움켜잡았다. 기세를 주체하지 못하고 두 개의 그림자는 서로 얽히듯이 공중제비를 돌고, 두 번쯤 회전한 결과 성모가 위에 올라타는 듯한 형태로 멈추었다.

검은 얼굴. 하얀 눈에는 눈동자가 없다. 여자 기모노. 소매에서 나온 팔에는 혈관이 도드라져 있다. 온 힘을 다 주고 있는 것이다. 그 굵은 손가락은 밑에 깔린 남자의 목을 붙잡고 있다.

"오오오오."

성모는,

——아니다. 성모가 아니다.

——이건——그냥 교살마다!

교살마는 짐승 같이 울부짖었다.

미처 칠하지 못한 눈 가장자리가 붉게 물들고, 관자놀이에 혈관이 튀어나온다.

반쯤 벌린 입에서 타액이 주르륵 흐른다.

"아, 아아——."

미유키는 다리가 풀렸다. 죽는다, 살해된다.

그 순간, 교살마는 뒤로 펄쩍 뛰었다. 두 다리에 걷어차인 것이다.

걷어찬 남자는 기민하게 몸을 일으키더니 즉각 쓰러진 교살마의 얼굴을 힘껏 차올렸다. 다다미를 죽도로 두드리는 듯한 소리가 났다.

"이 어리석은 놈!"

——탐정!

교살마와 싸우고 있었던 사람은 탐정이었다.

탐정은 두세 번 걷어차고, 교살마는 땅바닥을 구르다가 검은 성모의 사당에 부딪혔다. 건물은 끼익 하고 소리를 낸다.

"에노키즈 씨!"

그제야 마스야마와 시바타가 숲을 빠져나왔다.

미에가 난투 사이를 뚫고 미유키에게 달려와 안아 일으킨다.

"사요코가."

소란을 듣고 학장 일행도 달려왔지만, 손을 대지 못하고 멀리서 에워싸고 있다. 말릴 수 있을 만한 상황은 아니라고 하더라도 참으로 겁쟁이다. 저놈들은 대체 무엇을 위해서 살고 있는 것일까. 아무것도 못 하는 주제에. 아무것도 모르는 주제에.

사요코가 죽었다는데.

——대체 뭐야!

미유키는 주먹으로 땅바닥을 내리쳤다.

땅바닥은 튕겨내지 않고 움푹 파였다.

"경찰이다! 경찰을 불러!"

시바타가 고함친다. 사무장이 구르듯이 달려 나간다.

탐정은 몸을 일으키고, 이를 드러내며 여전히 덤벼드는 교살마의 멱살을 잡더니 힘으로 사당 벽에 몇 번인가 부딪쳤다. 건물이 반쯤 무너진다. 탐정은 한 발짝 물러서며,

"그런 구조인가."

하고 말했다.

말하자마자 탐정은 물새 무늬를 움켜쥐고 힘껏 당겨, 교살마의 기모노를 벗겨냈다.

교살마는 팽이처럼 빙글 돌고, 기모노는 가볍게 한 번 바람을 머금었다가 탐정의 손으로 푹 꺼졌다.

순간 교살마는 공기가 빠진 듯 그 자리에 무너졌다.

마스야마와 시바타가 달려와 양쪽에서 팔을 잡고 누른다.

탐정은 약간 숨을 헐떡이는 정도다.

"이 어리석은 놈."

정말 어리석은 놈——일 것이다.

"변태가 신을 이길 수 있다고 생각하나, 멍청이."

그렇게 말하며 탐정은 가슴을 폈다.

환상이 사라졌다.

검은 성모님이 듣고 기가 막혔을 것이다.

보니 얼굴을 검게 칠했을 뿐인, 작업복을 입은 평범한 남자가 땅바닥 위에서 넋을 잃고 있을 뿐이었다. 백일하에 드러난 검은 성모는 몹시 우스웠다. 망가진 사당에서 진짜 검은 성모님이 그 어릿광대를 조소하고 있다.

"——다카오 씨."

미에가 말했다.

교살마——스기우라 다카오——는 천천히 그 더러워진 얼굴을 이쪽으로 향하고 미에의 얼굴을 확인하더니,

"미에——."

라고만 말했다.

"이 녀석은 이제 도망치지도 날뛰지도 않을 걸세. 이건 내가 맡아 두지——."

탐정은 기모노를 팔랑팔랑 흔들었다.

"——그러니까 냉큼 경찰에 넘겨!"

그 말을 듣고 스기우라는 어깨를 축 늘어뜨리며 더욱 탈진했다.

마스야마는 탐정의 말을 믿은 것인지, 이제 시바타 혼자서도 괜찮을 거라고 생각했는지, 스기우라의 팔을 놓고 탐정에게 신경을 썼다.

"에노키즈 씨, 괘——."

"당연히 괜찮지, 마스야마 군! 그러니까 처음에 이 녀석이 범인이라고 말하지 않았나, 얼간이. 냉큼 붙잡았으면 여자애는 살았을 걸세! 그리고 어이, 네놈, 여자를 너무 밝히니까 이런 일을 당하는 거다. 자, 정신 차려!"

탐정은 엎드려 있는 가이토에게 가서 몸을 굽히고는 뺨을 세 차례 때렸다. 가이토는 자아붕괴라도 일으킨 듯 뜻을 알 수 없는 말을 했다. 실금한 것 같았다.

탐정은 실망한 듯이 말했다.

"오오, 실수했군. 나는 이런 꼴사나운 놈을 구한 건가! 이놈은 머리도 꼬락서니도 너무 나빠. 구하지 말 걸 그랬네!"

탐정은 잔뜩 경멸한 후 가이토를 떠밀었다.

누구 한 사람 도와주는 사람도 없이, 가이토는 예배당 벽까지 정말로 도마뱀처럼 기어가 덩굴 벽에 기대어 탈진했다. 목 언저리가 보라색으로 변색되어 있다. 머리카락도 옷도 엉망진창으로 흐트러지고, 마른 풀과 진흙으로 범벅되어 지저분했다.

시바타는 그런 심복을 눈을 가늘게 뜨고 바라보고, 이어서 넋을 잃고 있는 스기우라를 보고 나서 탐정에게 물었다.

"이건 대체——."

"간단한 일입니다. 나는 산책을 나와서 여기저기 구경한 후, 그 숲으로 들어갔습니다. 그런데 그 지저분한 오두막 앞에 웅크리고 있는 수상한 변태의 뒷모습이 보이더군요. 게다가 옆에는 여자애가 죽어 있고."

——죽어 있었다?

"어떻게 할까 하고 덤불 뒤에 숨어 있었더니, 이 여자를 밝히는 머리 나쁜 인간이 의기양양한 얼굴로 다가왔어요. 그랬더니 갑자기 그 여장 변태 교살범 녀석이 튀어 나가, 거기 있는 호색한 무능력 아저씨의 목에 달라붙더군요. 눈앞에서 사람이 살해되는 건 귀찮지요. 그래서 걷어차 줬더니 삼파전으로 육탄전이 벌어진 겁니다."

"잠깐만요, 에노키즈 씨. 이 아이는 그때, 이미 죽어 있었던 겁니까?"

마스야마가 물었다.

"죽어 있었고말고!"

"하지만——미도리 양, 너——."

시바타가 미도리를 본다.

미도리는 보기 드물게 비장한 표정을 짓고 있었다.

미도리는 분명히 사요코와 가이토가 걷고 있었다고 말했다.

이건 결정적 위증이다. 천사도 드디어 말실수를 한 것이다.

하지만——원숭이는 나무에서 떨어지지 않았다.

"그럼——제가 잘못 본 거로군요——."

미도리는 울음 섞인 목소리로 말하더니 학장에게 매달렸다. 옆에서 보기에는 참극에 겁을 먹은 미소녀로밖에 보이지 않는다.

이 상황에서도 잘못 보았다는 한 마디로 끝나 버린다——그것이 미도리의 실력인 것이다.

그리고 미도리는 조금 흐트러진, 그래도 여전히 어린 목소리로 외쳤다.

"——그건 그렇더라도 너무해요——이런 일이 용서될 거라고 생각하는 건가요! 신은 절대 용서하시지 않아요!"

넋을 놓고 있던 스기우라는 그 말을 듣자 흠칫 경련하더니 머리를 땅바닥에 문지르며 긴 비명을 흘렸다. 용서해 주십시오, 용서해 주십시오——라고 미유키에게는 들렸다.

미유키는 미도리를 본다.

미도리에게는 이 꼴사나운 남자의 오열이 어떻게 들리고 있을까. 학장의 어깨 너머로 스기우라를 주시하고 있던 미도리는 그 시선을 깨닫자 미유키를 한 번 노려보고, 다시 스기우라를 보며,

"——용서받지 못할 일이에요."

라고 말했다.

스기우라는 히이, 하고 신음했다.

탐정은 미도리에게 지지 않을 정도의 커다란 눈으로 그 모습을 바라보더니 재빨리 자세를 바로 하며 미도리를 보았다. 사나운 표정이다.

그리고 탐정은 처음으로 진지한 말투로 말했다.

"너, 알고 있었으면서 왜 바로 알리지 않았지?"

미도리는 학장의 뒤편에서 대답했다.

"무슨——말인가요?"

"여기에 시체가 있다는 것 말이야."

"무슨 뜻인지 모르겠어요. 그런."

미도리가 얼굴을 숙인다.

학장이 감싸듯이 버티고 서서 탐정을 마주 본다.

교무부장이 옆을 지킨다.

"흐음——."

탐정은 미도리를 본 채, 또렷하고 짙은 눈썹을 약간 슬픈 듯이 일그러뜨리며 중얼거렸다.

"——너도——장기 말인가."

——장기 말?

무슨 뜻인지 알 수가 없었다.

탐정은 화난 듯이 말했다.

"그래서는 이런 변태 몇 명을 붙잡아도 소용없어! 퇴치해도 아무 소용없다고! 소용없는 건 싫네! 경과 자체가 사건을 생성해 나가는 듯한 음험한 사례는 내 취향이 아니야. 탐정은 신처럼 고고하네. 더 이상 상것의 장기 말이 되는 건 이제 사양이야!"

마스야마가 당황한다. 무슨 뜻이냐고 묻는다.

"——이 사건은 자네들이 감당할 수 있는 게 아니야. 적은——사건의 작자일세. 자네들은 등장인물이고. 등장인물이 작자를 지탄할 수는 없네."

사건의 작자.

그것은 창조주를 말하는 것일까?

탐정은 이어서 이렇게 말했다.

"마스야마 군! 자네는 당장 도쿄로 돌아가서, 얼른 교고쿠 녀석을 불러오게."

"추, 추젠지 씨 말입니까?"

"이건 내가 할 일이 아닐세. 탐정에게 필요한 건 결론뿐이야! 해체는 기도사가 할 일일세!"

"하? 추젠지 씨가 움직일까요?"

"올 걸세! 하코네의 빚을 갚으라고 전하게."

"하코네? 빌려주신 게 있습니까?"

"있네. 하기야, 그 녀석도 장기판 위에 올라오면 말이 되려나."

탐정은 심각한 얼굴을 했다. 마스야마는 달려갔다. 미도리는 탐정을 노려보고 있다. 학장과 교무부장은 미도리를 감싸고 있다. 미에는 미유키 옆에서 떨고 있다. 시바타는 스기우라를 누르며 곤혹스러워하고 있다. 스기우라는 울고 있다. 가이토는 망가져 있다. 사요코는 죽어 있다. 역시 여기는.

——좋지 못한 곳이야.

미유키는 그렇게 느꼈다.

◎ 이야야 [否哉]

옛날 한(漢)의 동방삭이
수상한 벌레를 보고 괴재(怪哉)라고 이름 붙인 바가 있다.
지금 이 이야야[否哉]도
이를 본떠 이름 붙여야 할 것이다.

—— 금석백귀습유(今昔百鬼拾遺) / 하권 · 우(雨)

8

싫어하는 사람이라면 5분도 버티지 못할 것이다. 압박감과도 다르고 긴박감이라고도 부를 수 없다. 책의 벽이다. 정연하게 늘어서 있지만, 어딘가 어수선한 느낌이 드는 건 한 권 한 권에 담긴 망집이나 이치에 맞지 않는 이론이 책등을 통해 각각 서로 주장하고 있기 때문일까.

마스다는 교고쿠도의 방 서가를 바라보고 있다.

천으로 된 표지. 가죽 표지. 상자에 들어 있는 것. 엔폰[円本][15]. 재래식 장정.

먼지와 잉크가 뒤섞인 고서 특유의 향기.

마스다는 이런 것을 싫어하지 않아서 묘하게 마음이 차분해진다.

주인은 좌탁에 한쪽 팔꿈치를 짚고, 불쾌한 듯이 담배를 피우고 있다.

마스다는 그 정면에 정좌하고 공손하게 앉아 있다.

마스다 군——하고 추젠지가 불렀다.

"네?"

---

15) 값이 한 권에 1엔 균일인, 값싼 전집류나 총서.

"그렇게 경직해 있는다고 어떻게 되는 것도 아닐세. 이완 좀 하게, 이완."

"그럼 그, 맡아 주——."

"싫네."

빠르다.

"에노키즈가 내던진 것을 왜 내가 받아야 한단 말인가? 나는 바쁘다네."

"무슨 하코네 산 사건으로 빚이 있다고."

"없네. 빌려주거나 빌린 것으로 상쇄하자 치면 이쪽이 빌려준 것이 더 많을 정도지. 그 녀석의 싸움은 학생 시절부터 대개 내가 수습해 왔네. 절대로 빚은 없어."

"그런 말 마시고 이야기 정도는 들어 주십시오, 추젠지 씨."

"전화로 들었네."

"즉각 거절하셨지 않습니까. 그것도 엄청나게 빨랐습니다."

"그만큼 받아들일 마음이 없다는 뜻 아닌가. 최근에 이래저래 신변이 소란스러워서 책도 못 읽었어."

추젠지는 그렇게 말하며 가까이 있던 책의 페이지를 넘겼다.

——읽고 있다.

마스다가 오고 나서 두 권째다. 숨 가쁘게 달려왔음에도 불구하고 마스다는 전혀 관심의 대상도 되지 못하는 것이다.

"전화로 말씀드렸을 때는 제정신이 아니었습니다. 어쨌거나 일대 활극이었으니까요. 게다가, 그——."

"죽은 아가씨 말인가."

"네. 무참했습니다. 분해요."

"자네는 —— 경관 체질일세, 마스다 군."

"네? 그렇습니까?"

추젠지는, 그래서는 탐정 일은 할 수 없어, 마스다 군 —— 하고, 마스다를 보지도 않고 말했다.

"다만 —— 그런 마음은 소중히 하는 게 좋지. 노파심에서 충고하는데, 그런 마음을 버려 가면서까지 집착할 정도로, 탐정은 거룩한 직업이 아닐세."

그건 알 것 같은 기분이 들었다.

탐정이 당사자가 되는 건 간단하다.

아니, 관여한 순간 싫어도 당사자가 되고 만다. 당사자에게는 사건의 전모는 결코 보이지 않는다. 보고 싶지 않아진다. 적어도 아슬아슬하게 마지막까지 외부에 머무르려는 각오 정도는 있어야 탐정 일을 할 수 있을 것이다.

추젠지는 마스다의 안색을 즉시 읽어낸 것 같았다.

"그렇지. 객체는 어떤 형태든 주체와 관련되면 객관성을 잃네. 관여하지 않고 진리에 이르는 것 외에는 탐정이 될 방법이 없어. 에노키즈는 자각 없이 사건에 관련되어 버린 것에 화가 난 걸세."

—— 더 이상 상것의 장기 말이 되는 건 이제 사양이야!

에노키즈는 분명히 그렇게 말했다.

"—— 그 녀석은 당연히 무대에서 내려가겠지. 아버님의 체면은 엉망이 되겠군. 하지만 그 아버님은 보기 드문 큰 인물이니까. 시바타 재벌은 고작해야 실가게다, 라는 정도로밖에 생각하고 있지 않겠지. 괜찮을 걸세."

"하지만 추젠지 씨. 더 이상 희생자가 나오는 건."

"마스다 군. 이 사건은 자네가 알고 있는 많은 사건과는 기반이 되는 원리와 법칙이 다르네. 설령 누가 어떤 형태로 관여하든, 결과는 아마——."

거기에서 추젠지는 처음으로 마스다를 보았다. 그리고,

"——똑같을 걸세."

하고 말을 맺었다.

"무슨 뜻입니까?"

"나 같은 게 나설 자리는 없다——아니군——그게 아니야. 내가 나서도 상황은 하등 나아지지 않는다고 하는 것이 좋으려나."

——그 녀석도 장기판 위에 올라오면 말이 되려나.

에노키즈는 그렇게도 말했었다. 마스다는 무슨 뜻인지 알 수가 없었다. 그래서 물었다.

추젠지는 대답한다.

"예를 들어서——그렇지, 마스다 군. 자네가 상경하지 않았다면 이 사건은 어떻게 전개되었을 거라고 생각하나?"

"예?"

어떻게 되었——을까.

우선 미에의 의뢰에는 에노키즈가 직접 대응했을 것이다. 그 직후에 마스오카가 찾아와 성 베르나르 학원 사건을 의뢰한다. 만일 에노키즈가 자리를 비웠다면 마스오카는 단독으로 추젠지를 찾아왔을 것이다. 그 뒤는 똑같다. 발각 시기는 앞서거니 뒤서거니 했을지도 모르지만, 어차피 직원명부를 통해서 스기우라가 있는 곳은 알 수 있다. 에노키즈는 아버지의 명령을 받고 학원을 찾아간다.

아무것도——달라지지 않는다.

"저는——전혀 도움이 되지 않는 겁니까."

"그렇지는 않네, 마스다 군."

추젠지는 거기에서 읽고 있던 책을 덮었다.

"확실히 자네가 없어도——꽤 늦어지기는 했겠지만——상황적으로는 같은 전개를 보였겠지. 에노키즈는 그런 남자이니 아마 스기우라 미에 씨의 이야기는 제대로 듣지 않았을 테고, 마스오카 씨의 설명도 어차피 하나도 듣지 않았을 걸세. 그러니 명부도 보지 않았을 테고, 우선 스기우라라는 이름을 외우지도 못하겠지. 하지만 에노키즈의 경우는 직원명부 따위는 보지 않아도 학원에 간 단계에서 스기우라 다카오를 발견하고, 즉각 범인으로 단정할 것이 분명하니 말일세——."

사실 거의 단정하고 있었다.

"——그 점에서 생각하면, 자네는 진범의 계획상 절대로 필요불가결한 장기 말이었다고는 생각할 수 없네. 그건, 뭐 당연한 일이지. 탐정을 지망하는 전직 형사가 때마침 에노키즈를 찾아오다니, 다른 사람은 상상할 수 없는 일이지. 진범도 예외는 아니니, 그건 당연하네. 하지만——."

추젠지는 거기에서 한쪽 눈썹을 치켜세웠다.

"——자네가 시기적절하게 행동해 준 덕분에 스기우라 다카오에 이르는 길은 아마 최단거리가 되었을 걸세. 그것만은 사실이야."

마스다가 탐정을 맡게 되고, 마스오카와 만나 추젠지의 집을 찾아왔기 때문에 무관계한 두 사건의 의뢰는 즉시 연결되었고, 겨우 몇 시간 만에 스기우라 다카오는 발견되었다——그건 우연이라고는 해도 진실일 것이다.

"뭐, 저도 조금은 도움이 되었다고——."

"그래. 진범에게 말이지."

"네?"

——적은 사건의 작자일세.

에노키즈는 그렇게 말했다.

"자네는 자네의 의지로 행동하고 있다고 생각하지만, 자신도 모르는 사이에 진범의 계획 일부를 맡고 있었던 걸세. 진범에게 도움이 된 거지."

"네?"

뜻을 잘 알 수가 없었다.

"진범이 의도하는 바가 스기우라 다카오의 발견 및 고발에 있었다면, 예기치 못한 마스다 군의 참가는 실로 진범의 계획을 신속하게 추진한다는, 훌륭한 효과를 가져온 걸세."

다시 말해서, 마스다가 취한 행동은 사건 해결에 일조한 것이 아니라 범죄 계획 달성에 일조했다는 뜻일까?

"하지만——."

"아아. 물론 자네가 아니라도 그렇게 했겠지. 혹시 다른 사람이었다면 또 다른 행동을 취했을 가능성은 있네. 다만 다르다고 해도, 인간이 하는 일이나 생각하는 것에는 그렇게 큰 차이는 없는 법일세. 늦든 빠르든 결과는 똑같아."

"그건——."

마스다는 몇 가지 선택지를 생각한다.

그리고 무한하게 많을 거라고 생각했던 자신의 행동 선택지는, 특히 이 사건에 관해서 말하자면 의외로 적다는 것을 깨닫는다.

그렇다고 해도 왜 진범이 사건 해결의 포석을 깔아야 하는 것일까.

스기우라 포획의 의미는——.

"다시 말해서 스기우라는 진범이 아니다——희생양이다, 그런 뜻입니까?"

"아닐세."

추젠지는 감정이 담기지 않은 말투로 선뜻 부정한 후, 스기우라 다카오는 99퍼센트 연쇄 교살범일 테지——하고 이 또한 억양 없이 단정했다.

"그럼."

"그러니까 해결된 걸세. 좋지 않나."

"좋지 않습니다. 그 진범인지 뭔지의 의도를 모르니까요. 진범은 스기우라가 방해라도 되었던 겁니까? 분명히 일전에 추젠지 씨는 스기우라를 포획함으로써 무대가 바뀔 거라나 그런 말씀을 하셨는데요, 그럼 제2막은 대체 어떻게 된다는 겁니까?"

"스기우라는 마중물일세. 진범은 스기우라를 고발함으로써——암묵 중에 다음 범인을 지명하고 있는 거지."

"다음 범인?"

——오리사쿠 미도리. 거미의 종.

구레 미유키가 세운 가설은 옳을 거라고, 마스다는 생각한다.

그렇다면 다음 범인은 미도리다.

그리고 범인이 미도리였다면, 스기우라의 검거는 뼈아픈 타격일 게 틀림없다. 미유키의 상상이 옳다면 스기우라는 아사다 유코를 떠민 미도리를 목격했을 테고, 매춘 의혹의 열쇠를 쥐고 있는 것 또한 스기우라다.

추젠지의 말대로 스기우라 포획은 미도리를 가리키는 명확한 좌표가 된다. 그렇다면. 그 진범인지 뭔지는 미도리의 죄를 폭로하기 위해 스기우라의 존재를 떠오르게 하기라도 했다는 뜻일까.

——이런 변태 몇 명을 붙잡아도 소용없어!

——너도——장기 말인가.

미도리를 향한 에노키즈의 말이다.

——어떤 의미가 있지?

아직 뭔가 더 있다는 뜻일까.

——눈알 살인마인가.

눈알 살인마는 흑미사와 밀접하게 관련되어 있을 것으로 생각된다. 즉 미도리의 적발——매춘 조직의 실태 해명은 연쇄 눈알 살인의 해결로 이어질 가능성도 갖고 있다.

그렇다면 추젠지가 말하는 다음 범인이란 눈알 살인마를 가리키는 뜻일지도 모른다. 어쨌든 소녀 매춘과 관련해서 스기우라는 세 명, 눈알 살인마는 네 명이나 사람을 죽인 것이다. 마스다가 그렇게 말하자 추젠지는 희미하게 얼굴을 들며 말했다.

"눈알 살인마는 한 명을 더 죽였네. 에노키즈가 교살마와 격투하고 있던 바로 그 무렵, 아주 가까운 곳에서 말이지."

"그렇——습니까."

"이마가와 군에게서 연락이 왔네."

"이마가와 씨? 골동품상인?"

이마가와는 하코네 산 승려 살해사건의 용의자였던 남자다.

마스다는 그 독특한 풍모를 떠올린다.

"왜——이마가와 씨가?"

"인연이 있어서 오리사쿠 가에 갔다가 고레아키 살해에 휘말려 발이 묶였고, 결국 폭주 형사에게 끌려 위험한 장소에 갔다가 공연히 물벼락을 맞았네. 정말이지 그림으로 그려놓은 듯한 휘말리기형 관계자지. 또 한 명 지인이 휘말려서 상처를 입었네. 폭주한 형사는 나와 에노키즈의 친구일세."

"그건 또——대거 관련되어 있군요. 이건 추젠지 씨에게 이번 사건에 나서라, 라고 말하고 있는 것 같습니다."

"바보 같은 말 하지 말아 주게. 몇 번이나 말하지만 관련된 인간이 늘어나는 것이야말로 적이 노리는 걸세."

"그러니까 그 적은 누굽니까?"

"거미겠지."

거미줄 한가운데에 있는 건——역시 거미인가.

"그 거미는 뭘 꾸미고 있는 겁니까?"

"모르겠네——."

추젠지는 즉시 대답했다. 그렇다면 자신 있게 모를 것이 틀림없다.

"——정보가 너무 적어. 아니——유포되고 있는 정보는 모두, 시작 부분에서 거미에게 조작되어 있네. 그래서 제삼자의 어떤 판단도, 어떤 행동도, 모두 거미가 쓴 줄거리대로 진행되는 걸세."

"그래서 움직이고 싶지 않으신 겁니까?"

추젠지는 대답하지 않았다.

작은 새가 울었다.

마스다는 생각한다.

모든 사건은 오리사쿠 미도리로 수렴된다.

배후가 더 있을 거라고는, 마스다로서는 도저히 생각되지 않는다.

실제로 지나치게 잘 만들어진 듯한 우연은 몇 번인가 겹쳤다.

그러나 그것이 누군가의 의도 아래 짜인 필연이라고는, 아무래도 생각되지 않는다. 논리는 모르는 바도 아니지만, 실감이 따르지 않는다.

추젠지가 말하는 진범——거미를 중심으로 상정하는 것이 마스다에게는 어려운 일이다. 상정해 봐야 그 의도는 전혀 알 수 없고, 그건 추젠지도 모른다고 한다. 그렇다면 그런 것은 상정해 봐야 소용없지 않은가? 사건의 중심에 있는 건 오리사쿠 미도리 단 한 사람이 아닐까.

그렇다면——.

역시 이대로 수수방관하는 건 좋은 방법이 아닐 것 같다는 생각이 든다.

왜냐하면——.

스기우라가 붙잡히고 나서도——오리사쿠 미도리는 아직 안전권에 있기 때문이다.

추젠지의 말대로 스기우라의 포획은 여러 각도에서 다음 범인으로 미도리를 지명하고 있다.

그러나 지명된 당사자인 범인——미도리는 조용하다. 미도리는 의심받지도 않고, 이대로 완전히 도망칠 가능성도 있다.

마스다가 그렇게 말하자 추젠지는 매우 의아한 얼굴을 했다.

"자네가 말하고 있는 사람은 오리사쿠 가의 넷째 딸이지?"

"그렇습니다. 스기우라도, 거미의 종도, 어쩌면 눈알 살인마도 미도리가 통솔해서 조종하고 있을 가능성이 있어요. 게다가——아사다 유코를 죽인 건 미도리 본인입니다."

“그건 알 수 없는 일일세. 다만, 자네의 이야기만 듣자면 정세는 확실히 그 오리사쿠 가의 넷째 딸 쪽을 향하고 있는 것 같군. 하지만 얼마나 영리한지 모르겠지만, 그 아가씨가 정말로 자네가 말하는 듯한 형태로 사건과 관련되어 있다면 머잖아 반드시 붙잡힐 걸세. 실행범은 붙잡혔어. 스기우라 다카오는 자백했겠지?”

“진술했습니다. 기모노를 벗겨내고 나서는 사람이 바뀐 듯 얌전해져서, 혼다 고조, 오리사쿠 고레아키, 와타나베 사요코를 살해하고 가이토 스구루를 덮쳤다고 순순히——.”

마스다는 떠올린다.

모든 저항을 멈춘 요괴는 힘이 빠져 있었다.

그리고 묶이지도 않았는데 순종적으로 따라와, 시바타에게 이끌려 회의실로 연행되었다.

수건으로 어둠을 닦아내자 그 밑에는 지저분하고 평범한 30대 남자의 얼굴이 있었다.

그리고 경찰이 도착하기를 기다리지도 않고, 누가 물은 것도 아닌데 스기우라는 웅변적으로 자신의 죄과를 이야기하기 시작했다.

자신은 형편없는 남자다, 인간 실격이다.

자신은 사회의 쓰레기다. 범죄자다, 살인자다.

사형시켜 주십시오——.

그리고 동석한 미에를 가리키며, 저기 있는 여자는 아무 상관도 없다, 저 사람과 자신은 이미 인연이 끊겼다, 모쪼록 용서해 주십시오——하고 머리를 조아리며 애원했다.

그 애원을 들어줄 위치에 있는 사람은 그 자리에는 없었지만.

“그는 가와노 유미에 씨와의 관계는 인정하던가?”

"그것도 인정했습니다. 오리사쿠 미도리가 관련되어 있는지 아닌지는 별개로 하더라도, 학원 내의 매춘 조직은 우선 확실히 존재합니다. 이건 학원 측으로서는 상당한 데미지예요. 학장은 졸도 직전이었으니까요 —— 다만."

"다만 뭐지?"

"학생의 이름은 말하지 않았습니다."

"매춘 행위에 가담한 짓은 자백했겠지?"

"네. 매춘 알선은 인정했습니다. 하지만 개인의 이름은 일절 꺼내지 않고 있습니다. 입이 찢어져도 말할 수 없다고 하더군요. 스기우라 다카오는 가와노 유미에의 뒤를 이어 포주를 계속하고 있었던 셈이니, 고객 쪽의 이름 같은 것도 당연히 알고 있을 텐데요. 그쪽도 말하지 않고 있어요 ——."

스기우라의 묵비를 방패로, 학원 측은 현재도 매춘에 관한 스기우라의 진술을 전부 거짓이라고 주장하고 있다. 깨끗이 체념하지를 못한다. 공표할지 말지는 별개로 치고, 이제 슬슬 인정해야 하지 않을까, 하고 마스다는 생각한다.

그래서 —— 오리사쿠 미도리도 여전히 회색(灰色)이다.

"이대로는 어쩌면 스기우라 다카오의 단독 범행으로 막 —— 을 내릴 수도 있습니다. 아니, 그럴 확률이 높습니다. 추젠지 씨의 말대로 다음 장면이 나타날 거라고는, 제게는 생각되지 않아요. 스기우라 다카오의 포획은 그저 그것만으로 끝나 버릴 가능성이 더 높습니다."

"그렇지는 않을 거라고 생각하네만 ——."

추젠지는 잠시 허공을 바라보며 생각에 잠겼다가, 이윽고 시선을 마스다에게 향하며 천천히 말했다.

"── 일본의 경찰은 우수하네. 스기우라가 자백하지 않아도 상황 증거는 나올 테고, 그 아가씨가 범죄와 관련되어 있다면 반드시 수사 선상에 오를 거야. 이렇게 된 이상은 무엇보다도 우선 경찰이 열심히 해 주어야겠지."

그리고 다시 손에 든 책의 활자로 시선을 떨어뜨린다.

마스다는 그것을 도로 끌어오듯이 말한다.

"그게 안 되고 있습니다."

추젠지는 무뚝뚝하다.

"자네는 지난달까지 경찰관이었잖나? 경찰 기구를 과소평가해서는 안 되네."

"그렇지 않습니다. 저는 경찰이 무능하다고 말하고 있는 게 아닙니다. 그, 현재 그렇게 간단하게는 되지 않는 사정이 있어서요 ── 현재, 경찰의 움직임은 거의 막혀 있습니다."

무슨 소리냐며 추젠지가 노려본다. 마스다는 몸이 움츠러들었다. 익숙하지 않은 사람에게 그의 표정은 몹시 무섭다.

"── 그, 학원이 스기우라를 인도하지 않는 겁니다. 매춘 의혹이 확실해질 때까지는 넘겨줄 수 없다면서."

"그런 바보 같은 이야기가 어디 있나. 살인사건일세."

"학원 측도 필사적입니다. 스기우라의 자백을 있는 그대로 신용하면 학생의 매춘 사실을 인정하게 되지요. 학원 측으로서는 그것만은 인정하고 싶지 않은 거예요 ──."

지문이든 뭐든, 뭔가 증거라도 나오면 신속하게 인도하겠지만, 어쨌거나 스기우라의 범행 동기에 학생의 매춘이 있는 이상은 순순히 넘겨줄 수 없다는 것이다.

스기우라가 가이토를 습격한 건 모두가 지켜본 사실이다. 따라서 가이토에 대한 상해 및 살인미수는 면할 수 없다.

그러나 별건——세 건의 살인사건에 대해서는 오직 에노키즈가 그렇게 말하고 있을 뿐, 물증은 전혀 없다. 자백뿐이다. 스기우라가 아무리 자백했다고 해도, 현재 단계에서는 혼다나 고레아키를 죽인 범인도 스기우라라고 단언할 수는 없다. 사요코 살해도 마찬가지다. 에노키즈도 스기우라가 사요코의 시체 옆에 숨어 있는 모습은 보았지만, 목을 조르고 있는 현장을 본 것은 아니다.

요컨대 에노키즈도 사요코 살해에 관해서는 어엿한 피의자다. 학원 측은 그 점을 주장한다.

그렇다고 해서 피의자 인도를 거부한다는 것은 언어도단이지만.

꽤 늦게 현장 검증을 하러 찾아온 지바 본부의 경관들은 당연하다는 듯이 노기충천의 기세로 항의했다. 그러나 무슨 말을 해도 소용없었다. 어쨌거나 선입관을 갖지 말고 수사해 달라——뭔가 판명되면 그 단계에서 협조하겠다——학장은 앵무새처럼 그렇게 되풀이만 했다.

"학생들의 부모가 부모이다 보니 정치적인 판단도 있겠지요. 현재 선후책이 검토되고 있고, 우선 학생을 부모 곁으로 돌려보낼 궁리를 하고 있습니다."

시바타 유지는 상당히 곤혹스러웠던 모양이지만 학원 사수파 놈들은 매우 완고했고, 시바타 재벌 늙은 너구리들의 약삭빠른 지도도 있었는지, 어쩔 수 없이 그런 태도를 보이고 있는 모양이었다.

지금쯤은 학원에 재벌의 변호인단이 대거 들어와, 지바 경찰과 떠들썩하게 싸우고 있을 것이다.

마스오카는 지난번 바쁘다고 했었으니 고사했을 가능성이 높지만, 그곳은 천하의 시바타 재벌이다. 데리고 있는 변호사만 해도 서른 명은 되는 모양이니, 마스오카 한 명쯤 빠진다고 해도 아무렇지도 않을 것이다.

"—— 그러니까 추젠지 씨가 말씀하시는 대로 스기우라의 포획이 다음 범인을 가리키는 것이라면, 현재 그건 그렇게 매끄럽게 진행되지는 않고 있다는 뜻입니다. 아니, 설령 앞으로 경찰의 개입이 잘 진행된다고 해도 어려워요. 다음 범인은 끈질기거든요."

"그건 오리사쿠 미도리를 말하는 건가?"

"그렇습니다. 시바타 유지 씨는 탐욕스럽고 추악한 어중이떠중이들의 정점에 있는 것치고는 꽤 공정한 심판을 내리고 있는 양반이지만, 그 시바타 씨도 미도리는 상관없다고 생각하고 있어요. 그 소녀에게는 뭔가 바닥을 알 수 없는 마력이 있습니다. 학장 이하 다른 어른들이 전부 그 소녀의 말 한 마디에 놀아나고 있습니다."

"곤란하게 되었군, 식자(識者)여야 할 자들의 그런 태도나 상황이야말로 문제 삼아야 하는 것 아닌가."

하고 추젠지는 투덜거리듯이 말하며 팔을 품속에 넣었다.

"만난 적이 없으니까 그런 말을 할 수 있는 겁니다, 추젠지 씨. 게다가."

"게다가 뭔가?"

"흑마술은 —— 경찰이 감당할 수 있는 게 아닙니다."

"흑마술?"

"그렇습니다. 그건 흑마술입니다."

"흑마술을 중학생이 쓸 수 있을 리가 없네."

"물론 신비한 힘이 작용하고 있다고는 저도 생각하지 않습니다. 그렇다고 해도 이대로는 아무리 해도 결말이 나지 않을 거예요. 미도리는 전혀 동요하고 있지 않아요. 그 자신감의 배후에 무엇이 있는 것인지 저 같은 놈은 모르지만, 그 으스스한 상황은 굳이 부르자면 바로 흑마술이라고 부르고 싶을 정도입니다. 저 같은 건 어떻게 할 수도 없어요. 그러니까——학원에 가 주십시오, 추젠지 씨. 에노키즈 씨가 무대에서 내려가 버리면 이제 의지할 데라고는 추젠지 씨 정도밖에 없으니까요."

"끈질기군, 자네도. 간다고 해서 내가 뭘 할 수 있다는 건가? 범인은 경찰에 인도되지 않았다는 것뿐이지, 이미 붙잡혔지 않나. 가서 경찰과 학원 양쪽을 설득할까? 나는 조정해 주는 사람이 아닐세."

"그건——."

마스다는 우물거린다. 추젠지는 팔짱을 낀다.

"뭐, 자네의 우려는 모르는 바도 아닐세, 마스다 군. 다만 오리사쿠 미도리는 자네가 생각하는 것만큼 강하지는 않을 거라고도 생각하네만. 음——글쎄——."

추젠지는 잠시 뜸을 들이고 나서 천천히 말했다.

"——자네가 그렇게까지 말한다면——이야기만이라도 들어 볼까. 말이 난 김에 스기우라의 증언에서 얻을 수 있었던 사실을 말해 주겠나?"

"네——."

들을 마음이 되어준 것만으로도 축하할 일이다——라고 마스다는 생각했다. 그래서 가능한 상세하게, 말을 신중하게 골라가며 스기우라의 증언 내용을 이야기했다.

스기우라의 이야기에 의하면 가와노 유미에는 1년 이상 전부터 학원의 소녀들을 이용해 부당하게 큰돈을 벌고 있었던 모양이다.

어쨌거나 양가의 아가씨들, 게다가 열서너 살의 어린아이들이니까, 이상하게 비싼 값에 팔린단 말이지——하고 유미에는 스기우라에게 떠벌렸다고 한다. 무엇보다 소녀들은 보수를 한 푼도 요구하지 않았는지, 화대는 전액 유미에의 손에 들어간 모양이다. 밑천도 안 들이고 고스란히 벌어들인 것이다.

"어쨌거나 사는 놈이 나빠."

추젠지는 내뱉듯이 말했다.

마스다도 그렇게 생각한다.

어차피 소녀들을 산 자들은 일반 서민이 아니다.

"그것에 대해서 스기우라는 뭐라고 말했나?"

"이야기를 듣고, 몹시 분개했다고 합니다."

"분개?"

"네. 어쨌든 스기우라 다카오는 어떤 여학생 덕분에 목숨을 구한 과거가 있는 모양이에요. 잘 모르겠지만, 그래서 남들보다 특별한 감정이 강했다고 합니다. 아, 그 소녀에게 성적 흥미를 느끼는 그런 타입은 아니었던 모양입니다. 오히려 소녀를 숭배하는 듯한 인상이던데요. 그 숭배해야 할 소녀를 이용한 매춘이라니, 그의 입장에서 보자면 당치도 않은 일이었겠지요."

"숭배?"

"네. 티 없이 깨끗하고 숭고한 존재라는 식의 말을 되풀이했습니다. 그에 비해 자신은 더러운 돼지라는 둥, 무능한 버러지라는 둥. 남편이 너무 비굴하게 굴어서 미에 씨는 울고 있었지만요."

추젠지는 흐음, 하고 마치 에노키즈 같은 반응을 하고 나서, 그래서 어떻게 했나, 하고 물었다.

"하지만 스기우라는 유미에에게 거역할 수 없었어요."

"왜지? 참을 수 없을 정도로 화가 났다면서."

"그는 개였습니다——."

추젠지는 모르겠군, 하고 말했다.

이것만은 어지간한 추젠지라도 듣지 않으면 모를 거라고, 마스다는 생각한다.

"애초에 스기우라가 유미에와 알게 된 건 아사쿠사의 어느 클럽이었다고 합니다. 작년 9월의 일이라더군요."

"클럽이라니?"

"호사가들이 모여 악취미적인 모임을 갖는, 색정적이고 엽기적인 비밀 클럽입니다. 8월 말에 집을 나간 스기우라는 반쯤 유랑생활로 며칠인가 보낸 후, 그 클럽에서 접시를 닦거나 청소를 하면서 살고 있었어요. 유미에는 그곳 경영자와도 사귀고 있었는데, 스기우라를 발견하고 얻어갔어요."

추젠지는, 얻었다니 그게 뭔가, 하고 눈썹을 찌푸린다.

"그러니까 글자 그대로 얻어간 겁니다, 강아지처럼. 유미에라는 여자는 아무래도 사디스트였던 모양이에요. 스기우라는 뭐, 제가 봐도 마조히스트입니다. 그건 뱀의 길은 뱀이 안다는 거겠지요. 스기우라의 자질을 유미에는 한눈에 꿰뚫어보고, 애완동물처럼 얻어간 겁니다. 왠지 속이 메슥거리는 이야기지요."

"마음이 따뜻해지는 멋진 이야기는 아니로군."

추젠지는 더욱더 싫은 얼굴을 했다.

"사디스트에 마조히스트이니, 이건 짚신이 짝을 만난 격이잖습니까. 그래서 스기우라는 두 번째 인생을 바 '나기사'에서 보내게 되었는데요. 뭐, 이건 표면적인 이야기고요. 유미에는 아니나 다를까 남자 출입이 많아서, 정부(情夫)도 항상 다섯 명은 있었던 모양이니 한 마리만 상주한다는 건 방해되는 일이었나 봅니다. 처음부터 매춘 알선의 앞잡이로 삼을 생각이었던 모양이더군요. 무슨 일을 당했는지, 히로뽕 같은 것도 쓴 모양인데, 잠깐 사이에 스기우라는 완전히 개로 훈련되고 만 거지요."

"천박한 표현이군, 마스다 군."

"천박한 이야기지요. 스기우라는 완전히 유미에가 시키는 대로 하게 되고 말았어요. 정신적으로 불안정한 시기에 이렇게 된 것이 곤란한 전개였던 게 아닐까요. 그리고 훈련이 끝나자마자, 9월 하순에 학원으로 잠입하게 된 겁니다."

소녀들이 있는 곳은 민가와 떨어져 있는 전원 기숙사제 학원이다. 데리고 나오는 것은 물론이고, 자유롭게 연락을 취하는 것조차 어렵다. 스기우라는 일주일에 몇 번인가 장보기라는 명목으로 마을에 나가 유미에와 연락을 하고, 며칠 몇 시에 누구누구를 어디로, 라는 지령을 받고 돌아와서 야음을 틈타 소녀들을 하계(下界)로 꾀어내는 ── 그런 절차였다고 한다.

"그때까지 ── 즉 스기우라가 봉직할 때까지는 한 달에 한 번, 소녀들 쪽에서 지정한 날에만 매춘이 이루어지고 있었던 모양이지만요. 그런데 추젠지 씨, 첫 번째는 무려 6만 엔, 두 번째 이후인 소녀는 반액인 3만 엔은 받았다고 해요. 6만 엔입니다. 50엔짜리 튀김국수를 1200그릇이나 먹을 수 있어요."

"그런 것과 비교하지 말아 주게."

"예에, 제가 경솔했습니다. 어쨌든 유미에는 돈에 눈이 어두워졌겠지요. 이 한 달에 한 번을 일주일에 한 번으로 변경하려고 했습니다. 그게 스기우라를 파견한 이유입니다. 앞잡이인 감시자를 소녀들 옆에 두고, 공갈 같은 협박을 해 가며 소녀들을 마음대로 하려고 했었던 거지요——."

"그렇군."

"하지만——의외로 스기우라 다카오는 소녀의 편이었던 겁니다. 기르는 개가 손을 문 셈이지요. 유미에는 꿍꿍이가 빗나가 화가 났고, 그 부분에서 알력이 발생했어요. 이 사실은, 실은 구레 미유키 양이 죽은 아사다 유코에게서 들은 이야기와 정확하게 부합합니다."

"저주 말인가."

하고 추젠지는 정말 싫다는 듯이 말했다.

"그래요. 뭔가 다툼이 있어서 그 매춘부는 저주받았다——라고 유코라는 소녀는 고백했어요. 그리고 말이지요, 소녀들을 먹잇감으로 삼으려고 했던 가와노 유미에는 멋지게 저주를 받고 10월 중순에는 살해되고 말았지요."

"스기우라는 어떻게 움직였나?"

"간단합니다. 스기우라는 배신했습니다. 그는 주인님을 사디스트 여왕님에서 악마숭배주의의 소녀로 바꾸고, 소녀들의 개가 된 겁니다. 소녀들은 방해되는 유미에를 저주해서 죽이고, 스기우라라는 충견을 손에 넣어 마음대로, 그때까지 하던 것과 똑같이 자신의 의지에 기초한 매춘——유코의 말을 빌자면 흑미사를 행하고 있었다고 합니다."

추젠지는 팔짱을 끼고 허공을 노려보며, 바보 같군——하고 말했다.

"바보 같나요?"

"바보 같네. 뭐가 흑미사란 말인가. 말도 안 돼, 어린애 장난에도 정도가 있네."

추젠지는 불만스러운 듯이 그렇게 말했다.

그리고 험악한 눈으로 마스다를 노려보았다.

"그래서 스기우라는 왜 죽였다——고 하던가?"

"속죄라고 합니다."

"무슨 속죄 말인가."

"그러니까."

아무리 소녀들이 바라는 일이라고는 해도, 매춘의 앞잡이 따위를 하고 있는 자신이 쓰레기처럼 생각되었다——스기우라는 그렇게 진술했다. 그리고 스스로 원하지도 않았는데 성적 학대를 받고 있는 와타나베 사요코를 알고, 어떻게든 해 주자고 생각했다고 한다.

"우연히 알았다고?"

"그야 뭐, 우연은 우연이겠지요. 들어 버린 겁니다, 저주놀이를."

"그런——가. 하지만 그럼 살해된 와타나베 사요코가 혼다 고조에게 능욕당하고 있었다는 건 사실이로군."

"네. 혼다 고조라는 놈은 정말로 그 와타나베 사요코를, 그——강간하고 있었던 모양이에요. 스기우라는 한 번 그 비슷한 장면을 목격하고, 줄곧 신경은 쓰고 있었다고 합니다."

"아까부터 해 준 자네의 보고에 의하면, 죽은 야마모토 여사도 혼다 고조를 문제시하고 있었다고, 시바타 유지 씨는 그렇게 말했다지?"

마스다가 한창 설명하고 있을 때는 건성이라 전혀 듣고 있지 않은 듯 보였는데, 사실 제대로 듣고 있었다. 추젠지는 에노키즈와는 다른 의미로 다루기 어렵다.

"그렇게 말했었습니다. 아니, 혼다는 학생뿐만 아니라 여교사에게도 외설적으로 접근하곤 했던 모양이에요. 그녀가 문제로 삼고 있었던 부분은 오히려 그쪽인 모양이지만요. 아무래도 작년 여름 이후로 소행이 이상했던 모양입니다. 뭐, 그건 그렇다고 치고. 스기우라는 사요코 양에게 신경을 쓰고 있었다고 합니다. 그때——."

"그녀가 혼다를 죽이고 싶을 만큼 원망하고 있다는 것을 알았다——엿듣고 있었던 거로군."

"그런 모양입니다. 뭐, 구레 양의 뉘앙스로는 저주놀이였던 모양이지만, 스기우라는 그렇게는 생각하지 않았던 거지요. 어쨌거나 능욕 현장을 목격했다고 하고요. 이윽고 그녀——와타나베 사요코가 거미의 종——자신의 주인에게 접근하려고 하고 있다는 것도 스기우라는 알아 버렸어요. 그래서 그는 번민했던 겁니다. 사요코에게까지 매춘을 시키게 해서는 안 된다고, 그렇게 생각했다고 하더군요."

"그래서 와타나베 사요코가 악마숭배자와 깊은 관계를 갖기 전에, 한시라도 빨리 사요코의 소원을 이루어주려고 혼다 교사를 살해했다, 는 거로군."

"네. 와타나베 사요코에 관한 일로 할 이야기가 있다고 혼다를 옥상으로 불러내서 목을 졸라 죽였어요. 얼굴을 검게 칠한 건 누군가가 보았을 때를 대비한 것인가 본데, 그 괴상한 분장의 의미는 잘 모르겠네요——."

여자 기모노를 걸치고 있었던 이유는 알 수 없다.

"——어쨌든 혼다는 죽였지만, 이건 한발 늦었어요. 그렇다기보다 타이밍이 최악이었던 건데——."

사요코는 유코를 통해 확실하게 거미의 종의 독에 감염되었고, 평상심을 완전히 잃고 혼다의 시체를 보게 되는 바람에 옥상에서 몸을 던졌다. 스기우라는 그 사요코를 지상에서 받아냈다고 증언했다. 그때 생겼다는 타박상도 남아 있었고, 마스다도 그 상처를 보았다.

추젠지는 납득이 가지 않는다는 표정을 지었다.

"그럼 아사다 유코의 죽음에 대해서는?"

"말하지 않습니다. 떨어져 내려왔다고밖에."

"아무래도——지나치게 잘 만들어져 있군. 아마 그 증언, 이랄까 진술은 대부분이 사실일 테지. 사실일 테지만——그렇지, 숨겨진 실이 하나 더 있네."

"실이요? 으음, 뭐, 그래서 스기우라는 그때 사요코 양에게, 죽어서는 안 된다, 아무 말도 하지 마라, 내가 혼자서 한 짓이다, 라고 이야기한 모양이에요."

"그건 정말로 그렇겠지. 살인은 이야기를 훔쳐 들은 스기우라가 멋대로 한 짓이고, 딱히 사요코 양이 살인을 교사한 건 아닐 테지."

"처음에는요. 하지만 사요코 양은 깨닫고 말았어요. 얼굴을 검게 칠했어도 여전히 작업복 차림인지라——뭐, 이상한 기모노를 입고 있기는 했지만요——누구인지는 알 수 있었거든요."

사요코는 고레아키의 공갈 행위가 시작되자 몰래 자신을 도와준 검은 성모——스기우라를 찾아갔다고 한다.

그리고 많은 말은 하지 않고, 그럼에도 불구하고 매우 웅변적으로 살인을 의뢰했다고 한다.

“그래서 의뢰를 받은 스기우라는 새로운 공갈자인 오리사쿠 고레아키도 살해했다, 는 거로군. 사요코를 —— 위해서.”

“사요코를 위해서.”

그 당시 고레아키가 왜 급하게 돈이 필요하였는지, 그 이유도 밝혀졌다.

고레아키는 학교 운영자금을 횡령하고 있었던 모양인데, 그것이 발각되어 책임 문제가 불거지고 있었다고 한다. 혼다 살해의 사후 처리를 위해 시바타가 나서면서, 그것은 곧 탄로 났다. 게다가 때마침 유노스케가 갑자기 세상을 떠났다. 가망이 없다고 버림받고 있었다고는 하지만, 의지할 끈이었던 대(大)오리사쿠가 죽자 고레아키는 자포자기한 모양이다.

“유노스케 씨의 장례식 날 아침, 고레아키는 구레 양과 와타나베 사요코에게 행패를 부렸어요. 그걸 스기우라는 보고 있었지요 ——.”

스기우라 다카오는 문 뒤에 숨어 있다가, 귀가하는 고레아키를 쫓았다.

그 기모노를 걸치고 —— 이유는 알 수 없지만 아무래도 그때 그것은 필요하다고 한다 —— 그대로는 눈에 띄기 때문에 밭일할 때 쓰는 도롱이와 삿갓을 그 위에 걸치고, 스기우라는 고레아키를 쫓아 교문을 나갔다 —— 고 말했다.

장례식을 몰래 빠져나온 터라 자동차는 쓸 수 없었는지 고레아키는 걸어서 왔었고, 그래서 숲 속에서 붙잡아 죽일 생각이었다고 한다. 그러나 고레아키는 생각했던 것보다 걸음이 빨랐고, 지리에 어두운 스기우라는 도중에 표적을 놓쳤다.

그날, 아무래도 고레아키는 열차를 탄 것 같았다.

학원에서 가장 가까운 역은 오키쓰 역이다. 오리사쿠 가의 저택은 묘진 곶에 있다. 그 곶은 오키쓰 역과 이웃해 있는 역인 우바라 역의 중간, 약간 우바라 역에 가깝다.

약간 지나쳐 가게 되기는 하지만, 우바라 역에서 가는 편이 거리는 가깝다. 저택에 가려면 열차를 이용하는 편이 빠른 것이다. 그때 고레아키는 그보다 한 정거장 더 간 가쓰우라까지 간 모양이지만.

스기우라는 오키쓰 역으로는 향하지 않고 직접 곶을 향해 발길을 옮겼다고 한다.

스기우라가 오리사쿠 가에 도착한 시각은 마침 한창 관을 매장하고 있을 때의 일이었던 모양이다.

듣자 하니 오리사쿠 가는 저택 부지 내에 묘소가 있다고 한다.

사람들이 많이 있어서, 스기우라는 무서워져 그 자리에서 도망쳤다고 한다.

애초에 스기우라 다카오는 대인공포증인 것이다.

어쩔 수 없이 스기우라는 절로 가 보았다고 한다. 이쪽에서는 장례식 관계자들이 구지라마쿠를 치우고 있는 중이었고, 역시 고레아키는 없었다. 별수 없이 절에서 하룻밤을 보내고, 새벽에 저택으로 가서 메이드와 고용인의 빈틈을 뚫고 정원으로 숨어들어 갔다고 한다.

고레아키는 낮에 가쓰우라에서 귀가했다.

그리고 스기우라는 고레아키를 죽였다.

이걸로 미유키의 추리는 대부분이 뒷받침된 셈이다.

단 한 가지 —— 오리사쿠 미도리의 의혹을 제외하고.

추젠지는 무언가 생각하고 있다.

의욕이 생긴 것일까.

"스기우라는 사요코를 위해서 두 명을 살해하고——그리고 그 사요코도 죽인 것인가?"

"그걸——모르겠습니다."

스기우라는 그 이야기가 나오면 엉엉 울기만 할 뿐 말에 전혀 두서가 없었다. 가이토에 대해서는 고레아키와 같은 이유로 죽일 생각을 하고 있었던 모양이지만, 생각해 보면 그것은 이상하다. 고레아키와 같은 이유라면 그건 즉 사요코에게 의뢰를 받았다——사요코를 위해 죽였다는 뜻이 된다.

사요코를 위해——.

그 사요코를 먼저 자신의 손으로 죽여 놓고——.

그러고서 사요코를 위해——.

"이건 난제입니다. 생각할 수 있는 거라면——예를 들면요, 구레 미유키의 증언은 전부 거짓이다, 라든가."

"자네가 하고 싶은 말은 예상이 가네, 마스다 군. 구레 미유키와 와타나베 사요코는 입장상 치환 가능하다는 거지? 스기우라를 조종하고 있었던 사람은 미유키 쪽이라고."

"그렇습니다. 혼다에게 강간당하고, 원망하고 있었던 자는 실은 구레 미유키라든가——하지만 그건 아닙니다."

"왜지?"

"그 아이는 그런 아이가 아니에요."

"호오. 근거는? 인상인가? 아니면 자네는 보기와 달리 여자에 대해서 잘 아는 건가?"

"근거요? 에노키즈 씨가 말했어요. 그 아이는 그런 게 아니야——라고."

추젠지는,

"그렇군——."

하고 말하더니,

"——뭐, 구레라는 소녀에게 배정된 역할은, 나나 자네에게 배정된 것과 같은 역할일 테니까 그렇지는 않겠지."

라고 말했다.

"어쨌거나 스기우라가 사요코를 죽일 이유는 어디에도 없습니다. 스기우라는 악마숭배자가 아닌 소녀숭배자입니다. 게다가 살인의 동기는 사요코를 생각해서 그런 것이었고."

"하지만 실제로 죽였으니 이유는 있겠지."

"그건 그렇습니다만——."

추젠지는 한바탕 턱을 문지르고 나서 말했다.

"자네의 이야기만 들으면 자네의 상상대로일세. 다음 범인으로 지명된 건 오리사쿠 미도리지——."

그리고는 이렇게 말을 맺었다.

"——내가 나설 것까지도 없어. 조만간 미도리는 붙잡힐 걸세."

"그, 그렇습니까?"

마스다에게는 도저히 그렇게는 생각되지 않는다. 이대로 내버려두면 미도리가 호락호락 꼬리를 내놓을 리는 없다.

그런데도——추젠지는 침착한 목소리로 말했다.

"그래. 왜냐하면, 그 스기우라의 진술은 구멍투성이니까, 마스다 군. 직접 들어볼 것까지도 없네."

"하아. 뭐 경찰 조사는 아니니까요. 전부 스기우라가 제멋대로 한 독백이고요."

"그래서 문제인 걸세. 경찰의 심문을 받고 불리한 부분에 대해 묵비하는 거라면 이해가 가네. 자발적으로 술술 이야기해 놓고, 그 변덕은 뭔가."

뭐냐고 물어도 마스다도 곤란하다.

"하긴, 모든 게 거짓이라고도 생각할 수 없으니 말할 수 없는 이유가 있는 거겠지."

라고 말하면서 추젠지는 뺨을 괴고 입을 다물었다.

"그 변덕이란, 예를 들면 어떤 변덕입니까?"

"많이 있네. 예를 들어——오리사쿠 가의 정원에 숨어들어 간 스기우라는 어떻게 저택 안에 침입한 건가?"

"문이 열려 있었겠지요."

"우연일까? 오리사쿠 저택은 넓고 미로처럼 복잡하다——고 이마가와 군은 말했었네. 옆방으로 가려고 해도 계단을 오르내려야 할 필요가 있을 때도 있다더군. 그런 미궁 같은 저택 안을, 어디에 있는지 알 수 없는 고레아키가 있는 곳을 향해 일직선으로, 누구에게도 들키지 않고 나아간 건가? 대체 어떻게?"

"그건——."

우연이겠지요, 라고 말하려다가 마스다는 멈추었다.

이번 사건에 한해서 우연은 우연이 아닌 것 같다.

그렇다면——.

——미도리가 안내한 건 아닐까?

마스다가 그렇게 말하려고 하기 전에 추젠지는 말을 이었다.

"그리고——문제는——왜 스기우라는 혼다 고조를 그날 죽였는가 하는 걸세."

"그날이라니요?"
"자네도 아까 말했지 않았는가. 혼다를 죽인 타이밍, 이건 최악일세. 그렇잖나. 와타나베 사요코가 거미의 종과 접촉하는 걸 바라지 않는 마음이 있었다면, 혼다를 당장 죽여 버리면 될 일일세. 모습을 숨기고 있던 아사다 유코가 구레 양과 사요코 양 앞에 끌려 나와, 악마숭배자들의 실태를 이야기해 버리고 나서 실행해 봐야 늦지 않나. 하지만 스기우라는 아슬아슬한 순간까지 줄곧 움직이지 않았네. 이상하지?"
"이상 —— 하네요."
"이상하지. 이건 꾸물거리다 보니 선수를 빼앗겼다기보다도, 오히려 시기를 기다리고 있었던 게 아닐까. 아무래도 미리 짠 듯한 느낌이 드는데."
"누구와 뭘 짠단 말입니까?"
"혼다 고조가 죽은 그날 밤은 세 번째 저주가 성취된 것이 판명된 날 밤이었지?"
"그런데요."
"스기우라는 악마숭배자들의 앞잡이였잖나? 당연히 그녀들의 동향을 어느 정도 알고 있었던 것이 아닐까? 언제 누구를 저주했는지 —— 알고 있었던 게 아닐까."
"그것도, 뭐 그렇겠지요."
"엿들은 건 전날 오후고, 사요코 쪽은 악마숭배자와 접촉하려고 적극적으로 행동했네. 정말로 그가 양쪽의 접촉을 두려워하고 있었다면, 당장 무언가 다른 수를 쓰거나 아니면 그날 중에 일을 끝냈을 거라고 생각하네만."

"으음. 스기우라는 —— 거미의 종의 동향을 알고 있었기 때문에 더더욱 이제 안 되겠다고 생각한 게 아닐까요? 어쨌든 살인이니까요. 어지간한 스기우라도 망설이고 있었고, 망설이는 사이에 사요코 쪽은 거미의 종에게 접근하고 말았다. 더 이상 시간이 지나면 사요코는 거미의 종의 손에 넘어가고 말 거라고 생각했다. 그래서 결의를 굳히고 결행했다 —— 거나."

"그렇군. 그건 그렇다고 하세. 하지만 —— 아사다 유코가 끌려 나온 게 그날이었던 건 우연이 아닐 테지. 신문이 손에 들어왔기 때문에 유코에게 사요코 쪽을 대면시킨 걸 거라고 생각하는데. 그리고 신문을 구한 자는 당연히 스기우라일 걸세."

"그렇 —— 군요."

마스다는 건성으로 대답했지만, 실은 그것이 어떤 의미인지 잘 알 수가 없었다.

"도대체가, 사요코 쪽이 자신들에 대해서 조사하고 있다는 것을, 악마숭배 소녀들은 어떻게 안 건가?"

"그건 1학년의 —— 사카모토 양인가? 그 소녀가."

"고문을 받고 자백했다는 건가? 그럼 그, 사카모토라는 소녀는 어떻게 알 수 있었던 거지?"

"그건 ——."

"사카모토라는 소녀가 자발적으로 밀고한 건 우선 아니겠지. 심한 일을 당할 걸 뻔히 알면서 그런 짓을 하는 특이한 사람은 없네. 목격한 친구라는 것도 같은 입장이겠지."

"그럼 —— 혹시 사카모토는 원래 거미의 종의 동지였다, 라는 건 어떻습니까?"

"설마. 누가 듣고 있는지 알 수 없는 도서실에서, 동지들이 자신들의 소문을 수군거리고 있었단 말인가?"

"그건――혹시 그 소문부터가, 이미 와타나베 사요코를 빠뜨리기 위한 덫이었다거나 한 건 아닐까요?"

"아닐세."

일축당했다.

"사요코 쪽은 관여하게 되었기 때문에 문제가 된 걸세. 몰랐으면 관련되지 않았을 테고, 관여하게 될 거라는 건 초기 단계에서는 절대로 예측 불가능해. 이게 덫이라면 자폭하기 위한 덫이 되고 말지. 일부러 자신들을 선전해 놓고, 그것을 들은 사람에게 제재를 가한단 말인가? 무슨 의미가 있지?"

"그런가――."

저주를 거는 악마 집단이니까 전부 꿰뚫어보아도 이상하지는 않다――고 마스다조차 믿고 있었던 모양이다. 아무래도 분위기에 휩쓸리고 있다.

그건 치졸한 선입관에 지나지 않는다.

냉정하게 바라보면――구레 미유키와 와타나베 사요코가 자신들에 대해서 냄새 맡고 다닌다는 것을, 거미의 종은 단 하루 만에 간파한 것이 된다.

추젠지의 말대로 반드시 정보원이 있을 것이다.

"으음. 그럼 어떻게 알았다는 겁니까?"

"그건 간단하네. 듣고 있던 놈이 있었거든."

"스기우라 외에――누군가 도청자가?"

"아닐세. 스기우라야."

"아——."

"증언대로라면 스기우라는 그 저주놀이인지 뭔지를 듣고 있었다지 않았나. 그가 정말 사요코와 악마숭배자의 접촉을 싫어했다면, 당연히 침묵했겠지. 하지만 정말로 그가 침묵하고 있었다면 그렇게 빨리 정보가 새어 나가는 일은 없지 않았겠나? 무엇보다 그는, 자네의 말을 빌자면 개 아닌가? 개라면 우선——꼬리를 흔들며 주인에게 알렸을 걸세."

"스기우라가 사요코에 대해서——밀고했다?"

그렇다면 그것만으로 사건의 양상은 아주 달라진다.

추젠지는 그다지 뜸도 들이지 않고,

"그리고——사요코는 왜 옥상에 올라갔나?"

하고 의외의 질문을 했다.

"그, 그건 자살하기 위해서겠지요."

"그럴까."

하고 말하며 추젠지는 의미심장하게 턱을 문질렀다. 거기까지 의심하는 건가.

"뭐, 착란을 일으키고 있었던 건 사실일 테고, 그런 경우 죽어 버리겠다고 고함치는 건 상투적인 일이지만, 진심으로 죽을 생각을 하고 있다면 그런 선언은 하지 않네. 죽을 거다, 죽을 거다, 하는 건 대개 말려 주기를 바라기 때문이지."

"하지만 실제로 투신은 했습니다."

"그렇지. 하지만 그건 오히려 혼다의 시체를 보고 말았기 때문에, 충동적으로 뛰어내린 게 아닌가."

"아아——."

투신했다는 사실을 알고 있기에 신경도 쓰지 않았지만, 자살 미수가 돌발적인 짓이라면 이야기는 달라진다. 사요코는 옥상에 뛰어 올라가고 나서 죽음을 선택한 것이다.

"그렇군요. 그 말씀이 옳습니다. 처음부터 죽을 생각이었다면 부자연스럽지 않지만, 투신을 계산에 넣지 않으면 아무런 유도도 없이, 혼다의 시체에 빨려 들어가듯이 옥상에 올라간다는 건 좀 부자연스러운 기분이 드네요."

추젠지는 뺨을 괴고 있던 팔을 바꾸었다.

"마스다 군. 그건, 만일 자살할 생각이라면 그곳은 최적의 장소다——라는 뜻인가?"

그것은 사실이다.

부지 내에 높은 건물은 많이 있지만 뛰어내릴 생각이라면 학교 건물 외에는 없다.

기숙사는 아무도 없을 때가 없을 테고, 뛰어내리기에 적합한 장소도 없다. 예배당이나 성당 쪽은 지붕에 올라갈 수도 없다. 옥상이 있는 건물은 학교 건물뿐이다. 게다가 옥상으로 나가는 문에는 잠금장치가 되어 있지 않다고 한다.

마스다가 그렇게 말하자 추젠지는,

"그런가. 그래서 혼다는 학교 건물 옥상에서 살해된 걸세."

하고 말했다.

"본래 뒤뜰이든 교정이든 상관없을 테지. 아니, 어차피 불러내려면 숲 속 같은 데가 편리하네. 당장 묻거나 할 수 있으니까. 그런데 일부러 옥상에서 죽였어. 그곳은 누군가에게 보여주기 위해서 선택된 걸세. 선택된 이유는 뛰어내리기 쉬운 장소였기 때문——이겠지."

"잠깐만요. 사요코의 자살은 돌발적인 거라고. 방금 추젠지 씨 본인이 말씀하셨습니다. 사요코가 착란을 일으켜 방을 뛰쳐나가리라는 것조차 알 수 없는데, 뛰어내릴 거라고는 아무도 예측할 수 없잖습니까. 그렇다면 옥상이라고 상정하는 건——."

"아닐세. 그건 유코를 죽이기 위한 덫이었던 거야."

"네에——?"

생각도 해 보지 않았다. 정말로 유코가 살해되었다고 해도——마스다는 살해되었다고 생각하고 있지만——그것이야말로 돌발적인 일일 거라고 마스다는 생각하고 있었다.

추젠지는 말했다.

"이건 원래 스기우라 다카오가 사요코를 위해 혼다를 죽인 그 현장에서 돌발적으로 유코도 살해되었다는 사건이 아니라, 유코를 죽이고 사요코와 구레 양을 끌어들이기 위해서 거미의 종이 친 덫이 사요코의 돌발적인 자살 때문에 망가지고 말았다——그런 사건이 아닐까? 본래 자살로 보이게 할 예정이었던 사람은 아사다 유코뿐이었다——거나."

"하지만——유코를 죽일 생각이 있었다면, 그녀들은 언제든지 쉽게 할 수 있었지 않습니까?"

거미의 종은 몇 명이나 저주해 죽였다.

추젠지는 미간에 주름을 지으며, 그렇게는 안 되겠지, 마스다 군, 하고 씁쓸하게 말했다.

"아사다 유코가 악마숭배 소녀의 배신자라는 걸 사요코 쪽은 알고 있지 않았나? 섣불리 유코를 죽였다가 있는 일 없는 일 다 떠들어대면 곤란하지. 우선 입을 막아야 하네."

"하지만——사요코도 구레 양도, 처치할 마음만 먹으면 쉽게 할 수 있다는 의미에서는 마찬가지입니다. 한 명을 죽이나 세 명을 죽이나 마찬가지——."

"마찬가지가 아닐세. 아사다 유코를 살해하고, 입막음을 위해 폐쇄된 학원 내의 구성원을 두 명이나 죽인다면 아무리 뭐라고 해도 곤란해지네. 그렇게까지 바보는 아니겠지. 그렇게 계속 시체가 나오면 일이 커져."

3연속이라면 확실히 자살로 보이게 하기도 어렵다.

"그 경우, 가장 유효한 수단은 뭐라고 생각하나, 마스다 군."

"——동료로 만들어 버리는 것——일까요?"

"뭐, 그렇겠지. 구레 미유키라는 소녀는 꽤 기개가 있는 아가씨인 듯하고. 그냥 협박한 것만으로는 입을 다물지 않을 녀석이라고 짐작한 것이겠지."

"그래서요?"

"그래서 그녀들에게는 직접 제재를 가하지 않고, 우선 아사다 유코를 만나게 했네. 이미 제재를 받은 사람에게서 직접 체험담을 듣는 편이 그냥 폭행을 당하는 것보다도 공포심은 더하니까. 실제로 효과는 커서, 사요코 같은 경우에는 제정신을 잃고 착란을 일으키고 만 것이겠지."

"거기에서——어떠한 형태로 혼다의 시체를 보여준다. 죽여 달라고 원한 건 사요코이니 사요코는 죄책감을 품는다——자신이 죽인 것이나 마찬가지라고——믿는다?"

"그렇지. 거기에서 배신자 유코를 죽이네. 말하면 이렇게 된다는 걸 보여준다——효과적이라면 이건 효과적이지."

추젠지는 거기까지 말하고, 하지만 뭔가 일그러져 있어, 라고 말하며 생각에 잠기고 말았다.

마스다는 생각한다.

감추어진 일 대부분은 역시 오리사쿠 미도리를 가리키고 있다. 그렇다면 스기우라는 사요코를 위해 손을 더럽힌 것이 아니라 거미의 종——미도리를 위해 일했다는 뜻이 된다.

그렇게 생각하면 납득이 가지 않는 와타나베 사요코의 살해도 이치에 들어맞는다.

살아남은 와타나베 사요코는 결국 거미의 종에게는 복종하지 않았던 것이다.

그뿐만 아니라 어떤 비밀을 알고, 동지가 되기는커녕 도리어 반기를 들었다.

죽일 수밖에 없을 것이다.

한편 사요코는 적의 심복을 유일한 병사로 삼아 싸움을 도전한 것이 된다. 이래서는 지는 것이 당연하다.

"그럼 스기우라는——조금도 모순되어 있지 않았다——는 뜻이 되는 겁니까?"

"글쎄——."

하고 추젠지는 독백처럼 말을 이었다.

"——스기우라 다카오는 아마 심정적으로는 거의 거짓말을 하지 않았을 거라고 생각하네. 하지만 역시 수많은 사실을 자발적으로 숨기고 있지. 그러고 보니 습격을 받은 가이토 스구루라는 남자는 어떤가?"

"그 녀석은 형편없습니다——."

가이토는 이렇게 진술했다.

와타나베 사요코를 만나려고 했는데 방에는 없어서, 교내를 여기저기 찾아다녔더니 학생 한 명이 다가와, 와타나베가 맡긴 거라며 가이토에게 종이쪽지를 건넸다고 한다.

그 쪽지에는 예배당 뒤에서 기다리겠다고 적혀 있었다고 한다. 그래서——.

"어슬렁어슬렁 갔단 말인가."

"네. 어슬렁어슬렁 가 보니, 갑자기 괴물이 목을 졸랐다——."

시바타가 왜 회의 중간에 빠져나가면서까지 와타나베 양을 만나려고 했느냐고 묻자 가이토는 우물거리더니, 그저 실실 웃으며 얼버무렸다.

구제 불능이라는 느낌이다.

"그 종이쪽지를 가져왔다는 소녀는?"

"가이토는 학원 사람이 아니어서 학생의 이름을 모릅니다. 얼굴을 보면 알 거라고는 하더군요. 아무래도 참 편리한 이야기라고 생각하고 있었는데, 그 소녀는 거미의 종의 동지겠지요?"

추젠지는,

"글쎄."

하고 시치미를 뗀 후, 납득한 듯이 고개를 끄덕였다.

"그렇군. 즉 빈틈투성이에 구멍투성이고, 요컨대 이건 어린아이가 그린 그림이야."

"뭐라고요?"

"거미의 종은 무서워할 필요가 없네, 마스다 군."

"그렇습니까?"

"생각 좀 해 보게. 그녀들의 덫은 모조리 실패하지 않았는가. 어차피 어린 발상에 기초한 엉터리 계획일세. 현재의 혼란은 상대가 그린 그림이 서툴기 때문에 일어나고 있는 혼란일 뿐이야. 그러니 그렇게 걱정할 필요는 없네. 경찰은 머잖아 오리사쿠 미도리에 다다르고, 미도리는 아사다 유코 살해 혐의로 체포되고, 매춘 조직은 발각될 걸세——."

추젠지는 단언했다.

"——그러니 내가 나설 무대는 없어."

"하지만 추젠지 씨. 지금 이야기해 주신, 조금만 냉정해지면 누구나 알 수 있는 상황조차 경찰을 포함한 당사자들은 누구 한 사람 깨닫지 못하고 있습니다."

"분명히 자네의 말대로 경찰도 학원도 그 아가씨에게 휘둘리고 있는 모양이지. 나 같은 제삼자가 나서서 경문을 외어 주는 편이 이야기는 빠를지도 모르네. 하지만 마스다 군——."

추젠지는 몸을 내밀었다.

"——가령 내가 나서서 뭔가 손을 썼다고 치세. 그러면 결국 어떻게 될 것 같나?"

목소리가 낮아졌다. 마스다도 몸을 내민다.

"그건——스기우라의 다음 범인——오리사쿠 미도리가 고발되는——게 아닐까요?"

주인은 더욱 목소리가 작아진다. 마스다는 더욱 몸을 내민다.

"그렇지. 오리사쿠 미도리가 고발되는 시기가, 아주 조금 빨라질 뿐일세. 다시 말해서."

"다시 말해서?"

"스기우라 다카오가 발견되었을 때 자네가 해낸 역할과 같은 역할을, 자네는 이 나에게 하라——는 건가?"

"네?"

"나는 진범에게 도움이 되는 건 사양일세."

추젠지는 그렇게 말하고 몸을 스윽 뺐다.

——너도 장기 말이냐.

——그런 거로군.

미도리도 스기우라와 똑같다——는 뜻일까.

그렇다면 늦든 빠르든 그것은 종점이 아니라 단순한 통과점일 뿐인 셈이다. 그곳을 빨리 통과하는 건 계획 전체의 진행을 빠르게 할 뿐이다.

관계자가 어떤 선택지를 골라도, 늦느냐 빠르냐의 차이만 생길 뿐 결과에는 변함이 없는 계획——.

마스다는 생각한다.

그런 계획이 있을 수 있을까.

예를 들어 스기우라가 붙잡히지 않았다고 하자.

그 상황에서 도주하는 건 무리라고 해도, 에노키즈가 그 자리에 나타나지 않았다면 스기우라를 확보하기는 어려웠을지도 모른다. 살해에 필요한 시간은 그리 길지 않다. 에노키즈가 없었다면 마스다 일행이 현장에 도착하기 전에 가이토는 틀림없이 죽었을 것이다.

그렇다는 건——어떻게 진행되어도 결과에 영향이 생기지 않는다는 거라면——가이토는 죽든 죽지 않든 아무래도 상관없었던 인간이라는 뜻이 된다.

가이토가 죽는다. 스기우라는 도망친다.

그러면 어떻게 될까.

아마——.

——다음에는 구레 미유키를 노리——려나.

그러나 스기우라는 그 시점에서 이미 의심받고 있었다.

현장을 잡지는 못해도 조만간 체포는 되었을 테고, 모습을 감추면 감춘 대로 혐의는 한층 짙어진다. 게다가 사요코, 가이토가 연달아 살해된 시점에서 교내에는 이미 경찰이 대거 들어와 있을 테고, 수색의 손길은 강해질 것이다. 어차피 학원 안은 살인에 적합하지 않은 환경이 되었을 것이다.

——그렇다면.

스기우라가 붙잡히든 붙잡히지 않든, 미유키는 역시 목숨을 건졌을까.

미유키가 목숨을 건졌다면, 총명한 그녀는 역시 진상을 깨닫고 현재와 똑같이 소리 높여 미도리를 지탄했을 것이다.

설령 스기우라가 끝내 체포되지 않는 상황이 되었다고 해도, 미도리의 입장은 확실히 현재와 그리 다르지 않다. 안전하다고는 말하기 어렵다.

교묘하게 꾸몄다고 생각할지 몰라도 혼다, 유코, 고레아키, 사요코를 연속해서 살해한 것 자체가 엉성하다면 엉성하고, 결과적으로 미도리는 궁지에 몰려 있는 셈이 된다.

——아무도 죽이지 않았다면 어떻게 되었을까?

매춘 사실은 발각되었을 가능성이 높다.

역시 미도리는 의심받게 된다. 어떻게 움직여도 오리사쿠 미도리는 조만간 도마 위에 오르게 된다.

그리고 이 현재의 상황은 그녀에게 결코 좋은 상황이라고는 말하기 어렵다. 오히려 씨름판의 경계선, 벼랑 끝이라는 느낌이 있다.

얼핏 보면 영리하게 행동하고 있는 듯 보이기는 하지만, 이렇게 생각해 보면 자신의 목을 조르는 듯한 행동만이 눈에 띈다.

단. 그래도 아직 미도리는 태연하다.

추젠지가 나섬으로써 그 아슬아슬한 평안도 급속하게 흔들릴 것은 틀림없다. 하지만——.

추젠지의 말이 옳다면 그것 또한 진범이 노리는 바라는 뜻이 된다. 그러니 내버려두어도 달라지는 건 없다고, 추젠지는 예측하는 것이다.

——결국, 진행이 빨라질 뿐인가.

——내가 나설 무대는 없네.

——결과는 아마 똑같을 걸세.

모든 것은 추젠지가 처음에 단언했던 대로다. 같은 자리를 뱅뱅 도는 것이다. 그는 자세한 상황을 듣기도 전에, 지극히 초기 단계에서 사건의 구조를 간파하고 있었던 것이다.

"그——진범의 최종 목적은 대체 뭡니까?"

"처음에 말했잖나. 모르네. 그걸 알면 손을 쓸 수도 있겠지만."

그것도——추젠지가 처음부터 말했던 것이다.

그러나 그러면 아무것도 할 수 없다.

"예를 들어——그 진범은 성 베르나르 학원의 파괴를 꾸미고 있는 건 아닐까요?"

이대로 수사가 진행되어 진짜 미도리가 붙잡히면, 그 학원의 신용은 땅에 떨어진다.

그렇게 되면 학원 경영은 파탄 날 것이고, 폐교로 내몰리는 것조차 상상하기 어렵지 않다.

"그건 아닐세——."

하고 추젠지는 말했다.

"——목적이 그 정도의 것이라면 이런 복잡한 전개는 전혀 필요 없네. 그런 종류의 사립학교는 신용 장사니까, 나쁜 소문 한두 개만 퍼뜨리면 그걸로 끝이야. 사람까지 죽일 필요는 없네."

"그럼——오리사쿠 가에 원한이 있는 사람의 복수라든가."

"그것도 어떨까. 막내딸을 조종해서 묘한 일을 시키는 복수가 있을까? 확실히 사위가 살해되고, 거기다 딸이 사건과 관련되어 있었다고 하면 오리사쿠 가로서도 피할 수 없는 상황이 되기는 하겠지만——."

추젠지는 까다로운 얼굴을 하고, 역시 지금 단계에서는 판단도 참견도 할 수 없겠지——하고 말했다.

——등장인물이 작자를 지탄할 수는 없네.

에노키즈도 그렇게 말했다. 이번에는 추젠지도 에노키즈와 비슷한 말을 한다.

마스다가 그렇게 말하자 추젠지는,

"그자는 그래 봬도 탐정일세. 그자의 의견과 다르다는 건 즉 틀렸다는 뜻이지."

하고 말했다.

"그럼 진범의 계획이 성취되는 걸 방해하는 건 현재 단계에서는 불가능하다, 추젠지 씨는 이런 말씀이시군요?"

"현재 상황에서는——거의 불가능하겠지. 무엇을 방해하면 되는 건지를 우선 모르니까."

"가령 —— 오리사쿠 미도리가 붙잡히지 않게 도와준다거나."

"그녀에게 협조하라는 건가? 안 돼. 범죄는 항상 탄로 나는 법일세. 무너지기 시작한 범죄에 고식지계로 도움을 주어 봐야 붕괴를 빠르게 할 뿐이야. 그리고 그것도 진범의 손바닥 안일 걸세. 규모가 커지고 그 소녀의 죄가 늘어날 뿐이지. 무의미하네."

"그럼, 그럼 말입니다. 알겠어요. 이쪽에서 예상도 할 수 없는 엉뚱한 행동으로 나간다면 어떨까요? 뭔가 비상식적으로 관여한다거나, 무모하게 폭주한다거나."

"세상에서 제일 비상식적인 탐정과 일본에서 제일 폭주하는 경관의 행동도 하등 억지력이 되지 못했네. 예기치 못한 행동까지 계산에 들어가 있으니 무모한 짓을 해 봐야 소용없어."

"아아."

—— 안 되는 것이다.

확실히, 예측할 수 없는 짓을 한다는 건 의외로 어려운 일일지도 모른다. 에노키즈의 언동 하나 예측하지 못하는 평범한 마스다로서는 엉뚱한 일이란 그다지 생각나지 않을 테고, 그렇다면 고심해서 생각해 봐야 그런 것은 전부 범인도 꿰뚫어보고 있다는 뜻이 될 것이다.

"그 무모한 에노키즈조차, 그냥 연관되어서 바깥에 있을 수 없게 되었으니 말일세. 이 사건에는 외부가 없는 걸세."

"외부가 없다?"

"외부에 있으려고 하면 일절 관여하지 않을 —— 아니, 사건 자체를 모를 수밖에 없네. 이건 많든 적든 어떤 사건에서나 마찬가지겠지만, 이번 사건에 관해서 말하자면 그건 한층 더 명확해."

"연관된 사람은——진범의, 거미의 계획을 절대로 저지할 수 없다, 그런 뜻입니까!"

"그래. 오리사쿠 미도리라는 아가씨는 분명히 영리한 모양이지만 진범의 영리함은 그것을 훨씬 능가하고 있네. 내 생각에 진범은 모든 게 탄로 나고 계획이 실패한 경우에도 자신에게 누가 미치지 않도록 손을 써 두었을 거야. 당연히 법률에 저촉되는 행위도 하지 않았을 것이네——."

"그럼——."

입 다물고 관객 노릇이나 하라——는 건가.

추젠지는 약간 슬픈 듯한 눈으로 마스다를 보았다.

"뭐, 기다려 보게, 마스다 군. 서두를 건 없어. 이제 곧 이곳에 내 어리석은 누이가 올 걸세. 조사를 좀 부탁했거든. 확실히 이대로는 좀——부아가 치미니까."

추젠지는 그렇게 말하고 아주 희미하게 웃었다.

거기에서 추젠지는 아내를 불러 차를 청했다.

차를 끓여주는 안주인의 청초한 옆얼굴을 보면서, 마스다는 추젠지 동생의 얼굴을 떠올렸다. 피로 이어져 있는 친오빠보다도 새언니 쪽의 얼굴을 더 닮은 듯한 기분이 들었던 것이다.

추젠지의 나이 터울이 있는 동생——아츠코는 잡지 편집자다. 마스다는 하코네 산 사건으로 그녀와 알게 되었다.

아츠코는 비뚤어지고 음험한 인상의 오빠와 달리 그늘이라곤 없는 올곧은 여성이다. 듣자하니 스물두세 살은 되었다고 하지만 아무리 봐도 열 일고여덟의——소년 같은 아가씨다. 마스다는 그녀에게 크게 호감을 느끼고 있다.

또 새가 울었다.

봄이 온 것이다.

마스다는 분위기에 어울리지 않게 그런 생각을 했다.

추젠지는 찻잔을 한 손에 들고 다시 갖고 있던 책에 몰두하고 말았다. 마스다는 고서의 향기를 맡으면서 봄의 징후가 가득 찬 정원을 바라보며 아주 잠깐, 몹시 오랜만에 이완되었다.

그건 그렇고 아츠코는 무엇을 조사하고 있는 것일까.

미리 동생에게 탐색을 의뢰해 두었다는 건, 추젠지는 이번 사건에 대해서 이미 독자적으로 움직이고 있었다는 뜻이 되는 것일까.

마스다는 주인을 관찰한다.

실로 불쾌해 보이지만 그 표정은 늘 그런 것이고, 실은 그렇게 기분이 나쁜 것도 아니라고, 그를 잘 아는 소설가——세키구치는 설명해 주었다.

생각해 보면 웃으면서 책을 읽는 놈은 없을 테고, 이런 상황에서 싱글벙글 웃고 있는 것은 오히려 이상하다. 그를 찾아오는 사람은 대개 지금의 마스다 같은 상황에 놓여 있을 테니, 추젠지가 무뚝뚝하게 구는 건 당연할 것이다.

이만큼이나 되는 읽을거리에 파묻혀 살면서 날이면 날마다 책을 읽어대고, 그래도 부족하다고 하니 좋아한다기보다 병이다.

도코노마에도 장식 꽃병 같은 것은 없고 서적이 높다랗게 쌓여 있다.

그것도 판형과 종별로 정연하게 쌓여 있어서, 그 부분이 주인의 성격을 반영하고 있다.

책바보의 방은 대개 난잡한 법이다.

책을 정보원으로 취급한다면 난잡한 건 당연하고, 정보를 처리하는 것만으로도 힘에 부쳐서 그릇인 책의 취급은 소홀해진다. 그 기분은 마스다도 안다. 마스다도 책은 좋아하지만, 역시 그냥 쌓아둘 뿐이다. 오히려 그 무질서에서 오는 먼지 냄새나는 혼돈이 기분 좋게 느껴지기도 한다. 그러나 이곳의 주인은 그렇게는 하지 않는다. 그릇째 정보를 정리하고 있다.

마스다가 독백처럼 그런 말을 하자 주인은,

"정보로 취급할 거라면 책은 한 권도 필요 없네."

하고 말했다.

마스다는 그것도 그렇다고 납득했다.

정보만 필요하다면, 다른 사람에게 묻거나 도서관이라도 가서 조사하거나 빌리거나 하면 된다. 사용한 정보를 언제까지나 늘어놓고 소중하게 넣어둘 필요도 없다. 틀림없이 책은 정보가 아닐 것이다. 그럼 뭐냐고 묻는다고 해도, 마스다는 대답할 수 없지만.

할 일이 없어져서 좌탁 밑에 놓여 있던 재래식 장정의 책으로 손을 뻗었다.

'화도백귀야행 · 전편 · 양(陽)'

들어본 적이 있다. 아마 요괴 책일 것이다.

표지를 넘겨보니 '양(陽)'이 이체자(異體字)[16]로 적혀 있다.

한 장 더 넘기니 목차였다.

무당거미, 덴아소비, 소겐비, 화차, 쓰루베비, 후라리비, 우바카비, 사카바시라, 마쿠라가에시——.

요괴 이름이 줄줄이 열거되어 있다.

---

16) 한자나 일본 가나문자의 표준 자체 이외의 자체.

—— 무당거미.

신경이 쓰였다. 그러나 목차에는 그렇게 씌어 있지만, 목차에 대응하는 페이지에 기재되어 있는 첫 번째 요괴 그림의 왼쪽 위에는 한자로 '絡新婦(낙신부)'라고 적혀 있었다. 이름이 달라서 자세히 보니 낙신부라는 한자 옆에 '무당거미'라고 발음이 적혀 있다.

이것을 왜 그렇게 읽는 것인지 납득이 가지 않는다.

이상한 그림이었다.

화면 왼쪽 아래쪽에 고목이 돋아 있다.

매화나무일까, 벚나무일까. 고목에는 거미줄이 처져 있다.

거미줄은 중심 부분에서부터 여자의 검은 머리카락으로 바뀐다.

자세히 보니 거미줄 자체가 여자의 뒷모습을 본뜬 것이었다.

머리카락에서는 여섯 개의 곤충의 촉수가 뻗어 있고, 촉수 끝에서는 또 한 개씩 실이 이어져 있는데 그 끝에는 작은 거미가 한 마리씩 달려 있다.

작은 거미는 화기(火氣)를 내뿜으며 허공을 춤추고 있다.

어느 것이 요괴인지 잘 모르겠다.

아무리 봐도 작은 거미는 요괴의 수하 같은 취급이다.

그럼 요괴의 본체는 거미줄이라는 뜻이 된다.

"추젠지 씨, 이건——."

"무당거미, 일명 창녀 거미는 중국어로는 낙신부라고 한다고 '화한삼재도회(和漢三才圖會)'에 적혀 있네. 그 책을 쓴 세키엔은 삼재도회를 자주 인용했으니까."

"이쪽을 보시지도 않고 제가 뭘 보고 있는지 용케 아셨네요. 뭐 그건 좋습니다만, 이건 어떤 게 요괴인 겁니까?"

"거미줄일세."

"거미줄입니까."

"무당거미는 아이를 데리고 나타나는 여자 요괴일세. 침착하게 대처하면 몸에 해는 미치지 않지만, 허둥거리면 목숨을 잃게 되지. 정체는 그냥 거미니까 어떻다고 할 것은 없네. 화한삼재도회에는 화려한 색깔의 반점이 아름답지만 그게 오히려 추하고, 그건 독이 엄청나기 때문이라고 적혀 있네. 하지만 실제의 무당거미에게는 독이 없지."

"하아, 잘 모르겠네요."

강한 건지 약한 건지, 무서운 건지 무섭지 않은 건지.

"이해하기 어려운 요괴지. 거미는 그 기분 나쁜 형상이나 습성 때문에 요괴에 비유되는 일도 종종 있네만, 전승 속의 거미 요괴의 수는 의외로 적네. 이로운 벌레이기 때문일지도 모르지만, 그래서 오히려 신성한 것으로 취급되지. 아침 거미는 살려두고 밤 거미는 죽여라, 라는 말이 있지 않나."

"있지요."

"시각에 따라 신성(神性)이 마성(魔性)으로 바뀌는 거지. 아침과 밤이 바뀌어 있는 지역도 있네. 어떤 지방에서는 밤 거미는 부모라도 죽이라고 하네. 거미가 부모일 리는 없지만, 왠지 그렇게 말하지. 거미는 보통내기가 아닐세."

"보통내기가 아닙니까?"

——거미는 보통 방법으로는 처리할 수 없는 것이다.

"보통내기가 아니지. 거미 요괴는 크게 나누면 땅거미 계열과 수신(水神) 계열로 나뉘네. 땅거미라는 것은 복종하지 않는 백성을 멸시하여 부르는 칭호일세. 무당거미는 수신 계열이지."

"수신이라는 건 물의 신이지요? 어째서 거미가 수신입니까? 물거미입니까?"

"아닐세. 거미는 실을 잣기 때문이야."

"모르겠습니다."

"실을 토해내니까 베 짜는 여인을 연상한 걸세."

"모르겠습니다."

"베 짜는 여인은 수신과 접속되는 걸세. 수신은 칠석과 이어지니까. 자네도 칠석 정도는 알겠지?"

"물론 압니다. 어릴 때는 조릿대 잎을 장식하곤 했지요.[17] 그러다가 머리가 굵어지고 나서는, 비가 오면 견우직녀의 만남이 실패했군, 이라고 생각했지요."

"직녀는 하늘의 강 맞은편에서 베를 짜고 있네."

"그렇지요. 대우주의 로망이지요."

"바보 같은 말을 하는군. 다나바타[18]란 밭의 가장자리[田の端][19], 또는 다네바타[種播][20]이기도 하고, 즉 논에 물을 끌어들이는 어귀를 말하는 걸세. 또 신이 부정을 피하기 위해 걸치는 천을 다나[手巾]라고 하지. 이것은 물가에 유카와다나[湯河板挙][21]를 만들고 그 위에서 베를 짜는 습관이 있었기 때문인데, 그것을 짜는 아가씨를 다나바타쓰메[棚機津女]라고 불렀네. 우주하고는 상관없어."

"예에. 다나바타투성이네요."

---

17) 일본에서는 칠석날 조릿대 잎을 장식하는 풍습이 있다.
18) 다나바타는 일본어로 '칠석' 또는 '직녀'를 가리키는 말.
19) 다노하타, 다노바타라고 읽는다.
20) 씨 뿌림이라는 뜻.
21) 물 위에 짠 판자. 선창이나 잔교 등.

——그것이

왜 거미와 연결되는 것일까?

"옛날에는 베 짜는 일은 훨씬 더 생활에 밀착되어 있었네. 집집마다 앉은뱅이 베틀이 있었고, 여자들은 열 살만 되면 실잣기를 배우고, 열대여섯 살이면 베를 짰지. 그리고 베 짜는 일은 수신을 모시는 신사(神事)이기도 했네. 몸의 가장 더러운 곳을 덮는 천을 선창 위에서 짠다 ——이건 옛날에는 바닷가나 바다로 통하는 하천, 호수나 늪 등의 물가에서, 물 위에 튀어나와 있는 시렁 같은 오두막에 신의 신부가 되기로 뽑힌 아름다운 소녀가 들어가, 찾아올 신을 위해 베를 짜며 신이 오기를 기다린다는, 물가로 찾아오는 신을 맞이하는 신사(神事)가 변한 것이지. 이 베 짜는 여자가 직녀의 원형 중 하나가 되었고, 찾아오는 신이 견우성이 되었네. 별이란 신이니까."

"하아."

"이 다나바타쓰메의 신사(神事)는 한편으로는 별을 모시는 신앙과 합쳐져서 칠석 전설이 되었고, 한편으로는 수신에게 인신공양을 하는 전설 등으로 전환되었네. 민가에서 멀리 떨어진 물가에 살면서 베를 짜는 신의 아내는, 요괴화되어 물 밑바닥에서 베를 짜는 여자의 전설로 변용되지. 폭포수가 떨어지는 깊은 웅덩이에서 바디[22] 소리가 들린다, 물 밑바닥에서 영원히 베를 짜는 여자가 있다——베 짜는 물가의 전승은 수없이 많네."

물 밑바닥에서 베를 짜는 여자. 직녀의 또 하나의 얼굴.

"물 밑바닥의 여자는, 그러다가 수면 위로 실을 자아내게 되네. 가시코부치라는 옛날이야기를 모르나?"

---

22) 베틀에 딸린 기구의 한 가지. 날을 고르며 씨를 치는 구실을 함.

"아, 그건 압니다. 뭔가, 낚시를 하고 있는데 거미가 나타나서 다리에 실을 감는다는 거 아닙니까? 고작해야 거미라며 신경 쓰지 않고 있었더니, 또 나와서 감고요. 그렇게 몇 번이나 감지요. 그러다 보니 아무래도 신경이 쓰여서 그 실을 나무 그루터기 같은 것에 다시 감았지요. 잠시 후에 그루터기가 무시무시한 힘으로 뽑혀 물속에 가라앉고, 그리고 물속에서 똑똑하구나, 똑똑해, 하는 목소리가 들린다——그런 이야기지요."

"그렇다네. 자네도 똑똑해. 그게 다나바타쓰메와 거미를 연결하는 전승일세. 용케 알고 있었군. 그렇다면 천인(天人) 아내의 이야기도 알고 있겠지?"

"네네. 은혜 갚은 학 같은 거——."

"그래. 다만 학은 은혜를 갚으려고 자발적으로 오지만, 천인은 날개옷을 빼앗겨 돌아가지 못하고 아내가 되는 것일세. 그 부분이 다르지만, 이류혼인(異類婚姻) 이야기라는 점에는 차이가 없지. 이 이류혼인 이야기에는 아무래도 베 짜는 이야기가 얽혀 있네."

"그렇습니까?"

"그렇지. 학도 베를 짜네. 천녀(天女)도 베를 짜서 부유해지는 케이스가 있고. 그리고 거미 아내라는 것도 있네. 이것도 물론 베를 짠다네."

"거미 아내? 학이나 새라면 천녀의 이미지지만, 거미 아내는 아무래도 기분이 나쁩니다."

추젠지는,

"음. 이건 베 짜는 여인으로 통합해야겠군."

라고 혼자 말하며 납득했다.

"천인 아내——라기보다 날개옷 같은 전설류의 이야기는 세계 각지에 전해지고 있네. 백조가 지나가는 북쪽 나라에서는 대개 여자의 정체는 백조로 되어 있지. 하지만 백조가 지나지 않는 남방에서는 여자의 정체는 천인이나 해녀(海女)로 되어 있네——."

거기에서 추젠지는 그런가, 반대인가, 하고 말했다.

설명하면서 새로운 설에 도달한 것인지도 모른다.

"날개옷 전설의 전파와 철의 자원 산지가 대개 일치하는 것으로 보아, 나는 철과 천녀 강림 전설의 관련성을 예상하고 있었네만, 이것은 오히려 제철과 유곽의 관련성을 함께 생각하는 게 좋을지도 모르겠군——."

"철과 유곽?"

"철과 창부일세. 철이 생산되는 곳에는 반드시 유곽이 있는 법이지. 그리고 창부와 베 짜기일세. 유곽은 경계——물가에 있네. 베를 짜는 여자는 신의 아내, 즉 신성한 창부, 무녀일세. 옛날에는 아무리 지위가 높은 무녀라도 반드시 베를 짰지. 그리고 베 짜는 모습을 훔쳐보는 건 엄한 금기로 되어 있었네. 그래서 학도 천녀도 베 짜는 모습을 엿보면 떠나는 걸세. 천인 아내 설화란 신의 아내를 사람이 아내로 맞이하는 이야기일세."

"무슨 뜻입니까?"

"재미있어. 자네와 이야기하다가 하늘의 계시를 얻었네. 천인 아내도 근대화나 화폐제도의 도입으로 민속사회의 룰이 파괴되어 가는 과정에서 생긴 이야기지. 좀 더 파고들어 보면, 즉 민속사회에 있어서 매매춘이 품고 있는 모순의, 남성의 시점에 의한 유사 해결이야."

"전혀 모르겠습니다."

"나도 자세히 설명할 생각은 없네. 다만 천인 아내 전설의 생성에, 화폐의 유통에 따른 가치관의 전환이 관련되어 있는 건 틀림없네. 그렇다면 그건 근대 매매춘의 발생과 뿌리가 같은 것이지——."

추젠지는 이야기할 생각은 없다면서도 말했다.

"그리고——성의 문제를 다룬다면 역시 우부메의 전승과 마찬가지로 생식과 성 충동의 괴리라는 근원적인 문제에도 뿌리를 둔다고 생각해야 할 걸세——그런가. 거미의 모양을 한 우부메가 있지——과연, 무당거미는 종종 불을 내뿜지만, 해오라기의 불과는 다르다고 삼재도회에도 적혀 있었지——."

이야기한다기보다 멋대로 사고하고 있는 모양이다.

"——그래서 무당거미는 아이를 데리고 나타나는 건가. 그건 무당거미의 우부메적인 부분을 표현하고 있는 거야. 알았네, 마스다 군."

"뭘 말입니까?"

"무당거미의 정체가 어렴풋이 보이기 시작했네. 무당거미는 옛날에는 다나바타쓰메——무녀였어. 거슬러 올라가면 고노하나사쿠야히메나 이와나가히메[23]와 같은 신녀(神女)일세. 무녀는 신의 곁에서 사람의 곁으로 내려왔네. 근대화로 민속사회는 느리게 붕괴되고, 무녀는 창부가 되고 말았어——."

---

23) 고노하나사쿠야히메는 휴가[日向]라는 곳에 강림한 천신 아마테라스 오미카미[天照大神]의 손자 니니기노미코토를 만나 그의 구혼을 받는 여신. 아버지인 오야마쓰미는 딸이 구혼을 받은 것에 기뻐하며 언니 이와나가히메와 함께 보냈으나, 니니기노미코토는 용모가 추한 이와나가히메를 돌려보내고 아름다운 고노하나사쿠야히메하고만 결혼했다. 오야마쓰미는 이에 분노하여 '내가 딸 둘을 함께 보낸 건 이와나가히메를 아내로 맞이하면 아마테라스 신의 자손(니니기노미코토)의 목숨은 바위(岩 : 이와)처럼 영원한 것이 되고, 고노하나노사쿠야히메를 아내로 맞이하면 나무(木 : 고)에 꽃(花 : 하나)이 피듯이(咲く : 사쿠) 번영하리라는 맹약을 세운 것이다. 고노하나사쿠야히메하고만 결혼하면 아마테라스 신의 자손의 목숨은 나무의 꽃처럼 덧없어질 것이다'라고 말했다. 천황은 신인데도 왜 신과 같이 오래 살지 못하는가를 설명하는 일본의 신화이다.

분명히 시라뵤시[白拍子][24]——무녀는 유녀의 별칭이다.

"아무도 헤아릴 수 없는 신성(神性)은 누구나 계산할 수 있는 화폐로 치환되었네. 그리고 매매춘이 생겨났지. 그녀들에게서 신성은 박탈되고 대신 치욕이 주어졌고, 무녀는 창녀가 되었네. 매매춘은 굳이 경제적인 착취만이 문제가 아닐세. 남자들은 여성들이 갖고 있던 신성을 착취한 거야. 무당거미는 근대화에 따라 남자가 품을 수밖에 없었던 성에 대한 환상이 꽃피운 덧없는 꽃일세. 그래서 무당거미는 남자밖에 덮치지 않지."

——남자밖에 덮치지 않는다?

"생각해 보면 산업혁명이 방직기의 개발로 인해 이루어졌다는 것은 아무래도 아이러니한 부합이지. 여성에게서 신성을 착취함으로써 성립한 근대 남성사회에, 여성들은 역시 베를 짬으로써 참가한 걸세. 일본에서도 여공은 베를 짰지. 창녀와 거미의 교배, 창부와 여공——무당거미라는 요괴는 바로 근대 여성사의 어두운 부분을 미리 읽어낸 듯한 요괴였던 셈일세."

추젠지는 품속에서 팔짱을 꼈다.

"그리고 이번 사건도 매춘과 방직으로 채색되어 있다——는 것이지. 게다가 여성해방론자도 관련되어 있어. 이건——무당거미의 사건이로군."

그렇게 말하고 추젠지는 슬픈 듯한 얼굴로 침묵했다.

15분 정도는 그러고 있었다.

이윽고 툇마루 복도에 가벼운 발소리가 울리고 장지 그늘에서 아츠코가 얼굴을 내밀었다.

---

24) 에도 시대에 유녀를 부르던 속된 이름.

아츠코는 입을 열자마자,
"어머나 마스다 씨! 왜 여기에 계시나요!"
하고 밝은 목소리로 말했다.
마스다가 대답을 하기 전에, 페이지를 넘기는 것 외에는 미동도 하지 않고 있던 무뚝뚝한 오빠는 동생의 얼굴을 보지도 않고 실로 가시 돋친 말투로,
"이 예의도 모르는 것. 제대로 인사를 해."
하고 말했다.
아츠코는 눈을 동그랗게 뜨고 이런이런, 하는 표정을 짓더니, 잘 오셨어요, 하고 어린애처럼 기운차게 머리를 숙였다. 그리고 머리를 완전히 들기도 전에,
"경찰—— 그만두셨다면서요?"
하고 말하면서 문지방을 타고 넘어 마스다 옆에 철퍼덕 앉았다.
오빠는 사신이 배앓이를 하는 듯한 흉악한 눈빛으로 동생을 노려보면서, 철 좀 들어라, 이 말괄량이야, 하고 말했다. 매우 무섭다. 마스다가 야단맞는 듯한 기분이 든다. 그러나 아츠코는 입을 삐죽거리며,
"누구 씨가 방에서 한 발짝도 움직이지 않아도 되는 건, 그 말괄량이를 실컷 부려 먹고 있기 때문이잖아요?"
하고 대꾸했다.
역시 친동생이다. 익숙한 모양이다.
마스다는 새삼 아츠코를 보았다.
하코네 산에서 보았을 때는 마치 남자처럼 짧게 잘랐던 머리카락이 조금 자랐고, 눈썹 위에서 소녀처럼 가지런히 자른 앞머리가 참으로 앳되다.

별로 나이 차이가 나지 않는 마스다가 이런 생각을 하는 것도 이상하지만, 아츠코는 겨우 한 달 사이에 매우 성숙해진 것처럼 느껴진다. 행동거지는 마치 어린애 같지만, 목덜미 언저리는 매우 요염하다. 산속에서 만났을 때와 달리 치마를 입고 있는 탓도 있을까.

"이봐. 그보다 물건은 있더냐?"

"있었어요. 정말이지 동생이라고 귀찮은 일만 떠넘기고, 공짜로 실컷 부려 먹고, 정말 귀찮아 죽겠다니까요. 저도 직업여성이라서 바쁘단 말이에요."

"아오키 군이 소망한 것이니 어쩔 수 없지. 싫으면 거절하면 되잖니. 아오키 씨의 부탁이라면 어쩔 수 없다고 말한 게 누군데."

"정말 싫은 오빠네."

아츠코는 그렇게 말하면서 가방에서 잡지를 몇 권 꺼냈다.

마스다는 아오키라는 인물을 모른다. 아까 추젠지의 말투로 보아 아츠코가 한 조사라는 건 본 사건과 관련이 있는 것 같은데, 그렇다면 다른 선에서 다른 인물이 이 남매에게 이번 사건에 관한 상의라도 했다는 것일까.

아츠코는 좌탁 위에 잡지를 늘어놓았다.

"이게 작년 봄에 나온 '근대 부인' 3월호. 이건 우리 회사 잡지라서 비교적 찾기 쉬웠지만, 문제는 이쪽의——'사회와 여성' 쪽이에요. 이걸 내고 있는 곳은 작은 출판사고, 부수도 적고, 내용도 꽤 편향되어 있어서 상비하고 있는 곳은 적은가 봐요. 그래서 찾느라 고생했어요. 하지만 실려 있더군요. 그리고——이게 작년 11월에 요시와라 여아 보험조합이 간행한 '밝은 골짜기'예요."

"사회와 여성? 그런 것에 실려 있었나?"

"그런 것까지 읽고 용케 기억하고 있었군요, 오빠."
"뭐, 그렇게 되려나. '밝은 골짜기'는——이건가."
"유감스럽지만 여기에는 실려 있지 않았던 것 같아요."
"그래? 그럼 다카하시 시마코만 붕 뜨는군."
"안심하세요. 틀림없이 찾아냈으니까——."
아츠코는 잡지를 한 권 더 꺼냈다.
"아아? 시마코도 '근대 부인'에 실렸나? 용케 찾아냈구나. 예상은 적중한 셈이 되는군. 이걸로 전원 나와 있었던 셈이야. 가와노 유미에는?"
"가, 가와노?"
"괜찮네, 마스다 군. 잠시만 더 잠자코 있어 주게. 가와노 유미에는 무언가에 나와 있지 않던?"
"물론 찾아냈어요. 그건 이쪽."
"가스토리[25]인가. 어디——아하. 이거였나."
"도리구치 씨가 협조해 주셨어요. 오빠 쪽에서도 나중에 고맙다는 인사를 해 주세요."
"도리구치라니 그 도리구치 모리히코 군?"
마스다가 묻자 아츠코는 고개를 끄덕였다.
그렇다면 그 사람은 삼류잡지의 편집이나 사진촬영 등을 하고 있는 익살스러운 청년으로, 마스다도 오래전부터 알고 지내온 남자다.
"추젠지 씨, 대체 이건 뭡니까?"
"그렇지, 이건 이번 사건을 다른 장소에서 바라보기 위한 도구일세. 아츠코. 아오키 군에게는 연락했니?"

25) 제2차 세계대전이 끝난 후, 일본에서 출판되던 삼류잡지의 총칭.

"여기서 만나기로 했어요. 이제 오겠죠."

"어이. 왜 여기에서 만나기로 한 거지?"

"그야 오빠의 이야기를 듣고 잘 곱씹어서 다른 사람에게 설명하기는 싫으니까요. 직접 들려드리면 이야기가 빠르잖아요. 게다가 저는 이래봬도 한창나이의 아가씨라서 신사분과 단둘이 만나는 건 꺼려져요."

아츠코의 말이 끝나자마자 추젠지는, 바보 같구나, 너 같은 말괄량이는 후리소데[26]를 입어도 여자로는 안 보여, 하고 말했다. 마스다는 추젠지의 말에 대해 크게 이의가 있었지만, 그보다 더 신경 쓰이는 것이 있어서 이의를 제기하기 전에 우선 물었다.

"그——아오키라는 자는 누굽니까?"

아무래도 젊은 남자인 건 틀림없는 것 같다.

추젠지는 잡지를 넘기면서 무뚝뚝하게 대답했다.

"형사일세."

"혀, 형사?"

연애가 나올 이야기는 아닌 것 같다.

추젠지는 기사에서 눈을 떼지 않고 말을 이었다.

"마스다 군은 모를지도 모르지만, 그렇지, 야마시타 씨라면 알고 있을 걸세. 아오키 군은 아마 작년의, 그 사가미 호반의 대수색 때 지원으로 차출되어 가서, 그 경부보에게 꽤 쥐어짜였다고 했었으니까."

추젠지가 말하는 건 그 무사시노 연쇄 토막 살인사건의 유체 수색을 가리키는 것이리라.

---

26) 미혼 여성의 성장용(盛裝用) 기모노. 소맷자락이 긴 것이 특징이다.

야마시타라는 사람은 국가경찰 가나가와 현 본부의 엘리트 형사로, 한때는 마스다의 상사였지만 하코네 산에서 실수하는 바람에 관할서로 좌천된 남자다.

"하아, 야마시타 씨는 이제 경부보가 아니지만요. 강등되었으니까요. 그건 그렇고 그, 형사가 어째서 추젠지 씨에게?"

"아니, 요전에 자네와 마스오카 씨가 이곳에 온 후에, 아무래도 신경이 쓰여서 눈알 살인마의 신문 기사를 다시 읽어보았네. 그랬더니 갑자기 생각난 게 있어서."

"생각난?"

깨달았다거나 추측했다거나 하는 게 아니라 생각났다니, 그것은 무슨 뜻일까.

"그래, 생각났네. 그래서 알고 지내는 형사에게 연락을 취해 보았는데, 그쪽은 바쁜지 연락이 안 되더군. 아오키 군은 그 지인의 부하인데, 그저께 겨우 연락이 되었네. 이야기를 했더니 몹시 흥미를 보이더군."

아무래도 못 알아듣겠다.

"예에 —— 뭐가 생각나셨습니까?"

"피해자의 이름일세."

"이름?"

피해자의 이름이 생각난다는 말은 한층 더 모르겠다.

"아니, 마에지마 야치요. 야마모토 스미코. 가와노 유미에. 이 세 사람의 이름을 어디에선가 본 기억이 있어서 말일세. 한 사람뿐이라면 신경도 쓰지 않았겠지만 세 명 다 기억에 있었거든. 아아 —— 나와 있군."

추젠지는 세 번째 잡지를 펼쳐 마스다에게 보여주었다.

"그건——?"

"이건 동생이 근무하고 있는 희담사에서 출간한 여성잡지일세. 여기에 '정녀의 귀감'이라는 그라비아 기획이 연재되고 있었지. 클레임이 들어오는 바람에 노선을 변경해서, 지금은 없어졌지만 말일세. 본래는 큰 가게나 전통 있는 가게의 안주인이나 대의사(代議士)[27] 부인, 사장 부인을 싣고 내조의 공을 칭찬한다는 기획일세. 여기에——."

추젠지는 손가락으로 가리킨다.

"——마에지마 야치요가 실려 있네."

들여다보니 기모노를 입은 여성의 사진이 몇 장 게재되어 있었다.

하나는 포목점의 계산대인 듯한 곳에 정좌하고 앉아 손님에게 피륙을 권하고 있는 장면. 그리고 포렴을 배경으로 미소 지으며 서 있는 모습. 그리고 가장 큰 컷은 손가락 세 개를 짚고 절을 하기 직전 같은 자세의 사진이다. 독자를 맞이하는 것인지 배웅하는 것인지, 표정은 온화하고 마치 여배우 같은 사진이었다.

추젠지는 그것을 바라보며, 이 사진이 안 좋았던 걸까, 하고 말했다. 이어서 아츠코가 설명했다.

"중간에는 인터뷰 기사도 실려 있는데, 그쪽에는 이렇게 씌어 있어요. 으음——최근에는 남자분들과 똑같이 밖에 나가서 활약하시는 부인들이 많은 것 같지만, 그러면 집안일이 소홀해집니다. 집을 지키고 남편을 세워주고, 뒤에서 받쳐주는 것이야말로 아내라고 생각합니다, 등등——내조의 공을 예찬하는 거지요. 실은 이 기사가 비난을 많이 받았어요."

---

27) 국회의원.

"역시 그런가. 그래서 기억하고 있었군."

"비난을 받았다니요?"

"시대에 역행하는 기획이라고 여성단체의 반감을 샀네. 전후 민주주의는 남녀평등을 표방하고 있는데, 그런 세상에 이런 전근대적이고 굴욕적인 기사를 게재하는 건 그렇지 않으냐고——아니, 애초에 정녀라는 말부터가 차별적이라는 거지. 그랬지?"

"발행처인 희담사는 여성이 남성에게 예속되는 차별적 봉건사회를 이상으로 삼고 있느냐고, 그야말로 무시무시한 기세의 항의가 있었나 봐요. 처음에는 투서가 왔던 모양이에요."

"개인의 투서니?"

"글쎄요. 아마 단체겠죠. 하지만 곧 일이 커졌고, 마침 지부련(地婦連)[28]이 결성되었을 무렵이어서 여성회도 여성의 지위 향상에 좋지 못한 영향이 있겠다고 판단해서——다만 이건 반드시 지부련 전체의 통일된 의견이라고는 말하기 어렵고, 비난을 받고 있었으니 어쩔 수 없다는 느낌이기는 했던 것 같지만——저는 부서가 달라서 자세히는 모르지만, 결국 사과하고, 제목은 바꾸지 않고 직업여성의 소개 기사로 대체했을 거예요. 그래도 아무래도 안 되어서. 그 후 두세 번은 버텼지만 그만둬 버린 모양이에요."

"그렇군. 이 마에지마 야치요 씨 개인에게도 비난의 화살은 향하지 않았니?"

아츠코는, 그렇다는 얘기도 있었죠, 하고 말했다.

---

28) 전국지역부인단체 연락협의회의 통칭. 1952년에 야마타카 시게리를 회장으로 결성되었다. 전쟁 후, 지역의 민주화를 진행하기 위해 지방행정 당국과 점령군 민생부의 요망으로 행정구역 단위의 지역을 기반으로 한 부인회가 결성되었는데, 이들 지역부인회의 전국 연락조직이 지부련이다.

추젠지는 이어서 두 번째 잡지를 집어 들었다.

이쪽은 표지도 단색 인쇄고, 종이도 인쇄도 제본도 하나같이 조악하다. 상업지라기보다 동인지나 회보 같은 인상의 잡지다.

"이건——잡지 이름은 기억나지 않았지만, 여성해방 논문만 게재하는 잡지인데——."

추젠지는 까다로운 얼굴로 페이지를 넘겼다.

"——여기일세. 야마모토 스미코의 서명 원고가 실려 있어. '계급 억압과 여성 억압 · 과학적 사회주의에 기초한 중층적 차별의 해명'이라는 논문이지. 그녀는 아무래도 '세계 부인'의 흐름을 수용한 사회주의 여성론자였던 모양이야. 게다가 꽤 선진적일세."

"화제가 된 건 아니죠?"

"뭐, 그렇지. 잡지 자체가 마이너 하니까. 하지만 앞으로의 여성해방운동 전개를 생각하면 마르크스나 엥겔스의 사상을 바탕으로 기성 공산주의 사상이 갖는 남성중심주의에서는 탈피하면서, 자본주의 체제의 착취 구조나 구조적 차별을 해명한다는 시도는 충분히 평가할 만하다고 생각하는데. 뭐, 요즘 세상에 이런 내용이라면 좀처럼 공감은 얻을 수 없을 테고, 한 발짝만 잘못 나가면 발매금지될 것 같은 과격한 논조지만. 전쟁 전이었다면 틀림없이 위험사상으로 취급되었을 테고."

마스다는 앞머리 부분을 조금만 읽어 보았는데, 활자가 읽기 힘든 데다 인쇄도 흐리고, 게다가 이해하기 힘든 문장이어서 금방 그만두었다.

아츠코는, 그게요, 하고 말하며 품에서 같은 잡지의 다른 호를 몇 권 꺼냈다.

"오빠, 이걸 보세요. 이다음 호인데요, 여기, 이 논문에 대한 반론이 실려 있어요. 이건 안 읽었어요?"

"반론? 그건 모르는데. 나는 정기구독을 하고 있었던 건 아니니까. 야마모토 씨의 논문도 우연히 읽은 거라. 하지만 이 논문에 정면으로 반론할 수 있을 정도의 논객이 현재의 일본에 있을까?"

"한 명 있는 모양이네요. 자요, 여기 나와 있어요. '객체의 주체로서의 각성 · 나아가 근원적인 차별의 해명' 필자는 —— 오리사쿠 아오이."

"오, 오리사쿠?"

아오이 —— 아마 미도리의 언니일 것이다.

"과연. 어디 보자 ——."

추젠지는 동생에게서 잡지를 받아들고는 코 위에 살짝 주름을 지으며 그것을 읽었다. 역시 읽는 속도는 빠르다.

"이건 —— 한층 더 통하기 힘들겠군. 시대를 30년 정도 앞서가는 느낌이야. 하지만 —— 뭐, 훌륭하구나."

추젠지는 그렇게 말한 순간에만 동생의 얼굴을 보고, 금세 다시 활자를 쫓았다.

아츠코는 설명을 덧붙인다.

"이후에 논쟁은 격화돼요. 교대로 반론을 게재하는 형태로, 야마모토 여사가 돌아가실 때까지 계속되었어요. 논쟁은 전쟁 전에 발행되었던 '청탑(青鞜)'[29]에 발단을 둔 모성주의, 아나키즘 여성주의의 비판이나 GHQ[30]의 계몽적인 여성 지위 향상 정책의 공동화(空洞化) 같은

29) 1911년 9월에 창간된 월간지. 일본 최초의 여류문예동인지로, 1916년 2월까지 52권이 간행되었다. 잡지 이름은 영국의 '블루 스타킹'에서 유래한 것.
30) General Headquarters. 연합군 최고 사령부. 일본이 제2차 세계대전에 패망한 이후

걸 제재(題材)로 하기 시작했으니, 이 부분이 물의를 빚은 모양이에요. 그것도 작년의 일이잖아요. 점령이 풀렸다고는 해도 꽤 과격하지요."

"그렇군."

"오리사쿠 씨의 논지는, 마지막에는 성적 해방으로 주제가 옮겨가서 한층 과격해져요. 야마모토 여사가 돌아가신 후에 발표된 건 엄청나더라고요."

추젠지는 재빨리 첫 번째 논문을 다 읽고 벌써 두 번째 논문에 들어가 있다. 읽으면서 이야기를 듣는데 이해할 수 있는 걸까, 하고 마스다는 생각한다.

"그리고 이 잡지가 가와노 유미에 씨가 실려 있는 '엽기실화'예요. 이건——."

독살스러운 나체화가 그려져 있는 표지의 전형적인 가스토리 잡지다. 전쟁이 끝난 후에는 대유행했지만, 최근에는 보지 못하게 되었다. 추젠지는 다시 얼굴을 들더니 힐끗 그 잡지를 보고, 아아, 구온지가 사건이 실려 있는 호로군, 작년 여름에 읽은 거야, 하고 말했다.

"비밀 클럽의 잠입 르포르타주라는 형식이지요. 이 잡지는 이다음 호로 발매금지. 출판사도 이미 도산한 모양이에요. 아아, 여기. '아사쿠사 고급 비밀 클럽 · 화원(花園) 잠입기'네요."

추젠지는 그래, 아사쿠사인가, 라고 말한 후, 얼굴을 들고 마스다 쪽을 보며 물었다.

"마스다 군, 거기 아닌가? 스기우라가 잠깐 일했던 변태 클럽이라는 곳이?"

1945년부터 샌프란시스코 강화조약이 발효된 1952년까지 일본에 주둔했던 연합군 사령부를 말한다.

"가게 이름까지는 모르겠는데요——."

물어봐 놓고, 마스다가 대답을 다 하기도 전에 고서점 주인은 이미 가스토리를 손에 들고 있다.

"호오, 틀림없군. 그런데 가와노라는 사람은 터무니없이 대담한 여성이었군 그래. 본명이지? 게다가 사진까지 실려 있어. 이건 본인일 테지."

추젠지는 마스다에게 잡지를 펼친 채로 건넸다.

소제목에는 '사디즘 여성 고백'이라고 적혀 있다. 추젠지의 말대로 가와노 유미에 씨라고 이름도 명기되어 있고, 게다가 기사 중에는 유미에의 것으로 생각되는 반라의 여성 사진까지 들어가 있다. 게재 사진은 입자가 거칠어서 확실하다고는 말하기 어렵고, 수상한 가면을 쓰고 있어서 잘은 알 수 없지만, 피사체를 알고 있는 사람이라면 거의 알아볼 수 있을 것이다. 추젠지는 말했다.

"세상 일반 사람들이 말하는 수치심이라는 건 갖고 있지 않았군. 오히려 자기 가게의 선전이 될 거라고 생각한 걸까?"

보니 분명히, 지바 현에서 '나기사'라는 가게를 경영하고 있습니다——라고도 적혀 있다. 이것은 분명히 선전이다. 일단 대충 읽어 보기는 했지만, 도저히 참고 읽을 수 있을 만한 내용이 아니어서 마스다는 잡지를 덮었다.

추젠지는 다시 '사회와 여성'을 읽기 시작했는데, 아츠코는 전혀 아랑곳하지 않고 이야기를 진행했다.

"마지막은 다카하시 시마코 씨. 오빠는 '밝은 골짜기'라고 상정한 모양이지만 아무래도 시마코 씨는 요시와라의 유곽에는 있지 않았던 모양이에요."

추젠지는 읽으면서 대답한다. 이 남자에게 활자를 쫓는다는 행위는 아무것도 하지 않는 것이나 마찬가지인 상태인가 보다.

"뭐, 창부가 공공장소에 나갈 기회는 별로 없으니까. 그 정도밖에 없지 않을까 생각했을 뿐이야. 그런데 '근대 부인'이었니?"

"네. 이거예요. '근대 부인'에서는 작년 여름 폐창론에 대한 취재 조사를 했었어요. 공창 제도가 폐지되고 게다가 강화조약이 성립되면서 현안 토론이 되풀이되어 온 창기 단속, 나아가서는 매춘의 전면적인 금지에 대해서 독자의 의견과 대중의 목소리, 특히 공창 지역에서 일하는 여자들의 의견을 조사 게재한 거지요."

아츠코는 잡지를 펼쳐 페이지를 가리켰다.

"이 여자들은 대부분이 가명이나 예명이지만 다카하시 씨는 당당하게 본명으로 실려 있는 것 같아요. 공창 제도의 폐지가 얼마나 좋지 못했는가 하는 의견이지요. 여기에도 항의 편지가 많이 온 모양이에요. 논지는 단순명쾌해요. 공창인 이상 매춘은 정당한 직업이고, 다시 말해서 창부는 노동자이지 천한 존재가 아니다. 하지만 공창이 폐지되어 가게에서 쫓겨난 이후로는 당장 범죄자 취급이다. 완전히 없앤다면 몰라도 공적으로는 인정하지 않고 사적으로는 인정, 그러면서 단속한다는 어중간한 자세는 많은 가난한 매춘부를 길거리로 내몰고 사회의 풍기를 흐트러뜨렸을 뿐이라고——."

"국제적인 체면과 국가주의를 양립시키려고 하니까 어중간한 처우가 되는 거야. 유사적인 해방으로 원만하게 수습될 정도라면 아무도 해방 따윈 부르짖지 않지. 그건 아주 옳은 의견이 아니냐."

"하지만——통하지는 않겠죠. 폐창운동가에게는 항상 정당한 대의명분이 있는 걸요."

"창부에게는 생활에 뿌리내린 노동자 의식이 있어."

"맞아요, 하지만 세상은 그렇지 않다고요."

하고 아츠코는 말했다.

추젠지는 코웃음을 치고 나서 잡지를 좌탁 위에 늘어놓고 마스다에게 물었다.

"자 마스다 군. 이걸 어떻게 보나?"

"어떻게 보다니——."

마스다는 잘 모르겠다. 오리사쿠 아오이와 가와노 유미에의 이름이 나온 것이 마음에 걸리는 정도다.

"——어떻게 보면 됩니까?"

"간단하네. 이것은 전부 눈알 살인마의 마수에 걸린 여성들일세."

"하아, 그렇겠지요."

"자네는——잡지에 실린 적이 있나?"

"없습니다, 그런 일은."

"그렇지? 이것만은 실리려고 한다고 해서 실릴 수 있는 것이 아닐세. 하지만 매체는 다를지언정 그녀들은 하나같이 잡지에 실렸어. 그것도 작년 봄 이후에, 몰아서 말일세. 이런 우연은——없네."

"하지만——우연이 아니라고 해도, 그런 일이 어떻게 실현된단 말입니까? 죽이기 전에 잡지에 싣도록 추천이라도 하나요?"

"반대일세."

"반대?"

"죽이기 전에 싣는 것이 아니라 실렸기 때문에 살해된 것이 아닐까, 나는 이렇게 생각했다네."

"그건——무슨 뜻입니까?"

“그러니까 이건 경찰이 파악할 수 없었던 피해자들의 공통사항일세. 보통은 잡지에 실렸는지 어떤지 생각도 하지 않으니 조사하지 않지. 살해된 여자들은 전원 잡지에 실렸네.”

——그런 바보 같은.

공통사항은 거미의 종과의 이해관계다——.

“자, 잠깐만요. 피해자의 공통사항은 베르나르 학원의 거미의 종 매춘에 얽힌——.”

“그러니까 말했지 않나. 이건 다른 무대의 이야기일세.”

“네?”

“자네가 알고 있는 현실과는 다른, 자네가 전혀 모르는 현실이 있단 말일세. 거기에서는 완전히 똑같은 사건이 전혀 다른 동기로 일어나고 있네.”

“모르겠습니다. 전혀 모르겠어요!”

마스다는 성미에 맞지 않게 혼란에 빠졌다.

순간 장지문이 스윽 하고 열렸다.

안주인이 정좌하고 있고, 옆에는 청년이 서 있었다.

“추젠지 씨, 아츠코 씨, 오랜만에 뵙습니다. 또——신세 좀 지겠습니다.”

청년은 머리를 숙이고, 안주인의 안내를 받아 마스다 옆에 공손하게 앉았다. 안주인이 일동을 둘러보며, 어머나, 과자라도 내야겠네요, 하고 말하자 청년은, 모쪼록 신경 쓰지 마십시오, 근무 중이니까요, 하며 한층 더 공손한 태도가 되었다.

“마스다 군, 이쪽이 도쿄 경시청 수사1과의 아오키 순사일세. 이쪽은 전직 국가경찰 가나가와 현 본부의 마스다 군일세——.”

아오키는 마스다를 이상하다는 듯이 바라보고, 잘 부탁드립니다, 하고 말했다. 성실해 보이는 청년이다. 마스다보다 나이는 조금 위일까. 다만 머리가 좀 커서 인상으로 보면 약간 어려 보인다. 추젠지가 진지한 얼굴로, 이 마스다 군은 현재 에노키즈의 제자 노릇을 하고 있네——라고 말하자 동안의 형사는, 그거 힘들겠군요, 하고 과장되게 놀랐다.

이어서 아오키는 좌탁 위의 잡지들을 둘러보더니, 이 모습을 보니 그 잡지라는 건 정말로 다 모인 모양이군요——하고 말했다.

추젠지는 담담하게, 모였네, 하고 말했다.

"의도하지 않았는데라고 할까, 예상대로라고 할까, 놀랍게도 다카하시 시마코 게재분까지 잡지가 다 모여 버렸으니 말일세. 더욱더 무시할 수 없게 되었지."

아오키는, 그렇군요, 예상은 들어맞은 셈입니까, 하고 조금 유감스러운 듯이 말했다.

추젠지는 그 수상한 태도를 민감하게 냄새 맡은 듯, 약간 심술궂은 말투로,

"왜 그러나."

하고 물었다.

"예에, 모처럼 아츠코 씨까지 고생해 주셨는데——그게——그."

"내가 알아맞혀 볼까, 아오키 군. 자네는 이제 이런 걸 모으지 않아도 되는 어떤 사실을 알게 된 것이 아닌가? 피해자 사이를 연결하는 선이 떠오른 거지?"

아오키는 실로 의외라는 듯이 외꺼풀 눈을 휘둥그렇게 떴다. 동안과 맞물려 학생 같은 반응이다.

"추젠지 씨도 아신 겁니까?"

"모르네. 다만 가와시마 신조가 체포되었다는 이야기는 들었으니까. 그쪽은 그쪽대로 다음 국면을 맞이하고 있을 거라고 상상했네."

아오키는 한층 더 멍한 얼굴이 되었다.

마스다가 상상하기에, 그 가와시마 어쩌고라는 남자는 이쪽 사건에서 말하는 스기우라 다카오와 같은 위치에 있는 남자가 아닐까. 추젠지의 말투로 미루어보건대 그 남자는 체포됨으로써 다음 전개를 시사하는 역할——인 것이다.

"아오키 씨——."

마스다는 묻는다.

마스다는 생각한다. 아무리 많은 엄폐물에 둘러싸여 있어도, 아무리 교묘한 덫이 장치되어 있어도, 진상은 항상 하나밖에 없다. 그러니 만일 이 형사가 진상에 다다랐다고 한다면 다다른 과정은 다를지언정 같은 결론이 나왔을 것이다. 아니——그것이 정답이라면 반드시 똑같아야만 한다. 피해자를 연결하는 선은 단 하나, 베르나르 학원의 거미의 종뿐이다.

"저어——당신이 다다른, 그 피해자를 연결하는 선이라는 것은——소녀 매춘이지요?"

마스다가 그렇게 말했다.

그러자 아오키는 더욱더 혼란에 빠진 듯 보였다.

"그건——무슨 말입니까? 마스다 군, 당신은 이번 사건과 뭔가 관련되어 있습니까? 소녀 매춘이라니 무슨 말이지요? 야치요도 시마코도 소녀가 아닙니다."

"네, 뭐——."

마스다는 갑자기 불안해진다.

자신이 보고 들은 그 현실은 전부 허황된 것이었던 게 아닐까——그런 기분이 들었기 때문이다. 그렇다면 자신은 활동사진을 보고 감동하고, 마치 실제로 체험한 것처럼 떠들고 다니는 광대와 다를 것이 없다.

마스다는 추젠지에게 불안한 시선을 던진다. 적어도 이 남자, 추젠지는——조금 전까지 마스다와 둘이서 진지하게 그 허황된 것에 관해서 이야기하고 있었던 것이다.

추젠지는 입가에만 희미한 웃음을 띠고,

"걱정할 필요는 없네."

하고 말했다.

"아오키 군. 눈알 살인마 수사의 경위를 이야기해 주게."

아오키는 자세를 바로 하며,

"네."

하고 그동안의 경위에 대해서 말했다.

그리고 이번에는 마스다가 혼란에 빠졌다.

아오키가 이야기하는 연쇄 눈알 살인마 사건의 양상은 마스다가 예상하는 것과는 크게 동떨어진 것이었다.

거기에는 검은 성모도 저주의 흑미사도 악마숭배주의자도 소녀 매춘도 아무것도 등장하지 않았고, 마스다가 학원에서 느꼈던 불길하고도 음습한 그 폐쇄감은 조금도 느껴지지 않았다. 대신 나타난 것은 건조한, 어두컴컴한, 불안에 가득 찬, 도회 구석의 무차별 엽기 살인사건이었다.

아오키는 말했다.

"가와시마 기이치는 확보되지 않았고, 히라노도 아직 도망 중이니 전혀 해결된 건 아니지만, 마에지마 야치요 살해에 대해서는 거의 전모가 해명된 겁니다. 가와시마 기이치가 야치요의 신변을 탐색하고, 불러내고, 가와시마 신조가 다다 마키의 집으로 꾀어 들이고, 미리 침입해 있던 히라노 유키치가 살해했어요. 기바 씨의 추리는 대강 맞았던 셈입니다."

아무래도 기바라는 사람이 아오키의 상사이고, 추젠지의 지인이기도 하고, 지바에서 폭주하고 있는 형사의 이름인 것 같았다.

추젠지는 비아냥을 섞어 말한다.

"그건 아오키 군, 처음부터 알고 있었던 거잖나. 범인은 히라노 유키치, 현장에는 또 한 명의 다른 남자가 있었다고 나가토 씨도 말하지 않았나?"

"그렇습니다만——."

아츠코가 고개를 갸웃거린다.

"잠깐. 잘 모르겠어요, 아오키 씨. 그건——어떤 구조로 되어 있는 거지요?"

"네. 이게 단순하다면 단순한데, 복잡하다면 복잡합니다. 그, 다다 마키도, 가와시마 신조도, 각자가 자신의 의지로 멋대로 행동하고 있는 거지요. 각자의 이야기만 들으면 하나도 복잡하지 않은데, 통합하면 진실이 흐려지는 겁니다."

"아오키 군. 그 다다라는 부인의 진술을 들려주게. 대충 상상은 가지만 이 마스다 군이——."

추젠지는 거기에서 마스다를 보았다.

"——사건의 구조를 파악하기 위해서는 최적의 예가 될 테니까."

"알겠습니다. 저도 구조를 파악하고 있지는 못하니까 마침 잘됐군요——."

아오키는 이곳에 오기 전에 그 다다 마키라는 노파의 집에 가 있었던 모양이다. 그 노파는 좀처럼 보통 방법으로는 다룰 수 없는 성깔 있는 사람인지, 아오키는 고전한 모양이었다.

입을 열자마자 고함을 치더라고, 젊은 형사는 말했다.

——뭐야. 아직도 볼일이 남았나? 아니면 체포하러 온 건가?

——절도? 좋아.

——이런 외풍만 심한 너덜너덜한 집에 살면서 먹고살 걱정을 하는 건 이제 지긋지긋하네.

——삼시 세끼를 챙겨주는 돼지우리에 들어가는 편이 그나마 나으니까. 자 잡아가게. 잡아가라니까.

——뭐야. 아닌가? 그럼 냉큼 돌아가게.

——자네 같은 경찰 얼굴을 한 젊은이가 현관 앞에 있으면 손님은 오지 않아. 알겠어?

굴절된 인생관이라고, 한 마디로 잘라낼 수는 없다. 노파에게는 노파 나름의 정의가 있을 테고, 그것에 기초한 논리도 있을 것이다. 약자가 있는 힘을 다해 허세를 부리는 것이라고 말해 버리면 끝이지만, 일종의 떳떳함도 느껴진다.

아오키는 기바라는 형사가 얻은 착상——마키는 미리 기모노를 훔쳐서 전당포에 맡기겠다는 약속을 가와시마 기이치와 했던 것이 아닐까 하는 착상——에 관해 물었다. 마키는 동요하지도 않고 이렇게 말했다고 한다.

——흥. 그건 뭐야. 그 나막신 같은 얼굴의 형사가 그러던가?

——그렇겠지. 자네 같은 고케시한테는 없는 지혜야.

아무래도 미리 그날 밤 그곳을 찾아온 손님의 기모노를 뜯어내기로 되어 있었던 것만은 확실한 것 같았다. 그러나 마키 안에서 그것과 이것——기모노 박탈과 눈알 살인마에 의한 살인——은 전혀 관련되어 있지 않았고, 그것들은 전혀 차원이 다른 이야기로 이해되고 있었던 모양이다.

——거짓말 같은 것은 하지 않았네. 나는 처음부터 거짓말은 하지 않았지 않나!

——그냥 말을 안 하고 있었을 뿐, 숨기고 있었던 것도 아닐세.

——눈알 살인마하고는 상관없잖나? 상관없지 않느냐 말일세.

——내가 유젠을 훔친 건 범인이 그 여자를 때려죽인 후가 아닌가.

——몰라 그런, 히라노라는 남자는.

마키에게 낯선 방문자가 찾아온 건 범행 며칠 전이었던 모양이다.

——언제? 그런 게 기억나겠나? 나는 노인이야.

——어? 그래. 온 것은 그 전날인가 전전날인가, 그쯤일세.

——좋은 일거리가 있는데 한번 해 보지 않겠느냐고 하더군.

——이름? 그런 건 묻지 않았네. 응?

——자네 정도의 나이일세. 안경을 쓰고 있었지.

방문자의 나이와 옷차림은 전당포에서 기모노를 찾아간 남자의 용모와 거의 일치했다.

그러니까 가와시마 기이치인 것은 거의 확실합니다——하고 아오키는 말했다.

다만 전당포 주인 나카조 고는 남자의 왼쪽 뺨에 멍이 있었다고 증언했지만, 마키를 찾아온 남자의 얼굴에는 멍은 없었던 모양이다.

——그 남자는 나한테, 이렇게 말했네.
——큰 가게 안주인이 남편 몰래 남자와 놀아나고 있다고 말이야.
——남편이라는 사람이 하도 사람이 좋아서, 알아챈 기색도 없다고 말이지. 그래서 나는 말했네.
——그건 큰일이군, 하지만 나하고는 상관없습니다, 라고 말이야.
——그랬더니 이번에는 이러더군.
——한 가지 부탁을 들어주지 않겠나, 그 새댁이 거품을 좀 물게 해 줄까 한다고.
——뭐, 귀찮은 건 없다, 손해 볼 이야기도 아니라고 그러기에.
——응? 그러니까 내일 밤이나 그쯤, 그 여자는 반드시 여기에 올 거라고.
——비싼 기모노를 입고 있을 테니 금세 알 수 있을 거다, 그렇게 말했네.

기이치가 제시한 계획은 다음과 같은 것이었다.

여자가 오면 순순히 방으로 안내해 달라, 그때 주전자와 찻잔을 내 주었으면 좋겠다, 그 손님은 여자가 잠들면 곧 돌아갈 테니, 손님이 방을 나가면 곧 몰래 몸에 걸친 걸 몽땅 훔쳐 달라——.

그렇게 하면 잠에서 깨어도 여자는 돌아가려야 돌아갈 수 없다, 여자는 옷을 빌려달라고 부탁하겠지만 절대로 빌려주어서는 안 된다. 빌려주지 말고 빨리 돌아가라고 내쫓아 주었으면 좋겠다——.

여자는 어쩔 수 없이 가게로 연락할 것이다, 그러면 싫어도 바람을 피운 건 들키게 된다, 아무리 사람 좋은 남편이라도 여인숙 방에 속옷 차림으로 있는 아내를 보면 사정은 알 수 있을 테고, 아내도 변명은 할 수 없을 것이다——.

마키는 처음엔 그런 귀찮은 일은 싫다고 딱 잘라 거절한 모양이다.

그러나 남자는 집요했다. 남자는, 훔친 기모노는 당장 전당포에라도 맡겨서 돈으로 바꿔라, 얼마가 될지는 모르겠지만 그게 당신의 수고비다, 라고 말했다고 한다.

——그럼 그냥 도둑이지.

——뭐어? 아니야. 양심이라니, 그런 건 아프지 않네.

——나는 나중에 귀찮은 일에 휘말리는 건 질색이라고 했네.

——그랬더니 걱정할 것 없다고 지껄이지 않겠나.

——기모노는 곧장 자신이 찾아서 주인에게 돌려줄 테니까, 라고 했네.

그렇다면——큰 싸움으로 발전할 일도 없을지도 모른다. 물론 낯선 남자의 달콤한 말을 아무런 의심도 없이 그대로 받아들일 만큼, 마키는 유순하지 않다. 이야기를 반쯤 받아들이고 건성으로 대답해 쫓아 보냈다고 한다.

——정말 올 거라고는 생각하지 않았거든.

여자는 왔다. 싸구려가 아닌 향수나 백단 향기로 보아 길거리 창부가 아니라는 것은 마키도 금세 알 수 있었다.

——훔칠까 말까, 엄청 망설였네.

——손님은 돌아갔지만, 문이 열리지 않아서 말이야.

——한 번은 그만둘까 하는 생각도 했네. 정말이야.

——응? 왜 그만두지 않았느냐고? 그야 생각을 바꾼 거지.

마키는 꽤 망설였다고 한다. 그러나 생각해 보면 위해를 가하는 일도 아니고, 남자가 약속대로 기모노를 찾아가 준다면 금품을 약탈하는 일도 되지 않는다.

불의한 짓을 하는 자를 혼내줄 뿐이다.

——남자가 돌아갔는데 여자 혼자서 쿨쿨 자고 있다고 생각하니 몹시 화가 났네.

——뭐야. 아마 유모 밑에서 애지중지 자란 아가씨겠지?

——팔자 좋게 놀러 다니면서 남자나 잡아먹고, 작작 좀 해라, 이 년, 이라고 생각했네.

——알겠나, 우리 집에 오는 창부들은 모두 먹고살기 위해서 몸을 파는 여자들이야.

——생지옥이지. 이곳을 유한마담의 만남에 이용하는 건 바라지 않아!

——그래서.

——그래서 자고 있는 걸 두들겨 깨우고 기모노를 냅다 벗겨 줘야겠다고 생각했네!

——그러면 안 되나!

"——그래서 할머니는 장지문을 걷어차서 떼어냈어요."

아오키는 거기에서 말을 멈추고 일동의 분위기를 살피듯이 순서대로 시선을 미끄러뜨렸다.

"결국, 그 할머니는 낯선 남자의 말을 믿고 기모노를 훔치기로 결정한 거로군요? 하지만 보통 같으면 좀 더 수상하게 여기지 않나? 그렇지요, 추젠지 씨."

"그렇지 않네, 마스다 군. 다다 마키 씨는 충분히 수상하게 여겼기에 오랫동안 상황을 살폈고, 결국 기모노를 훔치지 않기로 하고 장지문을 연 걸세. 지극히 상식적인 판단이지."

"하지만——기모노는——."

“마키 씨는 장지문을 걷어차서 떼어냈네. 그런 짓을 하면 안에서 자고 있는 사람은 반드시 일어나겠지. 일어나면 기모노는 훔칠 수 없네. 그랬다간 노상강도지. 아마 마키 씨는 참을 수가 없었을 거야. 손님이 일어날 걸 뻔히 알면서도 장지를 걷어차서 떼어내고, 안에 있는 난잡한 여자에게 설교라도 한바탕 퍼부을 생각이었던 게 아닐까 싶네.”

“그럴——까요. 하지만 음탕한 유한마담은 눈알이 파인 채 숨이 끊겨 있었어요——.”

아오키는 그렇게 말했다. 마스다는 좌탁 위에서 미소 짓고 있는 피해자——마에지마 야치요에게 시선을 보낸다.

“하지만 이 사람은 정녀의 귀감이었잖아요?”

죽을 때 정반대의 평가를 얻은 셈이다.

추젠지도 똑같이 잡지를 바라보며,

“다다 마키 씨는 그런 건 모르네. 그런 잡지는 읽지 않을 테고, 그런 정보도 갖고 있지 않았어. 그녀에게 마에지마 야치요는 밀통이나 하는 간부(姦婦)일 뿐이었고, 그게 그녀에게 있어서의 진실일세. 이 불의한 자가 우연히 자신의 집에서 살해되고 말았어. 귀찮게 되었다고 생각했겠지. 한층 더 화가 났을 게 틀림없네.”

라고 말했다.

아오키는 고개를 끄덕인다.

“마키가 화를 낸 건 사실인 모양입니다. 그래서 한 번은 신고하러 갔다가, 아무래도 분이 풀리지 않아서 되돌아와 기모노와 현금을 슬쩍한 겁니다.”

아츠코가 말했다.

"하지만――뭔가 석연치 않아요. 마키 씨 쪽이 아니라――예를 들면 신조라는 사람의 행동이요."

"가와시마 신조는 그저께 체포되었습니다. 신조의 행동은 그냥 멍하니 듣고 있으면 아무래도 논리적이라고 말할 수 없는 행동들이 눈에 띄지만, 신조 쪽의 사정을 들어보면 그게 또 그렇지도 않습니다. 복잡한 이야기이니, 우선 가와시마 신조와 가와시마 기이치의 관계부터 설명하겠습니다――."

아오키는 다시 이야기하기 시작했다.

가와시마 기이치의 호적상 이름은 이시다 기이치라고 한다. 가와시마 신조의 아버지 가와시마 다이사쿠와 내연 관계에 있었던 이시다 요시에 사이에서 태어났다. 다이쇼[大正]에서 쇼와[昭和]로 넘어가는 시기의 일이다. 가와시마 다이사쿠의 본처――신조의 생모는 1923년, 기이치가 태어나기 전에 이미 죽었고, 즉 요시에는 첩이라기보다 입적되지 않은 후처라고 하는 편이 정확했던 모양이다.

요시에의 입적이 허락되지 않은 이유는 몇 가지가 있었던 모양이지만, 가장 큰 이유는 다이사쿠가 데릴사위였던 점이라고 한다. 가와시마 가는 오래된 집안으로, 혼인에도 일족의 승낙이 필요하다고 한다. 또 다이사쿠라는 사람 자체가 성실한 성격이라 첩은 첩, 후처로 들이면 구분이 명확하지 않게 된다고 생각하고 있었던 구석도 있었다.

그리고 후계자 문제도 있었다.

후계자는 신조 한 명이면 충분하다고, 가와시마 일족은 판단을 내렸다.

기이치를 낳은 요시에에 대한 공격은 날이 갈수록 강해져 갔던 모양이다.

그래도 요시에는 소극적인 성격이었는지, 결코 자신의 입장을 주장하지는 않았다고 한다. 그러다 보니 요시에의 입장은 나빠지기만 할 뿐이었던 것 같다.

그러나 가와시마 다이사쿠라는 인물은 또한 인정 많은 사람이기도 했다. 기특한 애인을 자르려야 자르지 못하고, 결국 멀리 떨어진 보소[房総]에 땅을 사 주고 다달이 송금하며 보살펴주기로 결정했다고 한다. 당주라고는 해도 데릴사위의 처지다. 최선을 다해 베푼 것이었으리라.

이렇게 해서 기이치는 오키쓰초 시게우라의 오두막에서 어머니와 단둘이 유소년기를 보내게 된다.

그리고――1935년.

가와시마 다이사쿠는 급사한다.

"그래서 문제가 불거진 거지요. 실은 가와시마 신조는 그 무렵 가출해 있었어요. 열다섯 살쯤 비뚤어져서 집을 뛰쳐나간 후 행방을 알 수 없었던 모양이에요――."

가와시마 가에서는 협의 끝에 기이치를 거두어 후계자로 맞아들이기로 결정했다. 가와시마 가의 피를 잇지 않은 첩의 자식이라고는 해도, 성실하고 강건한 다이사쿠의 아이인 기이치 쪽이 출신도 알 수 없는 새빨간 남을 양자로 삼는 것보다는 그나마 낫다――고 판단한 것이리라.

물론 이런 사정은 전부 가와시마 신조의 추측에 바탕을 두고 있다. 당시의 자세한 사정을 아는 사람은 세계대전을 거치면서 모두 죽은 모양이다.

기이치는 억지로 다시 끌려왔다.

요시에는 인연을 끊는 대가로 몇 푼 안 되는 돈을 건네받고, 혼자 보소에 남겨진 것이다.

"거기에서——아까 말한 그——."

"요바이 말인가?"

"네. 그런 처지이다 보니 아무래도 그——그래도 10년 동안이나, 이시다 요시에는 그곳에서 고독을 견디며 살았습니다. 하지만——."

1945년.

이시다 요시에는 그 보답 받지 못한 인생의 막을 내리게 되었다. 기이치가 끌려가고 나서 10년 동안, 요시에는 끝내 자신의 아이와 재회하지 못했다.

"한편 기이치는 그래도 건전하게 자랐어요. 자란 것은 좋은데, 형인 신조가 어느 날 불쑥 돌아온 거지요."

만사가 그렇게 잘 풀리지는 않는 법이라고 마스다는 생각했다.

그건 아마 전쟁이 시작될 무렵이 아닌가——하고 추젠지가 말했다.

아오키는 놀라며, 그런 것 같은데요, 알고 계십니까, 추젠지 씨, 하고 물었다.

"에노키즈와 기바슈가 가와시마 신조와 알게 된 건 아마 1938년경이라고 들었네. 그래서 나는 학생 시절에 가와시마 신조와 몇 번 만났지. 마지막으로 만난 건 아마 1941년 10월 18일이었을 거야. 그때 그는 본가로 돌아갈 거라는 말을 했었네."

"잘 기억하고 계시는군요——."

아오키는 어이없어했지만 추젠지는, 뭐, 도조[東条] 내각이 발족한 날이거든——하고 태연하게 말했다.

마스다는 그 해에 도조 내각이 발족한 것조차 잊어 가고 있었다.

신조가 돌아온 이상 기이치는 필요 없었다. 다만 쫓겨나지는 않았다. 전쟁이 시작되면 신조도 징병 될 테고, 그 경우 목숨은 보장할 수 없기 때문이다.

게다가 신조는 하필이면 대륙으로 건너가겠다는 말을 꺼낸 모양이다. 기이치는 소위 말하는 후계자의 들러리 후보로서, 반쯤 사육당하고 있었던 것이다. 그것에 대해서 신조는 매우 심각한 표정으로 말했다.

——동생의 인생을 내가 망쳤어.

——비록 가난해도 어머니와 둘이서, 이시다 기이치로 살아가는 편이 얼마나 더 좋았겠나. 나는 멋대로, 내키는 대로 오늘까지 살아왔지만, 그 피해가 전부 동생한테 가고 있는 것을 줄곧 보고도 못 본 척하며 살아왔네. 내가 그 사실을 깨달은 건 전쟁이 끝난 후의 일이야. 그래도 동생은 원망의 말 한 마디 하지 않았네. 만나면 형, 형, 하면서 잘 따랐지. 나는 그것을 생각하면 가엾어서 견딜 수가 없어.

형제는 각각 사지로 갔고, 각각 살아서 돌아왔다. 신조가 들은 바에 의하면 기이치는 전쟁터에서 돌아오자 우선 보소의 집——어머니에게 돌아갔다고 한다. 어머니는 없었다. 죽은 것인지 이사한 것인지, 어머니의 행방을 기이치에게 가르쳐주는 사람도 누구 하나 없었다고 한다.

기이치는 그저 폐가만 바라보다가 돌아왔다고 한다.

그 후 기이치는 가와시마 가의 비호를 싫어하여, 집도 분가하고 여러 직장을 전전했다.

다만 그 무렵에는 가와시마 가의 시끄러운 친척들도 모두 죽고 없었고, 후계고 뭐고 없어지고 만 모양이다. 얄궂은 이야기다.

다만 기이치는 형인 신조만은 묘하게 잘 따라서, 형제는 자주 만나곤 했다고 한다.

그러나 기이치는 직업을 바꿀 때마다 사는 곳도 옮겼는지, 신조는 기이치의 주소도 잘 모르고 있었던 모양이다. 연락은 항상 기이치 쪽에서 일방적으로 들어왔다고 신조는 말했다고 한다.

그리고 작년 —— 1952년 5월, 기이치로부터의 연락은 끊겼다.

"—— 그건 시나노마치에서 첫 번째 눈알 살인사건이 일어난 시기입니다. 신조는 기이치의 친구 관계 같은 건 전혀 몰랐는지, 신문을 떠들썩하게 한 눈알 살인마 히라노 유키치의 단 하나뿐인 친구가 자신의 동생이라는 사실을 줄곧 몰랐다고 진술했습니다 ——."

기이치가 모습을 나타낸 시기는 올해 정월의 일이었다.

오랜만에 보는 기이치는, 신조의 눈에는 왠지 몹시 궁지에 몰려 있는 것처럼 보였다고 한다.

"—— 기이치가 그때까지 살고 있던 아파트를 빼고 인쇄공장을 그만둔 시기가 그 무렵이지요. 앞뒤는 맞습니다. 그러고 나서 기이치는 신조가 기거하고 있던 기병대 영화사로 굴러 들어가 얹혀살고 있었습니다 ——."

그리고 —— 이번 사건은 시작된다.

"기이치는 매일같이 밖에 나가서 무언가를 찾고 있었다고 합니다. 전화도 많이 걸려왔고요. 신조는 몇 번인가 그 전화를 받았고, 전언을 부탁받은 적도 있대요. 그때 전화를 걸어온 여자는 —— 자신을 거미라고 소개했어요."

"거미?"
"거미입니다. 아무래도 기이치는 거미라는 여자에게 속고 조종당해서, 좋지 못한 일에 손을 대고 있는 건 아닐까――하고 신조는 추측했어요."
"과연."
"그리고 사건이 일어난 날 밤이 되었어요. 신조는 그 전날의, 야치요와 기이치의 긴 통화를 몰래 듣고 있었지요――."
"잠깐만요, 아오키 씨――."
잠자코 이야기를 듣고 있던 아츠코가 아오키를 제지했다.
"――그 긴 통화 말인데요――기이치라는 사람은 뭐라고 하면서 야치요 씨를 불러냈고, 야치요 씨는 왜 그 호출을 받아들인 건가요?"
하고 물었다.
아오키는 잠시 생각하다가,
"야치요에게는 꺼림칙한 과거가 있었습니다."
라고 말했다.
"매춘인가?"
추젠지가 억양 없는 말투로 묻자 아오키는 예, 하고 긍정하고, 잠시 침묵하고 나서,
"확인은 되지 않았습니다. 증거는 아무것도 나오지 않았어요. 다만 신조는 기이치에게 그렇게 들었어요. 기이치는 그것을 소재로 야치요를 협박한 모양이에요. 야치요가 호출에 응한 이상, 과거에 매춘을 하고 있었던 것은 거의 확실하다고 생각되지만, 그렇다면 야치요는 필사적으로 과거를 은폐한 거겠지요. 하지만――."
아오키는 거기에서 한 번 말문이 막혔다. 그리고,

"——협박의 목적은——."

이라고 말하고 다시 침묵했다.

아오키는 몹시 고민한 후에,

"——금전을 노린 건 아니었던 모양이더군요."

라고 말을 맺었다.

그럼 몸이 목적입니까, 하고 마스다가 묻자, 그건 아닙니다, 하고 즉시 아오키는 부정했다.

"뭐, 과거의 비밀이 폭로되는 게 싫으면 시키는 대로 해라, 라는 협박이기는 했던 모양이지만——."

"그 부분은 보통의 공갈인가요?"

아오키는 뭐, 그렇긴 합니다만, 하고 말했다.

"보통의 공갈과는 다릅니까?"

"조금 다릅니다. 그런 걸 소재로 공갈 협박을 하는 경우에는, 우선 입 다물고 있어 주기를 원하면 돈을 내놔, 이거나 얌전히 시키는 대로 해, 잖아요? 가와시마 기이치는 말이지요, 아무래도 이렇게 말한 모양이에요. 옛날이랑 똑같이 손님을 받아주지 않겠느냐——값은 직접 정해라——."

"그게 뭡니까?"

"이상하지요? 야치요와 기이치가 전화로 다투고 있었다고 처음에 말했는데, 그건 사다스케의 상상대로 매춘의 금액 교섭이었던 거지요. 게다가 신조가 들은 바에 의하면 기이치는 야치요의 값을 깎았다고 합니다. 이상하지요."

"돈이——없었나?"

아오키는, 기이치는 꽤 돈이 많았습니다, 라고 말했다.

"――게다가 기이치는 자신이 사겠다고는 하지 않았습니다. 야치요에게, 돈을 받고 모르는 남자와 자라고 다그친 겁니다. 그리고 금액을 명시하지도 않은 채 값을 깎았습니다. 이래서는 가령 매춘을 시키고 몸값 일부를 떼어먹으려고 했다고도 생각할 수 없지요."

그러나――그런 짓을 하는 게 무슨 소용이 있다는 것일까.

돈을 노린 것도 아니다. 육체를 노린 것도 아니다. 장사를 시켜서 돈을 벌려고 한 것도 아닌 것 같다.

아오키는, 그건 어찌 되었든, 하고 말했다.

"기이치와 야치요의 긴 밀담을 엿들은 신조는, 동생이 뭔가 나쁜 일에 발을 담그고 있는 건 아닌지 걱정이 되었다고 합니다. 이튿날 저녁, 기이치는 아니나 다를까 긴장한 얼굴로 외출하려고 했어요. 신조는 그것을 붙잡았지요――."

――나는 동생에게 캐물었네. 아무리 캐물어도 동생은 입을 열지 않았어.

――뿐만 아니라 필사적으로 뿌리치고 계속해서 나가려고 했네.

――이건 틀림없이 위험한 일을 하고 있는 거라고 생각했지.

――난 동생이 햇빛이 비치지 않는 길을 걷게 하고 싶지는 않았네.

――그래서 몇 번인가 세게 때렸어.

――그래도 그 녀석은 그저 참기만 할 뿐, 입을 다물고 있었네.

"전당포 주인이 본 기이치 얼굴의 멍이라는 건 그때 신조에게 얻어맞은 흔적이었던 모양입니다. 신조는 기이치의 심상치 않은 분위기에서 민감하게 범죄의 냄새를 맡은 거지요. 그래서, 이거 큰일 났다고 생각한 모양이에요. 결국, 신조는 입을 열지 않는 기이치에게 몸을 부딪쳐 기절시키고, 그러고 나서 서둘러 거리로 나갔어요."

"왜 거리로?"

"신조는 기이치가 그 전날 거리의 파락호 한 명을 고용한 것을 알고 있었다고 합니다. 신조는 직업상 비교적 뒷골목 사정에 정통했던 모양이더군요. 신조는 그 녀석을 붙잡아 호되게 혼을 내 주고, 자세한 사정을 알아냈어요——."

기이치는 그 파락호에게,

——음탕한 여자가 있어. 조금 혼내주고 싶네.

그런 제안을 했다고 한다.

"기이치는 그 남자에게 돈을 건네주었어요. 그것도 만 엔이나요. 아까 기이치는 돈이 많았다고 한 것도 이 증언이 있었기 때문입니다. 돈의 출처는 알 수 없지만요. 그리고 기이치는 그 남자에게 이렇게 부탁했다고 합니다. 내일 밤——10시 30분, 요쓰야의 구라야미사카 입구에 여자가 있을 테니 내가 준 돈으로 여자를 사 달라, 출신은 말할 수 없지만 상대는 좋은 집안의 부인이다, 딱히 병이 있는 건 아니고, 밀통을 빌미로 금품을 갈취하는 것도 아니니 걱정할 필요는 없다——고."

확실히——돈이 목적은 아니다. 가장 중요한 부분을 다른 사람한테 맡겨 버렸으니 육체가 목적인 것도 아니다.

그러나——보통 그런 유혹에 넘어갈까. 솔깃한 이야기에는 함정이 있기 마련이다. 그 이야기는 너무 솔깃하다. 보통은 그런 수상한 의뢰는 신용하지 않을 것이다. 마스다가 그 남자라면 틀림없이 거절했을 것이다.

마스다가 그런 감상을 말하자,

"먼저 돈을 건네주고 나중에 금품을 갈취하는 놈은 없습니다."

라고 아오키는 말했다.

듣고 보니 그런 남자를 속여 봐야 한 푼도 득이 없다. 사기였다면 좀 더 돈이 많은 봉을 찾았을 것이다.

아오키는 말을 이었다.

"어쨌든 상대는 길거리 파락호이니까요. 돈만 주면 조금 거친 일도 하지요. 현금을 보면 대개는 믿고요. 돈을 받고 여자를 안을 수 있다니 그런 이야기에는 두말없이 달려듭니다. 어쨌든 기이치는 그 남자에게, 그 여자는 몇백 엔이면 몸을 팔 테니 잔돈은 수고비로 챙겨라——그렇게 말했다고 하니까요."

몇백 엔——.

그것이 전화로 금액을 교섭한 결과——야치요의 값일 것이다. 마스다는 길거리 창부의 시세 같은 건 모르지만, 결국 기이치가 그 정도로 타협을 보았다는 뜻일 것이다.

기이치는 그 남자에게 몇 가지 조건을 내놓았다.

우선 반드시 여자를 안을 것.

그리고 색사(色事)는 지시한 장소에서 할 것.

그리고 어떻게든 여자를 재우고 먼저 여관을 나올 것——.

"재우다니, 대체 어떻게 재운다는 거예요?"

아츠코가 의문을 말했다. 지극히 당연한 의문이라고 생각한다. 자장가라도 부르라는 것일까. 애초에 그런 경우——마스다는 경험이 없어서 모르지만——여자는 잠들어 버리는 것일까. 특히 야치요 같은 사정이 있는 경우에는, 아무리 늦어져도 귀가는 하지 않을까.

마스다가 그렇게 말하자 아오키는,

"마스다 군의 말이 옳습니다."

하고 말했다.

"손님과 잔 후에 잠들어 버리는 길거리 창부는 우선 없고, 야치요는 외박할 수 있는 입장이 아닙니다. 그래서 ── 가와시마 기이치는 남자에게 수면제를 건네주었습니다. 어떻게 먹일 생각이었는지, 지금에 와서는 알 수 없지만 어쨌든 재우고, 창피를 당하게 할 계획이니 잘 부탁한다 ── 고 말한 모양이에요."

"그렇군요, 그래서 기이치라는 남자는 그 할머니에게 미리 주전자와 찻잔을 준비하라고 한 거로군요?"

왜 주전자와 찻잔을 준비하게 했는지, 마스다도 신경은 쓰였던 것이다.

"그런 것 같습니다. 하기야 어떻게 먹일 속셈이었는지, 먹으면 당장 효과가 있는 약이었는지, 그 점은 매우 의문입니다."

이런저런 이야기를 들은 후에 신조는, 실은 자신은 기이치의 대리인이라고 말했다고 한다.

그리고 그 남자에게, 계획은 중지되었다, 여자를 안을 필요는 없어졌다 ── 고 말했다고 한다.

"남자는 처음에는 계획이 중지되었다는 말을 듣고 몹시 불만스러운 듯이, 약속했으니까 안 된다, 이제 와서 무슨 소리냐고 ── 꽤 투덜거린 모양이지만, 신조는 조금 추궁했을 뿐인데 술술 털어놓는 남자는 애초에 신용할 수 없다, 약속은 파기라고 딱 잘라 말했어요. 하마터면 싸움이 날 뻔했던 모양입니다. 하지만 신조가 돈을 돌려줄 필요는 없다고 말한 순간, 그 녀석은 아주 순순히 물러났다고 하더군요. 그 남자는 애초에 돈이 목적이었던 모양이고 색사 쪽은 부록 같은 거였겠지요."

이 경우, 남자는 아무것도 하지 않고 큰돈을 손에 넣을 수 있었던 것이 된다. 불만은 없었을 것이다.

"그 수면제는?"

마스다가 묻자, 회수하지 못했습니다, 하고 아오키는 대답했다.

"신조는 이것저것 떠들고 다니면 곤란하다는 생각이 들어서, 건네준 돈은 입막음료 대신 가져가라고 말했지요. 그랬더니 남자 쪽에서, 그럼 약은 어떻게 하느냐고 물었다고 합니다. 신조는 그런 건 필요 없다고 대답했어요. 그러니까 그 수면제는 남자가 가져가 버린 겁니다. 뭐, 그 남자——이건 신조의 증언이 있었기 때문에 어제 수배를 했는데, 그놈이 얼마나 성실하게 기이치의 계획을 수행할 생각으로 일을 맡은 것인지, 그건 확실하지 않습니다. 그냥 돈을 가지고 도망칠 생각은 없었던 것 같고, 일단 여자를 만나러 갈 생각은 있었던 것 같다고 신조는 말했어요. 그리고."

그리고 신조는 그 남자 대신 요쓰야로 갔다.

구라야미사카에는 마에지마 야치요가 오도카니 기다리고 있었다.

"신조는 딱히 호색한 마음이 생긴 것은 아닙니다. 파락호의 이야기를 들어보아도 기이치의 꿍꿍이를 전혀 알 수가 없었어요. 그래서 야치요를 만나 사정을 이야기하고, 일의 진상——동생이 무엇을 하려고 하고 있는 것인지를 물어보려고 했다고 합니다. 하지만 야치요 쪽은 뭔가 결심을 단단히 한 터라, 약속대로 매춘용 숙박업소에 가자는 말을 꺼냈어요. 신조는 당황한 모양입니다."

"마에지마 야치요 씨는 자기 남편이 뒤를 밟아왔다는 것을 알고 있었던 게 아닐까."

추젠지는——의외의 지적을 했다.

그러나 아오키도 그것을 긍정했다.

"아무래도 그건 그런 것 같아요. 그 사다스케라는 놈은 진짜 멍청이입니다. 다 보였던 모양이니까요. 가와시마 신조는 그의 얼굴까지 기억하고 있었어요."

"미행이란 꽤 숙련된 테크닉이 필요하다네. 포목점의 겁쟁이 도련님이 잘할 수 있을 리가 없지. 마치 만담극 같군."

"정말 그렇습니다. 야치요는 집을 나올 때 이미 각오를 하고 있었던 모양이더군요. 그 비슷한 말을 신조에게 슬쩍 흘렸어요. 여기서 나가면 나는 끝장이다——라는 말도 했던 모양입니다."

——그 여자는 뭔가 포기하고 있었네.

——무엇을 물어도 뺀질거리며 알 수 없는 소리만 하고.

——몸을 파는 여자로는 보이지 않았지만, 여염집 여자인 것 같지도 않았어.

——하지만 정으로 자는 여자와 달리, 일로 자는 여자는 그걸 일이라고 냉정하게 구분 짓고 있다고, 나는 줄곧 그렇게 생각하고 있었는데 그 여자는 그렇지 않다고 말했네.

——여자는 반해서 자는 거라고 하더군.

신조는 그렇게 말했다고 한다.

"——그다음은 기바 씨의 상상대로입니다. 신조는 그녀가 유혹하는 대로 야치요와 자고, 허무해져서 먼저 여인숙을 나왔어요. 그때 선글라스를 깜박 잊고 두고 왔습니다. 돌아가려다가 전봇대 뒤편에 숨어있던 사다스케의 얼굴을 보았지요. 신조는 잠시 걸어가다가 안경을 두고 온 것을 깨닫고 가지러 돌아갔어요. 그때도 쓰레기통 옆에서 감시하고 있던 사다스케는 목격되었습니다."

그러나——.

신조가 돌아와 보니 방은 안에서 문이 잠겨 있고, 장지문은 열리지 않았다.

그래서 신조는 몇 번인가 장지문을 두드리며, 바깥에 감시하고 있는 놈이 있다——고 안을 향해 전했다고 한다.

다만——.

그 친절한 충고를 듣고 있었던 자는 야치요가 아니라 살인자였다는 뜻이 된다.

"그때의 소동으로 할머니는 잠에서 깨고 만 것이 아닐까——라고 신조는 증언하고 있습니다. 다만 아무래도 다다 마키는 신조가 방에서 나온 시점에서 이미 깨어 있었던 것 같더군요. 그 할머니, 돌아가는 손님한테는 민감한 모양이에요. 그래서 마키는 잠시 상황을 살피고 있었겠지요. 망설이고 있었던 것도 있을 테고요——."

신조는 그대로 기병대 영화사로 돌아갔다.

그러나 사무소에 기절해 있던 가와시마 기이치의 모습은 이미 사라지고 없었다.

신조는 그대로 동생을 찾아 만 하루 정도 거리를 배회했고, 그러다가 돌아왔더니 잠복하고 있었던 것처럼 다카하시 시마코가 고함을 치며 쳐들어왔다고 한다.

——나는 시마코가 동생을 속인 거미라고 생각했네.

——그래서 네가 거미냐, 고 물었지. 시마코는 그게 어쨌다고, 라고 대답했네.

——나는 바보 취급을 당하고 있다고 생각하고, 머리에 피가 확 올라서 시마코에게 덤벼들었네.

"아하, 시마코라는 사람도 그 —— 빨간 거미?"

"홍거미입니다. 뭐, 그건 그렇지요. 이건 사소한 부합이네요. 마침 그러던 차에 요쓰야 서의 형사들이 쳐들어온 겁니다. 신조는 뭐가 뭔지 알 수 없었던 모양이지만, 형사가 마에지마 야치요 살해 혐의라고 고함쳤기 때문에 순식간에 알아챘어요. 어젯밤의 그 여자는 살해되었다 —— 범인은 동생 기이치가 틀림없다 ——."

그리고 가와시마 신조는 도주했다.

경찰보다 먼저 동생을 찾아내서 진상을 물어보려고 했다고 한다.

신조는 사직 당국의 추적을 피하면서 탐문을 계속해, 기이치의 행방을 찾았다. 그리고 수사망을 피해 마침내 보소에 있는 요시에의 집 —— 목매다는 오두막 —— 에 다다랐다. 기이치는 예상대로 그곳에 은둔하고 있었다. 거기에서 신조는 기이치로부터 사정을 들었다고 한다.

"신조가 오두막에 도착했을 때, 기이치는 몹시 두려워하고 있었다고 합니다 ——."

가와시마 기이치는, 그날 밤 마에지마 야치요에게 간 자가 파락호가 아니라 형이었다 —— 고는 생각도 해 보지 않았던 모양이다. 그뿐만 아니라 신조에게 야치요 살해 혐의가 걸려 있다는 것을 알고 매우 동요했다고 한다.

그리고 신조는 기이치의 입에서 모든 것을 들었다.

"—— 신조가 들은 바에 의하면, 기병대 영화사에서 기절해 있던 기이치가 의식을 되찾은 것은 심야 0시 가까이였다고 합니다. 기이치는 곧 요쓰야로 향한 모양이지만, 그 시간에는 전철도 없어서 결국 도착했을 때는 아침이었나 봐요. 거기에서 기이치는 여인숙에 도착하기 전에, 길을 걷고 있는 마키를 발견하고 미행했지요. 마키는 전당포로 들어갔어요. 형에 대해서 모르는 기이치는 그걸 보고 모든 것은 예정대로 진행되었다고 생각했다고 해요. 그래서 옥신각신한 끝에 기모노를 찾고, 여인숙으로 가 보니——."

"이미 경찰이 도착해 있었군요?"

"그렇습니다. 기이치는 순식간에 변사를 눈치채고 그 자리에서 곧장 지바로 도망쳤다고 말한 모양이에요——."

신조는 살인범은 동생이라고 믿고 있었다. 그래서 두려워하는 기이치를 반쯤 협박해, 이번에야말로 모든 걸 이야기하라며 진상을 물었다고 한다.

가와시마 기이치는 처음에는 이야기하기 어려운 것 같았지만, 형이 자신을 의심하고, 또 걱정하고 있다는 것을 알자 순순히 고백했다고 한다.

"기이치는, 분명히 자신이 덫은 쳤지만 죽인 건 절대로 자신이 아니다——라고 주장했다고 합니다. 게다가 자신은 처음부터 야치요를 죽일 생각은 없었다——고 되풀이해서 주장한 모양이에요."

아츠코가 수상하다는 듯이 미간을 찌푸렸다.

"죽일 생각이 없었다면, 그 기이치라는 사람은 마에지마 야치요 씨를 대체 어떻게 할 생각이었다는 건가요? 돈도 필요 없다, 관계를 강요하는 것도 아니다, 오히려 돈을 써서 사람까지 고용해 가면서, 그냥 꾀어내기만 했다는 건가요?"

아오키는,

"그렇습니다."

하고 말했다.

"죽이려고 불러냈다, 또는 죽이게 하려고 불러냈다――고 생각하는 게 가장 깔끔합니다. 아니, 깔끔하다기보다 그렇게밖에 생각할 수가 없습니다. 다만 신조도 동생은 결코 야치요를 죽이려고 하지는 않았을 것이다, 라고 주장하며 물러나지 않아요. 이건 단순히 동생의 말을 그대로 믿고 있다는 점도 있지만, 요컨대 감싸고 있다――그렇게밖에 생각되지 않지만요."

아오키는 동의를 구하듯이 아츠코를 보았다.

아츠코는 잠시 생각하더니 검지를 세웠다.

"가와시마 기이치라는 사람이 어떤 의도로 마에지마 야치요 씨를 불러냈는지, 그건 일단 제쳐 두기로 하고, 그 살의(殺意)가 없었다는 증언이 사실이라면――."

아츠코는 그렇게 말하더니 세운 검지를 턱에 댔다.

"――그럼 야치요 씨는 기이치 씨가 친 덫에 편승해서 누군가가 멋대로 죽였다, 는 뜻이 되겠네요? 그럼 가와시마 형제는 불러내기만 하는 역할이었다는 뜻이 돼요. 살의를 빼면 계획이 완성되지 않잖아요?"

"네――그렇게 됩니다. 그것에 대해서는 기바 씨도 비슷하게 생각한 모양이더군요. 기이치는 탐색, 신조는 불러내기만 하는 담당이고 두 사람 다 살해에 대해서는 몰랐던 게 아닐까――라고, 기바 씨는 추리했어요. 확실히 신조에 대해서는 단순히 동생의 몸을 걱정한 행동이었던 것이고, 이건 뭐 이해가 가지만, 기이치에 대해서는 납득할 수 없습니다."

왜인가, 하고 추젠지가 물었다.

"――사실 기이치는 손을 쓰지 않았지 않았나."

"확실히 기이치는 실행범은 아닌 것 같습니다. 하지만 살인 자체를 모른다는 건 부자연스러워요. 파락호를 고용한 것도, 아무래도 위장 공작 같잖아요? 사실 파락호를 대신했던 신조는 범인이 되었어요. 그리고 현재 시점에서 실행범의 혐의가 짙은 히라노 유키치는 기이치의 친구니까요. 게다가 무엇보다 기이치에게는 여자들을 죽이고 싶은 동기가 있어요."

추젠지는 그 말을 받아 이렇게 말했다.

"그게 피해자를 잇는 실——이로군?"

아오키는 말없이 고개를 끄덕였다.

——피해자를 잇는 실.

마스다가 아는 그 실은 거미의 종의 저주다.

추젠지는 잡지에 게재되었다는 다른 실을 찾아냈다. 그리고 아오키는 또 다른——세 번째 실을 발견했다는 것이다.

"그건 어떤 실인가?"

"모친의 원한입니다."

"모친의 원한?"

"그렇습니다. 기이치의 행동은 복수입니다. 살의가 있었는지 없었는지는 별도로 치고, 기이치가 심각하게 마에지마 야치요를 원망하고 있었던 점만은 사실인 것 같더군요. 그뿐만이 아니에요. 기이치가 원망하고 있었던 사람은 야치요만이 아니었습니다."

"설마——다른 피해자도——?"

"네. 기이치가 원망하고 있던 상대는 전원 눈알 살인마의 피해자입니다. 그렇게 되면——살의가 없었다는 건 좀——."

아오키는 거기에서 입을 다물었다.

분명히 야치요만이라면 변명의 여지도 있겠지만, 그 외에도 있다면 대부분의 변명은 통하지 않을 것이다.

"그——어머니의 원한——이라는 건 어떤?"

"네. 지금부터 말씀드리는 건 전부 신조가 기이치에게서 들은 내용입니다. 사실 확인은 되지 않았고, 자의적으로 은폐되거나 수정된 부분이 없다고는 말할 수 없습니다. 하지만 기본적으로 가와시마 신조는 막힘없이, 유순하게 증언했습니다——."

신조는 기바의 질문에 침통한 표정으로 담담하게 고백했다고 한다.

그 진지한 분위기로 판단하건대——그 자신이 얻은 정보 자체의 신뢰성은 별도로 치고——거짓은 없을 거라고 생각한다고, 아오키는 말했다.

"——신조의 이야기에 의하면 가와시마 기이치는 작년 초여름에 다시 지바를 찾아갔다고 합니다. 방문 이유는 알 수 없지만, 다만 시기적으로는 첫 번째 눈알 살인사건 직후가 됩니다. 거기에서 기이치는 어떤 사람으로부터 어머니의 죽음을 들었다고 합니다——."

——동생은 어머니가 돌아가신 일을 그때까지 몰랐다고 하네.

——그의 어머니는 전쟁이 끝나던 해에 자살했네. 목을 매달았지. 동생은 깜짝 놀랐다고 하더군.

——그 녀석은 남방 전선에 있어서 복원(復員)은 나보다 빨랐지만, 그래도 어머니가 돌아가시기 전에 오지는 못했어.

——자살 원인은 아무래도 굴욕적인 대우에 있었던 모양일세.

——기이치의 어머니인 요시에 씨라는 사람은, 나도 한두 번 본 적은 있네만 선이 가늘고 상냥한 여자였네. 그런 사람이 많은 사람에게 창부 취급을 당하고 죽었다는 거야——.

신조는 얼굴을 일그러뜨리며 그렇게 말했다고 한다.

"——패전 직후에 찾아갔을 때, 기이치는 어머니의 생사조차 확인할 수 없었습니다. 돌아가신 지 8년, 헤어진 지 18년째에 겨우, 기이치는 어머니 죽음의 진상을 안 것이 되는 겁니다. 세월이 지나 마을 사람들의 입도 가벼워진 걸까요. 다만 기이치가 대체 누구에게서 그 이야기를 들었는지는 알 수 없습니다. 정보원에 대해서 기이치는 신조에게도 일절 말하지 않았어요. 따라서 증언자를 특정할 수는 없습니다——."

아오키의 이야기로는, 현재 요시에의 소문은 딱히 금기도 아니고, 아는 사람은 많지 않지만 조사해 보면 누구의 귀에나 금세 들어오는 정도의 소문이라고 한다.

진상을 알고 기이치는 괴로웠다고 한다.

왜 어머니는 창부 같은 생활을 보내야 했던 것일까.

혹시——빈곤 끝에 내린 선택이었을까.

그것은 생각하기 힘들다. 기이치는 그렇게 판단했다.

기이치가 기억하는 어머니와의 생활은 매우 소박한 것이었다고 한다.

요시에는 정해진 직업은 가질 수 없었던 모양이지만, 다이사쿠가 살아 있는 동안에는 계속 보내져 오는 돈이 있었고, 집에서 부업을 하거나 이것저것 마을 사람들을 거들며 입에 풀칠하고 있었기 때문에 매달 보내져 오는 돈은 거의 그대로 남아 있었던 모양이었다.

게다가 기이치를 데려갈 때도 사소하나마 인연을 끊는 대가로 돈이 나왔다. 돈은 적잖이 남아 있었을 것이다. 무엇보다 어머니가 살았던 시대는 사치를 하고 싶어도 돈을 쓸데가 없는 시대였다.

적어도 몸을 팔지 않으면 먹고살 수 없을 정도로, 어머니가 돈 때문에 곤란해하고 있었다고는 기이치에게는 생각되지 않았다고 한다.

그렇다면——어머니는 타고나기를 음탕한 여자였던 것일까.

그것은 절대로 있을 수 없는 일이다. 기이치는 그것만은 아닐 거라고 생각했다고 한다.

그것에 대해서는 신조도 같은 의견이었다. 옛날에 친족들의 입을 통해서 신조의 귀에 들어온 요시에의 소문은 나쁜 것은 아니었던 모양이다.

요시에라는 여자는 품행이 단정해서, 다이사쿠가 살아 있는 동안에는 다른 남자를 끌어들이는 일도 일절 없었다고 한다. 첩인 주제에 정녀고 나발이고 없다, 그렇게 몸가짐이 바르니 쫓아내려야 쫓아낼 수 없다, 그러면 오히려 처리하기가 나쁘다는 것이 요시에에 대한 친족들의 평가였다고 한다. 따라서 타고난 음탕한 여자라는 말은 맞지 않다. 다만 정조를 지켜야 할 다이사쿠가 죽은 후로도 10년이라는 긴 세월에 걸쳐 요시에에게 변절이 없었다고는 단언할 수 없다——고 신조는 말했다고 한다.

그러나 기이치는 어머니의 정숙함을 믿었다.

따라서——.

그런 요시에가 마을 사람들에게 창부 같은 취급을 받은 이면에는 반드시 이유가 있을 것이다——기이치는 그렇게 생각했다.

기이치는 고민하고, 또 격렬하게 마을 사람들을 원망했다고 한다. 그리고 어머니 요시에의 원통함을 풀기 위해 조사를 시작했다고 한다. 그러나 어머니를 죽음으로 몰아넣은 사람을 특정하기는 어려웠고, 불특정다수에게 복수를 하는 것도 어려웠던 모양이다.

하지만 기이치는 포기하지 않고 찾아다녔고, 어떤 사실에 다다랐다.

어머니의 오두막에 출입하곤 했다는 세 명의 창부의 존재를 알아냈다는 것이다.

전쟁 중, 공습으로 집이 불타거나 해서 지바로 흘러들어온 세 명의 젊은 여자가, 요시에가 살고 있던 오두막으로 굴러 들어와 매춘을 하고 있었던 것 같다는 것이다.

그 창부들이 어머니를 부추긴 건 아닐까——기이치는 그렇게 추리했다고 한다.

그리고 그 추리를 뒷받침하는 듯한 증언자가 기이치 앞에 나타났다고 한다. 요시에는 세 명의 창부에게 매춘을 강요당하고 있었던 것 같다——마침 요시에가 죽었을 무렵, 세 사람은 모습을 감추었다——그건 틀림없다——그 증언자는 그렇게 말했다고 한다.

기이치는 어떤 결론에 다다랐다.

어머니는 자살이 아니다. 어머니를 죽인 자는 그 세 명의 창부다. 세 명의 창부는 요시에에게 창부 짓을 시켰을 뿐만 아니라, 요시에가 저항하자 살해하고 돈을 빼앗아 도망친 것이다——그것이 기이치가 내린 결론이었다.

"이 증언자도 누구인지 모릅니다. 다시 말해서 사실인지 아닌지도 확인할 수 없어요. 신조는 그 이야기를 들었을 때, 어딘가 수상쩍은 점을 느꼈다고 정직하게 고백했지만, 기이치는 세 명의 창부의 범죄에 대해서는 완전히 믿고 있었던 것 같았다고도 말했습니다."

그 후 기이치가 어떻게 해서 세 사람의 이름이나 신원을 알 수 있었는지, 그것도 신조는 모르는 것 같았다. 그러나 기이치는 찾아냈고, 그리고 복수를 맹세했다.

"기이치가 찾아낸 세 명의 젊은 창부의 이름이——."

아오키는 크게 숨을 들이쉬고는 말했다.

"——가나이 야치요, 다카하시 시마코, 그리고 가와노 유미에입니다——."

"가와노——유미에?"

마스다는 다시 혼란스러워졌다.

가와노 유미에는 8년 전에 이시다 요시에를 모살(謀殺)했다, 그 악업의 대가로 죽었다는 것일까.

그것은 아니다. 유미에는 소녀 매춘으로 떼돈을 벌려고 한 탓에 거미의 종과 다툼을 일으킨 결과 살해된 것이 아니었던가.

그런데——.

기이치의 원한이 피해자를 잇는 실——살인의 동기였다면, 그쪽 사실은 어떻게 된다는 것인가? 마스다가 아는 현실이야말로 허구라는 뜻일까. 그 학원에서 일어난 일은 전부 환상이었던 것일까. 아니면 전부,

——우연인가.

이번 사건에 관해서는 우연은 없다——고 추젠지는 말했다.

그렇다면 대체——.

마스다의 동요를 알아채지 못한 채, 아오키는 말을 이었다.

"아까도 말씀드렸지만 기이치는 살인에 대해서는 부정하고 있어요. 어디까지나 혼쭐을 내 주려는 계획이었다는군요. 이대로는 분이 풀리지 않는다, 어머니도 편히 잠들 수 없을 것이다, 그렇게 생각하기는 했겠지만, 동생은 살해하려는 생각은 하지 않았다고 신조도 말했고요."

지바를 중심으로 탐색을 계속하던 기이치는 우선 오두막에서 가까운 곳에 사는 가와노 유미에에 다다랐다고 한다. 그러나 그 유미에는 기이치가 접촉을 가진 순간——10월 중순에는 이미——어이없게 살해되고만 상태였다. 기이치는 경악했다고 한다.

정말로 살해를 생각하고 있지 않았다면 놀라는 것이 당연하다.

그러나 기이치는, 이것은 천벌이라고 다시 생각했다고 한다.

"모처럼 발견한 표적을 잃어버리고, 어쩔 수 없이 기이치는 나머지 두 명의 창부의 행방을 찾았다고 합니다. 탐색을 위해 자주 쉬곤 하던 일도 그만두고, 방도 빼고, 형에게 의지했던 겁니다. 하지만 그 단계에서 기이치는 신조에게 아무것도 고백하지 않았지요. 그것에 대해서, 형은 요시에와 핏줄로 이어져 있는 것도 아니고 개인적인 원한에 끌어들이고 싶지 않아서 입을 다물고 있었다고, 신조에게는 말했다고 합니다."

"하지만 덕분에 신조 씨는 오히려 동생의 행동을 수상하게 여기고, 결국 최악의 형태로 휘말리고 말았다——는 거로군요?"

"그렇지요. 신조는 휘말리고, 용의자가 되고 말았으니까요——."

거기에서 아오키는 몸을 내밀었다.

"——유미에에 이어 야치요가 살해되자 기이치는 광란하고, 허둥지둥하고 있었다고, 신조는 그렇게 설명했습니다. 기이치는 상대방이 산 채로 창피를 당하게 하려고 계획하고 있었을 뿐인데, 노린 사냥감은 자신의 뜻과 달리 달리 모두 죽고 만다, 어디 있는지 찾아내서 기이치가 움직이면 상대방은 차례차례 살해된다——기이치는 완전히 겁을 집어먹고, 다음은 다카하시 시마코가 살해되는 건 아닐지 전전긍긍하고 있었다고, 신조는 말했어요."

"기이치는 시마코라는 사람에게도 덫을?"

"아니, 그녀가 어디 있는지 찾아냈을 뿐이었다, 고 했다고 합니다. 어머니의 원한은 갚고 싶다, 하지만 죽여 버린다는 건 본의가 아니라서 움직이려야 움직일 수가 없는 상태였다, 뭐 이런 걸까요——."

"그건——부자연스럽군요——."

마스다에게도 믿기 어려운 말이었다.

"——아오키 씨의 설명을 따르면 기이치는 우선 유미에의 살해는 천벌, 즉 우연이라고 판단한 거지요?"

"그렇게 말한 모양이더군요."

"우연이라고 생각할까요, 보통. 세상 사람들에게 범인으로 알려진 히라노는 기이치의 지인이었던 거잖아요? 정말로 기이치에게 살의가 없었다면, 이건 매우 확률이 낮은 우연입니다."

"그렇지요? 저도 수상하다고 생각합니다. 지금 마스다 군이 말한 대로, 기이치와 히라노는 친구 사이였습니다. 그것에 대해서 기이치는 신조에게 이렇게 말했다고 합니다. 아무래도——범인은 자신의 지인인 히라노인 것 같다, 다만 왜 그 친구가 자신의 원수를 죽이고 다니는지는 전혀 모르겠다."

"편리한 이야기로군요."

"그래요. 아주 편리한 이야기입니다. 그건 신조도 그렇게 느꼈던 모양이에요. 그래서 기이치에게 이렇게 물었어요. 그 히라노라는 남자는 네 본의든 아니든 틀림없이 네 복수를 돕고 있다, 뭔가 짐작 가는 데는 없느냐——."

신조라는 남자는 정에 휩쓸려 대담한 행동을 하는 타입인 듯하지만 난폭한 것은 아니고, 도리도 잘 아는 남자인 모양이다.

"——그랬더니 기이치는 이렇게 대답했어요. 혹시 히라노는 도망시켜 준 것에 대한 감사인사를 하고 있는 것이 아닐까, 라고."

"도망시켜 준?"

"그렇습니다. 첫 번째 시나노마치의 범행 후, 히라노를 도망치도록 도운 사람은 아무래도 기이치인 모양입니다. 기이치는 정신과 의사를 소개하는 등, 히라노를 위해 꽤 애를 썼던 모양이고요. 히라노가 충동적으로 살인을 저질렀을 경우에, 도망을 방조했다고 해도 이상하지는 않지요. 사실관계는 확인되지 않았지만 뭐 그렇게 생각해도 될 거예요."

"그럼 기이치와 히라노는 완전히 공범 관계에 있다는 게 아닙니까?"

"그렇지요? 뭐, 적어도 경찰관의 견해에서 말하자면 이건 아무리 봐도 공범입니다. 하지만 기이치는 완고하게 아니라고 계속해서 말했던 모양이더군요. 확실히 히라노는 도망시켜 주었지만, 그건 그것뿐이다, 무엇보다 히라노가 자신의 어머니의 원수에 대해서 알고 있을 리가 없으니 역시 이상하다고——."

"그건 아무리 들어도 기이치의 말이 이상합니다. 듣자 하니 신조라는 사람은 상당한 호걸인 것 같지만, 형제의 정 때문에 판단력이 둔해진 거겠지요. 기이치는 그걸 이용해서 형도 속이고 있는 게 아닐까요?"

마스다가 그렇게 말하자 아오키는 그게 바로 자기 의견이라는 듯한 얼굴을 하고,

"과연, 전직 형사님이군요."

라고 말했다.

"바로 그렇습니다. 신조가 이제 와서 거짓말을 내뱉을 것 같지도 않고, 아마 신조는 기이치에게 속고 있는 것 같습니다. 뭐, 감싸는 마음도 있겠지만요. 그 증거로, 신조는 결과적으로 마지막의 시마코 살해에 일익을 담당했어요——."

——나는 동생이 너무 겁에 질려 있기에, 시마코를 데려와 주겠다고 제안했네.

——늦지 않게 시마코를 데려오면 시마코의 목숨은 지킬 수 있고 직접 과거 사건의 진위도 물을 수 있지.

——만나서 이야기해 보고 정말로 시마코가 어머니의 원수라면 그때는 마음대로 하라고.

——나는 동생에게 그렇게 말했네.

——진짜 죽일 마음이 없다면 난폭한 짓도 하지 않을 거라고 생각했거든.

신조는 야음을 틈타 후나바시를 경유해서 도쿄로 돌아갔고, 촬영소의 자동차를 이용해서 시마코의 집으로 향했다고 한다. 주소는 기이치에게서 들었고, 이미 한 번 만났으니 얼굴도 안다. 무엇을 근거로 그렇게 생각했는지는 자신도 모르는 모양이지만, 그 여자라면 사정을 이야기하면 틀림없이 이해해 줄 거라고, 그렇게 생각했다고 한다.

——이유를 이야기하고 그래도 도망치려고 하면.

——그건 죄를 인정한 거나 마찬가지라고, 나는 그렇게 생각했네.

——그때는 그때고, 그렇게 되면 이제 눈알 살인마한테든 뭐한테든 살해되면 된다고,

——그 정도의 마음은 있었지만.

신조는 그렇게 말했다고 한다.

신조는 시마코의 아파트 뒤에 있는 집의 빨래 건조대에서 지붕을 타고 이동해 시마코의 아파트에 다다랐고, 창문으로 잠입했다고 한다.

"——신조는 상당한 거구지만, 병역 중에 대륙에서 비교적 특수한 임무를 맡고 있었고, 여러 가지 훈련을 받았기 때문에 쉬운 일이었다고 진술했습니다. 그렇다고 해도 무슨 무협물도 아니고, 설마 지붕 위에 범인이 있을 거라고 대게는 생각하지 않지요. 집이 밀집되어 있어서 그런 짓도 할 수 있었던 거겠지만요. 시마코도 배짱이 두둑해서, 비명 한 번 지르지 않았어요——."

——그 여자는 경찰이 감시하고 있다, 답답해 죽겠다고 하더군.

——나는 이 여자는 결백하다고 직감했네. 그렇다면 어떻게 해서라도 지켜주어야 해.

——살아서 동생을 만나게 해 주고 오해를 풀어야 한다고, 그렇게 생각했네.

시마코는 순순히 신조를 따라왔다고 한다.

신조는 일단 창문을 통해 밖으로 나가서 자동차를 문 앞에 대고, 시마코는 시기를 보아 집을 뛰쳐나와서 그 차에 올라탔다.

목숨이 위험한 당사자가 경계 돌파에 협조하고 있었던 것이다. 이 경우, 유괴라기보다 도피행이라고 하는 편이 가까울지도 모른다.

——시마코는 그 오두막에 한동안 살고 있었던 것을 인정했네.

——시마코는 R.A.A가 망하고 길거리에 나앉게 되어, 동료 세 명과 시골로 내려갔다고 했네.

——하지만 그때 이미 그곳은 빈집이었다는 거야.

——게다가 시마코는 가와노 유미에는 함께 있지 않았다고 했네.

——유미에는 알고 있지만, 위안소가 없어진 후로 만나지 못했다,
——그렇게 말하더군.

정보는 복잡하게 얽혀 있었다. 기이치의 조사가 불충분했던 거라고 신조는 생각했다고 한다. 만일 히라노가 기이치를 위해 살인을 저지른 것이라면, 그건 돌이킬 수 없는 과오라는 뜻이 된다.

"유미에는 특수위안시설의 중개 겸 지도 담당 같은 일을 하던 여자라고 합니다. 여염집 아가씨들이 많았기 때문에 이것저것, 그, 손님을 다루는 법에서부터 피임구를 다루는 법까지, 하나하나 꼼꼼하게 가르치는 역할이지요. 이건 확인이 되었습니다. 야치요 쪽은 모르겠습니다. 시마코는 그 오두막에 갔던 동료 두 명의 이름은 말하지 않은 모양이에요. 다만 유미에는 없었다고 말했다고 합니다. 여기에 대해서 마스다 군은 어떻게 생각하십니까?"

"그——시마코 씨도 살해되었지요?"

"그렇습니다. 신조는 비상선을 돌파하고 기이치가 기다리는 보소의 오두막——기이치의 어머니가 살았던 곳이자, 시마코도 한동안 머물렀던 오두막이지요. 그곳으로 시마코를 데려갔어요. 아니, 그런 곳에 갔을 거라고는 아무도 생각하지 않았을 겁니다. 일단 그 오두막은 기이치가 전당포 장부에 적었던 주소에 나와 있지만, 그 단계에서는 신조와 기이치의 관계도 밝혀지지 않았고, 관할서에 조회해도 그 주소에 집은 없다고 했거든요. 그런데 말이지요, 놀랍게도 오두막 앞에는 기바 선배님이 진을 치고 있었습니다."

"굉장하네요."

하고 아츠코가 말했다.

"기바 씨가 정확하게 알아맞힌 건가요?"

"그렇습니다. 기바 씨는 이번에 실로 핵심을 찌르는 행동을 하고 있었어요. 하지만 신조도 기바 씨도, 설마 오두막 안에 히라노 유키치가 숨어 있을 거라고는 생각도 하지 않았던 겁니다."

"더더욱 수상하군요, 기이치는. 요컨대 신조 씨는 기이치의 달콤한 말에 넘어가서 덫에 빠졌고, 다음 사냥감을 잡아오는 역할을 하게 된 게 아닙니까?"

"그렇습니다. 신조에게는 속았다는 자각은 없는 모양이지만, 이건 기이치에게 이용당했다고 보는 게 일반적이겠지요. 신조가 오두막으로 시마코를 데려오리라는 것은 기이치밖에 모르고, 그런데 오두막에 히라노가 있었다면 변명은 할 수 없을 거예요."

"그럼 가와시마 기이치와 히라노 유키치 사이에는 모종의 거래가 있었다——두 사람은 역시 공범 관계에 있다, 아오키 씨는 그런 말씀이시지요?"

"공범이라기보다 기이치가 살인의 주모자인 건 틀림없겠지요. 세 명의 창부의 범죄가 사실인지 아닌지, 이건 알 수 없습니다. 하지만 기이치가 그걸 사실이라고 믿고, 그리고 복수를 하려고 꾀하고 있었던 건 진실일 겁니다. 그렇다면 유미에, 야치요, 시마코를 연결하는 건 기이치의 망집이라는 것이 돼요. 즉 기이치가 히라노를 이용해 어머니의 원한을 갚기 위해서 차례차례 살인을 저질렀다, 고 생각하는 게 이치에는 맞습니다."

"억측으로 발언하지는 말게. 아오키 군."

잠자코 듣고 있던 추젠지는 거기에서 아오키를 타일렀다.

아오키는 이상하다는 듯한 얼굴을 했다.

추젠지는 냉혹한 말투로 말했다.

"자네는 피해자를 연결하는 게 기이치의 망집이라고 하지만, 그럼 야마모토 교사는 어떻게 되나?"

"야마모토 스미코와 첫 번째 피해자 야노 다에코는 히라노의 단독 범행입니다. 그 후, 기이치는 히라노를 보호하거나 해서, 도주를 돕는 대신 장기 말로 사용한 게 아닐까요?"

"기이치가 히라노의 도망을 방조했다고 해도, 그 후 두 사람이 접촉했다는 증거는 하나도 없네."

"그렇게 말씀하시지만, 추젠지 씨. 달리 설명할 방법이 없습니다. 아까 마스다 군이 한 말이 옳아요. 가와노 유미에가 살해된 단계에서 가와시마 기이치가 히라노의 범행이라는 걸 알아채지 못했을 리가 없어요. 기이치는 전부 다 알면서 마에지마 야치요에게 덫을 친 거니까요——."

추젠지는 무언의 위압으로 아오키를 제지하고는 말했다.

"히라노의 범행이 자신의 계획과 동조하고 있다는 것을 기이치가 깨달은 건 야치요 씨가 살해된 후겠지. 그래서 그는 활동을 멈추고 지바의 오두막에 틀어박힌 걸세."

마스다는 그 말에는 납득이 가지 않았다.

"하지만 가와노 유미에를 살해한 건 히라노 유키치라고 보도되었지 않습니까. 기이치가 아무것도 알아채지 못했다는 건 이상한 이야기입니다. 아는 사람이니까요. 그런데도 모른다고 주장하는 건 부자연스러워요. 누가 들어도 의심할 겁니다."

"그건 아닐세, 마스다 군. 가와노 유미에를 살해한 범인이 시나노마치의 눈알 살인마——히라노라고 보도된 건 세 번째 피해자——야마모토 스미코가 살해된 후의 일일세. 나는 신문을 전부 다시 읽어

보았는데, 초기 단계에서는 지면 어디에도 히라노의 이름은 없고, 눈알 살인마라고도 씌어 있지 않네. 연쇄 엽기살인귀 눈알 살인마 히라노 유키치라는 이름이 세상에 나오고 세상 사람들이 소란을 피우기 시작한 건 야마모토 스미코가 죽은 후, 정확하게는 새해가 되고 나서일세."

"그럼——가와시마 기이치는 자신의 원수를 살해한 게 친구인 줄은 모르고 있었을 가능성이 있다, 추젠지 씨는 그렇게 말씀하시는 겁니까?"

아오키의 의문부호를 받아 추젠지는 단언했다.

"몰랐던 걸세. 알고 놀랐겠지. 하지만 그 시점에서는 아직, 그것도 하늘의 안배라고 판단했을 거야."

"우연이라고 생각했다는 겁니까?"

"그렇겠지. 알겠나? 그 단계에서는 세 명의 피해자 중 두 명은 자신과는 상관없는 인물일세. 그 상황에서는 오히려 피해자 중에 가와노 유미에가 있었다는 우연에 놀란다——는 것이 보통의 감각이 아니겠나?"

"그렇——겠군요."

"그러니까——기이치는 정말로 세 명의 여자를 살해할 마음은 없었던 거겠지. 그렇지 않다면 그 후에 야치요 씨에게 덫을 치거나, 시마코 씨가 사는 곳을 찾아다니지는 않았을 걸세."

추젠지는 한층 더 분명하게 말했다.

"가와시마 기이치는 살인사건과는 무관하네."

아오키는 팔짱을 끼며 말했다.

"하지만 동기가——."

"원한이 즉 살의라고 판단하는 것은 성급하잖나. 만일 기이치가 히라노를 이용한 살해 계획을 세우고 있었다면, 여기저기 자신이 얼굴을 내밀 필요는 없네. 기이치는 여자가 있는 곳만 확인하면 그걸로 끝나잖나. 그런데 기이치는 당당하게 얼굴을 드러내면서까지 살해 장소를 설정하고, 공범인 파락호까지 고용했네. 히라노는 이미 묻지마 살인자로 통하고 있으니, 그런 짓을 할 필요는 전혀 없지 않은가. 뒷골목 같은 데서 죽이면 돼."

"그건 그렇지만——."

아오키는 이해가 잘 안 되는 모양이다. 마스다도 아직 이해가 안 된다. 아츠코도 모르겠어요, 오빠, 하고 말했다.

"——살의가 없었다면, 기이치라는 사람은 대체 뭘 하고 싶었다는 거지요? 죽일 생각은 없었다거나 본의가 아니라는 말을 하고 있는 모양이지만, 실컷 불러내 놓고 그것뿐이라니, 그냥 장난이기라도 했다는 거예요?"

"바보로구나——."

하고 추젠지는 말했다.

"——기이치는 다다 마키에게 뭐라고 말을 꺼냈지?"

"새댁이 거품을 좀 물게 해 줄까 한다."

"그럼 거리의 파락호에게는 뭐라고 말을 꺼냈지?"

"음탕한 여자를——조금 혼내주고 싶다."

"신조에게는 뭐라고 말하면서 설명했니?"

"그러니까, 잘못을 깨닫게 해 주려고 계획했다."

"그렇게 몇 번이나 몇 번이나 정직하게 주장하고 있지 않니. 기이치는 정말로 야치요에게 창피를 주어 혼쭐을 내줄 생각이었을 거야."

"그러니까——오빠는 기이치라는 사람이 마키 씨나 그 파락호에게 말한 건 본심이었다고 말하고 싶은 건가요?"

동생의 의아한 듯한 얼굴을 오빠는 태연하게 바라보며, 그래, 하고 말했다.

"기이치는 단순히 사회적, 정신적으로 타격을 주어서 과거의 악업에 대한 반성을 촉구하기 위해 치밀한 계획을 세웠겠지. 특히 야치요 씨의 경우는, 굴욕을 주려고 했다고 보는 게 옳을 거다."

"굴욕?"

"그래. 기이치는 창피를 주고 싶었던 거겠지. 그렇지 않다면 야치요 씨가 얼마에 몸을 팔든, 그런 건 아무래도 상관없는 일이 아니냐. 기이치는 매춘 금액에 집착하면서 집요하게 교섭을 했다고 했지?"

"그렇습니다만——."

"거기에 무슨 의미가 있나요? 오빠."

"기이치는 마에지마 야치요의——여성으로서의 존엄을 헐값에 팔게 하고 싶었던 거야. 틀림없이."

"여성으로서의 존엄?"

"그래. 기이치는 어머니에게 굴욕을 주고 죽음으로 몰아넣은 여자들이 과거를 깨끗이 버리고 뻔뻔스럽게 살고 있는 걸 참을 수가 없었겠지. 그래서 옛날처럼 손님을 받으라고 강요한 걸 거다. 그것도 비싸게 팔면 안 돼. 넌 지금은 큰 가게의 젊은 안주인 자리에 앉아 있는 모양이지만, 옛날에는 몸을 파는 매춘부였지 않나, 그걸 떠올려라——기이치에게는 그런 생각이 있었던 거겠지. 자신은 그렇게 가치 있는 인간이 아니라는 걸 인정하라는 거야. 즉 값이 싸면 쌀수록, 기이치는 만족했다——는 거지."

값은 직접 정해라——정하는 건 매춘의 가격이 아니었다. 그것은 스스로 자신에게 값을 매기라는 뜻이었던 걸까. 그리고 기이치는 야치요가 매긴 값을 깎았다. 그것은 네 가치는 더 낮다는 저주였던 것이다. 일부러 파락호를 고용한 배경에도 의미가 있었을 것이다. 야치요가 어디의 누구인지도 모르는 남자를 상대하게 한다——그, 어디의 누구인지도 모르는 남자, 라는 부분에 바로 기이치의 원념이 깃들어 있었던 것이 된다. 아오키가 말하는 위장 공작 같은 것과는 근본이 다르다.

파락호에게 기이치가 제시한 반드시 여자를 안으라는 조건도, 여자는 몇백 엔이면 몸을 팔 거라는 말도, 그런 의도 아래에서 나온 것으로 받아들인다면 얼마쯤 악마 같은 울림을 가진 것처럼 느껴진다. 본 적도 없는 천박한 남자에게 헐값에 몸을 맡기는, 그것이 본래의 너라고, 기이치는 야치요를 저주한 것이리라.

"그렇지. 마무리는 기모노의 박탈이야. 기이치가 다다 마키 씨에게 말한 내용이 그대로, 기이치가 세운 계획일 거다. 야치요 씨는 기모노가 없으면 집에 가려야 갈 수가 없어. 모든 건 탄로 나고, 야치요 씨의 사회적인 신용은 땅에 떨어지겠지. 이혼당할지도 몰라. 그게 기이치의 복수였던 거야. 기이치는 기모노를 찾아가서, 당황하고 있는 야치요의 추태를 높은 곳에서 구경이라도 할 생각이었겠지. 그렇지 않다면 요쓰야에 갈 이유는 없거든. 다른 곳에서 알리바이라도 만든다면 모를까, 실행범이 따로 있는데 어슬렁어슬렁 현장으로 찾아가는 바보는 없잖니? 게다가 기이치는 전당포 장부에 주소와 이름까지 적었어."

그것은 확실히 이상하다.

즉흥적인 범죄가 아니라 이렇게까지 교묘하게 짜인 계획범죄 속에서, 기이치가 취한 행동은 너무나도 허술하다. 정합성이 너무 없다. 계획의 전체상만 보면 살의가 없다는 생각은 분명히 중심이 빠져 있는 것 같지만, 부분적으로 보면 살의는 역시 없었다고 생각하는 편이, 형태는 분명하게 정리되는 것 같다.

아오키는 망연자실해 있다.

잘 알겠는데 역시 모르겠는 것이리라.

그것은 마스다도 마찬가지였다.

무엇을 모르는 것인지 잘 모르겠다. 수수께끼는 딱히 없는 것 같기도 한데, 전체상은 파악할 수 없다. 그래서 마스다는 그렇게 말했다. 아츠코도, 아오키도 마스다에게 동의했다. 추젠지는 궁극적으로 사람을 바보 취급하는 듯한 얼굴을 했다.

"곤란한데, 마스다 군. 아오키 군이나 아츠코는 어떨지 몰라도 자네만은 알 텐데. 자네는 이 사건과 꼭 닮은 구조를 가진 사건을 알고 있지 않은가."

"예? 모릅니다."

"무슨 말을 하는 건가, 마스다 군. 잘 듣게, 가와시마 기이치를 와타나베 사요코에, 가와시마 신조를 구레 미유키에, 히라노 유키치를 스기우라 다카오에 대입해서 생각해 보게——."

"예?"

전혀 다르다고 생각하고 있던 자기 사건의 등장인물 이름이 갑자기 섞여 나오자, 마스다는 매우 당황했다. 허구와 현실이 뒤섞이는 것 같다. 당황이 마스다의 사고력을 저하시킨다.

추젠지는 더욱 곤란하다는 얼굴을 한다.

"모르겠나——혼다 고조와 오리사쿠 고레아키를 죽이고 싶을 만큼 원망하고 있었던 건 와타나베 사요코. 그리고 사요코의 소원을 들어주려는 듯이 그들을 살해한 건 스기우라 다카오. 사요코를 걱정해서 관여한 구레 미유키는 의심받는 처지가 되었네. 스기우라와 사요코는 면식이 있었고, 사요코는 도중부터 범인은 스기우라라는 걸 알았지만, 두 사람 사이에 정식으로 거래가 있었던 건 아니야. 그리고 스기우라도 사요코를 위해서 죽인 건 아닌 것 같고——."

아오키가 오기 전에 이야기하고 있던 사건의 개요다.

"——한편, 야치요나 유미에를 죽이고 싶을 만큼 미워하고 있었던 건 가와시마 기이치. 그리고 기이치의 소원을 이루어주듯이 살인을 되풀이하는 건 히라노 유키치. 기이치를 걱정한 신조는 휘말려서 의심을 받네. 히라노와 기이치는 친구고, 도중부터 기이치는 히라노의 범행이라는 것을 알아채지만 두 사람이 공모한 흔적은 없지——."

이것은 지금 이야기한 사건의 개요다.

"——비슷합니다! 이건 정말 아주 비슷하네요!"

추젠지는, 비슷하다기보다 똑같네, 하고 말했다.

분명히 두 사건은 같은 구조를 갖고 있는 것 같다. 마치 앞뒤로 거울을 비추는 듯하다. 그렇다면——.

"응? 하지만——잠깐만요. 그럼 히라노는 기이치를 위해서 죽인 게 아니다——라는 뜻이 되는 겁니까?"

"그렇다네, 마스다 군. 스기우라의 배후에 오리사쿠 미도리의 그림자가 비치고 있는 것처럼, 히라노 뒤에도 누군가가 있어. 그 녀석이 보이지 않기 때문에 전체상이 일그러져 보이는 걸세. 그리고 그 누군가의 또 뒤에는——."

"즉, 그――이 사건에도 제가 관여하고 있는 사건과 마찬가지로 진범이 따로 있다는 뜻이군요? 그건."

――무당거미일까.

"자네가 생각한 대로일세, 마스다 군. 다다 마키는 결코 가와시마 기이치가 말하는 대로 움직인 게 아닐세. 거리의 파락호도 명령을 수행하지 않았어. 심지어 신조는 동생의 계획을 저지하려고 제멋대로 행동했네. 하지만 그래도 마에지마 야치요는 살해되고 말았지. 각자는 멋대로 행동했고, 기이치가 꾸민 계략은 모조리 실패했지만, 결과적으로 배후에 있는 거미의 큰 계획만은 성취되었지――."

――거미의 종의 덫은 모조리 실패했다.

――그래도――결과는 아마 똑같을 것이다.

"누가 어떻게 움직이든 결과는 달라지지 않는다――는 그건 이쪽도 마찬가지인 겁니까!"

추젠지는 고개를 끄덕였다.

아오키는 몹시 당황했다.

"지, 진범? 그건 히라노 유키치가 아닙니까?"

"아닐세. 가와시마 기이치는 거미의 심부름꾼이겠지. 그렇다면 진범은 거미일세. 그렇게 생각하면 가와시마 기이치가 차지하는 위치라는 것도 알겠지, 마스다 군."

기이치와 대응하는――사요코는 살해되었다.

"가와시마 기이치는――다음에 살해된다고요?"

"기이치가 살해된다고요!"

아오키가 큰 소리로 말했다.

"단언은 할 수 없네만――."

하고 추젠지는 말했다.

"——내 재량으로 추측해 보자면, 현재 기이치는 누구보다도 거미 가까이 있는 것 같네. 거미가 이대로 팔짱을 끼고 보고 있을 리는 없어. 죽이든가 도망시키든가 입을 막든가, 어쨌든 뭔가 손은 쓰겠지. 어쨌거나 기이치와 히라노는 한시라도 빨리 검거해야 할 걸세. 아오키 군, 그쪽은 어떻게 되고 있나?"

"무, 무, 물론 수배했습니다. 다만 기이치의 발자취는 전혀 파악할 수가 없어요. 히라노는 숲으로 도망쳐 들어갔기 때문에 대대적으로 증원해서 산을 뒤지고 있지만, 기이치 쪽은 언제 오두막을 나갔는지도 알 수 없고——하, 하지만——."

아오키는 이마에 손을 댔다.

"자, 잠깐만요——."

젊은 형사는 그저 초조하기만 한 것 같았다.

"——제게도 설명해 주십시오. 그건 대체 무슨 말입니까? 어떤 구조로 되어 있는 겁니까? 무——무슨 일이 일어나고 있는 겁니까."

추젠지는 침착한 목소리로, 마스다에게 학원에서 일어난 사건을 설명해 주라고 말했다.

마스다는 이야기했다. 골격이 명료해지고 요소도 정돈되었기 때문에, 처음보다 훨씬 이야기하기 쉬웠다.

아오키는 아마 조금 전까지의 마스다와 똑같은 기분일 것이 틀림없다. 아오키의 입장에서 보자면, 학원에서 일어난 음습한 사건이 진실이라면 자신이 수사하고 있는 건조한 사건은 가짜라는 것이 되는 것이다.

믿을 수가 없다, 고 아오키는 말했다.

구조는 똑같은데 구성요소가 다르다. 교차하고 있는 것 같은데 괴리되어 있다. 점으로 엇갈리는 것 이외에는 전혀 겹치지 않는다. 그런데도 아마 이 두 사건은 같은 뿌리를 갖고 있을 것이다.

마스다가 이야기를 마치자 곧, 아오키는 한숨을 쉬며 이건—— 하나의 사건입니까, 하고 물었다.

추젠지의 대답은 무뚝뚝했다.

"물론일세."

"하지만——추젠지 씨, 하나의 사건에 복수의 동기가 있다는 비상식적인 일은, 저는 생각할 수가 없습니다. 이 경우, 어느 한쪽의 선이 작위적으로 날조된 눈속임은 아닐까요? 원래의 선을 감추기 위한."

"그건 아닐세. 분명히 서로 눈속임을 하고 있기는 하지만, 그건 양쪽 다 진실일세. 다만 작위적이라면 양쪽 다 작위적이지."

"하지만 가와노 유미에 한 사람만 봐도, 그 소녀 매춘입니까? 그 이권에 얽힌 다툼으로 죽은 거라면, 기이치의 존재는 사건에 있어서 불필요해지고 말아요. 기이치가 그 소녀 매춘을 의도적으로 은폐하기 위해서 완전히 거짓말을 하고 있다거나 하는 줄거리 이외에, 두 줄기의 흐름에 정합성은 보이지 않습니다."

아츠코도 아오키에게 동의했다.

"예를 들면——그렇지, 우연히 동일인물에게 살의를 품은 두 사람 또는 두 조직의 사람들이 있고, 같은 표적을 노리고 움직였다고도 생각할 수 있지만——그것도 한 명이라면 모를까, 표적이 복수가 되면 생각하기가 어려워요. 그런 살인이 겹쳐 버리다니——."

오빠는 동생을 타이르듯이 말했다.

"잘 들어라, 거미의 종 소녀들은 분명히 가와노 유미에와 갈등을 일으키고 있었을 테지. 이건 사실일 거다. 하지만 그녀들은 유미에를 저주했을 뿐이야. 한편 기이치가 유미에를 어머니의 원수라고 믿고 있었던 것도 사실이지. 하지만 이쪽은 원망했을 뿐, 또는 창피를 주려고 했을 뿐이야."

"뿐이라니 ――."

"그렇잖니. 소녀들도 기이치도, 양쪽 모두 동기를 갖고 계획했고 실행도 했지만, 손을 쓴 건 그 어느 쪽도 아니야. 한쪽의 실행범은 스기우라 다카오고, 다른 한쪽을 죽인 건 9할쯤은 히라노 유키치일 테니 살인 자체는 겹치지 않지."

"그, 그런 건 이상합니다. 그런 절조 없는 계획을 통솔하는 진범은 상정할 수 없어요!"

"그렇게 생각되겠지. 하지만 그렇기 때문에 ―― 이번 적은 강한 걸세, 아오키 군 ――."

추젠지가 입을 다물자 마스다가 설명했다.

누가 어떻게 움직이든 결과가 바뀌지 않는, 관여하는 사람을 전부 끌어들이고 마는 무당거미의 덫 ―― 마스다는 잘 설명할 수는 없었다.

듣고 보니 현재로서는 그렇게 되기는 한 것 같지만 왜 그렇게 되는 것인지, 마스다는 그 이치를 이해하지 못하고 있다. 우선 거미의 목적을 알 수가 없다. 목적을 모르는데 어떻게 추젠지는 거미의 존재를 간파할 수 있었을까. 혹시 이것은 그가 관여하고 싶지 않아서 늘어놓은 그 특유의 궤변은 아닐까. 마스다는 설명하면서 점점 불안해진다.

아츠코가 말했다.

"그건 —— 하지만 생각하기 어려워요 ——."

보통은 생각하기 어려운 일일 거라고, 마스다도 생각한다.

"—— 무한하게 계속 늘어나는 선택지 중 어느 것을 선택해도 궤도 수정이 가능한 프로그램이라니 —— 불가능해요."

"그렇지는 않아."

"하지만 예측은 맞지 않는다, 예지는 불가능하다고 오빠는 늘 말하곤 하잖아요."

"네 말이 맞다. 예지나 예언은 논외지만, 예측도 아무리 높은 확률로 적중하든 믿을 건 못 되지. 열 번 중 아홉 번이 들어맞아도 다음 한 번에서 빗나가면 도로 아미타불이거든. 이게 도박이라면 아무리 운이 좋아도 마지막 한 번이 어긋나면 끝장이지. 그래도 적중률은 9할이고 이건 확률적으로는 낮지는 않아. 낮지는 않지만, 완전히 믿을 수는 없지."

"그럼 많은 관계자들이 각각 제멋대로 움직이는 사건의 전말을 자의적으로 수렴시키다니, 그거야말로 불가능하잖아요. 누가 어떻게 움직일지는 항상 예측할 수밖에 없어요."

"아니야. 예측하는 게 아니라 그물을 치는 거다."

"그물이라니요?"

"관계자가 자기 형편에 맞게 움직여 주도록, 미리 사방팔방에 수면 아래에서 압력을 가해 둔다 —— 는 게 거미의 수법이야. 이 경우에도 갈림길이 무한하게 있는 건 마찬가지지만, 친 그물에 걸려든 경우에만 유효하게 활용하고, 걸려들지 않은 경우에는 무시한다는 수법이지."

"무시?"

"그래. 다시 말해서 장기 말의 결과가 좋지 않을 것을 항상 전제로 한 계획이란 말이지. 반드시 실패할 거라고 짐작하고 미리 손을 써 두는 거야. 예방선을 친다. 성공한 경우에만 기능하는 덫을 만들어 둔다──이건 예측은 빗나가는 법이라는 걸 잘 알고 있는 계획이야."

"그런──거였습니까."

마스다는 겨우 납득했다.

추젠지는 말을 이었다.

"그런 걸세. 처음부터 거미는 기이치의 작전은 실패하는 게 당연하다고 생각하고 손을 썼네. 그래서 다다 마키가 어떤 생각을 갖고 행동하든, 가와시마 신조 같은 불순분자가 섞여 들어오든, 그건 막을 수 없었던 거야. 각자 자유롭게 행동하고 있지만, 그렇다면 전부 다 읽히고 있는 것이나 마찬가지지. 그리고 만에 하나, 기이치의 작전이 성공한다면 성공한 대로, 이것도 상관없네. 거미의 계획에 지장은 없어."

"하지만──그렇다면 오빠, 거미인지 뭔지의 계획에 기이치라는 말은 필요 없잖아요?"

"필요해."

"눈속임? 아니면 미끼라든가."

"그런 의미도 있겠지. 예를 들어 시마코 씨의 주소를 조사하거나 야치요 씨의 신원을 확인하거나, 그런 작업은 유효할 거다. 아니, 절대적으로 필요해."

"그런 건 스스로 할 수도 있잖아요."

"거미는 스스로는 아무것도 하지 않아. 덫을 치고, 사냥감이 걸려들기를──한가운데에서 그냥 기다리고 있는 거야."

추젠지는 그렇게 말했다.

"하지만——오빠. 그물을 친다고 해도 기이치라는 사람이 품고 있는 원한의 화근은 8년이나 전으로 거슬러 올라가는 거예요. 사실이 어떤지는 모르겠지만 세 명의 창부가 기이치 씨의 어머니를 살해했다는, 그 사건까지 거미가 꾸민 거라는 뜻이에요?"

"그건 아니겠지. 다만 기이치에게 그 정보를 준 인간은 틀림없이 거미 자신일 거다. 이시다 요시에의 죽음의 진상을 거미가 알고 있었던 건 확실하겠지. 아마 세 명의 창부 중에 가와노 유미에가 없었던 건 진실일 테고, 거미가 그걸 모를 리가 없어. 그러니까——."

그러니까 기이치는 아마 속고 있는 거겠지——하고 추젠지는 중얼거리듯이 말했다.

"거미는 그 실제 사건의 일부분을 이용해, 과거를 자신에게 유리하게 수정해서 기이치를 조종한 걸 거라고 생각한다. 다만 8년 전까지는 아니더라도 거미의 계획은 호흡이 긴 걸 거라는 생각이 드는구나. 몇 달 정도가 아니라 몇 년이나 들인 건 확실해."

하지만 오빠——하고 아츠코가 물고 늘어진다.

"그건 좋은데, 예를 들어——그 사요코 씨라는 사람에 대해서는 어때요? 사요코 씨가 혼다 교사에게 원한을 품을 것까지는 읽을 수 없고, 기이치와 달리 이 경우 사요코 씨는 속일 수 없어요. 혼다 교사가 사요코 씨를 폭행할지 어떨지는 아무도 모를 게 아니겠어요?"

동생의 날카로운 물음에도 오빠는 태연하게 대답한다.

"누구든 상관없었던 거야. 혼다를 원망하는 학생이 나오기만 하면. 혼다를 원망하는 역할을 사요코 씨에게 할당한 건 혼다 자신이겠지."

"무슨 뜻인지——모르겠어요."

"거미는 우선 혼다를 어떤 형태로든 궁지에 몰아넣어 두고, 먹이를 준 거겠지. 알겠니 —— 자네들은 뭔가 착각을 하고 있는 모양인데, 진범이 조종하고 있는 건 가해자 측만이 아니야. 거미는 오히려 피해자 쪽에 적극적으로 손을 쓰고 있었던 듯한 구석이 있어."

"피해자에게? 하지만 —— 최종 목적은 어떨지 몰라도, 진범은 피해자가 죽기를 바랐던 거잖아요?"

"물론이지. 하지만 피해자 가해자를 포함해서, 거미가 누구를 없애고 싶어 하는가 하는 건 그야말로 아무도 모르는 일이야. 그러니까 누군가 다른 사람이 다른 동기로 죽여준다면, 절대로 거미는 의심받지 않지. 그래서 거미는 자신 이외의 누군가가 피해자를 죽여도 이상하지 않은 상황을 만들기 위해서, 피해자 자신이 자발적으로 제삼자에게 원망을 받거나 미움을 받는 행동을 취하도록 꾸민 거지. 그렇게 만듦으로써 제삼자에게 피해자를 죽이고 싶어지는 동기를 부여하고 싶었던 거겠지."

그건 뭡니까 —— 하고 아오키가 묘한 목소리로 말했다.

그렇게 먼 길을 돌아가는 교묘한 범죄가 있을까. 그런 것은 보통 생각해내지 못하고, 생각해내도 실행은 하지 않을 테고, 실행해도 성공하지는 못할 것이다. 마스다가 아는 살인사건은 좀 더 감정적이고, 또 돌발적인 것이기 때문이다.

"거미는 혼다 고조나 오리사쿠 고레아키, 가와노 유미에에 대해서 직접적 간접적으로 손을 쓰고 있었을 걸세. 게다가 —— 거미의 계획은 자기 증식하지. 가이토 씨 같은 경우가 좋은 예지. 그는 피해자로서 입후보한 거나 마찬가지일세. 거미에게는 그의 생사 따위는 실로 아무래도 상관없었어."

가이토는 살아 있다. 그는 역시 거미에게 부록 같은 것이었던 셈이다.

“거미는 구체적인 범죄 계획에는 일절 가담하지 않았을 테고, 법률에 저촉되는 행위에도 전혀 손을 대지 않았네. 거미는 덫에 걸린 자를 교묘한 정보 조작으로 조종하고, 자발적으로 범죄를 저지르도록 해서 자멸로 몰아넣을 뿐이야.”

“방해되는 자에게 방해되는 자를 처리하게 하는 겁니까?”

“그래. 게다가 자발적으로 그렇게 하게 만드니, 실행범조차 자신이 누구를 위해 봉사하고 있는 것인지 알아차리지 못하네――이건 그런 사건이야.”

“그――자발적이라는 걸 모르겠어요, 오빠. 최면술이라도 거는 건가요? 자신에게 유리하게 움직이지 않는 경우를 계산에 넣고 있다는 건 이해가 안 가는 것도 아니지만, 그렇다고 해도 전부 자발적으로 행동하게 하는 거라면 우선은 타인을 조종하는 게 전제가 되는 거잖아요?”

추젠지는 성가시다는 듯이 누이를 보았다.

확실히 그것도 그렇다.

추젠지는 갑자기 묘한 말을 했다.

“예를 들면――그렇지, 마스다 군. 자네는 지금 요의를 느꼈네. 그 경우 자네는 어떻게 하겠나?”

무슨 말을 꺼내려는 것인지 전혀 짐작이 가지 않는다.

상당히 긴장하고 있던 일동은, 갑작스러운 긴장감 없는 전개에 몹시 멍청한 얼굴을 했다. 마스다는 잠시 멍하니 있다가 어쩔 수 없이, 화장실을 좀 빌리겠지요――하고 대답했다.

추젠지는 이어서, 그거 잘됐군, 이 방에서 볼일을 보거나 하지는 않겠다는 거로군——하고 다짐했다. 마스다는 다시, 안 그럽니다, 만취했다면 모르겠지만——하고 대답했다.

그러자 추젠지는 한쪽 눈썹을 치켜세우며,

"그건 자네의 의지에 기초한 행동인가?"

하고 이상한 질문을 했다.

"그건——물론 제 의지입니다."

"그렇지. 내가 그렇게 하라고 강요한 건 아니니까. 하지만 변소에서 하든 방에서 하든, 본래 요의라는 건 생리현상일세. 짐승이라면 어디에서 해도 야단을 맞지 않지. 자네가 짐승이 아니라 이성이 있는 인간이고, 보통 방에서는 그런 일은 하지 않는 것으로 되어 있기 때문에 자네는 하지 않네. 틀렸나?"

"덕분에——아니, 그, 그렇습니다."

"이게 주술일세. 배설은 변소에서 하라고 누군가가 강요하고 있는 것도 아닌데, 자네는 당연하다는 듯이 변소에서 볼일을 보지. 설령 아무도 감시하는 사람이 없어도 그렇게 할 걸세. 이건 자네의 의지인 것 같지만, 자네의 의지가 아니야."

"그——그렇습니까?"

"측간에서 볼일을 본다고 정한 건 자네가 아니니까. 습관이라는 저주, 문화라는 주술일세. 자네는 측간에서 볼일을 보는 건 당연하다는 주술에 걸려 있는 거야."

"예에. 그럼 그 주술이 풀리면 저는 개나 고양이처럼 장소를 가리지 않고 소변을 보는 남자가 되는 겁니까?"

"되지. 그렇게 해 줄까?"

"돼, 됐습니다 —— 하지만."

"그래서 —— 말일세. 예를 들어 내가, 마스다 군이 마당에서 볼일을 보게 하려고 한다고 치세. 그 경우 아오키 군, 자네라면 어떻게 하겠나?"

아오키는 진지한 얼굴로 엄청나게 당혹스러워한 끝에, 마당에서 해 달라고 말하겠지요 —— 라고 말했다.

"마스다 군은 그런 말을 들으면 어떻게 하겠나?"

"예에, 뭐 싫다고 하려나요. 이유를 물어보고 납득이 되면 따를지도 모르겠지만요."

"설득하기에 따라서 따르겠다는 거로군. 이유는 말할 수 없지만, 꼭 좀 부탁한다고 집요하게 말한다면 어쩌겠나?"

"뭐 정도에 따라 다를 겁니다. 애원한다면, 뭐."

"마당에서 볼일을 보지 않으면 목을 졸라 죽이겠다고 협박한다면?"

"그럼 해야지요."

"그렇겠지. 그 경우는 어느 쪽이든 아오키 군이 애원했다, 혹은 강요했으니까 그렇게 한 것이고, 자네가 자발적으로 일으킨 행동은 아니지 ——."

추젠지는 거기에서 씩 웃었다.

"그럼 —— 예를 들면 이건 어떨까. 우선 아오키 군이 나와 둘이서 이 방에 있다고 치세. 그런데 내가 천천히, 실례지만 잠깐 저쪽을 좀 보고 있어 달라고 말하고 마당으로 내려가네. 아무래도 잘은 모르겠지만, 마당에서 볼일을 보고 있는 것 같네. 아오키 군은 어떻게 대처하겠나?"

아오키는 더욱더 곤란한 것 같았다.

"이유를 묻거나——아니, 뭔가 사정이 있을 거라고 생각하고 입을 다물고 있으려나——모르겠습니다."

"만일 이유를 물어도 나는 우물거리며 설명하지 않네. 그리고 그대로 자리를 떠 버린다고 하세. 그때 마스다 군이 온다고 치세."

잘 모르겠지만 재미있을 것 같은 기분이 들었다.

"추젠지 씨는 자리를 뜬 거지요?"

"그래. 마스다 군은 이번에도 요의를 느끼고 있네. 그래서 측간을 빌리려고 하는데, 웬걸 화장실 문이 열리지 않아. 불러도 두들겨도 대답도 없네. 인기척도 없어. 그래서 새파란 얼굴로 돌아오네. 자 어떻게 하겠나?"

"글쎄요, 아오키 씨에게 묻겠지요. 화장실 문이 안 열리는데, 어떻게 된 건지 모르느냐고."

"아오키 군은 뭐라고 대답하겠나?"

"예? 아아, 사정은 모르겠지만, 주인이 아까 마당에서 볼일을 보고 있었던 것 같다, 고 대답하겠지요."

"자 어떻게 하겠나, 마스다 군. 참는 건 한계에 와 있네."

"마당에서——할 겁니다."

"그렇겠지. 자네는 자발적으로 마당에서 볼일을 보게 되네. 누가 강요한 것도 아니야. 체험과 들은 이야기에 따른 정보를 근거로 자네 자신이 판단한 것이 되지."

"그렇지요. 어쩔 수 없으니까."

"그때 아츠코가 오네. 아츠코, 너는 놀라겠지."

"놀라겠지만——왠지 품위 없는 이야기네요."

"그렇군. 아주 불결한 이야기야. 품위는 없지. 어지간한 너도, 마스다 씨는 상당히 품위 없는 사람이라고 생각하겠지. 그때 내가 돌아와서, 그런 곳에서 뭘 하고 있나, 멍청이, 하고 꾸짖었네. 마스다 군, 자네는 뭐라고 변명하겠나?"

"예? 그, 그야 화장실이 망가져 있어서 어쩔 수 없었다고——아니, 그건 너무 심한 상황이네요."

전혀 재미없었다.

"최악이지. 하지만 그때 나는, 자리를 뜬 동안에는 줄곧 측간에 있었다——고 자네들에게 말하네. 배가 아파서 대답할 수 없었다, 기척은 없었어도 안에 있었다고 말하네. 자네는 누군가가 먼저 화장실을 쓰고 있으면 아무렇지도 않게 마당에서 볼일을 보는 건가——하고 한층 더 격노하네."

"하지만——아오키 씨의——."

"그때 나는 마당에서 볼일을 보는 듯한 자세로 나무에 물을 주고 있었던 거지. 마스다 군은 착각한 아오키 군을 탓할 텐가? 아오키 군은 자네에게 강요도, 애원도 하지 않았네. 착각만 했을 뿐이지 거짓말도 하지 않았단 말이야."

"그럼 저는 그냥 멍청한 놈이네요——."

아츠코에게는 경멸당하고, 추젠지에게는 야단맞는다.

"그래. 그게 내 목적이었던 걸세."

"예?"

"아츠코가 자네를 경멸하게 만들기 위해서 자네를 덫에 빠뜨린 거라면 어떤가?"

"예——?"

"나는 의도적으로 자네에게 비상식적인 행동을 취하게 해서, 마스다 류이치의 평판을 떨어뜨리려고 꾸민 걸세. 내 증언은 전부 허위 증언이지만, 마스다 군은 그걸 모르네. 아오키 군도 몰라. 아츠코도 당연히 모르지. 자네는 내 계획대로 —— 자발적으로 비상식적인 행동을 취했네."

그런 겁니까 —— 하고 아오키가 말했다.

"여전히 답답할 정도로 빙빙 둘러서 말하네요, 오빠. 하지만 알겠어요. 그게 거미의 수법이로군요?"

"그래. 이게 바로 세뇌다. 최근에 종종 듣게 된 세뇌라는 말에는 아무래도 강제적인 인상이 있지만, 강제감이나 의무감이 완전히 없어지고 어디까지나 자발적으로 행동하게 되지 않으면 세뇌라고는 할 수 없어. 거미는 이걸 잘 알고 있지."

아오키가 가라앉은 목소리로 말했다.

"어렴풋하게나마 적의 수법은 알겠습니다. 하지만 —— 그 거미의 최종 목적은 대체 뭡니까?"

"그걸 알았다면 처음부터 가르쳐줬을 걸세. 다만 자네들의 이야기를 듣다 보니 —— 대강 형태는 보이기 시작하는군."

추젠지는 그렇게 말하고는 앉은 자세를 바로 했다.

"사건이란 직물 같은 걸세. 직물은 날실(経糸)과 씨실(緯糸)로 짜이지. 이걸 경위(經緯)라고 하네. 하지만 날실 씨실, 각각 하나씩이면 천은 짤 수 없지. 실은 몇 개나 있네. 우리는 그 실이 교차한 점에 각각 서 있어. 그리고 우리는 왕왕 그 점에서 어느 한 개의 실만을 더듬어 가다가 모든 것을 안 것 같은 기분이 드는 걸세. 그건 큰 착각이야."

추젠지는 손가락으로 좌탁을 더듬었다.

"아름다운 직물을 완성시키려면 몇 가지나 되는 색깔의 실을 사용해서 꼼꼼하게, 그리고 섬세하게 짜 나가야 하네. 옆줄은 전혀 다른 색깔의 실이기도 하지. 특히 이번 —— 직물을 짠 건 거미니까."

진범 —— 무당거미.

"그러니까 이번 사건은 거미줄을 더듬어 가는 것이나 마찬가지일세."

추젠지는 그렇게 말하며 검지를 미끄러뜨려 좌탁 위에 방사형으로 교차하는 네 개의 선을 그렸다.

"그림에 그려진 거미줄을 떠올려 보게. 진짜 거미줄은 방사와 나선으로 형성되어 있는데 —— 이 경우에는 관념상의 거미줄일세. 그건 중심에서 교차하는 방사형의 날실과 그것을 둘러싼 동심원 모양의 수많은 씨실로 이루어져 있어. 자네들은 각각 레벨이 다른 씨실과 날실의 교차점에 있네 ——."

추젠지는 동심의 팔각형을 몇 개나 그렸다.

"—— 가장 바깥쪽의 씨실에 마스다 군. 그 안쪽 씨실에 아오키 군이 있다고 하세. 자네들은 각각 그 씨실을 더듬어 가고 있었던 거야. 씨실을 따라가면 여러 번 날실과 교차하네. 교차점에는 관계자가 있고, 차례차례 새로운 사실이 판명돼. 사건은 여러 양상을 드러내면서 변화해 가지만, 평행을 이루는 두 개의 씨실은 결코 만나는 일은 없네. 자네들은 만날 수 없는 거지. 그뿐만 아니라 씨실만을 따라가면 빙 돌아서 결국 원래 자리로 돌아오게 되는 걸세. 알겠나? 아오키 군."

"네. 제 경우는 히라노 유키치에서 가와시마 신조, 가와시마 기이치로 따라가다가 결국 범인은 히라노였다는 첫 번째 결론으로 돌아왔다, 라는 거지요?"

“그렇지. 그 경우는 한 바퀴 돌아도 돌고 있다는 것을 알아차리지 못하면 이미 한 바퀴가 되네. 뱅글뱅글 도는 거지.”

그것은 마스다도 잘 안다.

대개의 결론은 처음에 거의 나와 있다. 의심하고, 고민하고, 조사하다가 결국은 첫 번째 결론에 다다른다. 뱅글뱅글 돌고 있다는 초조함은 이번 경우 특별히 더 따라다니는 것처럼 느껴진다.

똑같이 생각하고 있었을 것이다.

아오키가 말했다.

“그러니까 제 경우는 앞으로도, 역시 기이치가 수상하다, 아니 신조를 의심해라, 결국은 히라노였다, 라는 반복에 빠질 가능성이 있었다는 뜻이로군요?”

“그래. 하지만——또 그렇게 되지 않도록, 이 사건은 실로 교묘하게 짜여 있네. 딱 한 바퀴 돌았을 때쯤, 날실 방향으로 나아가고 있다는 것을 깨닫도록 되어 있어.”

“그건?”

“예를 들면 마스다 군의 경우는 사요코의 살해, 그리고 스기우라의 포획일세. 이걸로 사요코를 의심할 수도 미유키 군을 의심할 수도 없게 되었고, 스기우라로 돌아왔다고 해도 다음 레벨의 씨실——오리사쿠 미도리——에게 시선을 향하지 않을 수 없게 되네. 거기에서 겨우 날실을 더듬어, 한 단계 안쪽으로 나아가게 되지——.”

확실히——.

이제 미도리 이외의 사람에게 시선을 돌리는 건 마치 어리석은 일인 것처럼 생각된다.

그러나 만일 사요코가 살아 있었다면.

스기우라가 붙잡히지 않았다면.

경우에 따라서는 사요코가 가장 의심받았을 가능성도 있고, 미유키도 예외는 아니다.

스기우라의 진의가 알려지지 않았다면, 미도리에 대한 의혹도 흔들렸을 것이다.

막이 오른다는 건 그런 뜻이었을까.

"——한편 아오키 군의 경우는 가와시마 신조의 포획과 히라노 유키치의 출현이라는 게 되려나. 하지만 그쪽 실에 대해서 말하자면, 아마 가와시마 기이치의 신상에 무슨 일이 일어날 때까지는 빙글빙글 돌게 내버려둘 생각이었던 것 같은 기분도 드네만. 어느 쪽이든 기이치를 보호하고, 히라노를 붙잡고, 그 뒤에 누가 있는지를 찾아보는 것 이외에는 길은 없겠지."

"그건 틀림없이 그럴 거라고 생각합니다. 하지만 추젠지 씨, 만일 이 사건이 추젠지 씨가 말씀하시는 것 같은 거미줄 구조로 되어 있다면 진범은 거미줄의 중앙에 있다는 뜻이 되지요?"

아오키는 뚫어져라 추젠지를 바라보며 말했다.

"——그렇다면 추젠지 씨. 우리는 그냥 날실만 따라서 나아가야 하는 것 아닙니까? 그러면 일직선으로 진범에게 도달하는——건 아닐까요?"

"과연. 그건 말이 되네요."

옆길로 벗어나지 않으면 중앙으로 가는 거리는 짧다.

그러나 추젠지는,

"그건 안 돼——."

하고 말했다.

"——날실을 더듬어 간다고 해도 금세 다음 씨실과 교차하는 점에 도착하겠지. 거미줄에 걸려 있는 우리는 거기가 종착점인지 아닌지 판단할 수가 없네. 직진하면 반대쪽으로 뚫고 가 버리고, 씨실로 나아가면 다시 빙글빙글 돌게 되지. 교차한 점이 거미줄의 중심인지 아닌지를 판단하기 위해서는 거미줄을 떠나서 위에서 내려다볼 수밖에 없어——."

——관여하지 않고 진리에 이르는 것 외에는 길이 없다.

"——하지만 우리는 실에 묶여 있네. 거미줄에서 도망쳐서 객관적으로 볼 수는 없어. 그러니 우리는 착실한 행위를 꼼꼼하게 되풀이하면서 안쪽 실로, 안쪽 실로 서서히 무대의 레벨을 올려 가는 것 말고는 중심에 다다르는 길은 없는 걸세——."

——중앙에는 거미가 있다.

"——따라서 중앙에 다다를 수 있는 게 언제일지는 알 수 없고, 그때는 사건이 끝났을 때가 아닐까 하고 나는 생각하고 있네."

"그런——."

이길 수 없다. 막을 수 없다. 작자를 지탄할 수 없다.

"날실은 몇 개나 있네. 그 실마다 전혀 다른 줄거리가 준비되어 있지. 그것들은 전부 거미의 의지 아래에서 중앙으로 나아가고 있네. 아무리 발버둥 쳐도 소용없어. 할 수 있는 일은 단 하나. 설령 거미의 속셈대로라고 해도, 실행범을 가능한 한 빨리 검거하는 걸세. 피해자는 적어서 나쁠 것은 없지."

아오키는 벌레를 씹은 듯한 얼굴을 하고 눈을 내리깔았다.

아츠코는 걱정스러운 듯이 그 모습을 보며,

"오빠——뭔가 할 수 있는 일은 없어요?"

하고 말했다.

추젠지는 까다로운 얼굴로 정원 쪽을 보고는, 없다, 하고 간단하게 대답하더니 다시 좌탁 위의 잡지로 시선을 옮겼다.

"다만 이 잡지를 발견한 건 다행이었을지도 모르겠구나. 현재로서 그 잡지들은 거미의 속셈을 알 유일한 단서인 듯한 기분이 들어. 뭐, 확증은 아무것도 없고 도움이 되지 않을지도 모르지만."

추젠지는 그렇게 말했다.

작은 새가 울었다.

장지문 맞은편에서 안주인의 목소리가 났다.

"손님이 찾아오셨는데요——안내해도 될까요?"

추젠지는 의아한 듯이 장지문 너머로, 누구요, 하고 물었다.

장지문이 열렸다. 안주인이 정좌하고 있고, 그 옆에 또 한 명, 기분 나쁜 면상의 기모노를 입은 남자가 앉아 있었다.

"이——이마가와 씨."

그 남자는 이마가와 마사스미였다.

이마가와는 다다미에 이마를 대고 납작 엎드려, 오랜만에 뵙습니다, 일전에는 신세가 참 많았습니다——하고 정중하게 말했다.

그리고 얼굴을 들고, 안주인에게 바보처럼 정중하게 감사 인사를 하고 나서, 바쁘신 중에 방해해서 죄송합니다, 하고 이 또한 정중하게 양해를 구하고 나서 방으로 들어왔다. 마스다와 아츠코를 보고, 수고가 많으십니다, 마스다 씨, 아츠코 씨도 다치신 데는 괜찮으십니까——하고 물었다.

이마가와는 마스다가 형사를 그만둔 것을 모른다. 아츠코는 하코네 사건 때 경상을 입었으니 안부를 물은 것이리라.

추젠지는 아무 설명도 하지 않고 아오키를 가리키며 경시청의 아오키 군일세——하고 말하더니, 이 사람은 골동품가게 마치코안의 이마가와 군일세——하고 아오키에게 말했다. 그리고 눈을 가늘게 뜨며, 무슨 일인가 이마가와 군, 지바 경찰은 이미 자네를 방면해 주었나——하고 물었다.

"그쪽은 지금 엄청난 난리가 나서, 저 같은 사람에게 신경을 쓸 때가 아닙니다. 저는 무시당하고 있지요. 그래서 빠져나온 겁니다. 그것뿐입니다."

학원에서 포박된 교살마 인도 문제에, 흉기를 든 눈알 살인마까지 산속을 헤매고 있다. 잠시의 유예도 없다. 인원이 총동원되어 산을 뒤지고 있다. 국가경찰 지바 현 본부는 지금 최고로 바쁠 것이다.

추젠지는 약간 어깨를 굳히며 턱을 당겼다.

"그래서——오늘은 대체 무슨 일인가?"

마스다와 아오키가 좌우로 비키고, 이마가와는 추젠지의 정면에 예의 바르게 정좌했다.

인간이라기보다 기모노를 입은 진귀한 짐승 같은 느낌이다.

"실은——."

진귀한 짐승은 말했다.

"——일을 두 가지 부탁드리고 싶습니다."

"호오."

진귀한 짐승은 표정 하나 바꾸지 않고, 동그란 눈으로 추젠지를 바라보았다. 추젠지는 전혀 동요하지 않았다.

"하나는——."

무엇을 부탁하겠다는 것일까?

"——제가 사들인 신상(神像)의 감정입니다."

"신상? 자네가 어떤 노인에게서 사들였다고 전화로 말했던, 내력을 알 수 없는 표류상 말인가?"

"그렇습니다."

"일본의 신은 본래 형태가 없네. 양식도 없으니 감정은 어렵지. 그래도 괜찮겠나?"

이마가와는 물기 있는 어조로, 괜찮습니다, 하고 말했다.

추젠지는 그 부근이라면 아메노토미노미코토[天富命]겠지, 여신이라면 아메노히리노메노미코토[天比理乃咩命]일까, 하고 중얼거렸다.

이상한 긴장감이 가득 찼다.

새가 파닥파닥 날아오른다.

"그리고——다른 하나는."

"다른 하나는——."

이마가와는 역시 변함없는 표정으로 말했다.

"오리사쿠 가의——."

"오리사쿠——?"

아오키가 다다미에 손을 짚는다.

마스다는 숨을 삼킨다.

"오리사쿠 가의 저주를 풀어 주셨으면 합니다."

부탁드립니다, 하며 이마가와는 다시 머리를 숙였다.

"오리사쿠 가에는 천녀의 저주가 걸려 있습니다."

——천녀라니——무당거미가 아니었나.

"막내 미도리 씨에게 사직 당국의 손길이 뻗쳐오고 있습니다."

——경찰은 머잖아 오리사쿠 미도리에 다다를 걸세——.

아까 추젠지가 한 예언대로다.

마스다의 걱정은 기우였던 모양이다.

"분명히 그녀는 죄를 저지른 것 같습니다. 그러니 처벌을 받고 대가는 치러야겠지만 그것과는 별개로, 사정이 명확해짐에 따라 오리사쿠 가의 미도리 씨에 대한 처우는 냉혹하게 변해 가고 있습니다. 사모님은 집을 지키기 위해, 셋째 따님인 아오이 씨는 체면을 지키기 위해 미도리 씨를 잘라내려고 하고 있어요——."

미도리는 뒷배를 잃은 것일까. 그렇다면——미도리의 실각은 시간문제다.

"——차녀 아카네 씨는 미도리 씨를 옹호하며 고립되어 있습니다. 이건 평범한 가족의 모습이 아니에요. 이대로는——."

그 집은 붕괴할 겁니다——라고.

이마가와는 혀 짧은 소리로 담담하게 말을 맺었다. 마스다는 머뭇머뭇 추젠지에게 시선을 옮겼다.

이 남자는 움직이지 않을 것이다. 누가 아무리 부탁해도 소용없었다. 다른 유파 사람과의 시합을 거부하는 쇼군 가의 무술 스승 같은 자라, 울고불고 매달려도 싹싹 빌어도 통하지 않는다. 마스오카, 에노키즈, 마스다에 아오키, 이미 많은 사람들이 나서 달라고 애원했다. 엉덩이가 무거운 고서점 주인은 무거운 입을 열었다.

"이마가와 군. 그 의뢰는——자네의 발안인가?"

골동품상은 살짝 웃더니,

"이사마 군입니다. 그는 왼손 손가락에 절단 직전의 상처를 입고 아직 오리사쿠 가에 있습니다. 그는 성미에 맞지 않게 열심히 애쓰고 있어요. 저는 도저히 보고 있을 수가 없습니다."

하고 말했다.

추젠지는 잠시 생각하더니 이렇게 물었다.

"그럼 돈은 누가 지불하나? 이사마 군인가?"

"제가 지불할 겁니다."

"다마구시[31]는 비싸네. 게다가 부르는 게 값이야."

"괜찮습니다. 오리사쿠 가의 서화와 골동품을 전부 매각하면 상당한 액수가 될 겁니다. 원하시는 대로 지불하겠습니다."

이마가와는 그렇게 말하며 얼굴을 앞으로 내밀었다.

추젠지는 천천히 좌탁 위를 바라보았다.

"저주를 푸는 게 가족을 이어주는 것과 같은 뜻이 되는 건 아닐세. 알고 있겠지."

"압니다."

"──그래?"

그리고 한참 뜸을 들이고 나서,

"맡겠네."

하고 말했다.

"추젠지 씨, 마, 맡아주시는 겁니까?"

마스다가 소리를 지르자 추젠지는,

"자네나 에노키즈의 의뢰를 맡은 게 아닐세."

하고 말했다.

"마찬가지 아닙니까!"

"마찬가지가 아닐세, 마스다 군──."

하고 추젠지는 노려보며,

31) 비쭈기나무 가지에 닥나무 섬유로 만든 비오리나 종이 오리를 단 것. 신전에 바친다.

"——도대체가 자네는 부탁하는 방법이 틀렸어. 나는 직업으로 이 일을 하고 있네. 공짜로 일하기는 싫어. 게다가 나는 진리를 탐구하는 구도자도 사건을 해결하는 탐정도 아닐세. 범죄를 규탄하는 입장에 있는 것도 아니지. 내가 하는 일은——."

고서점 주인은 음양사의 눈으로 마스다를 응시했다.

"——씐 요괴를 떼어내는 것일세."

"그, 그건——이번에도 유효합니까? 추젠지 씨는 무엇을 떼어내시겠다는 겁니까? 무당거미를——떼어내실 겁니까? 누구한테서 떼어낸단 말입니까!"

"무당거미는 씌는 것이 아니니 떼어낼 수 없네."

"그렇다면——."

"이렇게 되었으면 어쩔 수 없지. 기꺼이 거미의 덫에 빠져 주겠네. 그리고 작은 거미에게 얽혀 있는 실을 자르겠어. 귀찮은 망집의 포로가 된 거미의 부하에게서 나쁜 것을 떼어내는 것밖에는 방법이 없겠지. 단——이마가와 군, 말해 두겠는데 내가 할 수 있는 일은 고작해야 그 정도일세. 씐 것이 떨어진 순간 더욱 불행한 전개가 될 가능성도 있고, 그럴 확률은 높네. 그래도——좋은가."

"그건——어쩔 수 없지요."

"그래? 다만 나는 직접적이든 간접적이든, 내 행위에 의해 죽는 사람이 나오는 것만은 본의가 아닐세. 아오키 군."

"네."

"말할 것까지도 없는 일이지만 경찰이 한층 더 진력하기를 부탁해 두겠네. 어쨌거나 다섯 명이나 죽인 살인범이 버젓이 돌아다니고 있는 곳이야."

"아, 알겠습니다."

"아츠코. 미안하지만 좀 더 부탁해도 되겠니."

"오빠가 움직인다면요."

"오리사쿠 가의 가계를 좀 알아봐라. 그렇게 많이 거슬러 올라가지 않아도 돼. 선대 당주와 선선대 당주가 어디에서 양자로 들어왔는지, 그리고 오리사쿠 가 구성원의 이력. 그쪽은 자세하면 자세할수록 좋아. 직업 경력 학력 병력, 필요 없는 것까지 다 조사해. 이쪽에는 총알이 없어——마스다 군."

"왜, 왜 그러십니까."

"거기에는 에노키즈가 있겠지?"

"있습니다. 모, 목격자니까요."

추젠지는 스윽 몸을 일으켜 일어섰다.

"좋아. 우선은 오리사쿠 미도리로군. 다른 사람을 저주하려면 무덤을 두 개 파라[32]——그녀는 위험해. 다만——."

당연히 내 움직임도 읽히고 있겠지, 하고——추젠지는 말했다.

〈하권에 계속〉

---

32) 저주를 받은 사람뿐만 아니라 저주를 한 당사자도 죽을 각오를 하라는 뜻.

옮긴이 | 김소연

한국외국어대학교에서 프랑스어를 전공하고, 일본어를 부전공하였다. 현재 출판기획자 겸 번역자로 활동하고 있으며 옮긴 책으로 다카무라 가오루의 〈리오우〉, 교고쿠 나쓰히코의 〈백귀야행 음, 양〉, 〈우부메의 여름〉, 〈망량의 상자〉, 〈광골의 꿈〉, 〈철서의 우리〉 등 백귀야행 시리즈와 〈웃는 이에몬〉, 〈싫은 소설〉, 유메마쿠라 바쿠의 〈음양사〉 시리즈와 하타케나카 메구미의 〈샤바케〉 시리즈, 미야베 미유키의 〈마술은 속삭인다〉, 〈드림버스터〉, 〈외딴집〉, 〈혼조 후카가와의 기이한 이야기〉, 〈괴이〉, 〈흔들리는 바위〉, 덴도 아라타의 〈영원의 아이〉 등이 있으며, 독특한 색깔의 일본 문학을 꾸준히 소개, 번역할 계획이다

무당거미의 이치 (中)

1판 1쇄 발행 2014년 8월 25일
1판 2쇄 발행 2016년 5월 25일

지은이 교고쿠 나쓰히코
옮긴이 김소연

발행인 박광운
편집인 박재은

발행처 손안의책
출판등록 2002년 10월 7일 (제307-2015-69호)
주소 서울 성북구 화랑로 214, 102동 601호
전화 02-325-2375 팩스 02-6499-2375
카페 http://cafe.naver.com/bookinhand
이메일 bookinhand@hanmail.net

ISBN 978-89-90028-91-4 04830

정가는 뒤표지에 있습니다.
파본이나 잘못된 책은 구입하신 곳에서 교환해 드립니다.

* 이 도서의 국립중앙도서관 출판예정도서목록(CIP)은 서지정보유통지원시스템 홈페이지(http://seoji.nl.go.kr)와 국가자료공동목록시스템(http://www.nl.go.kr/kolisnet)에서 이용하실 수 있습니다.(CIP제어번호: CIP2014024381)